De bekentenissen
van Max Tivoli

ANDREW
SEAN GREER

De *bekentenissen*
van Max Tivoli

Vertaald door
Ankie Blommesteijn

Anthos|Amsterdam

De vertaalster ontving voor deze vertaling een werkbeurs van de
Stichting Fonds voor de Letteren.

ISBN 90 414 0835 5
© 2004 Andrew Sean Greer
© 2004 Nederlandse vertaling Ambo|Anthos *uitgevers*,
Amsterdam en Ankie Blommesteijn
Oorspronkelijke titel *The Confessions of Max Tivoli*
Oorspronkelijke uitgever Farrar, Straus & Giroux
Omslagontwerp Roald Triebels, Amsterdam
Omslagillustratie Horace Bristol/Corbis/TCS
Foto auteur Jerry Bauer

Verspreiding voor België:
Veen Bosch & Keuning uitgevers n.v., Wommelgem

Voor Bill Clegg

De liefde, die, altijd onbevredigd,
in het moment leeft dat komen gaat.

MARCEL PROUST

I

We zijn allemaal iemands grote liefde.

Dat wilde ik opschrijven voor het geval dat ik betrapt word en deze bladzijden niet meer kan afmaken, voor het geval dat u zo verontrust raakt over de inhoud van mijn bekentenis dat u hem in het vuur gooit voordat ik u over ware liefde en moord kan vertellen. Ik zou het u niet kwalijk nemen. Er zijn zo veel dingen die kunnen verhinderen dat iemand mijn verhaal ooit hoort: een sterfgeval dat moet worden verklaard, een vrouw die drie keer is bemind, een vriend die is verraden en een jongen waar lang naar is gezocht. Ik zal dus bij het eind beginnen en u vertellen dat we allemaal iemands grote liefde zijn.

Ik zit hier op een mooie dag in april. Alles om mij heen verandert voortdurend; de zon werpt afwisselend diepe schaduwen achter de kinderen en de bomen en veegt ze dan weer weg zodra er een wolk door de lucht glijdt. Het gras vult zich met goud en zinkt dan weer weg in het niets. Het hele schoolplein wordt door de zon met inkt getekend en gevlekt tot het gloeit en een grote schoonheid bereikt, en ik kijk ademloos toe. Verder ziet niemand het. De kleine meisjes zitten in een kring, met jurkjes die ritselen van stijfsel en samenzweerderigheid, en de jongens lopen op het honkbalveld of hangen ondersteboven in de bomen. Een vliegtuig hoog in de lucht verbaast me met zijn geraas en keurige krijtstreep. Een vliegtuig; het is niet de lucht die ik vroeger heb gekend.

En ik, een man van bijna zestig, zit in een zandbak. Door de kou is het zand wat te hard voor de kleinere kinderen om in te graven;

bovendien is het wisselende zonlicht te verleidelijk zodat iedereen achter schaduwen aan loopt te rennen en ik hier alleen zit.

We beginnen met verontschuldigingen:

Voor de slappe schoolschriftblaadjes die u in uw handen houdt; ze vormen een meelijwekkende schrijn voor het relikwie van mijn verhaal en scheuren gauw, maar betere kon ik niet stelen. Voor het stelen van zowel de schriften als de prachtige vulpen waarmee ik schrijf, die ik maandenlang heb bewonderd terwijl hij op het bureau van mijn lerares stond en die ik gewoon wel moest pakken. Voor het zand dat tussen de bladzijden zit, iets dat ik niet kon vermijden. Er zijn natuurlijk nog wel ernstiger vergrijpen, zoals een verloren gezin, verraad en alle leugens die me naar deze zandbak hebben gevoerd, maar ik wil u verzoeken om me in ieder geval nog één ding te vergeven: mijn kinderlijke handschrift.

We hebben allemaal een hekel aan wat we worden. Daarin sta ik niet alleen; ik heb vrouwen naar zichzelf zien staren in de spiegel van een restaurant terwijl hun man even weg was, vrouwen die betoverd zijn door zichzelf omdat ze iemand zien die ze niet herkennen. Ik heb mannen die uit de oorlog zijn teruggekomen in etalages steels naar zichzelf zien kijken omdat ze hun schedel onder hun huid voelden. Ze dachten dat ze het ergste van de jeugd zouden verliezen en het beste van de oude dag zouden krijgen, maar de tijd trok over hen heen en verborg al hun vroegere hoop onder het zand. Mijn verhaal is heel anders, maar het komt uiteindelijk allemaal op hetzelfde neer.

Een van de redenen dat ik hier in het zand zit, vol afschuw voor wat ik ben geworden, is de jongen. Het heeft zo lang geduurd, ik heb zo lang gezocht, ik heb ambtenaren en parochiepriesters leugens verteld om de namen te krijgen van kinderen die in de stad en de voorsteden woonden, en ik heb belachelijke schuilnamen verzonnen en me vervolgens in een motelkamer huilend afgevraagd of ik je ooit zou vinden. Je was zo goed verborgen. Zoals de jonge prins in sprookjes verborgen is voor de mensenetende reus: in een koffer, in een bosje vol doornen, op een saaie plek met weinig bekoringen. Kleine verborgen Sammy. Maar de boze reus vindt het kind toch altijd? Want hier ben je dan.

Als je dit leest, lieve Sammy, veracht me dan niet. Ik ben een arme oude man; ik heb je nooit kwaad willen doen. Denk niet alleen aan me terug als aan een duivel uit je kindertijd, al ben ik dat wel geweest. Ik heb 's nachts in je kamer gelegen en gehoord hoe je adem door de lucht raspte. Ik heb in je oor gefluisterd terwijl je droomde. Ik ben wat ik volgens mijn vader altijd al was – een vreemdsoortig wezen, een monster – en terwijl ik dit schrijf (vergeef me), kijk ik naar jou.

Jij bent de jongen die met je vriendjes aan het honkballen is terwijl het zonlicht door je gouden haar speelt. De bruinverbrande jongen, duidelijk de leider, de jongen op wie de anderen jaloers zijn maar van wie ze ook houden; het is fijn om te zien hoeveel ze van je houden. Je bent aan slag maar steekt je hand op omdat iets je irriteert; misschien heb je jeuk, want nu krabt je hand woest aan de onderkant van je blonde hoofd en na deze plotselinge bezweringsdans geef je een schreeuw en ga je weer door met het spel. Jongens, jullie weten het niet, maar jullie zijn volmaakt.

Je hebt me niet gezien. Waarom zou je ook? Voor jou ben ik gewoon het vriendje dat in de zandbak wat zit te schrijven. Laten we eens een experiment doen: ik zal naar je zwaaien. Kijk, zie je, je legt gewoon je knuppel neer om terug te zwaaien, met een glimlach op je sproetige gezicht, arrogant maar onwetend van wat er allemaal om je heen gebeurt. Hoeveel jaren het niet heeft geduurd en hoeveel moeite het niet heeft gekost om hier te komen. Je weet niets, bent nergens bang voor. Als je naar me kijkt, zie je een jongetje zoals jij.

Een jongen, ja, dat ben ik. Ik heb zoveel uit te leggen, maar om te beginnen moet u dit van me aannemen: inwendig word ik oud in dit ellendige lichaam. Maar uitwendig – in ieder deel van mij behalve mijn geest en ziel – word ik jong.

Er is geen benaming voor wat ik ben. Artsen begrijpen me niet; mijn cellen kronkelen in de objectglaasjes de verkeerde kant op, splitsen zich en weerkaatsen hun onwetendheid. Maar ik zie mezelf als iemand op wie een eeuwenoude vloek rust. De vloek die Hamlet op Polonius legde voordat hij de oude man als een ballon lek stak.

Dat ik, als een krab, achteruit beweeg.

Want nu ik dit zit te schrijven zie ik eruit als een jongen van twaalf. Hoewel ik bijna zestig ben, zit er zand in mijn broek en modder op de klep van mijn pet. Ik heb een glimlach als het klokhuis van een appel. Maar toch leek ik ooit een knappe man van tweeëntwintig met een geweer en een gasmasker. En daarvoor een man van in de dertig die tijdens een aardbeving zijn geliefde probeerde te vinden. En een hardwerkende veertiger en een doodsbange vijftiger en steeds maar ouder naarmate we dichter bij mijn geboorte komen.

'Iedereen wordt oud,' zei mijn vader altijd door de geurige rook van zijn sigaar heen. Maar ik ben als het ware vanaf de andere kant van het leven op de wereld gekomen en sindsdien hebben de dagen een lichamelijke terugkeer gebracht, de rimpels rond mijn ogen vervaagd, het zilver en vervolgens het grijs van mijn haar donker gemaakt, mijn armen jongere spieren en mijn huid een jeugdige glans gegeven, terwijl ik langer ben geworden en vervolgens ben gekrompen tot de haarloze, onschuldige jongen die zijn kleurloze bekentenis neerkrabbelt.

Een maankalf, een wisselkind; iets wat zo afwijkt van het menselijk ras dat ik wel eens op straat heb gestaan en iedere man die verliefd was, iedere weduwe in rouwkleding en ieder kind dat door een vriendelijke hond werd voortgetrokken heb gehaat. Dronken van de gin heb ik gevloekt en gespuugd naar onbekende voorbijgangers die me aanzagen voor het tegenovergestelde van wat ik inwendig was – voor een volwassene toen ik kind was en voor een jongen nu ik een oude man ben. Sindsdien heb ik geleerd medelijden te hebben en beklaag ik voorbijgangers enigszins, aangezien ik maar al te goed weet wat ze nog moeten doorstaan.

Ik ben in september 1871 in San Francisco geboren. Mijn moeder stamde uit een rijke familie uit Carolina en groeide op in de chique buurt rond South Park. Ze was oorspronkelijk bestemd voor iemand van goede komaf uit het zuiden maar na het verlies van de oorlog beschikbaar voor iedereen die rijk genoeg was om haar een diner met oesters aan te bieden. Tegen die tijd onderscheidden de mensen in mijn stad zich niet meer door geld – de zilverblauwe klei van de Comstock had maar al te veel bedelaars veranderd in dikke rijke mannen – en dus werd de maatschappij in twee klassen verdeeld: de hogere stand en de burgerstand. Mijn moeder behoorde tot de eerste, mijn vader tot de verachtelijke laatste klasse.

Het is niet verwonderlijk dat ze verliefd werden toen ze elkaar in het zwembad van het Del Monte-hotel ontmoetten en naar elkaar staarden door het fijne net dat de seksen van elkaar scheidde. Ze ontmoetten elkaar diezelfde avond weer, op het balkon, zonder haar chaperonnes, en ik heb me laten vertellen dat mijn moeder het laatste modesnufje uit Parijs droeg: een levende kever met iriserende vleugels, die met een gouden ketting aan haar japon was bevestigd. 'Ik ga je kussen,' fluisterde mijn vader huiverend van liefde tegen haar. De kever krabbelde groen en metaalkleurig over haar blote schouder en probeerde te vliegen. 'Echt, ik ga je nu kussen,' hield hij vol, maar hij deed niets, dus ze pakte hem bij zijn bakkebaarden en bracht zijn lippen naar die van haar. De kever trok aan zijn lijn en belandde in haar haren. Haar hart explodeerde.

Die hele herfst van 1870 ontmoetten de Deen en de debutante elkaar in het geheim en zochten afgelegen plekjes in het nieuwe Golden-Gatepark om elkaar te kussen en te strelen, terwijl de bizons vlak ernaast stonden te morren in hun kraal. Maar net als een opklimmende wijnrank moet lust ergens toe leiden of anders verwelken, en dus leidde het tot het volgende: het opblazen van Blossom Rock. Het was een feestelijke gebeurtenis in de stad en moeder wist op de een of andere manier grootmoeder en South Park te ontglippen om haar Deense minnaar, haar Asgar, te ontmoeten en naar het indrukwekkende schouwspel te kijken. Het zou de grootste explosie in de geschiedenis van de stad worden – het opblazen van Blossom Rock, een ondiepte in de Golden Gate die al eeuwenlang scheepsrompen vermorzelde – en terwijl optimistische vissers zich opmaakten voor wat volgens hen de vangst van de eeuw zou worden, waarschuwden pessimistische wetenschappers voor een enorme 'aardegolf' die over het continent zou rollen en in ieder bouwwerk dat er stond verwoestingen zou aanrichten; de mensen moesten eigenlijk vluchten. Vluchtten ze? Slechts naar de hoogste heuvels om het einde der wereld zo goed mogelijk te kunnen zien.

Mijn ouders kwamen dus tussen de duizenden mensen op Telegraph Hill terecht en omdat ze bang waren om te worden herkend renden ze het oude heliografiestation in voor privacy. Ik stel me voor hoe mijn moeder in haar roze zijden jurk in de oude stoel van de operateur zat, haar vinger tegen het raam duwde en een rondje vrij maakte van stof. Kijk eens, ze zag al die mensen in hun zwarte wollen kleding naar zee staan kijken. Precies toen ze de vingers van mijn vader op haar rijgveter voelde, zag ze kleine jongetjes oesterschelpen naar de meest imposante hoge hoeden gooien. 'Mijn liefste,' fluisterde haar minnaar terwijl hij haar rijen knoopjes losmaakte. Ze keerde zich niet naar hem toe om zijn kussen te ontvangen maar huiverde van het gevoel op haar huid. Ze was sinds de dag dat ze geboren was bijna nooit naakt geweest, zelfs niet in bad, omdat ze altijd gehuld in een lange witte nachtjapon het warme water in was gegaan. Terwijl mijn aanstaande vader haar als een zeldzame oester pelde, trilde ze ook als een oester, nu koud en huilend, en niet alleen van liefde – 'mijne lief, mijne lief,' fluisterde hij – maar ook van opluchting over wat ze op het punt stond te verliezen.

Om 1.28 uur kwam er een waarschuwingsschot vanaf Alcatraz en precies op dat moment hield de meisjestijd van mijn moeder technisch gezien op. Een kreetje in de koude lucht, een verblindend licht van de seinspiegels aan de andere kant van de kamer en mijn vader huiverde in haar oor en fluisterde dingen die hij natuurlijk niet meende en waar niemand behalve een boze vader of moeder hem ooit aan zou houden. Moeder was kalm en keek door het groezelige raam naar de juichende jongens buiten. De mensen waren rusteloos maar opgewonden. En moeder – wie weet wat moeders voelen als vaders hen voor het eerst nemen?

En toen – om 2.05 uur precies (goed volgehouden, mijn jonge enthousiaste vader) – schreeuwde haar minnaar het uit van extase terwijl een enorm gerommel weerklonk. Rechts van haar zag ze door het raam het meest bijzondere schouwspel van haar verloren meisjestijd: een waterkolom van zeventig meter doorsnee die gitzwart oprees in de heldere lucht van de Golden Gate. Bovenop dreven grote brokken van de weggeslagen Blossom Rock en het leek net de overwinnende vuist van een titaan die naar de wolken uithaalde. Enorm, dreigend. De wereld om haar heen schreeuwde zo hard dat ze de kreten van haar jongeman nauwelijks kon horen. Stoomboten floten; kanonnen werden met honderden tegelijk afgevuurd in de lucht. De donkere kolom viel terug in het water en toen verhief zich tot haar hijgende verbazing nog een kolom in de lucht – net toen het kreunen van haar minnaar weer luider werd – en viel ziedend en zwart terug in grote cirkelvormige golven baaiwater die tegen iedere vissersboot op zee beukten.

De jongeman bedaarde uiteindelijk en mompelde in een vreemde taal iets extatisch tegen haar sleutelbeen. 'Ja, lieve,' antwoordde ze en keek voor het eerst naar haar minnaar. Hij huilde als een kind tegen haar borst. Ze streelde het warme goud van zijn haar en hij jammerde zachtjes terwijl zijn sterke handen spastisch in het schuim van haar gescheurde kantwerk bewogen. Net als de glanzende kever op de avond van hun eerste kus lag hij geketend en gelukkig tegen haar schouder. Toen raakte zij een beetje in paniek, omdat ze zich de meisjes uit haar buurt herinnerde die een vergissing hadden begaan en waren verdwenen. Ze hoorde aan het zuchten van haar minnaar hoe weinig hij aan de toekomst dacht.

En ergens tijdens het postcoïtale tasten en rommelen, ergens tussen het steeds zwakkere golven van de zwart geworden Golden Gate, terwijl stukjes rots door het roetkleurige water heen vielen en voor altijd op de diepe bodem bleven rusten; ergens tijdens de diepe smart van de glazeniers en vissers die helemaal niet de buit bemachtigden waarop ze hadden gehoopt; ergens tijdens het gejuich en de kanonschoten en het stoomschipgefluit van de hysterische, met hun hoeden gooiende menigtes; ergens tijdens die lawaaierige huwelijksserenade ben ik ontstaan.

Maar de vraag is: was de krankzinnige explosie van Blossom Rock voldoende om mijn cellen met een schok tot een teruggaande groei te brengen? Was mijn moeder zo geschrokken van het lawaai, of zo bedroefd over zichzelf dat ze het weinige dat er van me bestond verwrong? Het lijkt belachelijk, maar mijn moeder heeft tot haar dood getreurd om de prijs die ze voor de liefde had betaald.

Op de ochtend dat ik werd geboren overhandigde de vroedvrouw mij volgens mijn moeder in mijn flanellen omslagdoek en fluisterde: 'U moet hem waarschijnlijk maar laten gaan, de dokter zegt dat er iets met hem mis is.' Ik was niet zo geweldig om te zien. Gerimpeld en verlamd deed ik mijn blinde, troebele ogen open terwijl ik de kamer in krijste. Ik weet zeker dat mijn moeder van afschuw was vervuld. Ik denk dat ze misschien zelfs een gil heeft gegeven. Maar in de hoek stond mijn vader met zijn armen over elkaar zijn eeuwige Sweet Caporals te roken. Hij keek naar me en gaf geen blijk van afschuw. Vader kwam turend door zijn monocle naderbij en zag een mythisch wezen uit zijn Deense jeugd.

'Aha!' riep hij lachend, verder rokend terwijl mijn doodsbange moeder toekeek en de vroedvrouw mij op een afstand hield. 'Het is een *Nisse*!'

'Asgar...'

'Het is een Nisse! Hij brengt geluk, lieveling.' Hij leunde voorover om haar voorhoofd te kussen en daarna mijn eigen voorhoofd, dat ten onrechte gerimpeld was door tientallen jaren vol zorgen. Hij glimlachte naar zijn vrouw en zei toen streng tegen de vroedvrouw: 'Hij is van ons, we laten hem niet gaan.'

Het was niet waar; ik bracht geen geluk. Maar wat hij bedoelde was dat ik eruitzag als die oude mannetjes die onder het Deense platteland wonen. Ik zag eruit als een kabouter. Als een monster. En dat ben ik toch ook?

Ik rook niet als een baby. Mijn moeder zei dat dat haar opviel toen ik aan haar borst dronk en al kon ze er nooit toe worden gebracht om iets onvriendelijks over me te zeggen en badderde ze mijn armen met levervlekken altijd alsof ze de zachtste babyhuid hadden, ze gaf toe dat ik weliswaar heerlijk rook maar anders dan alle andere kinderen die ze ooit had vastgehouden. Meer als een boek, heerlijk muf, maar verkeerd. En mijn afmetingen waren ongebruikelijk:

een mager lijf en een klein hoofd, lange armen en benen en een verrassend puntige neus die waarschijnlijk minstens één van de door chloroform gesmoorde kreten uit de kraamkamer teweeg had gebracht. Baby's hebben geen neus – dat zal iedereen u vertellen – maar ik had er wel een. En een kin. En een gezicht dat was overtrokken met olifantenhuid vastgezet met knopen die gevormd werden door de mistige bedroefde blauwe ogen van een blinde.

'Wat mankeert hem...?' fluisterde grootmoeder met haar Carolina-tongval. Ze droeg zwart bombazijn en sluiers, waarmee ze in mijn geheugen staat gegrift.

De dokter testte me met alles wat hij in zijn tas had – een leren buisje om naar mijn hart te luisteren, doseringen wonderolie, jalapa en kalomel, pleisters dwars over mijn lichaam – maar schudde uiteindelijk zijn hoofd. 'Het is nog niet duidelijk, Leona,' zei hij.

'De koninklijke vloek?' fluisterde ze, waarmee ze mongolisme bedoelde.

Hij wuifde het idee weg met een snel gebaar van zijn hand. 'Hij is rinoceride,' zei hij en ik ben ervan overtuigd dat hij het woord ter plekke verzon, maar grootmoeder accepteerde het als iets wat ze in ieder geval in haar gebeden tot God kon fluisteren.

Later kon ik (in een kamer met gaslicht) mezelf voordoen als een man van begin vijftig terwijl ik in feite een doodsbange zeventienjarige was, maar in mijn eerste jaren was het helemaal niet duidelijk wat ik was of wat ik zou kunnen worden. Dus kun je het mijn arme dienstmeisje, Mary, kwalijk nemen dat ze haar Ierse gebeden fluisterde en haar tranen op mijn hoofd liet vallen terwijl ze me – drie keer per dag – in room baadde en me telkens weer liet weken als een stuk gezouten vis? Kun je het mijn moeder en grootmoeder kwalijk nemen dat ze zich zorgvuldig voorbereidden op dagen dat er bezoek kwam – de tweede en vierde vrijdag van de maand – en dat, wanneer ze bang waren dat er een belangrijke bezoekster zou komen, mijn moeders borst voorzichtig met laudanum depten en me zo zoetjes en bedwelmend te eten gaven dat ik verdoofd sluimerend boven bleef zonder te krijsen, terwijl zij met lange gestreepte rokken aan op de banken zaten? Ik vat het maar als een compliment op: dat ik anders was dan alles wat ze ooit hadden gezien te midden van de olmen, de rijke stenen huizen en de kantachtige parasols van hun christelijke wereldje van de geconfedereerden.

In de loop der jaren veranderde ik even opvallend als een gewoon kind, maar door mijn conditie leek het net alsof mijn lichaam in omgekeerde richting verouderde en als het ware jonger werd. Bij mijn geboorte was ik een verschrompeld en schijnbaar hoogbejaard wezen, maar al snel werd ik een peuter met het dikke witte haar van een man van in de zestig, krullen waar mijn moeder stukken van afknipte om in haar haaralbum te plakken. Maar ik was geen oude man; ik was een kind. Slechts wat mijn uiterlijk betreft verouderde ik in omgekeerde richting. Ik zag eruit als een mythisch wezen, maar daaronder was ik precies hetzelfde als iedere andere jongen – net zoals ik er nu uitzie als een jongen in een kniebroek en met een pet op, terwijl ik vanbinnen precies zo ben als iedere andere bedroefde oude man.

Misschien zijn er artsen die dit lezen; ik moet nauwkeuriger zijn. Wat uiterlijk betreft ben ik precies in omgekeerde richting van de rest van de wereld verouderd. Merkwaardig genoeg zijn mijn werkelijke leeftijd en de leeftijd die ik lijk te hebben bij elkaar opgeteld altijd zeventig. Dus toen ik twintig was ontmoette ik vrouwen van vijftig die met me flirtten alsof ik van dezelfde leeftijd was als zij; toen ik uiteindelijk vijftig was, schonken jonge vrouwen op straat me een flitsende glimlach. Oud toen ik jong was en jeugdig nu ik oud ben. Ik geef geen uitleg; dat is aan u, beste artsen van de toekomst. Ik bied u slechts mijn leven.

Ik ben een zeldzaam geval. Ik heb eeuwen medische geschiedenis doorgenomen en op de hele wereld slechts een paar mensen gevonden die op mij leken en zelfs die leken helaas niet helemaal op mij.

De eerste door de tijd veranderde wezens in de literatuur zijn de tweelingzusters Frabbonière, die in 1250 geboren werden in een klein dorpje in het burggraafschap Béarn. Ze heetten Aveline en Fleur en ze werden ongelukkig geboren met het lichamelijke voorkomen van oude vrouwen. Als baby werden ze meegenomen naar de koningen van Engeland en Frankrijk en ook naar de paus, want ze werden niet als duivelse kinderen gezien maar als een teken van God dat Christus zou terugkomen. Pelgrims kwamen om de kinderen aan te raken en naar hun gebrabbel te luisteren in de hoop dat er een profetie van het naderende einde in te vinden zou zijn. Anders dan bij mij bleef hun uiterlijk hetzelfde toen ze ouder werden en zodra ze een geloofwaardige lengte hadden werden ze als oude boerenvrouwen behandeld en verder vergeten. Alleen artsen en gelovigen wilden hen nog bezoeken. Zodra Aveline en Fleur de leeftijd bereikten die ze leken te hebben, gingen ze hand in hand in hun gezamenlijke bed liggen en stierven ze. Er is een groteske houtsnede van dit tafereel. Die hing vroeger boven mijn bed.

Een andere tweeling, Ling en Ho, die beroemd was door een aantal achttiende-eeuwse pamfletten tegen syfilis, kwam meer overeen met mijn eigen ervaring. Eigenlijk leek slechts een van hen op mij: de arme vervloekte Ho. Ze waren de kinderen van een prostituee uit Shanghai (zo stond het in het pamflet) en Ling was een gewone, kwijlende, roze baby, maar Ho werd bijna net zoals ik geboren: vanaf de andere kant van het leven. Dus terwijl Lin groter werd en begon te kruipen en te giechelen, begon Ho zich in omgekeerde richting te ontwikkelen. Onze gemeenschappelijke kwaal had Ho echter vanaf zijn geboorte verminkt. Hij lag altijd als een soort mummie in bed. Zelfs toen hij jonger en gewoner begon te worden, lag hij daar nog steeds, verstijfd en versuft, en kon hij alleen maar bouillon drinken terwijl hij ziedde van woede om het geluk van zijn broer. Uiteindelijk leken de broers toen ze bijna dertig waren uiterlijk ongeveer even oud. En toen kon Ho eindelijk het leven ontdooien dat zo lang in hem bevroren was geweest. Ling verliet zijn dorp en zijn vrouw en kinderen en ging op hun beider verjaardag naar zijn broer. Toen hij in de kamer van zijn broer kwam en zich over het bed boog om hem te kussen, liet Ho het mes neerkomen dat hij verborgen had gehouden en nadat hij zijn tweelingbroer op de grond had laten vallen sloeg hij de hand aan zichzelf. Toen ze in hun kleverige bloed lagen, waren de tweelingbroers eindelijk identiek en aangezien niemand het verschil tussen hen kon zien, werden ze in een gezamenlijk graf begraven met als grafschrift dat de ene man heilig was en de ander een duivel, maar dat niet duidelijk was wie de een en wie de ander was.

Het laatste dat ik heb gevonden is een man uit recenter tijden: Edgar Hauer. Het is een merkwaardig geval dat zelfs mijn grootmoeder zich kon herinneren. Edgar was de zoon van een Weense koopman en al bijna dertig toen hij de eerste symptomen kreeg. Pas toen begon zijn uiterlijk in omgekeerde richting te veranderen, net zoals dat bij mij is gegaan, en de rest van zijn leven leek hij steeds jonger te worden. Ik heb zijn geschiedenis zorgvuldig gelezen, in de hoop een aanwijzing over zijn dood te vinden (iets dat me erg bezighoudt nu het einde zo nabij is), maar helaas voor hem is hij voor zijn vijftigste verjaardag aan griep overleden en zijn vrouw bleef huilend achter op het bed met in haar armen het lichaam dat van een tienjarige jongen leek te zijn.

En dat is alles. Het zijn geen gelukkige verhalen.

Ik moet eigenlijk uitleggen waarom ik zo veins. Het is geen excuus dat ik net doe alsof ik een jongen van twaalf ben omdat ik er zo uitzie, maar zo is het echt. Ik ben klein en sproetig en eenzaam; ik heb lapjes op mijn kniebroek en kikkers in al mijn zakken. Slechts een scherp waarnemer ziet dat ik te veel verbleekte littekens en een te gemene blik heb voor een kind van twaalf, en dat ik af en toe over mijn zachte kin strijk alsof ik een baard heb gehad. Maar niemand kijkt zo nauwkeurig. Ik weet dat het moeilijk te geloven is, maar iedereen is er volledig van overtuigd dat ik ben wat ik beweer te zijn, en niet alleen omdat ik na al die afschuwelijke jaren zo'n goede imitator ben. Het komt gewoon doordat niemand op kleine, slecht geklede jongetjes let. We verdwijnen gewoon tussen het vuil.

Men weet in deze stad niet beter of ik ben wees. Volgens de plaatselijke roddels heb ik mijn vader bijna twee maanden geleden verloren, in de voorjaarsmist op het meer, en ben ik hier helemaal alleen achtergebleven. Ik logeerde toen in het huis van een jongen in de stad en ik dankte het aan de goedheid van zijn moeder dat ze me in huis nam. Die jongen was jij, Sammy, mijn onwetende medeplichtige. Die moeder was jouw moeder, mevrouw Ramsey, een plaatselijke kunstenares. Sindsdien woon ik hier.

Aha, nu herken je me, hè Sammy. Het zielige blonde weeskind dat jouw jongenskamer moest delen. Het oude kind in het onderste bed waarvan je het gesnurk inmiddels vast wel goed kent. Als je dit leest ben je zelf ouder en misschien vergeef je me wel.

Om deze rol geloofwaardig te spelen moet ik echter wel iedere dag naar school lopen en bij belachelijke lessen zitten. Vandaag hadden we bijvoorbeeld geografie van Amerika waarbij we allerlei leugens te horen kregen, onder andere dat er in Californië (de staat waar ik geboren ben) alle mogelijke landschappen zijn. Ik moest op mijn beste Ticonderoga-pen bijten om niets te zeggen. Vulkanen? Steppe? Toendra? Maar twaalfjarigen kennen die woorden natuurlijk niet en ik mag mezelf in geen geval blootgeven.

Maar waarom net doen alsof ik een jongen ben? Waarom niet gewoon zoals iedere andere misvormde dwerg op een olifant de stad binnenkomen? Er zijn twee redenen voor. De eerste, waar ik het zo meteen over zal hebben, is de Regel. De tweede, lieve Sammy, ben jij. Ik heb tijd genoeg gehad om te bedenken hoe ik je kon vinden, hoe ik in je leven kon komen, hoe ik in het bed onder dat van jou kon glippen om te luisteren naar het zachte gekef van je dromen.

Ik heb me laten vertellen dat de eerste persoon die begreep hoe ik eraan toe was niet eens een dokter was maar Mary, ons dienstmeisje. In ons gezin werd vaak de draak gestoken met Mary – grootmoeder vertelde bezoekers altijd graag dat het arme kind nog steeds achteruit de trap afliep omdat ze altijd gewend was geweest om in de boerderij langs een ladder omlaag te klimmen – maar eigenlijk was het een tenger en neurotisch meisje dat jaloerse buien had, snel huilde en begon te giechelen zodra ze werd gevleid of geprezen, een rijpe vrucht die iedere slimme man kon plukken. En net als in alle Ierse liedjes raakte ze op het slechte pad. Ik was nog een baby toen Mary werd weggestuurd – en ze werd zonder meer weggestuurd, omdat de onbekende minnaar de arme Mary had achtergelaten met slechts een doodgeboren baby, een hangertje in de vorm van een distel en een verbroken belofte. Ze werd vervangen door een meisje dat merkwaardig veel op haar leek – de roodharige, onnozele Maggie – en er werd nooit meer over haar gesproken behalve door vader wanneer hij samen met de mannen een sigaar rookte, en dan alleen bij wijze van een bepaald soort grap. En dus werd Mary op nummer 90 van South Park Avenue uit de boeken geschrapt.

Maar een paar jaar later kwam ze terug. Ze kwam via de achterdeur binnen en stond al boven in de hal toen grootmoeder haar opeens zag.

'Mary!' riep de oude vrouw en ze greep naar haar gitten broche.

'Mevrouw Arnold, ik…'

'Hoe ben je binnengekomen?'

Ze zag er niet meer als een jonge vrouw uit. Haar gezicht was nog steeds aantrekkelijk, maar had de hardheid van onrijp fruit, en haar blik, die altijd als een puppy door de kamer dartelde, werd nu in toom gehouden, getraind door het harde leven op straat. Ze was goed gekleed, zij het wat opzichtig, maar als je wat beter keek zag je hoe versleten haar kleren waren, alsof ze ze dagelijks droeg en weer waste. Haar handen waren getekend door het roet van de stad, door de as die uit de fabrieken omlaag dwarrelde. In die tijd droegen alle nette vrouwen handschoenen, en waarom? Omdat de wereld een en al vuiligheid was. Maar Mary had geen handschoenen en daar stond ze, vechtend tegen de vuiligheid maar geen dienstmeisje meer, dat was duidelijk. Mary was een gevallen vrouw.

Ze glimlachte, wat ze nooit zou hebben gedaan toen ze daar nog woonde. 'John heeft me binnengelaten.' Ze bedoelde John Chinaman, zoals wij de kok noemden. 'Het is niet zo belangrijk, maar…'

'Het spijt me, Mary,' antwoordde grootmoeder woedend, 'maar je hebt het aan jezelf te wijten…' Ze begon haar gebruikelijke toespraak over schuld en noodlot, maar net op dat moment kwam mijn kindermeisje met mij uit de kamer van mijn moeder na mijn ochtendbezoek aldaar. Ik was bijna drie, maar het kindermeisje droeg me nog steeds in haar armen. Te oordelen naar de paar foto's die in die tijd van me zijn gemaakt, was ik in mijn afschuwelijkste stadium, en van top tot teen gehuld in kant toen ik Mary in het oog kreeg. Door mijn eeuwige isolement zag ik niet vaak iemand anders dan mijn grootmoeder, mijn moeder en het kindermeisje. Ik krijste waarschijnlijk van plezier.

'Och, moet je hem zien!' riep Mary tot afschuw van grootmoeder. De oude dame stak een arm de hal in om haar tegen te houden, maar Mary liep naar me toe en raakte mijn verschrompelde gezicht aan. 'Gut,' zei ze verbijsterd, terwijl ze grootmoeder recht aankeek. 'Hij ziet eruit als mijn vader en hij heeft geen grijs haar meer!'

Grootmoeder werd streng. 'Mary, ik moet je verzoeken om je zakken om te keren.'

'Mevrouw, hij wordt jonger.'

Het kindermeisje en grootmoeder keken allebei. Er was het oog voor nodig van iemand die me een poos niet had gezien, die mijn knoestige babygezicht kon vergelijken met deze nieuwe, gladdere versie. Het verwarde Ierse meisje werd snel het huis uitgewerkt (wat was haar bedoeling geweest: stelen, bedelen of ons lastigvallen?), maar niemand kon voorbijgaan aan wat ze in het huisgezin had teweeggebracht. Wat hele horden artsen niet hadden opgemerkt, had een gevallen vrouw onmiddellijk gezien.

'Ik vrees dat ze gelijk heeft,' zei de dokter tegen grootmoeder toen ze hem had uitgenodigd voor een glas oude cognac. Hij zat in de salon boven, dronk de cognac en keek de kamer rond alsof hij van plan was die te erven. 'Voor iemand in zijn toestand is hij zo gezond als een vis.'

Ik ben door grootmoeder opgevoed. Zij ging over mijn voeding en verzorging en opende de ramen om de kille mist van de stad binnen te laten in de hoop dat die me zou genezen. Mijn moeder heeft me later verteld dat de oude vrouw haar de toegang tot de kinderkamer ontzegde omdat ze ervan overtuigd was dat ik niets dan verdriet zou veroorzaken en met een paar maanden slechts een kleine grafsteen zou zijn, zoals het met de meeste kinderen gaat, maar ik denk altijd maar dat grootmoeder me in die hoge, kale kamer voor zichzelf hield omdat ze eenzaam was en hoopte dat ze een beetje van me kon houden: een laatste oude man in haar leven.

Grootmoeder was een vreemde vrouw en ik herinner me haar slechts vaag, maar ik heb wel van haar gehouden. Ik hield ervan om naar haar rubberachtige neus te kijken en naar het vuurwerk van adertjes dat vanaf haar neus over haar wangen liep; ik hield van de rare kanten muts die ze droeg en van de manier waarop de strakke strik ervan in haar slappe wangen sneed zodat er lange roze striemen achterbleven als ze hem afdeed. Ik hield van haar omdat ze mijn enige metgezel was en omdat we gaan houden van degenen die bij ons zijn.

U hebt vast wel het rekensommetje gemaakt. Een jongen die in 1871 is geboren en toen zeventig leek, hoe lang zou de levensverwachting van die jongen zijn? Zeventig jaar natuurlijk. En als u net als mijn grootmoeder bij mijn wieg zou zitten en uw parelketting als een telraam zou bewerken, zou u van deze verwachte levensduur uitgaan en tot de volgende voor de hand liggende conclusie komen: het jaar van mijn dood. Dat jaar berekende grootmoeder, terwijl ze in haar bontjas voor het open raam stond en naar mijn kirrende gestalte keek die met het warme, gerimpelde vel van een pudding uit de wieg puilde.

Toen grootmoeder de datum had berekend haalde ze mijn moeder en droeg haar op om een boodschap te gaan doen die zo buitensporig was dat de adem van mijn arme moeder stokte, voorzover ze nog kon ademen boven haar korset. Je zou denken dat het een boodschap was voor een prins in een sprookje; je zou bijna denken dat de oude vrouw me boven alles beminde en deze getallen verzamelde als dekens om me in mijn kwetsbare jeugd mee in te stoppen. Maar ze beminde God. Net als de gezusters Fox in hun tochtige huis luisterde ze naar het kloppen van Zijn geest op het houten omhulsel van mijn lichaam. De gouden hanger die ze voor een enorm bedrag liet vormen en slaan was dus niet voor mij; hij was voor Hem, om Hem door de hanger die om mijn lelijke nek hing te laten zien dat ze niet blind was geweest; ze had Hem eindelijk gezien.

Op de dag dat ze begraven werd, heb ik gehuild. Ik mocht niet naar de begrafenis, maar ik herinner me heel goed dat er een koets voor het huis stopte en dat mijn familie geheel gesluierd en in het zwart gehuld met rouwkransen bij de voordeur stond. Moeder boog zich voorover om uit te leggen dat ik niet mee mocht en gaf me als troost haar zwart omrande zakdoek die vochtig was van haar tranen. Vader zwaaide naar me en pakte moeder bij haar schouder toen ze weggingen, en ik maakte me los uit de greep van het kindermeisje, klom op de sofa en drukte mijn gezicht tegen het raam. Ik veegde met moeders zakdoek over het glas zodat het roet van de open haard verdween en keek huilend toe terwijl ze wegreden. De paarden waren versierd met pluimen, de koetsen waren gelakt en hadden spiegelende ruiten. De processie draaide langzaam om de olmen van South Park heen, verdween achter de aangeslagen ramen en reed zonder mij weg, zoals altijd alles zonder mij gebeurde.

De hanger heb ik nog steeds. Ik ben alles waarvan ik heb gehouden kwijtgeraakt – het is allemaal verkocht, afgepakt of verbrand – maar deze glinsterende ketting die ik mijn leven lang heb gehaat is nooit verdwenen. Engelen laten je in de steek; duivels zijn trouwe kwelgeesten. Ik heb hier, op deze bladzijde, een wrijfsel gemaakt. Als u zich de datum bovenaan dit dagboek nog herinnert, ziet u zelf wel wat voor noodlot grootmoeder voor mij heeft verguld:

Ik heb u over mijn geboorte en over mijn zekere dood verteld. Nu wordt het eindelijk tijd voor mijn leven.

Mijn geschrijf werd onderbroken door een jongen. Dat was jij, Sammy.

Je kwam aanlopen met je gebruikelijke drukke manier van doen, alsof je tien rennende jongens tegelijk was, en je bleef vlak voor me staan in het treurige stof van dit schoolplein. In de bomen zaten vogels of meisjes te kwetteren. De krantenjongenspet die je altijd draagt was een bosje in gevlogen, waar je later door de zeurkous die toezicht hield mokkend naartoe zou worden gestuurd om hem te zoeken, maar nu wapperde je haar vrij in de wind zodat het kronkelde en flitste als een helder betoog; je kniebroek was losgegespt en hoog opgerold; het elastiek van je kousen was geknapt, zodat ze waren afgezakt; je hemd, je broek, je blouse, alles aan je zat onder het stof als een met boter besmeerd broodje en je stond bruisend van leven voor me, beslist levendiger dan ik ooit ben geweest.

'Wil je meedoen?'

'Mag ik op het tweede honk?' vroeg ik. Ik vroeg om een grote eer.

'We hebben een rechtsvelder nodig.'

'O.'

'Doe je mee?' vroeg je, nu ongeduldig.

'Nee,' zei ik. 'Ik zit te schrijven. Hier, schrijf iets,' voegde ik eraan toe, terwijl ik een vel uit het schrift scheurde, 'iets voor je moeder.' Waarop je meisjesachtig lachte en wegrende, omdat je een aap bent, Sammy, je bent een aap die op handen en voeten aankomt en steeds maar blijft gillen, maar als iemand je probeert te pakken spring je krijsend in de takken. Als ik je probeer te pakken. Want ik ben een namaakjongen, een vervalsing, en net als een naar voedsel zoekend dier kun je de waarheid ruiken omdat je instinctief huivert van een stinkend beest hoezeer het ook op een jongen lijkt, dus vandaag rende je van me weg naar een groepje worstelende jongens die uitgeput en draaierig in een wolk stof lagen en enthousiast hun hoofd ophieven toen je naar hen riep: echte jongens.

Laat maar. De pauzeheks is in de deur verschenen en staat verwoed te fluiten. Ik moet deze bladzijden wegstoppen voor een andere keer; de tafels van vermenigvuldiging wachten.

Het verhaal van mijn leven begint met Alice, op het moment dat mijn mismaaktheid het ergst is, maar om Alice te begrijpen en te begrijpen waarom ik zo graag verliefd wilde worden, moet u eerst iets weten over Woodward's Gardens en Hughie. Maar eerst moet u de Regel begrijpen.

Het gebeurde op een winteravond, niet lang na de dood van mijn grootmoeder. Ik werd wakker van het sissen van het gaslicht in mijn kamer en toen het flakkerende toverlicht helderder werd, zag ik mijn ouders in hun operakleren voor mijn bed zitten, ritselend van de zijde en het stijfsel. Ik weet niet wat hun die avond overkomen was, van welke tragedie ze getuige waren geweest of aan welke beroemde hypnotiseur ze hun toestand hadden voorgelegd, maar ze keken als berouwvolle moordenaars die hun slachtoffer tijdens een seance hebben opgeroepen, en terwijl vader de lamp hoger draaide zodat een rozig licht en een bittere geur mijn kamer vulde, knielde mijn moeder dicht bij mijn vermoeide gezicht en vertelde me de Regel. Ze gaf geen uitleg, maar herhaalde hem alleen zodat ik zou weten dat het een les was en geen droom; het was een betovering die ze opriep en als ik een gehoorzame zoon was zou ik haar haar tovercirkel laten weven. Mijn vader stond bij de lamp met zijn ogen gesloten van angst. En toen viel ik in slaap en herinnerde me verder niets meer. De Regel heeft gedurende het grootste deel van mijn leven mijn handelingen bepaald. Hij heeft door zijn eenvoud alle belangrijke beslissingen minder ingewikkeld voor me gemaakt en me daardoor verder gebracht dan ik ooit zou zijn gekomen, helemaal van de stad waar ik geboren ben naar de koude zandbak waar mijn blote tenen nu in wegzakken.

'Wees wat ze denken dat je bent,' fluisterde mijn moeder die avond tegen me, met in beide ooghoeken een traan. 'Wees wat ze denken dat je bent. Wees wat ze denken dat je bent.'

Ik heb het geprobeerd, moeder. Het heeft me verdriet gegeven, maar het heeft me ook hier gebracht.

In de dagen na de dood van mijn grootmoeder werd alles anders voor me. We verhuisden naar een kleiner maar chiquer huis dat hoog in het nieuwe Nob Hill lag. South Park was 'verpauperd', zoals moeder spijtig moest toegeven; de nieuwste huizen rond het park waren van hout in plaats van steen en opgesplitst in appartementen, en kooplieden en pasgetrouwde stellen namen de plaats in van de rijke oude mensen uit Virginia die vroeger altijd liepen te flaneren met hun zwarte parasols en mutsen met linten. We deelden het huis op in appartementen, verhuurden het bovenste aan een getrouwd stel en het onderste aan een joodse weduwe en haar dochter. Daarna vertrokken we, met de rest van de rijken, naar het beloofde uitzicht van Nob Hill, dat bijna altijd in een dikke hermelijnen mist was gehuld.

En ik werd vrijgelaten. Ik was een paar keer met mijn moeder naar buiten geweest, naar de markt of het park. Maar meestal waren mijn avonturen toch beperkt tot het uitzicht dat ik vanuit de kinderkamer had – een groep ganzen met jongen, een open rijtuig met mensen die gingen picknicken, de melkboer die langsreed met een natgemaakt tapijt over zijn melkbussen om ze op warme herfstdagen koel te houden, en iedere hond of kat die langskwam, snuffelde en omhoogkeek maakte me even opgewonden als een astronoom wanneer hij wezens vanaf de maan naar hem zou zien glimlachen.

Het was dus een soort proclamatie toen moeder me op een ochtend terwijl ze voor haar toilettafel zat vertelde dat ik mee mocht naar Woodward's Gardens. Ik was zes jaar oud, iets groter dan een kind maar ik zag er helemaal niet uit als een kind. Ze hield een haarspeld boven een kaars en verwarmde hem om haar wimpers te krullen, en ik was haren uit haar borstel aan het plukken die ik in het stenen harenbakje stopte. Ik vond het heerlijk om te zien hoe het prachtige dikke dode spul verward raakte en akelig klitte; ik vond het heerlijk om de lange strengen haar te voelen die zo fijn en luchtig waren wanneer ik ze uit de borstel trok en in het bakje deed en zo donker en verward waren in het porseleinen inwendige ervan. Moeder haalde het haar er altijd uit om het te vlechten. Ze heeft een armband van grootvaders haar gemaakt die grootmoeder in haar graf nog steeds draagt, en later heeft ze er nog een gemaakt van mijn vaders haar met een groen lintje. Die heeft tot ver na zijn dood samen met een klein emaillen portretje van hem aan moeders pols gezeten.

'Wat is Woodward's Gardens?' vroeg ik, dicht tegen haar aan gedrukt.

Ze glimlachte droevig en pakte mijn hand. 'Het is een park. Buiten.'

'O.'

'Ik moet je wel waarschuwen, er zullen kinderen zijn.'

Niet 'andere kinderen', gewoon 'kinderen'.

'O.'

'Beertje,' zei ze zachtjes; ik was altijd haar 'beertje'. Ik stopte de laatste van haar haren in het gaatje en keek haar zenuwachtig aan. Ze was toen zo jong, en ze had de glinsterende schoonheid van een lucht na een regenbui.

'Wil je er niet heen?' vroeg ze me met die jonge, lieve stem.

Liever dan wat ook ter wereld, Sammy.

WOODWARD'S GARDENS

HET EDEN VAN HET WESTEN!

ongeëvenaard en zonder weerga op het Amerikaanse continent

NATUUR, KUNST EN WETENSCHAP TOEGELICHT

Ter lering en vermaak

Toegang 25 ct. Kinderen 10 ct.

Voorstelling gratis.

IEDERE DAG SCHAATSEN.

Er zijn nog steeds mensen die zich Woodward's Gardens herinneren, evenals de 1-meivieringen waarop Woodward, die rijk was geworden van een beroemd huis van plezier bij Meigg's Wharf, voor alle kinderen betaalde, voor hele hordes stadsjeugd, zodat ze naar zijn tuin konden komen om te spelen. De rijen kleine, harige dromedarissen met opgedroogde bruine traanstrepen onder hun ogen en op hun rug kinderen en tienerjongens met bolhoeden op; een meer met een oosterse brug en een paviljoen; een racebaan; een meiboom; vijvers vol brullende zeeleeuwen; een ronddraaiende roeiboot die er in zijn kleine vijver uitzag als een donut en waarin kinderen eindeloos konden roeien; allerlei fantastische uitvindingen zoals de zoögraaf, het orkestrion en de spraakmachine van Edison, een vogelhuis waar jonge paartjes zich tussen de varens verborgen en onder een wolk vogels zaten te vrijen; kuddes emoes, struisvogels, casuarissen; een 'Happy Family House' waar de apen mensen zaten na te doen door elkaar te omhelzen en te kussen;

maar wat ik me het best herinner van die dag waren twee dingen die prachtig waren om te zien, het ene wanneer je omlaag keek en het andere wanneer je omhoog keek. En verder natuurlijk dat ik Hughie heb ontmoet.

Toen ons keurige tweespan de grote haag naderde op de kruising van Thirteenth en Mission, kon ik bijna geen adem meer krijgen. 'Er zijn zeehonden,' vertelde vader me vanachter zijn snor die zijn woorden het gedempte en opwindende van een geheim gaf, alsof hij zijn handen om zijn mond hield. 'En papegaaien en kaketoes.' Natuurlijk was hij dol op de tuinen; had hij zijn eigen naam niet veranderd ter herinnering aan een speeltuin zoals deze? Op zijn reis vanuit Denemarken had Asgar Van Daler zich een plek van vroeger herinnerd waar de zwanen vanuit de lelievijvers als lokkende nimfen riepen, en omdat hij zijn eigen naam ongeschikt vond voor dit nieuwe land vol mensen die Smith en Black en Jones heetten, noemde hij zich naar dat oude park dat glinsterde van de kaarsjes – zijn Tivoli.

'Zwanen!' riep hij me grijnzend toe. 'Een beroemde beer die kunstjes doet!'

'Net zoals ik? Net zo'n beer als ik?'

'Net zoals jij!'

En voordat ik het besefte stonden we al binnen. Ik was zo afgeleid door zijn beschrijvingen, zo gebiologeerd door de schoolklassen kinderen die achter hun leraressen stonden, door de kinderwagens en de drukte en de opgezette ibissen en flamingo's die voor me in de bosjes stonden opgesteld dat één klein, triest detail me ontging. Juist toen ik over het gras begon te rennen stopte mijn vader drie afgescheurde rode kaartjes in zijn zak. Hij had voor drie volwassenen betaald.

Ik was in die tijd niet eens een erg overtuigende oude man – zonder baard, te klein voor een volwassene, te stevig voor een jongen – maar mensen staarden me slechts even aan en lieten me dan langs. Er was zo veel meer te zien. Terwijl ik de wonderen om me heen in me probeerde op te nemen, ging er een bel en kondigde een man aan dat Jim met de gescheurde neus een voorstelling zou geven in de berenkuil. Ik keek mijn ouders aan, met een smekende blik in mijn ogen, en moeder knikte instemmend terwijl ze haar voile steviger onder haar kin trok. Binnen een paar minuten zaten we op grenenhouten planken in een amfitheater vol kinderen en goedgeklede echtparen, en roken we de nooit veranderende popcorn-en-zaagselgeur van de kindertijd. In de piste beneden verscheen een man die de komst aankondigde van 'een angstaanjagende beer die vroeger altijd in onze stad op straat voor een Italiaan heeft gedanst, maar die op een dag uit woede de ring uit zijn neus heeft gescheurd en zich op zijn baas heeft gestort! Omdat hij te gevaarlijk was voor de straat heeft meneer Woodward hem hierheen gehaald voor uw vermaak.' En daar kwam hij aangeschuifeld, Jim met de gescheurde neus.

Een oude beer is niet zo heel erg opwindend voor degenen onder u die als kind met leeuwen en hyena's in het circus hebben kennisgemaakt, maar ik had nog nooit van mijn leven zo'n enorm beest gezien. Ik gaf twee keer een gil, één keer van angst en daarna nog eens van plezier toen ik zag hoe ouwe Jim op zijn hurken ging zitten en de lucht opsnoof, waarbij hij telkens naar ons knikte als een heer die in een restaurant komt waar men hem kent.

Hij deed een paar armzalige kunstjes voor een pinda, klom langs palen omhoog en ging treurig op de platforms hoog boven ons hoofd zitten. Telkens wanneer de trainer riep hoe gevaarlijk Jim was geweest toen hij door het Yellowstone-park zwierf, hoe hij gevangen was genomen en wat hij nu weer voor geweldigs voor ons zou gaan doen, applaudisseerden we. Terwijl we klapten leunde Jim achterover tegen een hekje, met een pinda balancerend op de punt van die stoffige gescheurde neus, en stond als een arbeider te dagdromen tot de baas zijn zweep liet klappen en het weer tijd werd om te werken voor de kost. Ik vond ouwe Jim geweldig en ik had een beetje medelijden met hem. Ik besefte heel goed dat hij eenzaam en verward in een kooi leefde, met als enige vrienden zijn oppassers. Maar kinderen kunnen medelijden slechts heel even volhouden. Het doet pijn, het geeft een akelig gevoel en dan bedenken we een snel redmiddel voor de onderdrukten: wijzelf. En in mijn onnavolgbare jongensgedachten redde ik ouwe Jim door hem mee naar huis te nemen en hem weer tot leven te brengen in het fort van Nob Hill, liet ik hem zich verstoppen tussen de varens van de trap, in de dienstlift kruipen zodat hij stiekem naar de kelder kon gaan waar we de aardappels en de oude wijnen bewaarden, en met die vermoeide ogen over me waken terwijl ik sliep, kortom, mijn leven vullen met precies die vrees en dat avontuur waarvoor ze hem in een kooi hadden gestopt. Ik zou Jim redden en dankbaar en vol liefde zou hij mij redden, terwijl hij met zijn tong, die zo zwart en groot was als een laars, mijn voorhoofd likte.

Na de berenkuil wilde mijn vader dat we met zijn allen gingen rolschaatsen, maar moeder vond dat wat te gewaagd. In plaats daarvan volgden we de bordjes naar de hemelbestijging, iets dat zelfs moeder, die druppeltjes transpiratie bij haar haargrens weg depte, niet kon weerstaan.

De ballon ontlokte zuchten en een brede glimlach aan mijn vader, die met zijn armen over elkaar geslagen naar de enorme zilverige pracht ervan stond te staren. Hij was dol op uitvindingen en technologie, vooral op alles wat met elektriciteit te maken had, en ons huis zou als een van de eerste een telefoon hebben gehad als mijn moeder er niet op had gewezen dat het niet alleen ontzettend duur was, maar dat er ook slechts drieduizend mensen in het land zouden zijn om naar te bellen en dat die ons ook allemaal konden bellen zonder dat er iets van hun familiegeschiedenis bekend was. Hij mocht niet toegeven aan zijn drang naar technologie, maar ik herinner me dat hij op een avond, jaren na Woodward's Gardens – uit liefde voor mijn moeder of uit liefde voor vernieuwing – haar een elektrisch juweel gaf dat in een shawlspeld was gevat. Hij stopte het batterijtje erin en bevestigde op haar revers de speld, die daar griezelig mooi fonkelde. Ze glimlachte terwijl vader uitlegde hoe het werkte en ons vertelde dat het de laatste mode was. Daarna keek moeder hem vol medelijden aan en zei: 'Dankjewel Asgar, maar ik kan hem niet dragen,' waarna ze hem uitlegde dat je net als met Franse jurken het altijd aan anderen overlaat om de nieuwste mode uit te proberen.

Dat was de laatste, zij het niet de eerste overtreding van mijn vader. Tegen de tijd dat ik mee uit mocht, was hij al zover dat hij voor zijn geliefde wonderen verborgen hield – zoals bijvoorbeeld de heldere, spitse gloeilampen die ik op een dag in de holle wereldbol op zijn studeerkamer vond, waar ze als de pas gelegde eieren van een glazen hagedis op een bedje van katoen lagen – of genoegen nam met openbare wonderen zoals het wonder dat we nu zagen.

'Kijk nou eens, ouwe jongen,' zei mijn vader tegen me met dat merkwaardige accent van hem. 'Kijk nou eens!'

Hoog boven het terrein, boven de houten omheining waarbinnen de toeschouwers stonden, en groter nog dan de enorme gestreepte Arabische tent van het vogelverblijf, steeg de glanzende, gewatteerde, zilveren ballon van professor Martin op. Hij was reusachtig en wiegde kalm heen en weer in de wind, en terwijl een klantenlokker de wonderen ervan aankondigde bij het publiek beneden en de professor zich opmaakte voor zijn hemelvaart, leek de ballon in een soort omgekeerde dimensie te bestaan, als een enorme omgekeerde regendruppel die trillend in de richting van de lucht aan de aarde hing.

'Grote goden!' hoorde ik een piepstem naast me. Dat zouden mijn ouders nooit hebben gezegd, het was een uitdrukking die ik alleen van de kinderjuffrouw had gehoord. 'Grote goden. Wat is dat?'

Dat vroeg ik me nu ook af. Door alle opwindende dingen in het park had ik helemaal niet op het publiek gelet en daar voor me stond de meest bijzondere attractie van allemaal: een gewone jongen.

Ik wist dat ik anders was. Vader had me in zijn donkere salon neergezet en me door het woud van zijn sigarenrook heen uitgelegd dat de veelvuldige bezoeken van mijn dokter ongebruikelijk waren maar dat het alleen was omdat ik, zoals hij het stelde, 'een beetje betoverd' was. Moeder, die mij koosnaampjes gaf als 'ouwetje' en 'beertje', legde me op een ochtend uit, terwijl ze haar magnoliabalsem aanbracht, dat ik anders was dan alle andere mensen ter wereld, anders dan alle andere jongens, zelfs anders dan mijn vader toen hij klein was en anders dan de bedienden en de kok en wie dan ook. Maar zulke dingen worden tegen alle kinderen gezegd; we zijn ge-

35

weldig, we zijn bijzonder, we zijn zeldzaam. Ik wist alleen dat ik echt anders was omdat bedienden altijd te veel fluisteren en ik me op een keer in de wortelkelder had verstopt waar ik dicht tegen de planken aangedrukt voor luistervink had gespeeld, en ik Maggie toen tegen juf had horen vertellen dat ze het zo zielig voor me vond, dat ik 'zo lief' was, maar dat er 'zo veel mis' was met me.

Maar hier stond, vriendelijk door het stof heen turend, precies datgene wat ik niet was. Het was een roodharig jongetje dat geheel volgens de gangbare mode als een klein mannetje gekleed was, met een slappe zwarte hoed met smalle rand en een pak dat in de loop van de dag waarschijnlijk al eens was uitgetrokken, want het zat helemaal verkeerd dichtgeknoopt, als een scheve glimlach, en er waren allemaal klitten en wollen pluisjes in de vleug van het fluweel blijven zitten. Hij keek me met brutale blauwe ogen fel aan en rimpelde zijn rode neus, een souvenir van de te verleidelijke zon van gisteren. Ik weet niet wat hij van mij vond. Maar ik vond hem het vreemdste wat ik ooit had gezien. Ik wist dat andere jongetjes er zo uitzagen – ik zag ze iedere dag vanachter mijn raam bedeesd op een bank zitten of schandalig schreeuwen naar een vriendje – maar ik had nog nooit van dichtbij ontdekt hoe mismaakt ze waren. Ik was zelf stevig gebouwd en deed de vloer kraken en hangmatten zwaaien, maar deze jongen leek wel een vogeltje, of een zak takjes, met armen en benen die zich op onmogelijke manieren bogen, net als van die oosterse dozen die eindeloos open- en dichtvouwen door hun handige scharnieren van lint. Ik was stomverbaasd en sprakeloos.

Ongeduldig vroeg hij nog eens: 'Wat is dat?' omdat hij het wilde weten en ik, een volwassene, daar stond.

Ik stamelde wat. Mijn ouders waren fluisterend een discussie begonnen – later hoorde ik dat het ging over de vraag of het overdreven was als vader zoiets exotisch als een in folie verpakte banaan voor me kocht – en letten dus niet op de hachelijke situatie waarin ik verkeerde. Ik had me die dag alleen zo gemakkelijk tussen de andere kinderen gemengd omdat mijn verlegenheid helemaal verdwenen was door de vreugde van het ontdekken, maar nu, tijdens deze pauze, terwijl de professor bezig was met zijn touwen en zijn vuur, voelde ik de verlegenheid weer opborrelen in mijn verkoelde hart.

'Ik… Ik weet het niet.'

'Wel waar,' hield hij vol, en tuurde toen wat aandachtiger naar me. 'Ben jij een dwerg?'

'Wat is dat?'

'Ik heb er eens een in een museum gezien en die trouwde met een vrouwelijke dwerg enne, enne het huwelijk werd gesloten door de langste man ter wereld.'

Deze zinloze informatie ging als een gammastraal door me heen. Omdat ik verward en van streek was door mijn eerste uitje vergat ik de strenge opdracht van mijn ouders en voor het eerst van de drie keer in mijn leven overtrad ik de Regel. Ik vertelde hem de waarheid: 'Ik ben een jongen.'

'Nietwaar. Je bent een dwerg. Je komt uit Europa.' Daar kwamen dwergen volgens hem blijkbaar vandaan.

'Ik ben een jongen.'

Hij glimlachte breed, waarbij hij een spleetje tussen zijn witte tanden liet zien. 'Je maakt een grapje.'

'Nee hoor. Ik ben zes.'

Hij hield beide handen omhoog en vormde dat getal. 'Ik ben zes!' verkondigde hij, en opeens overschaduwde dit idee, die nieuwigheid van hemzelf, iedere verdere nieuwsgierigheid naar mij. 'Ik kan tot honderd tellen omdat mijn vader privé-leraar is en het mij heeft geleerd.'

'Ik kan tot vijftig tellen.' Dat was het getal dat grootmoeder bij mijn leeftijd vond passen.

Hughie dacht daar over na en vond het blijkbaar voldoende. Hij keek omhoog naar de mensen die in hun dikke zwarte kleren langs ons liepen. Hij leek aandachtig naar hen te kijken; later zou ik ontdekken dat hij zichzelf beschouwde als iemand met magische krachten en dat hij, als het hem beleefd werd gevraagd, de bomen aan de andere kant van een veld een klein beetje heen en weer kon laten gaan. Toen keek hij me aan met het gezicht van een man die een besluit heeft genomen.

'Ik eet papier.'

'Echt waar?'

Hij knikte trots.

'Ik eet altijd papier.'

Ik zal u niet vervelen met de rest van het gesprek. Net zoals je wel eens hoort van leden van stammen in de Stille Zuidzee die, wanneer ze een vreemdeling tegenkomen, lange en geritualiseerde voordrachten houden over hun voorouders, voerden wij de ceremonies uit de kinderjaren op waarbij twee jongens afspreken dat ze geen vijanden maar vrienden zullen zijn. Net als de stamleden sloten wij zelfs af met een spuugwedstrijd waarmee ik, omdat ik won, een plekje veroverde in Hughies hart dat ik in de ruim vijftig jaar dat onze vriendschap duurde altijd zou houden, ondanks onvriendelijkheden tussendoor.

'Het is tijd!' schreeuwde de klantenlokker vanuit zijn hoge toren.

En het wonder geschiedde.

Professor Martin wierp zijn gewichten op het zand beneden en de ballon begon trillend op te stijgen. Het kleine mannetje, dat in zijn kwikzilveren maan omhoog werd gehesen, bleef het brullende vuur aan de onderkant voeden zodat hij met de ballon steeds hoger steeg – hoewel de touwen er nog aan hingen en aan beide zijden werden vastgehouden door een sterke man om te voorkomen dat de professor wegzweefde – en draaide zich toen om en opende een zak rozenblaadjes boven de juichende menigte. Toen de rozenwolken wegtrokken, zagen we dat hij nog hoger was gekomen en enorme gekleurde serpentines losliet die wij probeerden te vangen. En nog steeds steeg het op, het wonder. Het leek op niets anders op aarde; het had geen gelijkenis met dieren waarover ik had gelezen of met sprookjes of fabels; het was zelfs nog nooit in mijn dromen voorgekomen. Dit was de menselijke geest die werkelijkheid was geworden, die zelfs de vogels overtrof in zijn verlangen om vrij te zijn. Zijn wij de enige dieren die aan onszelf moeten ontsnappen? Want toen ik die ballon zag, kon ik me voorstellen hoe mijn eigen ziel, die gevangen zat in de stoffige oppervlakte van mijn oude lichaam, met zo'n zelfde vuur zou branden en even zilverig, even nieuw, aan mij zou ontstijgen.

Ik voelde een duwtje en kreeg een fallus in folie aangereikt.

'Beertje, dit is een banaan.'

Vele jaren later, toen we beiden moe en vergeetachtig werden, herinnerde ik Hughie aan die middag in Woodward's Gardens waarop we elkaar voor het eerst ontmoetten onder de prachtige ballon van professor Martin. We zaten toen in een wegrestaurant en ik kreeg steeds meer honger terwijl Hughie de sportpagina van een plaatselijke krant las en grinnikte over de schoolelftallen, met zijn bril op het puntje van zijn neus gezakt. Hij legde de krant neer en fronste zijn voorhoofd.

'Ballon?' vroeg hij. 'Ik geloof het niet.'

'Ja, het was een enorme zilveren ballon en jij vroeg me wat het was.'

Hij dacht erover na. We waren allebei achter in de vijftig en Hughie was inmiddels zijn mooie rode haar kwijt en had een pijnlijke knie waar hij altijd last van had. 'Nee, we hebben elkaar leren kennen toen mijn vader jou privé-les gaf.'

'Je wordt vergeetachtig, Hughie. Je bent een oude man.'

'Jij ook,' wees hij mij terecht. Hij had natuurlijk gelijk, maar oud hield voor mij in dat ik eruitzag als een klein, sproetig jongetje. Ik grijnsde dommig en ging weer verder met mijn milkshake.

'Een ballon. Zo zijn we bevriend geraakt.'

'Nee, ik heb je op de trap een goocheltruc laten zien.'

'Ik kan me niet herinneren dat jij goocheltrucjes deed.'

Hij zette zijn bril af. 'Ik kwam binnen met mijn vader. Jij probeerde je als een klein kind achter een deur te verstoppen ook al zag je eruit als senator Roosevelt in een matrozenpakje. Je was belachelijk. Ik liet een schoppenkoningin vanachter een varen te voorschijn komen en sindsdien heb je me altijd bewonderd.'

'Nou ja.'

'Nou ja.'

Verveeld en rusteloos van het reizen keken we allebei uit het raam naar de parkeerplaats, in de hoop daar iets bekends te zien. We richtten ons weer op de krant en onze knorrende maag en zeiden een uur lang niets. Dat heb je nou met zo'n oude vriend.

We huurden inderdaad zijn vader in als mijn privé-leraar. Dat kwam waarschijnlijk voort uit een gesprek onder die verbazingwekkende ballon in Woodward's Gardens. Meneer Dempsey kwam iedere dag van de week, en het meest verassende was achteraf bezien dat Hughie met hem meekwam. Ik denk dat mijn moeder het gevoel had dat een welgesteld kind recht had op onderricht zonder afleiding, maar mijn vader overtuigde haar er uiteindelijk van dat ik nooit een gewoon welgesteld kind zou zijn en dat ik meerdere soorten begeleiding nodig had om van het leven te kunnen genieten. Onderwijs, ja, en taal en kunst. Maar misschien moest ik ook leren hoe ik een jongetje moest zijn.

Hughie was daar zonder ook maar enige les achtergekomen. Hij arriveerde beleefd glimlachend, in zijn kleine kostuum, met zijn hoed op, maar zodra ik met mijn boeken in de hand in de hal verscheen, veranderde hij in een woeste stier en ramde me in mijn zij, met zijn schouder vooruit, zodat hij me ondersteboven wierp en er overal op de geboende vloeren papieren vielen. 'Man overboord!' riep hij dan verrukt, 'man overboord!', waarna hij de papieren ging oprapen en mij vroeg hoe ik het maakte. Dit alles overrompelde me, en ik kon nooit een betere reactie bedenken dan hem met een poëziebundel op zijn hoofd te meppen en met een boekenriem tegen zijn arm te slaan. Natuurlijk was ik groter en sterker, en kon ik hem optillen en over onze schutting heen gooien in de nagemaakte oosterse tuin van het huis achter ons, waar ik hem altijd zorgvuldig op een kussen van wilde grassen liet vallen. O, wat gilde hij dan van het lachen en hij rende weer terug met een waterlelie achter zijn oor. Maar ik had toch altijd het idee dat hij sterker was. Ik probeerde de hele tijd indruk op hem te maken, even slim of even wild te zijn, en al liep ik zo hard als hij in geen jaren zou kunnen lopen, toch kon ik hem nooit goed bijhouden.

U zult zeggen dat ik geluk heb dat ik met hem bevriend ben geraakt, met een jongen die zo bereid was om een monster als metgezel te accepteren, maar natuurlijk kon ik alleen maar zo iemand vinden. Zo'n idioot kind. Maar toch vraag ik me af waarom Hughie mij zo snel accepteerde. Misschien omdat hij zelf natuurlijk ook bepaalde eigenaardigheden had, een onjuist realiteitsbesef, of zelfs een jongensachtige ingekeerdheid die zo overweldigend was dat zelfs mijn logge, droef kijkende persoon erbij in het niet viel. Misschien prees ook hij zich gelukkig dat hij mij gevonden had.

Maar wat dacht hij dat ik was?

'O, jij was Max,' heeft hij me in de loop der jaren verschillende keren verteld. 'Ik weet niet, gewoon Max, zoals mama altijd mama was en niemand anders. Wie zal het zeggen? Je was nooit een ding, weet je. Zoals een stuk speelgoed of een hond. Ik wist dat je een persoon was, maar anders dan een kind en ook anders dan een volwassene. Iets heel anders, maakt niet uit wat, het kon me niet schelen. Je bent nog steeds Max, gek die je bent. Geef me nu maar een sigaar. Nee, zo'n lekkere.'

Je kindertijd onthoud je in je botten, niet in je geest. Ik kan u niet met zekerheid zeggen wat er op een bepaalde dag gebeurde, op welke verjaardag precies Hughie een kikker met lintjes omwikkelde en hem tussen het theeservies door liet lopen waardoor Maggie gillend de melk liet vallen, of hoe oud ik was toen moeder weigerde zich te verkleden omdat haar jurk naar vaders smaak te laag was uitgesneden en hij, toen hij zag dat hij zijn zin niet kreeg, de suikerpot pakte en die in haar decolleté leegde, zodat ze moest lachen. Of toen vader me meenam naar Meigg's Wharf en we ons vroegere dienstmeisje Mary zagen, zwaar opgemaakt en met een iris in haar hand, en ze naar ons toe kwam rennen en koerde dat ik zo veel jonger werd. 'Je ziet er niet meer zo oud uit, wacht maar, liefje, jouw tijd komt nog wel.' We moesten van mijn vader doorlopen zonder gedag te zeggen. Ik weet nog goed hoe Mary keek toen we bij haar wegliepen, hoe ze de iris liet vallen die er daar op de stoep uitzag als een bevroren kus.

Ik zou nooit een ware geschiedenis van mijn jeugd kunnen schrijven, omdat alles gebeurde voordat ik wist wat tijd was, in de periode van mijn leven waarop een belofte om op zaterdag bessen te gaan plukken maakte dat ik om de paar minuten vroeg: 'Is het al zaterdag?' Het leven kende geen voordien of naderhand, was nog niet aan een snoer geregen en kan dus niet helemaal intact uit de la worden gehaald.

Uit die tijd herinner ik me dus slechts meneer Dempsey die kwam en Hughie die met krijt op zijn schoenen tekende; Maggie en de kinderjuffrouw die in de hal stonden te roddelen; een aantal schildpadden in het terrarium, die leefden en stierven op een paar centimeter afstand van mijn tegen het glas gedrukte neus; de groenteman die iedere ochtend op de achterdeur bonsde; de wagen van de scharensliep met zijn lied – 'Nog oude messen te slijpen, nog oude messen te slijpen?'–; fonteinen rook die opstegen van de raderstoomboten in de haven; de vliegen en de zurige geur van de paarden, die er zo gekweld uitzagen dat ik medelijden met ze had wanneer ze in het koetshuis uitrustten; de geur van natte wol van mijn badpak dat in mijn kamer hing te drogen; de oude vrouwen op straat die vreselijke pruiken en hoepelrokken droegen volgens de mode uit vroeger tijden; moeder en haar crèmes; het schrapende geluid wanneer vader over zijn snor streek; de geur van het gas, die de geur van de nacht was. Dat waren de Jaren Voor Alice.

Ik wil even opmerken dat ik niet meer zo goed slaap.

Het bed onder dat van jou, Sammy, is wel geschikt voor een jongen die nachtmerries heeft en 's avonds laat cowboyboeken leest, maar niet voor deze oude man. En het merkwaardige nachtlampje in de hoek is niet alleen een verspilling van elektriciteit maar herinnert me ook maar al te zeer aan het elektrische juweel dat mijn vader aan de sieradendoos van mijn moeder probeerde toe te voegen, zo vals als het aan het voeteneind hangt te glinsteren. Het hele huis, dat overdag zo modern en efficiënt, zo gladjes en behangloos en mooi is, verliest 's avonds al zijn charme zodat ik me eenzaam voel binnen het droge omhulsel van zijn muren. En misschien maakt al dit schrijven over het verleden net als het krabben aan een insectenbeet wel dat de pijn langer duurt. Dus ik slaap niet.

Een paar weken geleden kwam ik 's nachts een keer uit bed, voorzichtig om jou niet wakker te maken, en sloop ik de badkamer in, waar een raam uitzicht geeft op de hemel. Ik klom op het toilet en stond daar naar de sterren te staren en te proberen hun patronen één voor één te ontwaren, zoals mijn vader me heeft geleerd. Ik vond Orion; Orion vind je altijd. Ik vond de Grote Beer. En bloeddoorlopen Mars. Ik probeerde mezelf ervan te overtuigen dat de sterren onveranderd waren ook al waren mijn handen tot zachte zeesterren gekrompen, en hun licht dat over het heelal klopte hetzelfde was als altijd, en als ik zonder te knipperen bleef kijken en het licht in mijn ogen liet ophopen, zou ik mijn ogen kunnen sluiten en datzelfde licht als een mondvol melk even in mezelf gevangen kunnen houden. Maar dit was niet de hemel die ik vroeger had gekend; er was een nieuwe planeet met een nieuw licht. Ik geloof dat ze hem Pluto hebben genoemd, de planeet van de onderwereld. En als ik mijn ogen sloot, zou dat licht er ook bij zitten, als een druppel paarsachtig blauw gif die de rest vertroebelde.

'Hallo?' Het licht ging aan.

Ik draaide me om en zag mijn moeder.

Nee, het was jouw moeder, Sammy. Het was mevrouw Ramsey met haar hand op het lichtknopje, maar het licht dat op haar viel was zo onnatuurlijk dat het iedere rimpel in haar gezicht belichtte met de hardheid van een rivaal die niets vergeet. Ze stond daar en staarde me aan met het gezicht van iemand die aan slapeloosheid lijdt, en heel even was ik bang dat ze me op de een of andere manier had betrapt, dat ze een uitdrukking op mijn gezicht had gezien die een kind van twaalf nooit zou kunnen vertonen. Maar ogenblikkelijk zag ik dat haar gezicht geen ontdekking toonde en ook geen medelijden met een raar kind dat niet kon slapen. Het toonde verdriet. Want naast alle andere lasten die ze had gedragen was er nu weer een nieuwe last in haar leven, de last van een jongetje dat op het toilet stond om naar de hemel te kijken. Een vrouw van in de vijftig, bijna zo oud als ikzelf, die 's nachts verdrietig door de gangen dwaalde; ik begrijp haar beter dan ze ooit kan vermoeden.

'Het spijt me,' zei ik alleen.

Mevrouw Ramsey glimlachte; de uitdrukking op haar gezicht veranderde. 'Wat ben jij van plan?'

'Ik weet het niet.' Het antwoord waarvan ik wist dat een kind het zou geven.

'Dan weten we het dus geen van beiden.'

Mevrouw Ramsey verschoof wat in de deuropening en keek ook naar buiten naar de sterren. Haar ochtendjas viel van boven open en liet een sterrenstelsel van sproetjes op haar borst zien. 'Wil je wat melk?' vroeg ze. Ik knikte en pakte haar hand.

Op de dag waarop vader verdween, lang geleden in San Francisco, werd ik wakker in mijn onopgemaakte bed en vond een ander bed, van sneeuw, voor mijn raam. Als een overdreven op gezondheid gerichte moeder die je altijd granen en crackers te eten geeft, maar op een ochtend een geglazuurde cake van witte bloem te voorschijn tovert omdat ze die al zo lang niet heeft gegeten, had de wereld zich vrolijk aan alle verwachtingen onttrokken en mij een besneeuwde dag gegeven. Ik had erover gelezen en mijn vader horen vertellen over de kastelen en draken die ze maakten uit heuvels romige Deense sneeuw, en hoe hij met de andere jongens altijd op houten planken helemaal naar Pruisen gleed, maar ik was niet op de werkelijkheid voorbereid. Ik dacht dat het zoiets als een speeltje zou zijn dat in de tuin was blijven liggen; ik was er niet op voorbereid dat de sneeuw de wereld geheel uitvaagde en een knisperende lege bladzijde achterliet. Ik staarde naar de gebouwen die er niet waren, de paarden, de koetsjes, de mannen die ik altijd naar hun werk zag gaan. Er was geen hemel; er was geen stad. Ik snakte naar adem, zoals we altijd doen bij iets onnatuurlijks.

Ik was geen kind meer. Ik was zestien en een beetje nors, vol zelfmedelijden vanwege mijn vreselijke lot, omdat ik gedwongen was om ouderwetse kleren te dragen zodat ik overtuigender als een man van vierenvijftig over zou komen. Hughie droeg natuurlijk gewoon wat hij maar wilde: een loshangende jas, een wijde broek, drukke paisleymotieven. Het enige waar ik trots op kon zijn was een baard die dik en weelderig was als de baard van een dichter. Ik liet hem scheren en knippen tot net onder mijn kin. Iedere avond streelde ik hem voor de spiegel, als een huisdier. Hij werd zelfs eindelijk minder grijs (met behulp van wat verf die mijn kapper me gelukkig aanraadde). Toch ging ik nog steeds niet echt op een jongen lijken.

Maar ondanks mijn uiterlijk was ik pas zestien, en hoewel ik eenzaam was en altijd met mijn neus in de boeken zat, voelde ik me net zo opgewonden door de verandering die dag als andere mensen; of misschien wel meer. Het leek op de een of andere manier net alsof iedereen opeens gelijk was; vanuit mijn raam zag ik mannen in lange jassen en dames met hoeden massa's sneeuw naar elkaar gooien. Als bij toverslag kwam er een rijtuig langs waarop planken waren bevestigd om het op een slede te laten lijken, en in dat rijtuig lagen stelletjes onder een laag bont te lachen. Ik trok mijn oudste kleren aan, kuste een verbaasde moeder die bij het opengeschoven gordijn stond, en werd naar buiten gelaten in een wereld die doof en blind was geworden voor wat hij vroeger was geweest. Kinderen werden verdwaasd langs de betoverde paden van een dode en kristallen wereld geleid, maar oudere jongens (meer van mijn eigen leeftijd, maar opgegroeid tot wilde, knappe jongens) herinnerden zich jongensboeken en maakten sneeuwballen die, indien goed gemikt, de hoge hoeden van nette oude heren uit Nob Hill afstootten. Het was die ochtend geen wereld om oud en vermoeid te zijn.

En ik was dat nu eens eindelijk niet; met de grijns en de bruin geverfde baard van een jongeman was ik geen doelwit voor jonge deugnieten. Een paar jongens die oude schaatsen onder een krat hadden gespijkerd wist ik over te halen om me een keer sleetje te laten rijden, en ik gleed opeens helemaal tot het eind van California Street, waar de trams net als anders over hun rails reden en de sneeuwval van een ochtend al tot een blubberige massa hadden geplet.

Men zegt dat sommige jongemannen, ouder dan ik, stenen in hun sneeuwballen stopten en op politici, rechters van het opperste gerechtshof en zelfs op onze geliefde burgemeester Pond mikten. Men zegt dat de ambtenaren van de belastingdienst een sneeuwoorlog voerden in de gangen van het stadhuis. Men zegt dat Chinezen die buiten Chinatown werden betrapt, met keiharde sneeuwballen werden bekogeld en dat als wraak alle blanken die stiekem door de steegjes van Chinatown liepen, op zoek naar iets om te roken of een meisje voor in bed, met bamboe werden afgeranseld. Men zegt dat de buffels in Golden Gate park er eindelijk uitzagen alsof ze er thuishoorden, met een huid als een bepoederde pruik, maar ik heb daar niets van gezien. Ik weet alleen dat ik Hughie tegenkwam die op het kerkhof bij de oude missiepost Mission Dolores aan het sleeën was en net als ik zijn huiswerk niet maakte, en dat we samen – de oude man en de jonge jongen – onze benen kneusden tot een boeket van paars en goud, de schone witte heuvel omploegden en van vreugde onze kelen schor schreeuwden.

Men zegt dat er die dag in Golden Gate hooguit een centimeter of dertig sneeuw viel. In de stad zelf viel er ongeveer tien centimeter. Tijdens mijn reizen en vooral die keer dat er een enorme, tot de heupen reikende laag sneeuw in Colorado was gevallen, heb ik inmiddels geleerd dat dit niets voorstelt; dit is slechts een uitwas van vorst. Maar wij vonden het een geweldig dik pak sneeuw.

Toen ik die nacht door een natte, doorweekte schemer naar huis sopte, omdat de meeste sneeuw was gesmolten en langs de heuvel naar beneden de baai in was gelopen, trof ik een huis aan waar de gaslampen laag waren gedraaid en de gezichten bezorgd stonden. Moeder zat in een shawl gewikkeld met haar borduurwerk in de achterkamer. Achter haar stond een kanariekooi, leeg als een boom in de winter.

'Max,' zei ze toen ik naar binnen stapte, 'we weten niet waar je vader is. Hij is niet thuisgekomen.'

'Hij werkt over,' opperde ik.

'We hebben een jongen gestuurd, hij is er niet.' Haar gezicht toonde oneindig geduld, een uitdrukking die ze uren geleden had voorbereid, speciaal voor wanneer ik thuiskwam.

'Er is vast niets met hem aan de hand, het komt door de sneeuw,' liet ze me weten.

Ik zag opeens Woodward's Gardens voor me, en vader die tussen de met sneeuw bepoederde dromedarissen door liep, op zoek naar de enorme zilveren ballon die hij zo mooi had gevonden. Maar ik wist dat het belachelijk was.

Moeder pakte mijn hand. 'Maak je geen zorgen,' zei ze. 'John heeft eten voor je klaarstaan, en maak je lessen voor meneer Dempsey, want morgen zou hij wel kunnen komen…'

'En als het sneeuwt?'

'De sneeuw is al gesmolten,' zei ze rustig. Ik zag de speldenprik opwellen, nu een rode parel die het licht opving, huiverend op haar huid; ze deed niets en keek me alleen aan. 'En vader zal wel later thuiskomen, maar blijf maar niet op.'

'Moeder.'

'Je hebt slaap nodig, lieve jongen.'

'Moeder.'

'*Geef me een kus,*' fluisterde ze. Ik kuste haar en er bleef wat van haar poeder in mijn baard hangen. En toen ik de salon uit was gegaan en in het vage licht van de hal stond, meende ik het gekletter te horen van naalden die op de grond vielen, en daarna het zachte geluid van een duim die tegen een zuigende mond werd gedrukt.

Maar hij kwam nooit meer thuis.

De eerste maanden hadden we het versteende hart van mensen die leven in hoop. Maar het enige dat de politie ooit ontdekte, kwam overeen met wat ze meteen al hadden geweten: dat vader op de dag waarop hij was verdwenen helemaal niet naar zijn werk was gegaan, dat hij zijn zwarte wollen pak droeg en zijn hoge hoed op had, maar niet zijn wandelstok had meegenomen, dat hij een goede sigaar had gekocht bij zijn favoriete winkel in Clay Street, een whisky had gedronken in de beurs in Stockton Street en gratis had geluncht, ter hoogte van Main Library zijn hoed had afgenomen voor een rechter en daarna nooit meer was gezien. De stippellijn die al deze getuigen met ons eigen huis verbond, leidde helemaal niet tot een overtuigende conclusie; hij leidde rechtstreeks San Francisco uit en het water in. Er werd geen stoffelijk overschot gevonden en er was ook geen bewijs dat er een stoffelijk overschot gevonden zou kunnen worden, en ik weet nog goed dat ik het vreemd vond dat juist op de dag waarop een vader een spoor van laarsafdrukken in de sneeuw zou moeten achterlaten, mijn vader geen enkel spoor had achtergelaten.

Na een halfjaar kregen we echter vaker onze accountants dan de politie op bezoek. Ze zaten met moeder en mij in de salon, waar de kolenhaard het zweet op hun kleinburgerlijke voorhoofd bracht. Moeder, die gekleed was in het diepe paars van onzekere rouw, luisterde terwijl ik met de dop van een pen op tafel tikte (ze zagen mij aan voor een parasiterend familielid). 'Het is allemaal heel ingewikkeld, mevrouw Tivoli,' zeiden ze tegen haar. Vader hield er blijkbaar van om financieel wat risico's te nemen en dus werd alles wat hij verdiende altijd in een nieuw project geïnvesteerd; er was maar heel weinig spaargeld. Zonder vader aan het roer dreef deze vloot van verbazingwekkende kleine projecten volledig af en een paar projecten waren ook al volledig mislukt. Voeg dit bij het gebrek aan inkomen nadat het korte pensioen van zijn bedrijf was geëindigd, het ontbreken van een stoffelijk overschot waardoor de verzekering het niet nodig vond om uit te betalen, en zodoende, vertelden de accountants ons vanachter vettige brillenglazen, 'kunt u volgens de boeken nog één jaar leven zoals u nu doet, in dit huis, en daarna zal er niets meer over zijn.' Ze zeiden tegen ons dat we het huis zo goed mogelijk moesten verkopen.

'We zullen er geen doekjes om winden, Max,' zei moeder tegen me toen ze weg waren. 'Ze hebben gelijk.' Ik wilde haar niet aankijken; ik zat daar vol puberaal zielenleed, zoals de artsen het tegenwoordig zouden noemen. Ik liet mijn hoofd tegen het pleisterwerk rusten en voelde de uitstulping van een klaproos tegen mijn slaap. Ze praatte verder, terwijl haar haar in sigarenrookkrullen uit haar haarspelden ontsnapte. 'We verkopen het huis. We verkopen het tweepersoons bankje, de rookstoel uit de tweede salon, de klokken en de lampen. Wat meubilair uit de studeerkamer van je vader, het bureau, de stoelen en de vlinderverzameling. Misschien de geode. Het zilver dat dubbel is. Maggie houden we denk ik wel, als ze tenminste weer in South Park wil wonen.'

'South Park?'

'Waar moeten we anders gaan wonen? Bovendien moet ik me er thuis voelen.' Alsof het woord 'thuis' de planchette van een ouijabord was, nam ze het vreemde zangerige accent van mijn vader over: 'We zullen er geen doekjes om winden, Max.'

Ze legde me de plannen uit in zinnen die van een verre ster leken te komen, heel helder en duidelijk maar al oud. Iemand moest ze maken, onze nieuwe plannen, zonder wanhoop, zo kalm en zo reëel als we maar konden. Er was namelijk een feniks in mijn moeder opgestaan, of, zoals de aardige moeders van dit kleine stadje het misschien zouden uitdrukken, er was een wonder geschied. Sammy, ik zal jouw ruwe twintigste-eeuwse uitdrukking gebruiken: ze was zwanger.

'Ik vind je leuker nu je arm bent,' zei Hughie toen hij aankwam op de dag van de verhuizing.

'We zijn niet arm.'

Ik kon nauwelijks iets tegen hem zeggen. Ik schaamde me zo voor onze statusverandering. Ik stond tussen de oude ijzeren ornamenten in de vorm van honden in de tuin en moeder stond voor het raam boven naar beneden te kijken. Want we gingen nu boven wonen, terwijl een ander vaderloos gezin – de Levy's – in het appartement beneden een rustig bestaan leidde. Ik keerde me af van South Park zelf; het was te veel veranderd. Het muurtje en de schutting om het park heen waren verdwenen, zodat het een platgetrapte groene ovaal was tussen huizen die zelfs niet eens meer leken op de mooie oude huizen zoals dat van ons. De bomen in het park leken ook anders, minder esdoorns en olmen en meer eucalyptussen, in navolging van de misplaatste voorkeur voor die bomen van de laatste tijd, die maakte dat de stad als een medicijnkastje rook. Zelfs het park heette anders; sommige van de nieuwe mensen noemde het grimmig De Teervlakte.

Hughie glimlachte. 'Nou ja, in ieder geval zoals je vroeger was. Nob Hill paste niet bij je. Je begon eruit te zien als een bankdirecteur, ouwe jongen.'

'Jij ziet eruit als een circusartiest.'

Daar moest hij om lachen. Hij was uitgedost in lavendelblauw met grijs, met de fatterige wansmaak van een zeventienjarige met wat zakgeld, en hij droeg – enkel om mij te pesten – een fluwelen vest waarvan ik hem vaak genoeg had verteld dat hij daarmee op een orgelman leek. Het kon Hughie allemaal niets schelen.

Ik zag beweging in het appartement beneden; de witte flits van een jurk, maar hij was meteen weer weg. Ik hoopte dat onze buren pas naar buiten zouden komen als we verhuisd waren. Die huurders op de begane grond waren de laatsten die ik wilde ontmoeten. Ik zag dat er sinds ik weg was een wespennest onder de dakrand was gekomen.

'Weet je wat moeder iedereen vertelt?' zei ik.

'Nee.'

'Dat ik haar zwager ben.'

'Maar dat is dom! Dus zij is de vrouw van je broer?'

'Dat ik haar zwager ben die uit het oosten is gekomen om haar te helpen bij het huishouden. Nu pa weg is.'

'Belachelijk. Je hebt hier altijd gewoond. Zullen mensen je niet herkennen? Zo'n zonderlinge figuur, bedoel ik?'

'Niemand herkent me. Toen ik hier wegging was ik één meter vijftig en had ik grijs haar. Moet je me nu zien.' Ik was net zeventien en bijna één meter tachtig, met een dikke bruine haardos en een prachtige baard met grijze strepen. Ik zag er echt uit als een bankdirecteur, maar in de oude kleren van pa had ik het gevoel dat ik iets van zijn Europese uitstraling overnam en ik hield trots mijn duimen in de zakken van mijn vest. 'Volgens mij ben ik erop vooruitgegaan,' zei ik.

Hij knipoogde. 'Dat vind ik ook, Max. Nog even en je bent een knappe oude man.'

'En jij een lelijke oude man.'

Hughie sloeg naar een voorbijgaande wesp en draaide zich toen om naar moeder, die uit het raam stond te kijken. De wesp vloog door. 'Hallo, mevrouw Tivoli,' schreeuwde hij.

'Niet schreeuwen, lomperik,' zei ik tegen hem.

'Ik ben niet lomp,' deelde hij me mee, terwijl hij zijn vest gladstreek.

Moeder schudde haar hoofd vanuit de stilte waarin zij stond, hield één hand tegen haar haar en wuifde met de andere.

'Hoe is het met haar?' vroeg hij, nog steeds omhoogkijkend naar mijn moeder terwijl ze haar zondagse zwarte jurk gladstreek, de jurk die ze droeg om kennis te maken met haar vroegere huis, zoals iemand zich kleedt voor een dineetje wanneer ze weet dat een vroegere minnaar er ook zal zijn. Ze verdween in de duisternis van de kamer boven.

'Ze gedraagt zich heidens,' zei ik.

Nu was hij geïnteresseerd. 'Hoe dat zo?'

Ik schopte tegen het droge gras. 'Ze leest tarotkaarten. Ze laat de hele nacht een spirituslamp in haar kamer branden.'

'Ze heeft denk ik veel aan je vader te vertellen.'

'O, maar ze praat niet. Ze luistert.'

'Wat zegt hij?'

'Niets,' zei ik vastberaden. 'Hij is niet dood.'

Hij knikte en keek weer naar het park, met zijn armen over elkaar geslagen. 'Dat denk ik ook.'

Wijzelf hadden bedacht (al dacht de politie er anders over) dat wat vader was overkomen in die tijd allerlei mannen overkwam. We waren ervan overtuigd dat hij een café aan Barbary Coast in was gelopen, een biertje had gedronken waarmee geknoeid was, vervolgens bedwelmd was geraakt en via een luik in de vloer in een wachtende sloep was gegooid. Daarmee was hij in het holst van de nacht naar een schoener gebracht die voor Golden Gate lag te wachten, waar het geld was overhandigd, en toen hij wakker werd voer hij op de zonnige oceaan in oostelijke richting, als bemanningslid van een walvisvaarder. Een kapitein schreeuwde boven de wind uit bevelen en matrozen met paardenstaart en tatoeages schuifelden langs en bekeken hun nieuwe maat. Een tocht terug in zijn eigen met zoutkorsten overdekte jeugd. Met andere woorden, hij was geshanghaaid.

Maar wat ik heimelijk dacht was nog obscener, nog fantastischer. Ik stelde me voor dat mijn vader in de ban was van een of andere Noorse betovering zodat hij ons niet meer kon bereiken; ik dacht aan een of andere geest die om Kaap Hoorn heen gekomen was om hem te achtervolgen en dat vader, net als Merlijn die door Nimue in de ringen van een eik was opgesloten, in een groene vuurkring zat te wachten tot ik het juiste woord sprak om zijn betovering te verbreken. Welk woord zou dat zijn?

'O jee!'

Het geluid kwam van achter ons. Een meisje dat bijna net zo oud was als ik was uit de deur op de begane grond gekomen maar lag nu angstig in het gras. Ik kon niet begrijpen wat ze deed. Ze was geheel in wit kant gekleed en hield haar hand tegen haar hals terwijl ze wachtte, bijna luisterde naar de seconden die voorbijgingen, en terwijl haar vreemde kreet nog naklonk, staarden we elkaar aan. Toen haalde ze langzaam en verschrikt haar hand weg en toonde me, ten eerste, een felgekleurde liefdesbeet in haar hals en ten tweede, heen en weer rollend in haar uitgestrekte handpalm, het goud met zwarte glanzende lijfje van een wesp.

Alice, lees je dit? Dat ben jij!

Ik had natuurlijk wel eerder meisjes gezien. Niet alleen vanuit het raam van de kinderkamer, waar ik keek hoe ze in hun damesachtige jurkjes naar de vogels wezen, maar later zag ik ook de meisjes van Nob Hill die op weg naar school steentjes naar elkaar schopten en lachten; ik had jongedames gezien die na de avondklok thuiskwamen in de rijtuigen van hun vrijers; ik had er zelfs een paar in de parken zien kussen, totdat de stelletjes bij het zien van een wellustige oude man naar dichtere bosjes vertrokken. En ik was verliefd geworden op de meisjes van alledag: het meisje bij de krantenkiosk, met een schrale plek boven haar lip, het droevig kijkende meisje dat ananassen verkocht die in een piramide waren opgestapeld, en de dochter van de Duitse slager die met hem aan onze achterdeur kwam en als tolk fungeerde. Maar ik zei nooit een woord tegen hen. Ik knikte alleen vanuit de keuken of probeerde mijn zenuwachtige zweten te verbergen door mijn geld neer te gooien en snel weg te lopen. Het was opwindend, het was een kwelling.

Ik had nog nooit een geschikt meisje ontmoet. Alle jongens zijn op hun zeventiende geprepareerd, klaar voor de liefde. En ik, gevangen in dat afschuwelijke lichaam, zou natuurlijk vallen voor de eerste waar mijn blik op viel.

'Ik ben gestoken!'

En ik ook, Alice, toen ik je voor het eerst zag. Het ergste wat me in mijn leven kon overkomen: ik werd met stomheid geslagen door mijn hart.

Hughie rende naar haar toe. 'Gaat het?'

Ze knipperde terwijl het blaasje in haar hals begon te zwellen. 'Ik ben nog nooit gestoken,' zei ze.

'Het gaat wel over,' zei Hughie tegen haar. 'Ga liggen.'

Ze weigerde, terwijl ze daar zat en naar de vergiftiger in haar handpalm keek. 'Het doet pijn.'

'Nou…'

'Veel erger dan ik dacht. Moeder is een keer gestoken en ik dacht dat ze zich aanstelde, maar… o, het doet pijn.'

'Het wordt ook dik.'

Nu keek ze mij aan met die zachte bruine ogen, die tijdloze ogen. 'Uw zoon is heel vriendelijk, meneer.'

Ik probeerde iets te zeggen maar er gebeurde niets. Ik was een sprakeloze oude man en ze wendde haar blik af.

'Moeder!' gilde ze en ze keek weer naar de wesp. 'Arm beestje.'

'Hm,' zei Hughie, terwijl hij opstond.

'Laat je me hier alleen?' zei ze.

Op dat moment deed ik mijn mond open om de woorden te spreken die ik bijna een minuut lang had proberen te zeggen. Ze leek het te merken en keek me recht aan. Ik knipperde met mijn ogen. Eindelijk kwam het eruit: 'Hij is… hij is mijn zoon niet.'

Maar de woorden werden overstemd door een kreet vanaf de zijkant van het huis. Ik keek en het was slechts een vrouw, een moeder. Alice, je wendde je af en hoorde me niet eens.

Ik zou het graag het noodlot noemen, maar ik moet het eigenlijk toeval noemen, dat je in mijn tuin terechtkwam in de periode dat mijn hart op zijn gevoeligst was. Ik denk dat ik geluk had dat jij het was en niet een wreder iemand. Maar toch, als het iemand anders was geweest, Alice, zou ik opnieuw hebben bemind, en meer dan genoeg, voordat ik deze rijpe leeftijd bereikt had. Door de vloek van jouw ogen heb ik echter nooit meer van iemand gehouden.

'Meneer Tivoli!'

Haar moeder kwam het huis uit rennen en knielde aan de voeten van haar dochter. Ze hield een doek tegen de gespannen hals van het meisje en drukte met de nonchalante efficiëntie van een verpleegster tegen die zachte huid. Ze was een knappe vrouw, zo natuurlijk als ze zich bewoog met haar sprietige dochter, terwijl het meisje tegensputterde en worstelde. Mevrouw Levy droeg de kledij van een weduwe in de laatste jaren van rouw en had de zorgvuldige schoonheid van een oudere vrouw. Met haar kleding accentueerde ze haar gezicht – door een parelketting – en de dingen die niet verouderen: haar vrouwelijke silhouet door een discrete *queue de Paris* en haar indrukwekkende boezem door een blouse met knoopjes van voren. Ik ben niet goed in leeftijden; hoe oud was ze, Alice? Vijf- of zesenveertig? Ze had een donker getint gezicht in de vorm van een hazelnoot, met een ronde haarlijn en ongekleurde lippen. Ze glimlachte en mopperde terwijl ze het meisje insmeerde, maar ze keek niet naar haar. Ze keek recht naar mij, met die donkerbruine vrouwelijke ogen. 'Meneer Tivoli, het is geweldig om u eindelijk te ontmoeten, niet terugtrekken, Alice, zo koud is het niet.'

Alice! Ik wist haar naam en nu was ze nog aantrekkelijker dan eerst.

'Ik hoop dat u het naar uw zin heeft in het oude huis van uw broer, wij vinden het hier heerlijk, nietwaar, wat heb je toch gedaan, dom kind? Als je naar ze slaat, steken ze je, nou ja, ik hoop dat het niet opzet en anders leer je er wel van, nietwaar? Alice, zit stil. Nu is je jurk nat en moeten we hem uithangen. Ik heb uw schoonzus ontmoet, meneer Tivoli, en ze is een charmante dame, zo triest, zo triest.'

Hughie grinnikte. 'Inderdaad, meneer Tivoli, uw knappe *schoonzus*.'

Het was een en al toneel dat Alice' moeder regisseerde. Hoe langer ik daar stond en naar Alice keek, des te duidelijker, des te belangrijker werd het meisje voor me. Ik zag hoe ze rood van boosheid haar tranen wegknipperde en zuchtte terwijl haar moeder haar bij haar haren vasthield. Maar mevrouw Levy trok me precies de ver-

keerde kant op, ontnam me het recht om het hart van een schooljongen te hebben en gaf me in plaats daarvan de leren flappen van
een oude man, iemand van wie de gestoken Alice nooit zou kunnen
houden.

'Alice, wees stil, dit is je huisbaas, meneer Tivoli. Hij is een van de
oude bewoners van South Park, nietwaar, meneer Tivoli?'

Ze vermorzelde me ten overstaan van haar dochter. Mijn hoed
voelde te strak aan en ik bedacht dat hij misschien niet van mij was.
Ik had vast op een feestje de verkeerde hoed meegenomen.

'Helemaal niet oud, mevrouw Levy,' zei ik, en vervolgens: 'Hallo,
Alice,' wat geen indruk maakte op het meisje dat geboeid ergens anders naar staarde, maar wel de oudere vrouw deed lachen met een
omlaag tingelende toonladder als een snoer parels.

Alice keerde zich eindelijk naar me toe. 'Ik hoop dat u boven geen
lawaai maakt zoals het vorige stel. Die klonken net als vee.'

Mevrouw Levy stortte zich met een reptielachtig geluid op haar
dochter. 'Trouwens, meneer Tivoli,' ging de weduwe verder, 'ik heb
de prachtige kleden gezien die u uit uw vorige huis op Nob Hill hebt
meegenomen. Wat zal het zacht en mooi zijn in uw huis!'

Mevrouw Levy had een charmante manier van converseren en ik
was een kind van zeventien, dus ik kon slechts haar leiding volgen.
Ik praatte over kleden, kleden uit Brussel, wat voor kleur ze hadden
en hoe ze aanvoelden, en ik kon ze bijna proeven omdat ik maar
door bleef gaan met dit stoffige wollen gesprek, terwijl ik al die tijd
Alice had kunnen vragen over haar school, haar piano, haar reizen;
ik had de stem van Alice kunnen horen. In plaats daarvan moest ik
toezien hoe het lieve kind langs me heen staarde en steeds meer in
gedachten verzonken raakte. De pijn van de steek was waarschijnlijk
afgenomen door de zorgen van haar moeder of het saaie brommen
van mijn stem, en de lieve jonge Alice zakte weg, zakte weg in een
fantasiewereld die ik dolgraag met haar wilde delen.

'… ik vind, ik vind het fijn om kleden in huis te hebben.'

'Oef,' zei Alice.

'En damasten tweepersoons bankjes, die heb ik ook gezien,' zei
mevrouw Levy trots, alsof ze van haar waren. 'Ik ben onder de in-

druk, meneer Tivoli. U lijkt zich heel erg om het huishouden te bekommeren, voor een man.'

Maar ik ben geen man! wilde ik zeggen, maar ze was al beleefd opgehouden met praten en informeerde vervolgens naar degene naast me, die ik volledig vergeten was.

'Ik ben meneer Hughie Dempsey,' zei Hughie overdreven vriendelijk, terwijl hij zijn hoed afnam voor mevrouw Levy en haar met de ogen knipperende, dromerige dochter.

'Ah, Hughie,' herhaalde Alice.

'Hij is een goede vriend van de familie,' zei ik.

Mevrouw Levy pakte haar dochter bij haar middel zoals je bloemen naar een vaas draagt. 'Geweldig, geweldig. Ik moet de arme Alice maar mee naar binnen nemen en iets aan haar hals doen. Ik hoop dat u een keer op bezoek komt, meneer Dempsey. En u en uw zus zullen we natuurlijk gauw voor het diner uitnodigen, meneer Tivoli.'

Buigingen, knikjes, glimlachjes, en terwijl het meisje mee naar binnen werd genomen en zich weer zorgen maakte over het gif van de steek, stond ik daar net zo stil als de ijzeren sierhonden. Een paar mensen zorgden voor opschudding in het park achter me, en ik zag vaag een man lopen die met een waarschuwingsvlag zwaaide terwijl een door stoom voortbewogen voertuig onder algemeen geroep en gejoel zijn demonstratierondje reed, maar het wonderbaarlijke ervan ontging me want ik was druk aan het bedenken hoe ik het voor elkaar zou kunnen krijgen om zonder mijn moeder ons appartement op de begane grond in te komen, Alice alleen te treffen en haar ervan te overtuigen wie ik eigenlijk was.

Naast me klonk de geamuseerde stem van Hughie: 'Meneer Tivoli, ik geloof dat u mijn hoed op hebt.'

Opeens was het leven prachtig gebroken glas. Er ging geen moment voorbij of ik voelde de pijn van Alice' aanwezigheid onder me, en wanneer ik in de salon stond te luisteren naar moeders uitleg over onze boekhouding of naar het lusteloze verslag van haar nacht naast de spirituslamp, ging ik soms telkens op een andere plek op het tapijt staan terwijl ik me afvroeg: Staat Alice nu onder me? Of nu? En zo schoof ik als een ridder op een schaakbord door de salon in de hoop dat als ik boven Alice terechtkwam, als ik trillend op één lijn met haar stond, ik de warmte van haar lichaam zou voelen en de geur van haar haar zou ruiken die opsteeg in het huis.

Hughie vond dat ik me idioot gedroeg. 'Denk toch niet aan haar,' zei hij. 'Ze is veertien. Ze draagt het haar los en speelt waarschijnlijk nog met poppen. Ze weet niets over liefde.' Dan gooide hij weer een kaartje in zijn hoed aan de andere kant van de kamer, om aan te geven dat hij alles wist over zaken van het hart, zoals we maar al te vaak denken wanneer we zeventien zijn.

Maar ik was niet te houden. Ze zwom als een zeemeermin in de troebele vijver van mijn dromen. Ik lag in bed met het raam open, in de hoop dat ik haar stem zou horen wanneer ze vanuit de keuken tegen haar moeder gilde –'Ik word gek in dit huis!'– en die stem zou als een zoet vergif tot mij doordringen. Of ik hoorde vage voetstappen en stelde me dan mijn meisje voor in haar zwarte kousen en witte jurk terwijl ze haar vinger in een pas gebakken chocoladecake stak en daarna probeerde haar misdaad te verhullen. Ik bedacht weken- en maandenlang allerlei listen terwijl ik luisterde hoe ze als een rondspokende dame onder me in zichzelf zong of met een gil wakker schrok uit een nachtmerrie. Ik bedacht dat ik misschien een of andere reparatie kon verzinnen die in huis moest worden uitgevoerd. Normaal gesproken haalden we er natuurlijk een paar mannen uit de buurt bij om te helpen met dingen in huis, maar misschien kon ik moeder ervan overtuigen dat ik de juiste persoon was om het te doen. Hughie haalde zijn schouders op toen ik erover begon en zei snuivend dat het misschien wel zou lukken. Een klein karweitje, even achter de betimmering kijken of er muizen zaten, de verf bijwerken. Als ik maar bij haar in de buurt kon zijn.

Niet dat het goed ging als ik inderdaad dicht bij haar kwam. Ik bracht haar gangen in kaart met de vaardigheid van een astroloog en wist dat ze iedere morgen om acht uur precies naar de Academie voor Meisjes van mevrouw Grimmel ging, met een strik in het haar en cakekruimels op haar lippen gekleefd, en dat ze iedere middag om twee uur terugkwam; soms kwam ze pas veel later, in het gele rij-tuig van een andere familie, in gezelschap van twee andere meisjes met donker haar en een bril. Alleen die keren met haar vriendinnen zag ik mijn Alice echt vrolijk. Dan zwaaide ze met haar armen om het water te scheiden voor haar verhaal, want nadat ze gedag had ge-gild op de donkere stenen van South Park nummer 90, keerde ze zich altijd naar het huis toe met de verveelde blik van een wat ouder kind en de afkerige stap van een robot. Ik probeerde vaak om net in de tuin te zijn als ze thuis kon komen, maar ik was er nooit op het juiste moment en moeder riep me altijd weer naar binnen voor een of ander klusje.

Eén keer stond ik wel op de juiste plek en deed net alsof ik het ij-zeren hek aan het repareren was. Ik was net terug van een sollicita-tiegesprek bij Bancroft – een baan die ik twintig jaar zou houden, het archiveren van documenten voor een dertigdelige *Geschiedenis van het Westen* die meneer Bancroft uitgaf – en ik keek de straat in en zag Alice humeurig over de planken op de stoep aan komen stampen. Even kwam er een waas voor mijn ogen.

'Dag, meneer Tivoli.'

'Hallo, Alice. Hoe was het op school?'

Ik zag weer helder genoeg om op te merken dat ze mijn favoriete kapsel had: gesuikerde krullen met een drijvende lelie. Ze trok haar mondhoek tot een plagerige glimlach.

'Belachelijk, meneer Tivoli,' zei ze. 'Zoals altijd.'

'Dat... dat is jammer.'

'Maar ik heb wel besloten om nooit te trouwen.'

'Wat... nooit?'

Ze schudde zuchtend haar hoofd. 'Nooit. We waren Shakespeare aan het lezen en ik vind *De getemde feeks* een echte tragedie. Echt zonde van zo'n goede vrouw.'

'Zeker,' zei ik. Ik had dat stuk niet gelezen.

'Juffrouw Sodov was het er niet mee eens. Ik moest mijn werk-stuk overmaken. Belachelijk gewoon! Over een heks gesproken.' Opeens ging ze samenzweerderig praten: 'Meneer Tivoli, ik wilde u iets vragen over...'

'Max!' zei mijn moeder vanuit de deuropening. 'Wat ben je daar aan het doen? Dat hek is prima. Dag, Alice, blijf daar niet zo met Max staan treuzelen. Ik geloof dat je moeder je graag wil spreken.'

Alice rolde met haar ogen en kreunde, sjokte toen mijn huis in. Moeder stond daar te glimlachen, zonder enig idee wat ze had gedaan. Heel even overwoog ik moedermoord.

Dit is een beetje gelogen. Ik heb van mijn hart een camelia gemaakt die drijft in een schaal met helder, zuiver water terwijl het eigenlijk een duister en opgezwollen ding was. Het was een regelrechte kwelling om mijn Alice iedere ochtend onder mijn raam door te zien lopen zonder dat ze ooit nieuwsgierig of teder naar de waterspuwer keek die hoog boven haar zat. En 's avonds als ik in bed lag, zag ik haar niet met sterren in haar haar. Nee, mijn gedachten waren altijd geobsedeerd door één enkel verachtelijk moment.

Laat op een avond, na het eten, was ik naar een plekje achter in de tuin gegaan omdat ik niet kon lezen of denken, en naar de rozenstruiken daar werd toegetrokken om een bloemetje in mijn vuist fijn te knijpen. Ik zat al een poosje te huilen toen jij kwam, Alice, je was in je hemd en broek. Ik denk dat je bang was dat je eerder op de dag iets had laten vallen, een waardevolle speld of broche, en dat je moeder je daarvoor een standje zou geven, en dus kwam je stiekem door de achterdeur, die je zorgvuldig dichtdeed, en liep haastig de duisternis van het gras in terwijl je fluisterend iedere grasspriet afzocht zonder acht te slaan op je uiterlijk. Ik stond met ingehouden adem op mijn donkere plekje. Terwijl je op je knieën zat en je armen als een kat de tuin in strekte, zag ik door de halsopening van je losse katoenen hemd een roze huidlandschap. Je draaide en kronkelde afwezig en ik draaide en kronkelde ook. Ik zag hoe je benen zich strekten en spanden terwijl je hoopvol op zoek was en schokkerig bewoog; broekjes voor vrouwen waren in die tijd heel vernuftig, met een split in het kruis en over elkaar sluitende delen, en één keer bewoog je zo nonchalant dat de sluier openviel en ik heel even de kwetsbare blauwe aderen van je dijen zag. Een kat sprong op in de tuin; jij verstijfde, waarbij het hemd van een schouder af gleed.

Daarna berustte je in je lot, waarschijnlijk met het idee dat een leugentje je er wel uit zou redden, en rende je naar de achterdeur die je opende zodat hij een helder verlicht en daarna een donker vierkant vormde toen je hem achter je dichtdeed. Ik bleef de hele nacht naar je sieraad zoeken, lieveling, maar vond slechts een haarspeld, een vogelei en twee geplette cirkels gras waar je knieën hadden gelegen. Wat een kwellingen doorstond ik vanwege die ene avond! Het blauw van die aderen kleurde alles wat ik zag en iedere avond moest ik jou uit de wereld verdrijven om de slaap maar te kunnen vatten, om maar weer een dag te overleven. Sammy, stop je oren dicht. Ik deed dat op de meest voor de hand liggende, de meest jongensachtige manier. Je denkt vast dat er nooit zo iemand als jij heeft bestaan, en dat jongemannen in mijn tijd wanneer ze hevig verliefd waren hun polsen tot de dageraad aanbrak in weerwolfketenen sloegen. Nee, wij zwichtten zoals alle jongemannen. Vergeef me mijn grofheid, Alice, maar ik was grof en ik hoop dat je, nu je zelf ook oud bent, het als een compliment zult beschouwen wanneer je bedenkt dat ik in bed naar mijn herinnering staarde als naar een pikante ansichtkaart en het licht van de sterren langzaam in de duisternis van jouw kleren zag vallen.

Ik klom niet langs het latwerk naar beneden om door haar raam naar binnen te kijken; ik hing niet stilletjes een spiegel aan een boom zodat ik iedere verrukkelijke borstelslag te zien kreeg van de honderd borstelslagen die ze haar lieve haar iedere avond gaf terwijl ze verveeld in de spiegel staarde; ik glipte niet stiekem het koetshuis binnen om de zitting aan te raken waarvan ze net was opgestaan en de verrassende warmte te voelen die mijn onrustige meisje daar had achtergelaten. Ik bedacht dat allemaal maar deed het niet. Nee, ik bleef gewoon op het tapijt staan en probeerde de trillingen van haar ziel te voelen (die vervloekte Brusselse tapijten!) en de herinnering te bewaren aan wat naar mijn idee de beste benadering van liefde was die mij ooit ten deel zou vallen.

'Blijf toch niet zo doorgaan,' zei Hughie tegen me wanneer we een tochtje maakten op onze rammelkarren van fietsen. 'Je vindt heus wel liefde. Beter dan zij te bieden heeft, dat verzeker ik je. Ik heb wel boeken die je mag lezen, maar hou ze niet te lang. Ik geloof dat mijn vader weet dat ik ze gepakt heb.'

Ik las de boeken. Ze hadden niets met liefde te maken maar ze hielden me avonden lang heel laat wakker. Eén boek, dat meneer Dempsey misschien voor de verzameling had aangeschaft om zichzelf ervan te overtuigen dat het om een soort studie ging, bleek een verhandeling over voortijdige zaadlozing te zijn die me een week lang doodsbang maakte, maar de andere waren heel leerzaam en boeiend. Ik genoot vooral van de plaatjes. Ik gaf ze allemaal aan Hughie terug en we praatten er niet over, wisselden alleen even een blik van verstandhouding. Ik was in ieder geval even afgeleid, maar ik was nog niet dichter bij de liefde.

De gelegenheid waar ik naar zocht deed zich voor door toedoen van mevrouw Levy zelf. Wanhopig, met pijn in het hart en rood en lelijk door gebrek aan slaap, besloot ik dat ik het er maar op moest wagen; ik moest gewoon nog een foto hebben om in mijn slaapkamer te liefkozen. Ik besloot overhaast het idee van een klusje in huis uit te proberen en ging naar beneden in hemdsmouwen, met een slordig geknoopte stropdas en met een nog niet uitgewerkt plan om een lekkage in de kamer van haar dochter te inspecteren.

'Meneer Tivoli!'

Mevrouw Levy stond in de deuropening. Ze glimlachte vaag en bracht haar hand naar haar haar dat in het midden was gescheiden en verbazingwekkend slordig was opgestoken in een wolkige massa aan weerszijden van haar hoofd. Een paar duwtjes van haar ervaren hand brachten alles op zijn plaats en ze deed een stapje bij de deur vandaan, uit verlegenheid of om me een teken te geven dat ik welkom was. De zon kleurde haar gezicht roze. Ze was in onweduweachtig groen gekleed en droeg een ouderwetse queue de Paris achter op haar rok. Mevrouw Levy leek zich bewust van haar kunstmatigheid en rechtte haar rug ietwat. Ze bracht deze kleine maar ingrijpende veranderingen aan in de eerste paar tellen dat ik haar in de deuropening zag, terwijl ze met een luchtig, intelligent gesprek mijn aandacht van haar manoeuvres afleidde.

'… de avond echt iets Shakespeareaans, vindt u niet? Dat je zo tussen de bomen zit, zoals in Arden? Ik vraag me af of dat gevoel ooit verandert. Ik vraag me af of er over honderd jaar ook mensen in de deuropening staan en naar de bomen kijken met dat komische gevoel van verliefdheid.'

Ze had zich weer omgetoverd tot de bekende mevrouw Levy en gaf een luchtige vertolking van haar lach – dat van hoog naar laag aflopende snoer parels. 'Ik doe gewoon dom. Komt u binnen, meneer Tivoli. Alice zal het vast ook heel leuk vinden u te zien.'

'Ik kom naar de verf kijken,' begon ik, maar stond toen al in het huis, in mijn eigen oude gang die opnieuw geschilderd was in zachtere kleuren en verdeeld was door verschillende soorten behang, lambrizeringen en randen, zodat het was alsof ik een oude vriend ontmoette die was opgedirkt voor een of ander partijtje – een officieel diner of een gezellig etentje – en er zo anders uitzag dat je verlegen met je ogen knipperde en je afwendde, omdat je deze vreemde figuur die bij een geliefd gezicht hoorde niet wilde herkennen. Ik vond hier geen geuren uit mijn jeugd terug. Ik had niet het gevoel alsof ik door een piramidegraf van het verleden liep waarbij ik tegen mijn oude souvenirs opbotste; dit voelde heel nieuw aan; iemand anders had dat porseleinen beeldje gebroken en gerepareerd; het was een museum van Alice. Want daar was ze.

'Alice, meneer Tivoli komt kijken naar… naar de verf, zei u? Zeg eens gedag, lief kind, en misschien kun je je handen even afvegen.'

Het donkerbruine haar van Alice was opgestoken; ze zag eruit als een vrouw. Ze stond van de sofa op en legde haar boek neer (*Van de aarde naar de maan*, even ver als wij in die kamer bij elkaar vandaan waren, liefje).

'O jee, hallo, meneer Tivoli,' zei ze spottend terwijl ze me glimlachend een hand gaf. Dit waren heel gewone gebaren die ze naar mij maakte, net als naar ieder ander. Ik zocht wanhopig naar een teken dat er iets aardigs voor mij verborgen lag in dit routinegebaar, maar ze ging weer snel op de bank zitten en pakte haar boek op. Ze had een heel vreemde jurk aan van ragfijn satijn die er enigszins oud uitzag, wat waarschijnlijk bij het kaarslicht niet was opgevallen. Een paar haren die aan de stof waren blijven kleven, hingen als gepolijst goud aan een mouw. Het licht vormde talloze streepjes in haar haar dat in het midden was gescheiden en in ingewikkelde krullen om haar hoofd was gelegd als voor een feestelijk diner. Dit waren niet de japonnen die moeder en ik hen hadden zien dragen op die ochtend dat ze naar de synagoge gingen. Ze hadden een verkleedpartij gehouden en elkaars haar opgestoken. Dus dat deden eenzame vrouwen gedurende de sabbat.

'U ziet er allebei heel leuk uit,' zei ik, en ik trok een grimas terwijl ik probeerde het jute van mijn tong af te schudden.

Mevrouw Levy glimlachte samenzweerderig naar Alice, die eindelijk menselijk werd in mijn bijzijn: ze bloosde. Ze raakte haar haar aan, zuchtte en keek alle kanten op behalve naar haar moeder en mij, alsof ze een uitweg zocht uit de kamer waarin ze was betrapt op een verkleedpartijtje met haar oude moeder. Dit had ik gedaan; ik had een vlammetje onder haar huid ontstoken. Ik pakte het ogenblik – knip – en vouwde het in het emaillen medaillon van mijn hart.

Mevrouw Levy ging zitten en maakte een gebaar dat ik ook moest gaan zitten. Ze wendde zich tot haar van schaamte gloeiende dochter. 'Wat denk je, Alice, een kopje thee is nu precies wat we nodig hebben, vind je niet?'

'Bah,' zei Alice en staarde boos naar haar boek.

Mevrouw Levy keek me waarschuwend aan. Ze zat er heel stil en mooi bij, met haar knieën opzij zodat haar jurk in de stoel paste, en ik zag dat ze haar queue de Paris al wat had losgemaakt zodat hij natuurlijker viel. Het was waarschijnlijk een oude jurk, iets uit de tijd van haar verkering met meneer Levy, lang geleden in Philadelphia, een vaag restant van jeugd en ijdelheid.

En ze bleef naar me kijken, terwijl ze met een intense blik een of ander teken gaf. Ik keek nog eens naar Alice, die op de bank zat te mokken, en toen weer naar haar moeder en naar die mysterieuze glimlach.

'Waar is Tillie?' vroeg ik, doelend op hun dienstmeisje.

Mevrouw Levy schudde haar hoofd. 'Dringende familieomstandigheden. Ik geloof dat er iemand is overleden of op het punt staat om te overlijden. In Sonoma, dus we zijn helemaal alleen.'

Een schuin houden van het hoofd, een knipperen met de ogen. Wat probeerde ze me duidelijk te maken?

'Zal ik thee zetten?' opperde ik.

De kamer ademde verlicht uit. Mevrouw Levy lachte weer en Alice snoof even van plezier, terwijl ze haar zwarte lokken schudde en alle streepjes licht deed dansen.

'Vind je dat niet geweldig, Alice?'

'O, echt geweldig, moeder. Fantastisch.'

Haar moeder wierp haar een gemene blik toe. 'Ik waardeer het zeer, meneer Tivoli.'

Volkomen verbijsterd liep ik de keuken in. Daar stonden de theespullen al op een zilveren dienblad klaar. Ik stak het fornuis aan in die oude keuken waar ik vroeger altijd naast John de Chinees zat wanneer hij onderhandelde met verkopers van brood en vis die aan deze achterdeur kwamen. Ik kookte het water en zette de thee, terwijl mevrouw Levy daar bij me in de keuken stond en zachtjes iets neuriede. En vervolgens, zonder enige hulp van haar kant, slechts aangemoedigd door haar als parels glanzende ogen, zette ik de theespullen in de salon, recht voor Alice, die zacht naar me zuchtte van dankbaarheid en vervolgens aan de cake met kersen begon. Ik leunde achterover. Ik besefte dat ze de hele middag al in de salon zaten en vermoeid, dorstig en half uitgehongerd afleiding hadden gezocht in kapsels en japonnen.

Ik was zo dom; ik had zo weinig van de wereld gezien dat ik niet besefte wat de joodse sabbat voor de Levy's betekende. Hughie, die op de een of andere manier daar wel van had gehoord, liet me weten dat mijn Levy's niet-joden moesten zien te vinden die voor hen deden wat ze niet voor zichzelf konden doen. Het was verboden om te stoken of zelfs om thee voor zichzelf in te schenken, zei hij, zijn schouders ophalend. Een andere jongen die Hughie kende wist nog meer, omdat hij zijn zakgeld verdiende door bij de Beth-Elsynagoge als 'sabbatjongen' te werken, zoals hij het noemde. 'Ze betalen me voor het uitblazen van de kaarsen,' zei hij glimlachend. 'Of voor het innemen van plaatsbewijzen. Het is belachelijk. En ze betalen me niet eens echt, ze laten het geld liggen, alsof ze het per ongeluk hebben achtergelaten.' Deze jongen (een magere jongen met rood haar die Hughie aardig vond maar wiens naam ik ben vergeten) vertelde me dat mijn Levy's volgens hun heilige boek zelfs niet mochten genieten van een kaars die een van ons had aangestoken, tenzij we hem voor ons eigen genoegen hadden aangestoken voordat zij de kamer in kwamen. Ik stelde me voor dat Alice in haar donkere slaapkamer zat te wachten tot ik binnenkwam en net deed alsof ik de kaars voor mezelf had aangestoken. Ze zou daar dan zitten en inschatten hoeveel genoegen ik aan het vlammetje beleefde voordat ze er zelf van genoot – dat zou toch zeker liefde zijn? Op meer durfde ik niet te hopen.

In werkelijkheid deed ik heel weinig van deze karweitjes voor de Levy's. Hun dienstmeisje, Tillie, was dan wel Iers katholiek maar toch een ware helderziende in hun huishouden en begreep bij de minste scheve blik of huivering dat het vuur weer moest worden opgestookt of de gaslampen iets hoger moesten worden gedraaid. Ze wist welk zuchten thee betekende, welk schudden van het haar betekende dat het bad vol moest lopen en al hoorde ik soms woedend geschreeuw wanneer mevrouw Levy haar erop betrapte dat ze rundvleesjus roerde met een lepel die bestemd was voor melk, en zag ik dan de boze moeder stampend de achtertuin in lopen om het besmeurde voorwerp te begraven, toch zorgde Tillie ervoor dat de Levy's dezelfde kleinburgerlijke gemakken genoten als wij boven, die als protestanten vrij waren om op zaterdag water voor thee te koken. Ik vraag me echter af hoe vroom ze in werkelijkheid waren; sindsdien heb ik ontdekt dat ze in bepaalde gewoonten die ze hadden heel laks waren en dat ze geen van beiden echt in God geloofden. Maar dit sabbatritueel hielden ze wel in ere, ook al hadden ze mij eigenlijk zelden nodig om hen te helpen.

Maar soms keert de herinnering alles om. De dingen die we elke dag deden vervagen tot kleine vlekjes en unieke gebeurtenissen, toevallige ontmoetingen, dijen uit als inktvlekken op de bladzijde. Dus hoewel de Levy's me slechts heel af en toe nodig hadden, kan ik me daarvan uit de maanden waarin ze in South Park onder ons woonden verschillende keren herinneren. Meestal nam ik ter geruststelling Hughie mee, en hij is zelfs een keer mee gaan eten bij de Levy's, samen met moeder, bij een van haar weinige uitjes in de maanden voordat mijn zusje werd geboren. We kleedden ons allemaal zorgvuldig en dronken een paar slokken sherry voordat we naar beneden gingen, en ik had een geweldige avond, want met de grappenmakende Hughie erbij om de moeders af te leiden begon Alice mij op de een of andere manier eindelijk te zien. Ze zat tussen mij en mijn vriend in en besteedde geen aandacht aan de jongere man maar bleef letters in haar aardappelpuree tekenen die ik in mijn aardappelpuree probeerde na te doen, en al wist ik dat we een kinderachtig spelletje speelden, toch deed ik net alsof het boodschappen waren die aan mij waren gericht en alsof ze misschien, als ik goed oplette, een dringende roep om liefde zou uitspellen.

'Alice! Wat doe je nu weer! En meneer Tivoli, ik schaam me voor u. Een man van uw leeftijd. Maar het is u vergeven als u ons tenminste het verhaal van die ketting om uw nek vertelt.'

Alice boog zich voorover en raakte mijn ketting aan. 'Negentieneenenveertig. Wat betekent dat?'

'Niets.'

'Het jaar dat de wereld vergaat?'

Hughie onderbrak haar en zei dat dit het aantal postkoetsen was dat ik als Zwarte Bart had beroofd. Daar moesten de vrouwen om lachen en ze vergaten mijn kleine gouden grafsteen, die ik nu onder mijn stropdas verborg. Ik wendde mijn blik af van de pratende mensen. Tussen de ramen van de kamer waren spiegels geplaatst, zodat ik afwisselend uitzicht had op de achtertuin – waarin een rode kat over het gazon sloop – en op het spiegelbeeld van elk van ons.

Daar zat moeder, met haar parelketting en donkergrijze jurk met jasje, die ze had vermaakt aan de hand van een patroon uit *Godey's Lady's Book*. Ze zag er in het schitterende licht van de kamer zo elegant en berustend uit dat ze eerder een hertogin leek die haar land ontvlucht was in de kledij van haar dienstmeisje dan een vrouw in moeilijke tijden. Daar achter het raam sloop de kat door het gras.

Daar zat mevrouw Levy met een Romeins kapsel met krullen, voor-over geleund met het hoofd op haar gevouwen handen, terwijl haar intelligente blik telkens op iemand bleef rusten, als in een ritueel. Nu eens keek ze mij aan met die lichtvangende diamanten van ogen, dan weer richtte ze haar blik op mijn moeder. Daarachter het volgende raam: de vurige staart van de kat op speurtocht. Hughie, die er blozend uitzag en enigszins zweette, was geheel in bruingrijs gekleed, alsof hij een muitende soldaat was of ging picknicken, en hij trok zijn stropdas, die met een merkwaardig kleine knoop gestrikt was, recht met een gebaar dat onzeker of trots kon zijn. Achter het raam balanceerde de kat op de schutting terwijl hij een sprong in de duisternis van de volgende tuin overwoog. En daar was Alice. Haar kleding was eenvoudig, haar hals was zo lang als een pluim en haar haar was opgestoken en vrouwelijk. Met glanzende vingers speelde ze met haar geleende oorbellen en ze keerde zich van de grappen-makende Hughie af als van iets dat in brand stond. Ik verstijfde en probeerde haar niet te laten merken dat ik het zag: daar zat Alice, in de spiegel opzij gekeerd, eindelijk naar mij te kijken. De kat sprong uit het zicht, een vlam op weg naar een andere hel.

Ik moet eigenlijk uitleggen waarom de inkt gevlekt is; dat zijn geen tranen. Gisteravond onweerde het.

Dat hadden we in San Francisco nooit, dus ik hoop dat ik niet te veel informatie prijsgeef over mijn locatie wanneer ik zeg dat de heuvels ten oosten van deze vlakke stad als netten fungeren die scho-len palingen van elektriciteit voor ons vangen. Ik ben geen onweer gewend en ga meestal net als de hond blaffen en kruip weg. Dat heeft een zeker nut, aangezien het mijn dekmantel van kind zijn in stand houdt, maar zo'n kind wil ik niet zijn. Ik wil zo'n kind zijn als jij, Sammy, zo'n schreeuwend kind, zo'n dapper kind. Maar daar lig ik dan onder het bed, samen met Buster, en we liggen allebei met ons haar overeind te rillen totdat de vrouw des huizes het licht aan komt doen. Is het ouderwets van me dat ik onweer verafschuw?

Gisternacht brak het midden in een droom in. Ik was weer bij Alice, weer verliefd. Ik zal u geen bijzonderheden geven, dokters. Ik zal alleen zeggen dat het een vijver vol Alices was, jong en oud, gekleed in schorten en jurken en met parelkettingen om, en ik was gelukkig in mijn droom tot hij door een donderslag met bloed werd besmeurd.

'Alice?' schreeuwde ik zonder na te denken.

'Stil,' riep Sammy vanuit zijn bed boven me, en sliep weer verder. Het licht bloeide op tegen het plafond. De hond en ik verstijfden terwijl we op het einde van de wereld wachtten. Wachten, wachten, je bent nooit goed genoeg voorbereid en dan komt het – hebbes! – fel als haat.

Ik heb waarschijnlijk even geschreeuwd. Sammy kreunde en voegde me een smerig scheldwoord toe.

Buster lag nu mager en trillend als een stemvork in mijn bed en staarde me aan met zijn ogen van een klein meisje. Hij stonk naar vuilnis, maar ik kon hem er niet uitzetten, dus ik trok hem maar naar me toe. Hij was theatraal dankbaar maar werd zenuwachtig, gleed uit en viel zo honds boven op me dat we allebei piepten en verlegen onder de lakens kropen voor de volgende klaroenstoot van de vossenjacht. Een flits, een geraas. We gedroegen ons als idioten.

Op de gang ging licht aan; in ieder geval was de stroom niet uitgevallen. 'Alles in orde, jongens?' klonk de stem van je moeder.

'Ja,' zei ik.

'Die stomkop doet het in zijn broek.'

Ze kwam naar me toe en hield me vast. Ze rook naar slaap en crème en geschroeide elektrische beddenwarmer. Ze zei zachtjes een jongensnaam in mijn oor. Daarna tikte ze drie keer tegen mijn arm, ging weg en nam de sidderende Buster mee. Ik had eindelijk eens het gevoel dat het allemaal niet voor niets was geweest.

'Jezus Christus,' klonk jouw stem boven me, Sammy. Je zuchtte en viel weer in slaap met het gesnurk dat ik zo goed kende. De donder veroorzaakte een langdurig dof trillen binnen in me.

Ik blijf schrijven. Dit zijn geen tranen, dit zijn geen tranen.

Mevrouw Levy liet me altijd weten wanneer Tillie weg zou zijn. Ze had allerlei methoden, maar meestal liet ze een kaartje liggen met een afgescheurd hoekje, en iedere zaterdag als we thuiskwamen en het bakje voor visitekaartjes in de hal bekeken, hoopte ik haar boodschap daar te vinden. Zodra ik het kaartje vond, ging ik naar beneden en trof hen tweeën dan meestal aan in een uitzichtloze situatie waaraan alleen even de hulp van een niet-jood te pas moest komen.

Toen ik bijvoorbeeld een keer op een vrijdagavond met Hughie in Market Street had gegeten, waar we een glimp hadden opgevangen van Mammie Pleasant, de voodooheks, deed Maggie me open en liet me het schaaltje voor kaartjes zien omdat ze wist dat ik altijd uitkeek naar een boodschap. Ik denk dat ze wist dat het om een meisje ging. Enigszins opgewonden vond ik het kaartje, maar ging eerst naar moeder in de naaikamer en wisselde de ervaringen van die dag met haar uit terwijl er op haar paspop weer een goudkleurige jurk stond die pas weduwezwart was geverfd. Ik luisterde en knikte, en uiteindelijk trok ik me terug en rende naar de deur van de Levy's, maar er werd niet opengedaan. Ik belde een paar keer en wilde net opgeven toen ik een heldere stem vanaf de zijkant van het huis hoorde: 'Meneer Tivoli! We zijn achter!'

En daar zaten ze, in de avondkilte van San Francisco, met hun warmste kleren aan. Het was een zielig gezicht: ze hadden hun tête-à-tête uit de salon de tuin in gesleept en zaten daar bij het licht van de maan te borduren.

Mevrouw Levy had een prachtige bontjas aan die ik nog nooit had gezien, zo'n enorme hoed die dames in de jaren tachtig droegen, een donkere stortvloed van veren, en lichtgekleurde suède handschoenen die er niet bij pasten. Alice had ook een bontjas aan, een dunne jas van zeehondenbont die haar veel te groot was, en een bontmuts waardoor haar ogen in het maanlicht net kostbaarheden leken die om Kaap Hoorn heen waren gebracht. Ze lieten hun draden vallen en lachten toen ze me zagen. Later ontdekte ik dat ze al uren zo zaten.

Het was niet duidelijk wat er fout was gegaan; ze wisten dat Tillie weg was om een familielid dat op sterven lag te bezoeken, dus Alice had net voor zonsondergang de gaslampen aangestoken en ze waren aan tafel gaan zitten voor een uitgebreide sabbatmaaltijd. En toen – misschien was het gas uitgevallen of was er door het open raam een windvlaag naar binnen gekomen – waren alle lichten uitgegaan en waren ze in de kou en in het donker komen te zitten; ze hadden niet eens de open haard aangemaakt. Dus daar zaten ze dan. Ze waren te moe om bij vrienden op bezoek te gaan maar het verveelde hen om in een donkere kamer te zitten en door de muren heen tegen de zwijgzame geesten van mijn grootouders te praten. Ze hadden de warmste bontmantels uit het familiebezit gepakt, de tête-à-tête de maanverlichte tuin in gedragen en waren verdergegaan met hun bezigheden van die avond, terwijl ze elkaar lachend verhalen vertelden in de frisse avondlucht.

'Ik denk dat ik uw gas weer eens ga aansteken,' zei ik. Ik had geleerd hoe ik dit moest verwoorden.

'O nee!' protesteerde mevrouw Levy, heftiger dan gebruikelijk. 'Nee, het is heerlijk zo. Haal een jas, meneer Tivoli. En zou een kopje warme koffie niet geweldig zijn, Alice?'

'Ja, o ja,' bracht Alice hijgend uit, onder haar bontvellen.

Ik ging naar boven en pakte mijn mooiste lange jas met knoopsgaten van gedraaide zwarte zijde die volgens mij wel in het maanlicht zouden glanzen. Ik zette koffie en goot die in de verzilverde oosterse samowaar die op tafel stond. Toen ik buitenkwam, zag ik dat mevrouw Levy van de sofa was opgestaan en in het licht van de maan was gaan staan, waar haar bont leek te vibreren van instincten uit zijn dierlijke verleden.

'Wat ziet u er geweldig uit, meneer Tivoli,' zei ze, terwijl ze tegen een boom leunde en glimlachte alsof ze op het punt stond een aria te gaan zingen. Ik schonk de koffie in de vreemde glazen kopjes die ze hadden, en de dames doken omlaag met griezelig gelijke bloemplukkende gebaren en begonnen met kleine slokjes te drinken. Ik maakte een paar mmm-geluiden van genoegen en ze lachten weer, vrij om van de koffie te genieten waar ze beiden naar hadden gesmacht. Mevrouw Levy maakte een spookachtig gebaar: 'Gaat u alstublieft naast Alice zitten, ze is één bol warmte.'

'Ik kan echt niet...'

'Deze jas kriebelt,' legde Alice uit.

'Gaat u alstublieft zitten, meneer Tivoli, u hebt de hele dag en nu ook de hele avond gewerkt.'

Ik geloof niet dat er nog mensen zijn die zo'n tête-à-tête bezitten. Een of andere minder belangrijke god is waarschijnlijk gestraft omdat hij ze ons heeft gebracht. Een tête-à-tête zoals ik die avond gedrenkt in maanlicht aantrof, was een sofa in de vorm van een S, gemaakt van twee leunstoelen die elk een andere kant op waren gericht maar in het midden een gezamenlijke leuning hadden. Stelt u zich voor: een stel dat zo dicht naast elkaar zit. Dus toen ik ging zitten zoals mevrouw Levy me opdroeg, en mijn in bont gehulde en kriebelige Alice recht aankeek, was ik dichter bij haar dan ik ooit was geweest. De wind stak op en er waaide een haar onder haar hoed vandaan, die wegvloog en op mijn onderlip belandde waar hij als een vislijn bleef hangen. Ik voelde dat mijn mond bloedde van het haakje. Alice merkte het blijkbaar niet of het kon haar niet schelen, ze glimlachte slechts.

Mevrouw Levy stond tegen de boom geleund. Haar bontjas viel open en onthulde haar scharlakenrode afscheid van het weduwedom, dat zich de afgelopen weken had voltrokken. Er bloeide jasmijn om haar heen. 'Weer heel Shakespeareaans, vindt u niet, meneer Tivoli?'

Ik durfde niet te bewegen of te spreken, maar staarde de moeder met knipperende ogen aan. Ik zag dat het vanavond volle maan was en haar bewegingen wierpen schaduwen op het gras alsof het klaarlichte dag was. Terwijl ze praatte bedacht ik opeens dat ze recht boven haar begraven lepels stond.

Toen was het geluk met me. Er klonk een geluid vanaf de voorkant van het huis en mevrouw Levy maakte een theatrale buiging waarna ze iets onvoorstelbaars deed: ze liet haar dochter alleen achter met de buurman, die vriendelijke oudere man.

'Ik denk dat ik misschien in het verkeerde tijdperk geboren ben,' zei Alice.

'Wat?' Ik probeerde zachtjes te praten omdat ik de haar niet van mijn lip wilde losmaken.

Ze staarde de andere kant op waar de maan net boven de bomen uitkwam. Toen zei ze: 'Vanavond, bijvoorbeeld. Ik geniet vanavond.'

'Nou ja…'

'Niets moderns. Geen petroleumlampen die stank verspreiden of gaslampen. Dat doet pijn aan je ogen. Geen groepen mensen die zich rond een stereoscoop verdringen of rond een piano om weer eens 'Grootvaders Klok' te zingen. Ik wou dat er iedere avond alleen het licht van sterren en kaarsen was en dat er niets te doen was. Dan zouden we zo veel tijd hebben.'

Ik was bang dat ze zich ieder moment kon omdraaien en dat de haar dan zou wegvallen en we van elkaar losgekoppeld zouden worden. Ik wilde iets zeggen om te zorgen dat ze door bleef praten en naar de maan bleef kijken, terug bleef gaan naar haar eenvoudige tijdperk, maar ik kon niets zeggen. Ik bleef gewoon maar stil zitten terwijl ik in haar ogen keek.

Ze praatte verder met haar enigszins hese stem: 'Je kunt je zo'n heel ander leven bijna niet voorstellen. Wij zouden de hele tijd aan licht denken. Als het 's winters donker werd en er weinig licht was, weet je, zou je alles voor zonsondergang moeten doen, nou ja, de wegen op het platteland waren toen niet verlicht, hè? Wat eng. En je zou 's avonds niet kunnen lezen behalve bij kaarslicht en je was waarschijnlijk heel zuinig met je kaarsen. Heel anders dan wij. Je maakte zelf je kaarsen, en als je boeken las, waren ze ontzettend belangrijk voor je. En je moest wel lezen, wat kon je anders doen. Ze hadden zo weinig mooie kleren dat ze nooit uitgingen. Ze hadden geen salons of van die onzinnige dingen als plantenkasjes en caleidoscopen of toverlantaarnplaatjes om naar te kijken. Dat had je allemaal niet. Er waren alleen… mensen. Denk daar eens aan.'

Alice leunde stil achterover en ik verzamelde al mijn moed om iets te zeggen: 'Ze gingen naar bals.'

Ze schudde haar hoofd, nog steeds naar de maan gekeerd. 'Ik bedoel heel lang geleden. Ik bedoel voor de petroleumlampen en ik heb het niet over bijzondere avonden zoals een bal, ik heb het over avonden zoals deze. Avonden die wij graag doorbrengen met een gezelschapsspelletje.' Toen keek mijn jonge lief mij eindelijk aan en

ik werd koud van angst. 'Ik vraag u, hoe kun je nu bij gaslicht verliefd worden?'

'En toch gebeurt dat,' klonk een stem achter ons. Haar moeder
was weer terug.

Alice bleef me aankijken. 'Was het zo, meneer Tivoli? Kaarslicht
en lange avonden? Toen u jong was?'

'Nee,' zei ik zachtjes.

'Zo oud is meneer Tivoli niet, Alice! Toe nou! Toen ik jong was
hadden we al petroleumlampen, weet je. En piano's.'

'Alice knipperde even met haar ogen en keerde zich weer naar de
maan. 'Jammer. Ik leef in de verkeerde tijd. Ik wil dat al mijn avonden zo zijn.'

Mevrouw Levy leek te glimlachen. 'Ik ben dol op maanlicht.'

Alice dacht daar over na. 'En ook op de duisternis, en de kou,' zei
ze. 'En op de stilte.'

Dat laatste woord klonk als een bevel; we zwegen. Alice sloot haar
ogen en ademde de nachtlucht in, en daardoor, enkel door het samentrekken van haar schouders onder de olieachtige glans van zeehondenbont, raakte de onzichtbare haar los. Ik was weer alleen. Mevrouw Levy stond voor me tegen de boom geleund. Ze keek omhoog
naar de sterren. Je zag nog net hoe haar adem in de kille lucht voor
haar gezicht vorm kreeg, een spookachtig masker. We ademden allemaal, droegen allemaal deze maskers. Het was net een soort toneel-
stuk, met de heldere maan en de bontjassen en hoeden en het kleine
publiek van lepels onder ons. Ik wist niet wat het betekende. Ik zag
mevrouw Levy het hoofd buigen en glimlachen. Ik zag Alice met
open mond omhoog naar de sterren ademen, met een web van kleuren op haar wangen; ik zag mijn oude hand tegen haar mouw rusten, wanhopig verlangend om een of andere code aan haar door te
seinen. Ik zag dat de maan in haar kop koffie was gevallen. Hij worstelde daar als een mot heen en weer. Toen zag ik haar voorover leunen, met haar mond tot een stille kus gevormd, en terwijl ze op het
gerimpelde oppervlak blies om het af te laten koelen, zag ik de maan
exploderen.

Nadat ik later op die avond de gaslampen had aangedaan, de tête-à-tête naar binnen had gedragen en een vuur in het huis van de Levy's had aangelegd, nadat ik de kort brandende kaarsen in hun kamers had aangestoken, ging ik naar boven en trof Maggie die daar als een paspop stond, met een verzegeld briefje in haar hand geklemd:

Max. Ik kan het niet meer verdragen. Kom om middernacht naar de tuin.
Het meisje van beneden.

Sommige dingen zijn zo onmogelijk, zo fantastisch, dat je helemaal niet verbaasd bent als ze gebeuren. Louter de onmogelijkheid ervan heeft je er zo vaak over doen fantaseren dat, als je eindelijk op dat maanverlichte pad staat waar je zo naar hebt verlangd, het onwezenlijk lijkt maar het je toch op de een of andere manier bekend voorkomt. Je hebt er natuurlijk van gedroomd. Je kent het als een herinnering. Ik aarzelde dus niet. Ik pakte het briefje van Maggie aan en wierp het in het vuur. Ik trok mooiere kleren aan en maakte een natte zakdoek zwart door het vuil van die dag van mijn gezicht te vegen. Ik dacht aan de maan in een kopje koffie.

Ze was in de tuin. De maan was ondergegaan. Ik zag alleen het oplichten van wit dat onder haar bontjas uitkwam. Ze zat op een bank onder de bomen. De twijgen kraakten onder mijn voeten in de donkere tuin, en ze stond op en keek hoe ik naderbij kwam. Ergens in de verte gilde de stoomfluit van een brandweerauto. Een nacht-bloeiende cactus in de tuin stond voor niemand in het bijzonder te pronken. Ik kwam dichterbij en ik hoorde hoe ze haar adem inhield; ik zag hoe ze haar handen samenvouwde en toen ik zo dichtbij was dat ze me goed kon zien, pakte ze mijn arm, fluisterde iets en kuste me. Zwijgend en geschokt bleef ik roerloos staan. Toen ze de geschrokken blik in mijn ogen zag, kon de weduwe haar lachen bijna niet houden; ze boog haar hoofd achterover en daar kwam het, dat parelsnoer. Lezer, ik was zeventien.

Die beste mevrouw Levy is inmiddels dood en ligt begraven ten zuiden van San Francisco in het joodse deel van Colma. Ze is overleden toen ze in de zeventig was, na een langdurig ziekbed in Pasadena waar haar lieve dochter haar bijna dagelijks heeft verzorgd. Haar huid werd bleek en vlekkerig en ze liet in haar laatste jaren geen bezoekers toe; ze nam de gewoonte aan haar oude weduwesluier te dragen wanneer haar notarissen kwamen met documenten die ze moest tekenen. Ze stierf zonder een cent na te laten, en ik stel me een oudere Alice voor die staat te huilen naast het bed van haar moeder terwijl ze een hand vasthoudt die zo mager is dat de ringen niet meer aan haar vingers passen. De koude hand van mijn eerste minnares.

Ik zal discreet zijn. We moeten vriendelijk zijn voor de doden; de doden kunnen zich niet verdedigen. Ik zal u alleen vertellen dat ze vriendelijk en edelmoedig voor me was in de weken die we samen doorbrachten in de duisternis van de tuin en meer dan eens in de nachtelijke gevaren van ons South Park. Ze was verward en ontroerd door de onschuld van die oude meneer Tivoli en ik denk dat ze mijn trillen en humeurigheid aanzag voor liefde, want als we klaar waren en ik huiverend en naar adem snakkend op de grond lag, staarde mevrouw Levy me aan en heel even fonkelden haar ogen dan van de tranen. Ze was een vrouw, geen meisje, en al was ze vaak eenzaam geweest, onze nachten waren voor haar geen wanhopige nachten. Ze vormden gewoon 'wat honing voor mijn hart' zoals ze me altijd in mijn oor fluisterde. Mevrouw Levy, u hebt het nooit gezegd, maar waarschijnlijk hebt u van me gehouden. U bent vriendelijk voor me geweest en ik heb u slecht behandeld, en ergens in de hel glimlacht u nu breed en meet een plaats voor me uit in het vuur.

Waarom heb ik het gedaan? Waarom ben ik niet weer naar binnen gegaan, toen mijn arme ogen de tuin in tuurden en niet het gezicht van mijn lieve Alice maar dat van haar moeder tussen de fuchsia's zagen? Niemand zou gekwetst zijn geweest; het had makkelijk kunnen worden uitgelegd als nervositeit of beter nog, fatsoenlijkheid die vereiste dat er verder werd gezwegen over vrouwen in donkere tuinen. En er gebeurde geen wonder; ik werd niet aan de grond gekluisterd door de lichtstralen van de sterren. Ik had zo weg kunnen gaan. Maar ik was jong. Ze dacht dat ik een oude zakenman was

met een vlinderachtig hart, maar ik was een gewone jongen van zeventien die nooit had geweten hoe het was om het haar van een
vrouw van zo dichtbij te ruiken, of een hand over zijn huid te voelen glijden, of een gezicht te zien dat zich opent van verlangen. Bemind te worden is bijna een ander soort liefde. Het is dezelfde hitte
maar uit een andere kamer; het is hetzelfde geluid maar uit een
raam boven je en niet uit je eigen hart. Dappere en zorgeloze mensen zullen het niet begrijpen. Jij niet, Sammy. Maar sommigen van
ons, die jong of oud of eenzaam zijn, zullen het misschien een aan-
vaardbare vervanging vinden en beter dan wat we hebben. We zijn
niet verliefd, maar we zijn bij iemand die verliefd is en de weinige
dromen die ze hebben, gaan allemaal over ons.

Denkt u zich eens in: ik was nog nooit gekust. En mijn leven als
oude man gaf me niet het gevoel dat ik ooit door een vrouw zou
worden gestreeld of bemind. Ik was niet voorbereid op mijn eigen
lichaam; Hughie's boeken hadden me geleerd wat het allemaal was,
maar niet wat ik zou kunnen voelen, en het gebeurde allemaal sneller dan mijn domme hoofd kon bevatten. Vanaf het moment dat
mevrouw Levy onder die bomen mijn arm pakte, bewoog ze zich
zonder te twijfelen – alleen al het feit dat ik daar was betekende dat
ik gewillig was – en ik die overweldigd was door twijfel, was niet opgewassen tegen haar handen en kussen en gefluisterde woordjes die
als vogels met gevouwen vleugels in mijn oren werden gestopt. Ik
was niet opgewassen tegen de warmte onder mijn huid of het schra-
pen van haar nagels toen ze de knoopjes van mijn overhemd losmaakte en ik naakt was voor de nacht. Het lichaam, die bleke spin,
verbijstert de geest; het wikkelt de geest in zijde en hangt hem in een
hoekje zodat het lichaam zijn gang kan gaan. Toen ik wakker werd,
lag ik tussen de floxen, nauwelijks in staat om te ademen, terwijl
mevrouw Levy met een vreugdevolle blik in haar ogen en haar boezem halvemaanvormig ontbloot rechtop zat, mijn haar streelde en
fluisterde: '*Je bent een goede man, Max, maak je geen zorgen, je hebt
al een tijdje geen vrouw aangeraakt, hè? Max, jij goede, goede man.*'

Ik was meneer Tivoli op de stoep en in de post, maar ik was Max
in haar armen, lieve Max, knappe Max, sterke en hartstochtelijke

Max. Nog nooit had ik mijn naam zo vaak horen noemen, op zo veel manieren, allemaal teder en goed, alsof die naam – die in mijn mond altijd naar een harde aanpak smaakte – zo kostbaar was dat hij alleen zachtjes, voorzichtig kon worden genoten, in het geheime voorportaal van mijn oor. Het was voor het eerst en voor het laatst dat ik mijn naam zo hoorde noemen, want al hebben vrouwen hijgend een naam in mijn oor gefluisterd, het is zelden Max geweest. Sammy, heb jij dat al gehoord? Jij hebt zo veel Sammy's tegen je horen zeggen – de 'Kom binnen'-Sammy, de 'O, wat ben je leuk'-Sammy, de 'Kom buiten spelen'-Sammy, de 'Laat me met rust'-Sammy – maar ben je wanneer je dit leest oud genoeg om de heel andere en verrassende Sammy te hebben gehoord die afkomstig is van een verliefd meisje? Eindelijk eens iemand die je niet roept of je iets vertelt of iets tegen je zegt; het is geen praten. Ze zegt het voor haar eigen genoegen, want al sta je voor haar, het zeggen van je naam roept niet alle Sammy's uit het verleden op die ze in haar armen heeft gehouden, maar een toekomstige Sammy die haar in haar gedachten nog steeds zo kust. Dus mevrouw Levy riep een toekomstige Max voor de geest, een sterke man die altijd in de floxen lag en hijgde, en ik was zo weinig gewend aan dat gevoel dat ik hem accepteerde; een poos lang werd ik hem, want ik beantwoordde nog steeds haar briefjes en na een poosje herkende ik het teken van gordijnen in haar raam: één omhoog, één naar beneden. Een knipoog in de nacht; want jonge mannen in oude lichamen, mijn God, is dat niet voldoende reden?

Natuurlijk vergat ik mijn Alice niet. Ik moest me tot het uiterste inspannen om niet een zuchtend Aaa-lusss in het oor van mevrouw Levy te laten ontsnappen, en ik beschouwde het als een soort eerbetoon dat het gezicht van Alice vaak als het plaatje van een toverlantaarn in mijn gedachten was terwijl ik beefde in de armen van haar moeder. Bovendien verschafte mijn positie me vaker toegang tot de huishouding beneden, en Hughie en ik (de medeplichtige Dempsey kwam altijd) brachten heel wat avonden door met het snijden van vettige, taaie rosbief en het doorstaan van 'Listen to the Mockingbird' in de versie van de oudste Levy, om maar te kunnen genieten van de marsliederen uit de burgeroorlog in de weergave van de jongste Levy. *Peas! Peas! Peas!* zongen we dan. Alice stak haar tong uit terwijl ze op de piano beukte. Hughie brulde mee en zwaaide zijn armen in de lucht om zijn verveling te verdrijven. Mevrouw Levy blies ieder woord als een kus naar me toe en die brave oude meneer Tivoli die de bladzijden omsloeg, paste zich glimlachend aan. Ik hield één hand tegen de muziek en de andere hand drukte heel netjes tegen de kantachtige rug van Alice waar ik onder de knoopjes van haar jurk de knoopjes van haar ruggengraat voelde en bij iedere *Pea!* het zoete samentrekken van haar lichaam.

Bij die gelegenheden ging moeder niet mee; ze lag op bed in de laatste weken van haar zwangerschap en nam dagelijks een dosis whisky om haar voor de gevaren van hysterie te behoeden. Voordat ik op die avonden naar de Levy's ging, bracht ik haar eten boven en vertelde haar, zoals altijd, over mijn dag op het werk in de buik van Bancroft's bakstenen walvis, dat de grappige man met grijs haar zonder hoed me de *Call* had verkocht en dat ik had gelezen dat de drie anarchisten van Haymarket Square nog steeds wachtten tot ze werden opgehangen. Zoals altijd namen we samen de visitekaartjes uit het kaartenschaaltje door. Zij las mijn tarot. Ik las haar voor uit een *Cosmopolitan* die ze heel goed zelf kon lezen, maar ze sloot altijd haar ogen en luisterde. Later, na het salonvermaak en voor het dollen in de floxen, ging ik naar boven om haar lippen te kussen en de rokende kaars naast haar uit te snuiten.

Toen haar weeën begonnen werd ik het huis uit gestuurd, en Hughie en ik zaten opeens in een oude bankiersbar de ene pot bier na de andere te drinken. Aan het plafond hing een Hindoestaanse papieren slang die eindeloos omlaag cirkelde in een mand. Af en toe tilde iemand hem op om over de laatste gebeurtenissen in de wereld te lezen. Hughie had een nieuwe snor en was geheel in het zwart gekleed; het was zijn uniform van de plantenkas in het park waar hij werkte.

'Heb je de Victoria Regina gezien?' zei hij tegenwoordig tegen meisjes, verwijzend naar de niet-wetenschappelijke naam van de enorme waterlelie die hij verzorgde, en ze bloosden altijd. In die tijd was dat namelijk een gewaagde opmerking, Sammy.

'Hoe gaat het met de walvis?' vroeg Hughie die avond. Zoals altijd gebruikte hij zijn afgrijselijke benaming voor mijn lieve buurvrouw.

'Ach, toe nou…'

'De jongens in de plantenkas willen weten of het waar is wat ze van jodinnen zeggen.'

'Heb je het de jongens verteld?'

'O, niet in bijzonderheden. Maar zijn ze inderdaad het geilst?'

'Hughie, ik ken helemaal geen andere meisjes. Eigenlijk ken ik helemaal geen meisjes. Mevrouw Levy is een vrouw.'

'Je noemt haar toch niet nog steeds mevrouw Levy, he?'

'Ik wou dat ik haar Alice noemde.'

'Hou daar nu even mee op. Denk aan leuke dingen. Vertel me over je mevrouw Levy…'

Ik voelde me vreselijk schuldig. Ik deed wel net alsof ik door dit alles dichter bij Alice kwam, maar telkens wanneer ik haar op het gazon onkruid tussen haar verlepte zonnebloemen uit zag trekken, telkens wanneer ze dat zorgelijk gefronste gezicht naar me toekeerde, werd ik akelig van binnen. Wat ik wilde redden was ik juist aan het verraden. Wat ik aan de ene kant weefde, rafelde ik aan de andere kant uit. 'Echt Grieks,' zei Hughie telkens. Ik denk dat het een vaak verteld verhaal was; ik denk dat ik niet de eerste was die een puinhoop van de liefde maakte, maar dat doet er nooit zo toe, hè?

Ik heb Hughie alles verteld wat ik jou niet kan vertellen, niet omdat ik wilde opscheppen, niet omdat ik me puberachtig trots voelde, maar omdat ik geen dagboek bij durfde te houden in het huis van mijn moeder; ik moest mijn herinneringen in hem schrijven. Bijvoorbeeld hoe mevrouw Levy zich op onze avonden voorbereidde door een soort spons te dragen met een lange draad eraan om hem te kunnen verwijderen, hoe ze uiteindelijk een hulpmiddel van varkensdarm maakte dat ik kon gebruiken. Hughie luisterde geboeid. Hij was tenslotte mijn beste kameraad, en even verbijsterd door alles als ik. Het enige dat we van seks wisten stond in de boeken van zijn vader en dat waren voornamelijk afwijkingen, besefte ik nu. Maar ja, wat was ik dan? Zou mijn mevrouw Levy haar korset ooit hebben losgemaakt voor een jongen van zeventien? Ze werd aangetrokken door mijn mismaaktheid, doordat ik min of meer een monster was. Ja, Hughie wist altijd alles van mijn leven. Nou ja, bijna alles.

De mannen bij de ticker-tape mompelden en bromden over het nieuws van een dam die in het oosten was gebroken waardoor een stad tien meter onder water was komen te staan en duizenden mensen waren verdronken. De barkeeper vroeg of ik nog iets wilde bestellen voor mijn zoon en mij.

'Hij is niet mijn…' begon ik.

'Pa wil er nog wel een,' onderbrak Hughie me grijnzend en zei vervolgens tegen me: 'Drink eens op, Pa. Ik moet je iets vertellen.'

Ver weg in haar hoge kamer werd op dat moment mijn zusje geboren. Tot mijn genoegen kan ik vermelden dat er, behalve het pasgeboren meisje, niemand schreeuwde en dat er niets werd gesmoord, behalve de ongerustheid van een moeder; de roodglanzende Mina werd hoestend en als een longvis naar lucht happend de wereld in getild en toen de navelstreng werd doorgeknipt en ze even eenzaam werd gemaakt als ieder van ons, gilde ze het uit en door het groene waas van de chloroformpillen zag moeder dat dit haar baby was. Dit was iets dat oud zou worden; dit was iets dat mooi zou worden en die schoonheid weer kwijt zou raken, dat de gratie maar ook het slechte gehoor en het slechte figuur van haar moeder zou erven, dat te veel zou glimlachen en te vaak zou turen en de laatste tientallen jaren van haar leven bezig zou zijn om de rimpels die in haar jeugd waren gevormd met crème in te smeren totdat ze het uiteindelijk opgaf en een parelsnoer droeg om een halskwab te verbergen; dit was de gebruikelijke aardse droefheid.

En zelf werd ik iets ouder terwijl ik luisterde naar wat Hughie te vertellen had. Wat hij me vertelde maakte een eenzaamheid los die ik niet had verwacht. Hughie zat daar helemaal in het zwart, een zwaarmoedige man met een zwaarmoedig verhaal dat hij alleen onderbrak om zijn bier aan te pakken en het schuim van de bovenkant af te blazen, waarna hij mij weer aankeek met de zachte ogen van een heilige kat. 'Wees niet boos,' zei hij de hele tijd dringend, terwijl hij met zijn nagel op de bar tikte net onder de uitgesneden dwaasheid van harten en hoekige initialen. 'Het betekent niets voor me, dat zweer ik je, het stelt niets voor.' Van bovenaf zweefde het rookspoor van papier omlaag de mand in alsof het terugkeerde naar zijn brandende bron, alsof er nog iets anders dan ik achterwaarts liep in de wereld. Maar dat is niet zo, er is verder niets dat achterwaarts gaat; de wereld valt voorover als zij instort.

Het waren een paar korte woorden. Een verzameling glas. Want terwijl ik met mevrouw Levy in de omsloten tuin stoeide, was mijn Alice verliefd geworden. Doodgewoon, genadeloos verliefd. Op wie? Op Hughie natuurlijk. Op wie anders?

Dokters, een update:

Ik heb vanmiddag net een onderzoek overleefd. Ik vermijd artsen zo veel mogelijk, vooral sinds ik een klein jongetje ben geworden, maar van het onweer gisteren heb ik keelpijn gekregen. Ik heb geprobeerd het met keeltabletjes en glimlachjes te verbergen, maar het wegslikken van het eten van mevrouw Ramsey heeft zich van een lichte kwelling tot een onmogelijkheid ontwikkeld. Ik kan alleen nog maar kreunen en gezichten trekken. De hond is doodsbang voor me. En jij, Sammy, hebt me genadeloos geplaagd. Dus ben ik naar een kleine bungalow in een mooie wijk gebracht, een gebouw zonder ramen, met filmaffiches en een rol verbandgaas om mee te spelen. Mevrouw Ramsey, die lieve vrouw, overstelpte me met aandacht, gaf me een droge kus en zei dat ze zo weer terugkwam. Dus ik zat daar bijna een uur lang met alleen het verbandgaas en de zuster op de filmaffiche. Ik ken de besneeuwde kantelen van haar kapje uit mijn hoofd.

Dokter Harper bleek een grappenmaker met het verweerde uiterlijk van een Hollywood-acteur. Hij staarde in mijn keel en tuurde een poosje voordat hij iets tegen me zei.

'Je voelt je niet lekker?'

'Ik voel me prima. Ik heb alleen een zere keel.'

Hij schudde zijn hoofd en maakte een paar aantekeningen. 'Nee.

Het is iets heel anders. Ik heb nog nooit zoiets gezien.' Een lachje.

Was dat mogelijk? Dat een halve eeuw dokters die me aderlatingen, blaren en purgeermiddelen hadden gegeven, die me hadden laten zweten en me hadden geëlektrocuteerd, niet hadden kunnen ontdekken wat deze man ogenblikkelijk doorhad? Ik heb aanhangers van Rush en van Thomson, van Graham en van Fletcher en van Freud weerstaan – was ik nu dan een oude zoetwaterbaars geworden die lui is na zo vaak uit strikken met weerhaken te zijn ontsnapt, en door een schooljongen uit het water wordt gehaald? Ik ben een oude man; ik begrijp de wereld van nu niet en het is heel goed mogelijk dat de nieuwe eeuw een röntgen- of andere straal heeft ontdekt om een man zoals ik te onderzoeken. Maar toch, in dit kleine dorpje op de prairie? Ik bedwong mijn onmiddellijke neiging om te bekennen; ik bleef als een kind stil zitten.

'Ik heb wat maten nodig, mijn beste,' zei hij, met een geheimzinnige glimlach.

Ik huiverde. Hij bepaalde mijn lengte, gewicht en de afmetingen van bepaalde botten, keek in mijn oren en ogen en luisterde bedachtzaam naar de gestoorde radio van mijn hart. Ik zag de getallen ook, maar wist dat hij niet kon zien dat ik het afgelopen jaar vijf centimeter kleiner en in verhouding evenveel lichter was geworden en nu slechts een klein, slakachtig hoopje genitaliën had. Ik loog over mijn medische geschiedenis, beweerde dat ik als baby een herniaoperatie had gehad, chronische bronchitis had en allergisch was voor allerlei zaken, gewoon om het hem moeilijk te maken. Hij probeerde me de hele tijd grapjes te vertellen, maar ik was er niet met mijn gedachten bij en was doodsbang dat mijn benauwdheid bij het slikken die aanwijzing was die in detectiveboeken voor jongens de jonge held altijd aan zijn vijand onthult.

'Het is helemaal duidelijk, mijn beste. We gaan eens even je mama en papa zoeken.'

'Ze is mijn moeder niet. En mijn vader is dood.'

'O,' zei hij, voor het eerst geschrokken.

'Wat gaat u haar vertellen?'

Hij grijnsde en haalde een hand door mijn haar. 'Ik ga haar alles over je vertellen.'

Ze bleven ruim tien minuten op zijn kamer terwijl ik weer in de wachtkamer zat, dood of stervend of wat dan ook. Ik bedacht hoe ik hun gesprek zou kunnen onderbreken, misschien door een aanval van gele koorts te simuleren, en besefte met een lusteloos lachje dat je toch goed kon merken hoe oud ik was: de ziekte was rond 1900 uitgeroeid. Op dat moment hoorde ik een geluid als van een draaiende filmspoel, volwassen lachen op de gang en daar waren ze, en mijn mevrouw Ramsey zag er zo jong en geamuseerd en stralend uit. Ik kreeg een groen zuurtje in een papiertje; mevrouw Ramsey schreef de naam op van een roman die ze kon aanbevelen; dokter Harper pakte het briefje aan, knipoogde, zwaaide nog eens ernstig en verdween toen; en voordat ik het wist stonden we weer buiten in de altijd frisse zon van mijn nieuwe woonplaats. Ik stopte het snoepje in mijn zak naast de pillen die ik zorgvuldig uit de behandelkamer had gestolen. Toen vertelde ze me wat mijn lot was.

Zolang er mannen als dokter Harper zijn, ben ik altijd veilig. Ik bleek vroege verschijnselen te vertonen van wat artsen parotitis noemen. Dat wil zeggen: de bof. Een kinderziekte. Als die kwakzalver gelijk heeft wachten me opgezwollen klieren en dagenlang koorts op mijn slaapkamer. Maar hij heeft het vast mis. Heb je ooit gehoord van de bof bij een man van bijna zestig?

Mevrouw Ramsey ging met me naar de winkel en kocht een reep chocola, een paar rolschaatsen en ongeveer net zo'n zilveren speelgoedpistooltje voor me als Hughie vroeger had gehad. Voor jou, Sammy, kocht ze het kauwgum waar je dol op bent. Voor zichzelf keek ze bij de cosmetica, lachte en giechelde om de toverdrankjes en koos toen een lippenstift in een erotische kleur en twee soorten wenkbrauwpotlood. Ze keek fronsend naar de geurtjes en kreeg uiteindelijk van een winkeljuffrouw met rode ogen te horen dat haar lievelings-eau-de-cologne niet meer in de mode was en speciaal moest worden besteld. Ik vroeg haar welke geur dat was. 'Rediviva,' antwoordde mevrouw Ramsey zuchtend. Ik haalde het recept van de dokter te voorschijn dat ik met mijn eigen vervalsing had aangevuld, en ze pakte het gehoorzaam aan. Vervolgens was het een klein kunstje om naar de medicijnenbalie te lopen, waar deze kleine soldaat de trotse eigenaar werd van kalium, kinine en een prachtig blauw flesje morfine. We leven in een gouden eeuw.

Het duurde bijna een week voordat ik hem haar hart liet breken. Jouw hart, Alice, jouw tere perzikhart. Ik deed het niet uit wrok. Ik deed het omdat het echt moest. Achteraf bezien zou het veel verstandiger zijn geweest als Hughie zich in haar armen had gestort, haar met goedkope diamanten en anjers had betoverd en haar kleffe woordjes in het oor had gefluisterd; niets doet een meisje zo van mening veranderen als het hart van een amateur. Ze zou hem denk ik binnen veertien dagen aan de kant hebben gezet, en niet omdat ze dom of wispelturig was, maar omdat we soms schrikken als de bom die we plaatsen in onze eigen handen afgaat. En wat zou er zijn gebeurd als ik dat had gedaan? Ze zou een hekel aan Hughie hebben gekregen en waarschijnlijk dan ook aan mij; ze zou zijn gezwicht voor de volgende knappe jongen die ze zag, tijdens een van die dansavondjes die ze vreselijk vond; ze zou met hem zijn uitgegaan en wanneer ze dan op een middag ergens op een hoek had staan wachten, zou haar hart toch nog zijn gebroken. Zo werd het in ieder geval geregeld door iemand om wie ze gaf.

Hughie stemde erin toe om precies te doen wat ik zei. Hij moest met haar afspreken bij de plantenkas waar ze hem nu steeds na school bezocht, en haar hartje breken met de felle tik waarmee je een geode splijt. Hij moest vriendelijk maar vastberaden zijn en geen losse eindjes liefde achterlaten in haar hart. Ze moest helemaal verlost worden van dat belachelijke gevoel, zodat ze open zou staan voor de liefde van een schijnbaar oudere, attentere man en daar zelfs blij mee zou zijn. Hughie aarzelde over de aanpak; hij vond het heel gemeen tegenover zo'n knap meisje. 'Knap?' vroeg ik achterdochtig. 'Heb je… heb je iets gedaan om haar dat gevoel te geven?' Dat ontkende hij maar hij stemde erin toe om de taak te volbrengen. Aanvankelijk wilde ik me achter een varen verstoppen om naar mijn toneelstukje te kijken, maar hij zei dat hij daar zenuwachtig van zou worden en het dan waarschijnlijk zou verknoeien. Ik werd dus naar huis gestuurd en daar wachtte ik op het bericht van Hughie dat hij het pad voor mij had geëffend. Ik zat in de huiskamer en probeerde vergeefs te lezen. Ik legde een kaartspel voor mezelf uit maar verloor steeds weer. Uiteindelijk vond ik een van de prullaria van mijn vader – een apenkop die in glas was gevat – en staarde er meer dan een uur naar zodat ik door de belachelijkheid daarvan even kon ontsnappen aan mijn eigen belachelijkheid.

Om vier uur ging de bel bij de voordeur en hoorde ik Maggie praten met iemand in de gang. Ik had haar gezegd dat ik voor iedereen te spreken zou zijn behalve voor mensen die voor mijn moeder kwamen. Nu werd er op de deur geklopt: Maggie die me zei dat er iemand was met een dringende boodschap. Ik wuifde met mijn hand en schonk een glas whisky voor mezelf in en een voor Hughie. Ik kalmeerde en keek naar buiten waar twee eekhoorns aan het vechten waren. Ik hoorde een zielige stem: 'Meneer Tivoli, ik heb uw raad nodig.'

Het was Alice.

Als we zeventien zijn kennen we geen medelijden. We denken van wel; we denken dat we gestraft zijn met een heilig, opgezwollen ding dat trilt bij het horen van de naam die wij aanbidden, maar het is geen hart, want al is het bereid om alles in de wereld te verbeuren – geest, lichaam, toekomst, zelfs het laatste eenzame uur dat het heeft – het is niet bereid zichzelf op te offeren. Het is geen hart als we zeventien zijn. Het is een dikke koningin die zoemt in haar korf. Ik wou dat ik het hart had gehad om Alice terug te sturen naar Hughie, toen ze zo verloren en wanhopig de kamer in stapte, toen ze op haar knieën viel en zo verhit snikte op de wollen stof van mijn broek. Dat ik de moed had gehad om haar haar te strelen (dat deed ik wel) en haar kin in mijn ruwe hand te nemen (dat deed ik ook) en haar te vertellen dat hij haar vast onmiddellijk zou kussen, hij was tenslotte een jongen en zij was een en al schoonheid. Om te zeggen: 'Hij gaat wel van je houden' en 'er zijn wel manieren voor' en me daarna naar het licht te keren dat schuin de kamer in viel terwijl zij haar gezicht afveegde en met haar ogen knipperde en zich opmaakte voor een nieuwe strijd. Om haar te laten gaan. Maar ik had geen hart. Wanneer krijgen we een hart? Twintig, dertig jaar later dan we het nodig hebben?

In plaats daarvan keek ik naar het hoofd dat op mijn schoot lag te beven; ik staarde naar de bleke scheiding tussen haar vlechten alsof ik zocht naar de bron van een verdwenen rivier. Ik wachtte tot het tijd werd om haar aan te raken en ik raakte haar aan, en zij schudde mijn arm niet van haar schouder of mijn hand van haar hoofd maar stortte nog meer verdriet uit op mijn schoot. Zonder het te weten riepen zij en ik allebei het beeld op van haar vader en we speelden elk onze rol – Alice door schaamteloos te huilen, meneer Tivoli door haar te troosten en tot stilte te manen – tot haar snuiven en hortend ademhalen aangaf dat het bijna over was.

Ze begon te praten. 'Het komt door Hughie, meneer Tivoli.' Ik schoof mijn vinger in de strik van haar haarlint.

'Dat weet ik,' zei ik en vervolgens zo zachtjes dat ze het niet hoorde: 'Noem me maar Max.'

'Hij is afschuwelijk geweest, afschuwelijk, hij heeft gezegd...'

'Wat heeft hij gezegd?' Met een rukje van mijn vinger viel haar haarlint uit de knoop. Ik huiverde, zij merkte het niet.

'Hij heeft gezegd... hij heeft gezegd dat hij wilde dat we vrienden zouden zijn. De idioot. Hij heeft gezegd dat hij een mooi moment niet wilde bederven.'

Ik nam zenuwachtig slokjes van mijn whisky. Hughie had geïmproviseerd; hij had mijn Alice behandeld als het eerste het beste meisje dat hij op straat tegenkwam. 'Waar waren jullie?' vroeg ik zachtjes, terwijl ik me afvroeg wat hij nog meer had toegevoegd.

Ze snoof en ging rechtop zitten zodat mijn hand van haar afviel; de betovering was verbroken. 'Het was bij de Victoria Regina, net als altijd. Daar spreek ik altijd met hem af. Hij kan meestal wel even weg en het is er rustig en je kunt gewoon naar de lelies kijken. Ik was... ik had besloten om dapper te zijn en hem te vragen wanneer hij me mee uit zou nemen. En hij zei... o, hij zei dat ik pas veertien was. En dat hij geen belangstelling had voor meisjes zoals ik. Meisjes van veertien. Niet op die manier. Meisjes zoals ik? Zijn er echt andere meisjes zoals ik?'

Dit week iets af van de tekst maar kwam er wel in de buurt. Ik kon me voorstellen dat Hughie een beetje plankenkoorts had gekregen, zo in zijn uniform naast de enorme drijfbladeren van de waterlelies, en dat hij gewoon het eerste het beste dat in hem opkwam had gefluisterd; misschien was hij wel oprechter geweest dan ik bedoeld had. 'Wat nog meer?'

Er kwam opeens een onplezierige herinnering bij haar boven en ze kromp ineen van verdriet. 'Hij zei dat hij van me hield als van een zus. Ik ben niet gek, meneer Tivoli.'

'Max. Nee dat ben je niet, zeker niet, Alice…'

'Ik weet wat hij bedoelde. Hij bedoelde dat hij nooit van me kan houden. Nietwaar? Of… bedoelde hij misschien…'

'Nee, nee, Alice, kom naast me zitten…'

'Ik begrijp het niet,' mompelde ze.

Ik raakte weer haar schouder aan. Toen maakte ik een fout: 'Vergeet hem maar, Alice.'

Ze deinsde achteruit en ik zag dat ze me verafschuwde. Het gebeurde zo snel; het ene moment was ik een begrijpende vriend, bijna een vader, en het volgende moment was ik een oude man die niets van liefde, niets van hartstocht wist, een man die niet meer te bieden had dan zijn eigen zielige vergif. Maar om die afschuw zo in haar ogen te zien; ik had het gevoel alsof ik haar voor altijd kwijt was en niets zou kunnen bedenken waarmee ik haar ooit weer terug zou krijgen. Hughie brak haar hart dan misschien wel talloze keren, maar als ik tegen mijn Alice zei dat ze hem moest vergeten, dat ze een lieve en liefhebbende jongen in de buurt moest zoeken (die misschien wel dichterbij was dan ze ooit had gedacht) zou ze me uit haar leven verbannen. Ze zou weer veranderen in het koppige meisje van beneden dat nooit aan me dacht. Die ogen die als opalen doorweven waren met haat, die de tranen wegbrandden. Ik zou er alles voor over hebben gehad om ze te veranderen. Dus ik sputterde wat terwijl zij toekeek. En toen besefte ik waarvoor ze was gekomen: 'Ik zal met hem praten, ik zal hem zeggen… ik zal jouw naam noemen…'

'Doet u dat echt?'

'Ik zal hem vertellen hoe mooi je bent.'

'Vindt hij me mooi?'

'Zeker. Hij vindt je een heel mooi meisje.'

'Jeetje.'

'Ja, het mooiste meisje dat hij ooit heeft gezien.'

'Het mooiste meisje…' herhaalde ze.

Alice ging gelukkiger uit mijn zitkamer weg dan ze was binnengekomen; ze ging weg met al die domme beloftes van mij, die ik alleen had gedaan om haar in de kamer te houden, om nog een gelegenheid af te dwingen om samen te praten en om samen een geheim
te hebben, want dit moest koste wat kost geheim worden gehouden
voor haar moeder. Ik knikte en tuitte mijn lippen. Toen ze wegging,
kuste ze me op mijn voorhoofd en toen ik het zachte katoen bij haar
hals rook, bedacht ik dat ik meer dan een vertrouweling van haar
was, meer dan de deelgenoot in een geheim; ik was haar enige weg
tot de liefde. Zoals ze ooit van mij afhankelijk was geweest om op de
sabbat het vuur aan te steken, zo was ze nu van mij afhankelijk om
haar een boodschap te brengen die haar hart zou verwarmen. En al
wist ik dat de vage glimlach die op haar gezicht verscheen niet voor
mij was bestemd en dat de slapeloze nacht die ze zou doorbrengen
niet veroorzaakt werd door mijn bebaarde gezicht, ik was er toch bij
betrokken. Ik was een huisknecht van haar hart. Wanneer we heel
jong zijn, proberen we te leven van datgene waar we nooit genoeg
van kunnen hebben.

Alice, wat denk je, nu je oud bent, wanneer je dit leest? Je weet hoe
dit verder gaat en ik weet zeker dat jij een heel ander verhaal hebt.
Misschien een verhaal waarin jij zieliger en onschuldiger bent, een
klein glazen Alice-belletje dat hangt te tinkelen voor het raam, of
een verhaal vol details die ik niet kan weten: hoe Hughie lachte omdat je zo slim was; de dikke, erotische drijfbladeren van de Victoria
Regina; de boosheid om het gemis van je vader; de vreemde ge-
waarwording van die oude man die het lint in je haar losmaakte.
Terwijl Hughie in mijn versie slechts de man is die toevallig in de
weg stond, weet ik zeker dat je in jouw herinnering om speciale redenen van hem hield, zoals we dat volgens onszelf altijd doen; je
warmt nog steeds je handen aan het smeulende vuur van die prille

liefde; je liet je toen je ouder was nooit overtuigen dat het slechts toeval was.

Ik heb het je moeder verteld – wist je dat? Natuurlijk heb ik het haar verteld. Ik heb haar verteld, als een geheim tussen ons, dat je verliefd was op Hughie en dat hij je niet waard was. Dat was geen leugen, maar het was gemeen; ik deed het om ervoor te zorgen dat ze zou gaan blazen en zuchten als je Hughie ooit zou noemen. Achteraf bezien had dat er alleen maar voor kunnen zorgen dat je nog meer van hem ging houden.

Eén avond was je anders. Dat herinner je je vast nog wel. Eén avond liet Maggie je binnen en kwam je als een verbolgen dochter de kamer in benen. Je ging niet op het vloerkleed zitten en je bloosde niet; je was bloedeloos die avond. Je koos de oude stoel van mijn vader, legde je vlecht goed, staarde me aan en zei, zonder een spoor van beschuldiging in je stem: 'Hij houdt niet van me.' Je wuifde al mijn woorden weg, huiverde slechts even en bleef herhalen wat je nu wel moest zien, omdat je slim genoeg was. Hij hield niet van je; nee, natuurlijk niet. Het was van meet af aan duidelijk geweest. Je droeg een bontgekleurde meisjesketting en goedkope schoenen die van je hielen afzakten. Je haalde een sigaret uit een reticule alsof je wilde zeggen: *Ik ben nu een vrouw die dat soort dingen doet.* Wanneer ze veertien is, doet een vrouw dat soort dingen. Ik zweeg en liet jou deze andere vrouw uit rook opbouwen en daar in de kamer tot leven blazen. Er viel een stilte toen ze zich omdraaide in het schuin vallende maanlicht, een en al haar en spieren. Toen ze was verdwenen, was ik degene die voor jou op de grond neerviel en huilde; ik weet niet waarom. Jij was degene die mijn haar aanraakte en zachte woordjes sprak die zoals altijd weinig troost boden.

Toen hoorde ik je iets mompelen dat ik niet kan vergeten. Je zei: 'Ik voel me zo oud.'

Ik hief mijn gezicht op. 'Wat?'

Je schudde je hoofd en sloot de gedachte weer weg.

'Je kunt je niet oud voelen,' zei ik.

Je wiegde slechts wat heen en weer in je stoel, met je hand op mijn hoofd terwijl je weer een sigaret opstak. De kamer hield je in de kromme van een of andere schaduw. Je zag eruit alsof je nooit ouder zou worden. Je zei: 'Net alsof ik boven mijn lichaam zweef. En ik kijk naar mezelf en naar de domme dingen die ik doe, hoe ik water opzet voor thee of het stof van het galon op mijn jurk veeg en klaag dat het zo vuil wordt, en daar met mijn moeder de visitekaartjes zit te bekijken. Het is zo makkelijk om mezelf te zijn en ik doe het al zo lang, ik ben al zo lang zo klein en doe zulke kleine dingen. Maar het grootste deel van me zweeft in de lucht en kijkt toe. Alsof het mijn lichaam niet is. Een deel van me weet iets dat het niet aan de rest kan vertellen.'

Ik zat daar sprakeloos, diep getroffen door je woorden. Een vrouw die geen baas was over haar lichaam dat buiten haar leven zweefde; je zou het wel begrijpen, dacht ik. Je zou wel weten hoe het leven was voor de zieke, door de tijd verwrongen jongen die verliefd op je was. Ik keek hoe je rookte, alsof de rook de kilte in je gezicht vast kon houden.

'Ik wil je iets vertellen, Alice.'

'Ik wil niet praten.'

Maar het was te laat; ik was al aan het vertellen wat mijn moeder me geleerd had nooit te vertellen. Maar voor mijn gevoel waren het de eerste woorden van een toverspreuk, woorden die een vloek kunnen opheffen. 'Ik moet het je vertellen. Luister naar me. Jij hoeft niet te praten. Luister alleen.'

Je wendde je blik van de gaslamp af en je ogen waren heel even weer levendig en je hoopte dat ik iets over Hughie zou gaan zeggen. Ik denk dat, zelfs na dit laatste *nee*, er toch nog enige hoop was dat er een *ja* zou komen.

'Ik ben niet... wat je denkt dat ik ben, niet wat ik ben. Ik weet hoe ik eruit zie.' Mijn stem klonk nu ruw en ik hijgde. Mijn keel verslikte zich bijna in deze dwaze uitspraak, maar ik ging door: 'Alice, ik ben... ik ben zeventien. Begrijp je, Alice? Ik ben gewoon een jongen.'

Ik voelde even iets van verrukking toen je ogen groot werden. Ik denk dat je me nog nooit als een andere persoon in de kamer had gezien; ik luisterde de hele tijd, en nu was ik de boodschapper van verloochende liefde; ik zat nu geknield voor je op het tapijt; en ik had me al die tijd even ongelukkig gevoeld als jij.

'Ik ben gewoon een jongen.'

Ik zag droefheid in je ogen trillen als een insect dat doodgaat achter een hor.

'Geloof je me?'

'Ja.'

Je herinnert het je vast wel: je hield mijn gezicht in je handen en veegde met uitgestoken duimen de tranen van mijn wangen. Je gezicht stond weer levendig; je ogen waren even vochtig als de mijne; je was mijn oude Alice die dacht: *Laat in ieder geval een van ons gelukkig zijn*. Daar in de zitkamer doorzag je me en besefte je hoe jong ik was, jonger dan jij; je pakte mijn gezicht vast en was de waarzegger voor ons beiden. Je klemde je lippen opeen vanwege iets bitters en daarna knikte je langzaam en vervolgens kuste je me. Je herinnert het je vast wel: die avond kuste je me in de zitkamer. Ik proefde de laatste sliert rook die je in je mond hield; het proefde als een woord, als een *ja*. Uit een andere kamer hoorden we het klaterend *o-o-o* van een baby. Je kuste me en je trok niet terug en bedacht je niet; je dronk van me als een dorstig meisje. Ik was de eerste die zei dat hij van je hield. Dat herinner je je vast wel.

De volgende ochtend wilde ik haar meteen weer zien; ik kon niet wachten. Ik had natuurlijk niet geslapen sinds ze *meneer Tivoli, meneer Tivoli* had gefluisterd en was blijven staan om haar haar weer goed te doen en haar adem tot rust te laten komen (ik had in ieder geval iets teweeggebracht) voordat ze me verliet. Terwijl mijn zusje haar gehuil door de nacht liet klinken bleef ik in mijn stoel zitten en in mijn verbeelding zette ik die avond met Alice natuurlijk voort, zo ver als maar mogelijk was voor een deugdzame man, en vervolgens plaatste ik de spoel weer terug en speelde ieder moment weer af in de muziekdoos van mijn geest.

Terwijl ik in bed lag, nam ik de scène die ik sinds het ochtendgloren had gerepeteerd nog eens door: wat ik tegen Alice zou zeggen. Ik voelde de woede van een verslaafde over zichzelf, de woede van een tot inkeer gekomen man die wakker wordt met het bewijs van de nacht die hij heeft doorgebracht – een verschroeide opiumpijp, een koud en aangeslagen buisje met ether – maar toch diep in zijn hart de liefde voor die lang begeerde zaken langs zijn aanvankelijke verwijt voelt knagen; zijn arm reikt al over het bed. Ik moest haar zien. Waarom had ik haar verteld dat ik van haar hield? Ik had er alles mee kunnen verliezen. Maar nee, redeneerde ik, nee, ze had er behoefte aan om over liefde te horen spreken; dat heeft iedereen toch? Die behoefte had ze toch? O God, en ik had gezegd dat ik gewoon een jongen was; ze had me geloofd. Had ze me wel geloofd? Misschien vond ze het lief of misschien vond ze het precies wat het leek: een oude man die met zijn onbehouwen kussen haar gezicht afslobberde. Maar al probeerde ik nog zo te bedenken hoe ze er precies had uitgezien in het gaslicht van die avond, ik raakte haar beeld steeds meer kwijt. Het verleden had me de rug al toegekeerd; er viel niet mee te praten.

Zo goed mogelijk beraamde ik mijn plannen. Ik zou glimlachen en lachen en net doen alsof de avond niets bijzonders was geweest; alsof ik net als zij verbijsterd was door verwarde menselijke momenten zoals wij hadden beleefd. Ik zou mijn verontschuldigingen aanbieden; nee, dat zou me verraden. Ik zou net doen alsof het een grapje was tussen ons tweeën. De oude man, de oude buurman, een grapje tussen ons tweeën. Tenzij, tenzij ik natuurlijk op haar gezicht een lichte rimpeling van hoop zag. Ik kwam uit bed. Ik wilde haar zo snel mogelijk zien, al was het alleen maar om te weten wat mijn lot was.

'Meneer Tivoli?' De stem van Maggie klonk vanaf de deur.

'Ja?'

'Hier heb ik uw koffie en een briefje.'

Op lichtgeel briefpapier op het zilveren schaaltje naast de toast. Aan één kant was het donker van gemorste koffie; ik keek boos naar Maggie en ze ging weg. Een briefje van Alice, dacht ik, en ik voelde me opgelucht. Wat een lafaard was ik. Nu zou ik haar niet onder ogen hoeven komen; ik zou na een paar regels weten wat die eerste kus voor ons beiden had betekend. Het briefje begon als volgt:

Max,

Je bent een monster van het allerergste soort. Je bent een gemene verra-
derlijke misdadiger. Je bent een zieke, verdorven, slechte oude man en ik
kan niet geloven dat ik ooit om je heb gegeven. Dat je me hebt verraden
is niet erg. Dat je de moeder hebt verleid is niet erg, dat je me hebt ge-
bruikt is niet erg. Je kunt mijn oude gebroken hart naast je neergooien,
het maakt niet uit. Maar Max. Je hebt mijn meisje, mijn Alice, aange-
raakt. En als deze moeder je ooit nog ziet, krab ik beslist je ogen uit.

Ik bedacht natuurlijk pas veel later wat er waarschijnlijk was gebeurd. Alice, die 's avonds laat in een storm van bekentenissen
thuiskwam. En mevrouw Levy die in een zwart nachtgewaad had
zitten luisteren en haar hart in stukken voelde breken. Ze zag alleen
een oude man, haar minnaar, die haar dochter lastigviel met zijn
vunzige kussen. Ze kon natuurlijk niet begrijpen dat het een jongen
van zeventien was die net als in een liedje een kusje stal.

Maar daar dacht ik allemaal niet aan. Ik las snel en probeerde te
bedenken wat ik nu moest doen. Misschien een volledige bekentenis, over de ziekte en alles, met moeder als getuige. Misschien Hughie nog eens met Alice laten praten. En mevrouw Levy; nou ja, misschien bekoorde ik haar nog steeds. Een paar juiste woorden en ik
zou misschien gered zijn. Dus ik las verder.

Meer hatelijke, hoogdravende woorden, die uit het diepst van de
woede van een moeder kwamen. Een paar verontrustende stukjes
over de politie, die meteen weer werden ingetrokken. En dan als
laatste nog iets waar ik koud van werd:

Hierbij ingesloten is een cheque voor onze laatste huur. Voor ons meubi-
lair wordt gezorgd, maar er is niets waaruit is af te leiden waar we naar-
toe gaan. O, Max, daar zal ik in ieder geval voor zorgen: je zult Alice
nooit meer zien. En mij ook niet, mijn minnaar bij maanlicht.

Hoogdravend, dat wel, maar ik besefte eindelijk wat ik had gedaan.
Te bedenken dat ik 's nachts in de tuin telkens weer haar kleren had
uitgetrokken en had geluisterd naar haar gegiechel in mijn oor.

Haar minnaar bij maanlicht. Bij al mijn zorgen over Alice had ik nooit aan haar gedacht; ze was een volwassene, uit een andere wereld, en ik had nooit bedacht dat ze misschien even kwetsbaar was als haar dochter. En toch lijkt het duidelijk dat ik de arme mevrouw Levy kapot had gemaakt. Dat ik misschien de laatste liefde in haar oude hart had gestolen.

Buiten hoorde ik paarden hijgen en aan hun teugels rukken. In paniek rende ik in mijn nachtgoed naar het raam. Dat geluid van hoeven en veren en leer uit mijn kindertijd, dat vertrouwde geluid van een rijtuig, en beneden me zag ik een gehuurd tweespan klepperend wegrijden. Zwart en dof ratelde het langzaam door het licht, met het mica naar beneden gerold, zodat ik twee gezichten achter het raampje zag. Daar zat ze. Mijn geliefde, mijn lieve meisje, heen en weer te schudden in de kooi van een rijtuig, in reiskledij, met een tas op schoot, haar ogen gesloten tegen de stofwolk van haar toekomst. Dat was het einde van de eerste keer dat ik van Alice hield.

Sammy: dit is een brief van het front; ik schrijf dit bij jou in de kamer. Terwijl jij naast me in dit bed ligt te slapen en licht dromend mompelt, net zoals Buster op de grond trillend ligt te dromen. Mijn handschrift is misschien wat bibberig, want dokter Harper blijkt toch gelijk te hebben: Ik heb de bof gekregen, terwijl ik bijna zestig ben. En jij, arme Sammy, hebt het ook gekregen.

Nadat ze mijn onwaarschijnlijk opgezwollen wangen had gevoeld, had mevrouw Ramsey me aanvankelijk alleen gelegd, in de 'naaikamer', zoals ze het noemt, om in eenzaamheid tussen de lapjes van haar onafgemaakte jurken te lijden – ik zie stof met kersen en koralen en buigende geisha's; of zijn dat misschien de verzinsels van mijn koorts? Ik heb me zo vreselijk bedroefd gevoeld in mijn ziekenkamer, terwijl ik in mijn dagboek schreef en als een vuurtoren telkens weer begon te gloeien van de koorts. Maar toen ik vandaag wakker werd, zag ik een deur die zonnig openging en nog een klein jongetje dat naar binnen werd geschoven.

'Je kunt maar beter even doorzetten,' zei je moeder terwijl ze je naar het bed sleepte, arme Sammy.

'Jezus, niet bij die stomkop!' schreeuwde jij.

'Bij die stomkop. Vooruit,' zei ze, en ze stopte je, nog steeds klagend, onder de lakens die warm waren van mijn ziek zijn. Die oude volkswijsheid, dat je het maar beter als kind dan als volwassen man kan krijgen – nou ja, bij mij is alles omgekeerd, denk ik. Ik herinner me dat mijn moeder me vijftig jaar geleden een keer heeft meegenomen in het rijtuig en dat ik toen onder een donzen dekbed ben gestopt met een warme, kribbige Hughie. Ook de bof, maar toen was ik geen kind; ik kreeg het niet. Ik herinner me dat ik niet eens rustig mijn *Boy's Life* kon lezen door het gekerm en gemompel van Hughie en dat ik een week lang naast mijn beste vriend heb gelegen tot hij voldoende bij zijn positieven was gekomen om mij, die volmaakt gezond was, uit zijn bed te gooien. Jij, Sammy, gloeit nog erger.

Je ligt naast me in bed te slapen, met evenveel koorts als ik. Eerder op de dag, nadat de gniffelende dokter Harper weer in onze keel had gekeken, hebben we naar het plafond gestaard en geprobeerd de schaduwen die we daar zagen te benoemen. We vinden het leuk om aan de hand van de geluiden op de gang te raden wat je moeder van plan is en aan de hand van de geluiden buiten waar die idiote buren over ruziën, en je bedenkt fantastische verhalen om onze verhitte hersenen te kalmeren. We mogen geen zure dingen eten en dus eten we dag en nacht pap tot we er helemaal ziek van zijn. Ik ben weer je vriend, Sammy, de enige andere boot op deze zee, maar ik maak me zorgen. Als ik ontwaak uit een verhitte slaap zie ik dat je nieuwsgierig naar me kijkt. Ik hoop dat ik niet heb liggen mompelen. Ik hoop dat ik in mijn koorts niet te veel heb verraden.

Maar wat een geluk is dit virus gebleken. Dat ik zo dicht naast je lig, Sammy; dat ik mijn ademhaling op de jouwe kan afstemmen. Er zijn vaders die voor minder zo lang hebben gereisd; wij, stervende vaders, hebben voor minder de hele wereld afgereisd: om een glimp op te vangen van onze zonen, om in de verte hun stemmen te horen.

II

Vergeef me het hiaat op deze bladzijden; na mijn ziekte ben ik eindelijk opgeknapt en weer op school.

Het is op zijn zachtst uitgedrukt een vernedering om mijn tafels van vermenigvuldiging op te zeggen met deze groep kinderen uit het Midden-Westen – vijf keer twaalf is sessetug – maar het moeilijkst is nog wel om zo zachtjes mogelijk te praten en zo min mogelijk op te vallen zodat de lerares (een vrouw die net zo oud is als ik) niet let op die merkwaardige jongen in de hoek die de bekentenis van zijn leven neerkrabbelt. Ik ben niet het enige kind dat zich op die manier verstopt. Een paar arme leerlingen, met kartonnen schoenen en neten in hun haar, zitten samen met mij achterin en kijken uit het raam, of naar de muur waar zeven presidenten elk met hun kenmerkende kapsel op kleurenlitho's omlaag staren. We proberen op te gaan in het pleisterwerk; we zijn de spoken van de klas. 'Wat is de hoofdstad van China?' vraagt de lerares soms luid aan een van ons, en dan trillen we en zwijgen we en antwoorden we, zoals te verwachten is: 'Frankrijk.' Een zelfgenoegzaam lachje van de lerares, gelach van de brave kinderen voorin, waaronder mijn eigen lieve zoon, en we gaan verder met geschiedenis. Zo meteen ga ik weer verder met mijn eigen geschiedenis.

Maar, Sammy, laat ik eerst eens opschrijven dat je van me houdt. Je langdurige koorts heeft op de een of andere manier waarschijnlijk je twijfels weggebrand en na de uitdaging van het gedeelde bed ben ik weer je boezemvriend. Je geeft me briefjes door terwijl onze voorvaderen in een baai bij Boston thee overboord zetten; je knipoogt en doet net alsof je aan slaapziekte lijdt terwijl rooirokken in colonnes door verre staten marcheren; je laat me je tekenkunst zien – de automobiele wonderen die je voortbrengt, een en al borstelige buizen en opvouwbare dingetjes – terwijl Valley Forge zijn bevroren slachtoffers opslokt. Vanochtend beheerde jij de inkt en goot ernstig onze aardewerken inktpotten tot de rand toe vol waarna je vrolijk een klein kikkertje in mijn inktpot liet vallen. Totdat het stikkend in het lampenzwart omkwam, vormde het beestje zo'n prachtig springerig patroon over mijn lesboek – een regen van donkere rozen die uit de lucht viel – dat ik zal proberen om het hier in deze memoire te plaatsen als het enige bewijs dat ik niet lieg, Sammy. Je vader was de hele tijd bij je, smoezelig jongetje. En je hebt af en toe wel van hem gehouden.

Verder.

Na Alice was ik een dood ding.

Ik werd achttien, negentien, twintig, ging de eerste kilte van de volwassenheid in en verloor mijn laatste grijze haar. Iedere ochtend ging ik naar mijn werk bij Bancroft, moest kuchen door het stof van boeken en kwam iedere avond laat thuis, het hoofd van mijn eigen gezin. Ik zorgde voor moeder, zusje Mina en ging over de rekeningen en van alles en nog wat van South Park Avenue 90b. Ik ging ook over nummer 90a, die flat onder ons waar spoken rondwaarden. Ik handelde de zaken af met de nieuwe huurders; ze waren niet joods en ik werd nooit op vrijdag geroepen om een vergeten kop thee in te schenken of een vuur aan te steken dat was uitgegaan. In plaats daarvan was ik degene die verf en boenwas verstrekte, de baas van de schoorsteenveger.

Het vertrek van Alice maakte dat ik op maniakale wijze geobsedeerd raakte door kleine dingen die te maken hadden met hun ontsnapping en het volgen van hun spoor. Ik praatte met andere sjabbesgojim die ik tegenkwam en zeurde net zo lang tot ze beloofden navraag te zullen doen bij de joodse gezinnen en bij de synagoge die de Levy's op hun keurig geklede zaterdagen bezochten. Ik liet Hughie rondwaren door de kledingwinkels waar de oudste Levy haar kleren kocht, waarbij hij flirtend opmerkingen maakte over zijn tante die weg was, en over haar knappe dochter; ik merkte dat ik de planken in de slaapkamer ging openbreken omdat ik ervan overtuigd was dat ik het kraken van een schuilplaats had gehoord; kortom, ik werd helemaal gek. Maar er was geen spoor van hen te ontdekken.

Hughie probeerde me te helpen. Hij nam me mee naar een voorstelling van Lotta Crabtree die met gelooide longen een parodie ten beste gaf van Jenny Lind; hij trakteerde me op *tamales* in Market Street, aarbeienlimonade bij Slaven's, melkbaden bij Anna Held in hotel Baldwin, en liet me voor een stuiver naar de volle maan kijken tijdens een dronken avond in O'Farrell Street.

Maar Hughie had zo zijn eigen zorgen. Tegen de tijd dat hij twintig werd, was hij niet meer de slungelige bewaker van de prachtige Victoria Regina, die de plantaardige vulva met een stoffer vol lange veren moest borstelen, maar was hij iets heel anders. Hij dronk nu cognac in warme bibliotheken en zong vals 'Goober Peas!' in kwartetten die met de armen over elkaars schouders geslagen stonden te zingen; hij naaide initialen in zijn oude felgekleurde blouses en kocht nieuwe, die nog feller van kleur maar mooier waren, en nieuwe kragen en baleinen en slobkousen en allerlei tweedachtige mooie dingen. Hughie ontwikkelde een slimme en gemeen-ruzieachtige manier van praten, een knappe zijdelingse grijns en een paar kreten – 'Blikskaters!' en 'parbleu!' en 'affreus!' – die de rest van ons in verwarring brachten. Hij vertoonde het opgewonden gedrag van iemand die net in een geweldig land is toegelaten, de zenuwtrekjes en afwijkingen die met hoogmoed gepaard gaan en het enthousiasme van iemand die blij en opgelucht is. Zonder ook maar iets te zeggen, zonder ooit over verwachtingen of aanvragen te praten, was Hughie met een beurs op Berkeley terechtgekomen en nu was hij die zeldzaamheid in mijn South Park: een student aan de universiteit.

Ik vind het een aardige speling van het lot dat Hughie opklom van zoon van een privé-leraar tot uitblinkende student terwijl ik, het ooit zo rijke monster, me steeds verder ingroef in de zoete doolhof van Bancroft. Maar zoals een aardige waarzegger me ooit heeft verteld, met kaarten kijkt ieder plaatje aan de onderkant de andere kant op.

Mijn baard werd herfstachtig chinchillablond en ik huilde toen Hughie tegen me zei dat ik hem moest afscheren. 'Je moet beslissen,' zei hij, 'of je oud of jong wilt zijn, en ik denk dat je lang genoeg oud bent geweest.' Het was een ramp. De baard had er natuurlijk wel voor gezorgd dat meisjes zich afkeerden van mijn grootvaderlijke gezicht, maar de snor die ik liet staan maakte hen aan het lachen; ik leek te veel op die weduwnaars die het haar over hun kale hoofd borstelen en hun huid 's winters een zomers bruin kleurtje geven. Een ouderwetse gigolo; een belachelijke figuur. Mijn taille werd slanker met het wassende tij van mijn twintiger jaren en ik ging er steeds minder uitzien als een burgemeester op een schilderij van Breughel, maar deze veranderingen kwamen onwaarschijnlijk en kunstmatig over bij iedereen die me langer dan een jaar kende. *Draagt hij een korset?* hoorde ik ze op mijn werk gniffelen, en dus vroeg ik om een andere functie en bracht ik de rest van mijn carrière bij Bancroft in eenzaamheid door, verborgen tussen oude boeken. Hughie had een hopeloze smaak bij het kiezen van mijn kleding en toen ik op een zonnige dag trots naar buiten stapte in een van zijn verzinsels – in hemdsmouwen en een witte broek met een riem en met een pet op – besefte ik al snel dat ik meer op een koorddanser leek dan op een heer. Moeder was het daar natuurlijk mee eens; haar sprakeloze gezicht herhaalde: *wees wat men denkt dat je bent, wees wat men denkt dat je bent.* Ik viel weer terug op mijn geklede lange jassen en hoeden en verborg me weer in de anonimiteit van oude mannen. Ik zou net zo lang oud blijven totdat ik jong was.

De jaren verstreken en mijn enige metgezellen waren mijn zusje, mijn moeder en Hughie. Ik was de priester van Alice en hield het heilige vuur brandend tot ze terugkeerde en toen ik niets over haar verblijfplaats te weten kwam en de jaren verstreken zonder haar, werd ik de weduwnaar van mijn eigen hoop. Zoals zoveel mannen voor me – net als mijn vermiste vader, denk ik, en misschien net als mijn beste Hughie – sloot ik me af voor het leven.

En ik had Mina, mijn mooie en gewone zusje. Op haar zesde, zevende en achtste week ze op geen enkele wijze af van gemiddelde lengte en gewicht, had evenveel talent voor pianospelen als andere jonge meisjes (helemaal geen!) en was kortom nooit voorlijk of bijzonder intelligent. Het enige dat ze goed kon tekenen was ons trekpaard (de bibberende Mack); verder werd alles een krioelen van eencelligen. Ze was redelijk beleefd maar kon ook wel woedend krijsen als ze naar bed moest. Haar stemmingen waren eigenlijk helemaal niet herkenbaar volwassen en leken meer op de dobbelstenen van een gokker – verrukkelijke vroomheid, keurige beleefdheid, bittere tranen, woeste lavastromen van woede – die konden worden verzwaard om ze te laten vallen zoals dat haar het beste uitkwam. Wat ik eigenlijk wil zeggen is: ze was niet echt een persoon. Dat zijn kinderen eigenlijk nooit. Ze was een vervalsing die probeerde menselijk te zijn en was dus (en, drukker, wilt u dit alstublieft in uw meest simpele lettertype zetten) een heel gewoon meisje.

Ondanks deze zegen die op ons huis rustte, mocht ik geen gewone man zijn. U moet bedenken dat ik voor de rest van South Park nog steeds de zwager van mevrouw Tivoli was die de laatste jaren van zijn vrijgezellenleven ijverig klusjes deed. Moeder besloot al snel dat je geen risico's kon nemen met een kind – vooral niet met zo'n kletskous als Mina – en ik werd dus aan mijn eigen zusje als oom Max voorgesteld. 'Mina, geef je oom Max een kus als hij weggaat, nee, niet pruilen, liefje, goed zo.' Ze noemde me natuurlijk niet oom Max, want door een of andere merkwaardige lezing in de kerk had ze het gevoel dat ze net als Adam ieder mens en ieder dier zelf een naam moest geven. Ze noemde me eerst oom Beer toen Bier toen Bierbuik en uiteindelijk werd mijn naam Bibi. Ze schreeuwde het vol blijdschap 's ochtends wanneer ze me zag – Bibi! – en ook 's avonds als ik thuiskwam, met aandachtvragend volume tijdens het eten als ze de jus wilde, vol verdriet als ik een vaas uit haar verwoestende handjes haalde en uiteindelijk vol weemoedige herinneringen als ik 's avonds de sprei tot onder haar kin optrok en voor haar zong, wat ze altijd prachtig vond.

Ik was jaloers op haar jeugd. U kunt zich niet voorstellen hoe het was om meisjes vanaf de andere kant van het park naar haar te horen gillen en opeens datzelfde bloedstollende gekrijs uit de mond van mijn zusje te horen – en met een schok te beseffen wat de kindertijd voor haar betekende: erbij horen. Ze was nog maar zo kort op de wereld en maakte er al deel van uit. Dat ze zo bevoordeeld was door de natuur, dat ze geen reden kende waarom iemand niet van haar zou houden – dat ze zelfs geen argwaan koesterde dat er ook maar iemand op aarde niet van een ander zou houden – maakte haar tot zo'n benijdenswaardig wezen dat ik haar soms haatte. Iedere ochtend stond ik in de deuropening van haar kamer terwijl haar ogen knipperden tegen een dag die even normaal en gezegend was als de vorige. Zoals met zoveel andere dingen verborg ik deze incidentele splinters van haat natuurlijk in mijn vlees. 'Goedemorgen, kleintje,' fluisterde ik.

'O, Bibi!'

Ik ben natuurlijk een vriendelijk monster; ik misgun de wereld zijn mooie dingen niet. Zijn Mina's.

Moeder was in de loop der jaren ook veranderd. Ze was zorgvuldig grootgebracht en opgeleid om te worden bemind, dus ik kon haar natuurlijk niet kwalijk nemen dat ze haar geboorterecht opeiste. Af en toe kwamen er mannen langs: een bankier, een caféhouder met een gouden wandelstok en een glimlach vol vullingen van gevulkaniseerd rubber, een acteur met een pruik op. Ze waren niet kwaad, maar ze bleven niet. Ze richtte zich niet op mannen, waarvan de laatste haar zo meedogenloos in de steek had gelaten, maar op haar dochter. Mina werd het doel van mijn moeders leven en daarvoor was natuurlijk geld nodig. Moeder ging dus werken.

Een poosje hield ze haar beroep geheim. Het was onbetamelijk voor een vrouw om te werken en de loopbaan die ze had gekozen was niet zo gewoon. Haar klanten kwamen meestal als ik werkte en Mina naar een van haar danslessen was, maar in San Francisco blijft iets niet lang geheim. De eerste aanwijzingen waren veren die in de voorkamer waren blijven liggen, veren van heel dure hoeden die toebehoorden aan dames die veel rijker waren dan de dames waar moeder normaal gesproken mee omging. En toen stond er op een ochtend een vreemde vrouw voor de deur, die me vertelde dat ze een afspraak had.

'Met wie?'

Ze droeg een duur kostuum van bontstaartjes. 'Met Madame Tivoli.'

'*Madame...*'

Moeder kwam al naar de deur gesneld en zei: 'U bent te vroeg, u bent te vroeg!' en werkte de vrouw snel weg. Ze liep terug naar de salon en daar hield ik haar staande.

'Moeder, wat is er aan de hand?'

'Niets, beertje.'

Maar ik was de heer des huizes. 'Vertel het me.'

Dat deed ze. Op een toon die zo van alle gevoelens was ontdaan dat hij een woede suggereerde die te groot was voor woorden, legde ze uit waarom er die ochtend een rijke vrouw zo geheimzinnig langs kwam en waarom er die middag nog een werd verwacht. Ze vertelde het, gaf me haar kaartje als bewijs en zei toen tegen me: 'Praat voortaan nooit meer zo tegen me. En ik wil niet horen dat je verlegen, ongelukkig of beschaamd bent. Dit heeft niets met jou te maken. Het gaat om Mina. Neem deze thee maar mee naar de keuken en maak je zusje wakker, want anders is ze de hele dag humeurig.' Ze zat zijdelings in haar stoel alsof ze een queue de Paris droeg; ze was van een generatie die in haar jeugd had geleerd om zo te zitten, dus ze zat nog steeds zo, uit gewoonte en met het idee dat deze ouderwetse houding de essentie van schoonheid was. De vrouwen die zo zaten zijn nu allemaal dood.

Op haar kaartje stond het allemaal, even vreemd en eenvoudig als elektrisch licht: 'Madame Flora Tivoli, helderziende.' Nadat ze zoveel jaren in de naaikamer met het verleden had proberen te spreken – met haar vermiste echtgenoot, haar verloren jeugd, haar zoon die terug groeide in de tijd – zou ze nu, omwille van haar lieve, gewone meisje, geld verdienen door contact met de toekomst.

Wat Hughie betreft, hij en ik hadden een nauwere band dan ooit en we beleefden zo onze eigen avonturen. We waren jonge mannen, ook al deed mijn uiterlijk misschien iets anders vermoeden, en we woonden vlak bij een van de ruwste, smerigste, levendigste plekken op aarde: de Barbary Coast van San Francisco. De wijk lag ten oosten van Chinatown, waar vroeger het oude stadsplein was, en net dicht genoeg bij de havens zodat de zeelieden van hun boten af konden waggelen, al hun geld aan drank en hoeren konden besteden en tegen de ochtend weer terug konden waggelen. Een plek waar cafés twintig dollar uitloofden voor iedere man die een serveerster zag met een onderbroek aan. Onze ouders waarschuwden ons al vanaf onze kindertijd voor die plek, in de kerk spraken de priesters zachtjes over de zonden die daar werden bedreven, en plaatselijke leiders stelden altijd een uitgaansverbod in om er jonge jongens vandaan te houden. Natuurlijk gingen we ernaartoe zodra we de kans kregen.

De eerste paar keer dat we naar de Coast gingen waren onschuldige mislukkingen. Wij waren natuurlijk de jonge slachtoffers en toen een mooie blonde serveerster ons haar huissleutel aanbood om haar na werktijd te komen bezoeken, accepteerden wij die graag. 'Kan ik u vertrouwen, heren?' vroeg ze, terwijl ze de lippenstift van haar lippen beet, en wij knikten onschuldig. 'Nou, ik kan u natuurlijk niet mijn sleutel laten houden, dus wat geeft u me om te tonen dat ik u kan vertrouwen?' We boden wat geld, spraken uiteindelijk twintig dollar af en zij glimlachte en liet de sleutel op tafel vallen terwijl ze haar adres fluisterde. Hughie en ik waren lacherig en aangeschoten toen we om ongeveer twee uur 's nachts naar dat pension gingen, maar tegen halfdrie waren we nuchter en ernstig. De sleutel paste op geen enkel slot van het gebouw en toen we halverwege het blok waren en iedere deur die we tegenkwamen hadden geprobeerd, begonnen er mensen uit het raam te schreeuwen en beseften we dat we waren beetgenomen. Later op de terugweg van ons drinkgelag zagen we jongemannen zoals wij die overal in de stad sleutels op deuren probeerde, en toen lachten wij op onze beurt om jeugdige lust en dwaasheid.

Uit die dronken dagen herinner ik me nog goed één bijzonderheid

waar ik gek van werd: in iedere bar, in ieder louche café, zag ik adver-
tenties van een bedrijf uit Klondike dat producten leverde voor de
nieuwe goldrush: Cooper & Levy. Levy, Levy – die naam zag ik iedere
avond schitteren. Ik vatte het op als een teken dat ik niet goed wijs
was, als een verzinsel van de chemische stoffen in mijn hersenen. Om
gek van te worden: ik kon haar nog steeds niet vergeten, zelfs hier niet.

Op een avond namen Hughies studievrienden (die dachten dat
ik zijn oom was) ons mee naar een echt bordeel. Ik kan me niet herinneren hoe het er aan de buitenkant uitzag; ze waren allemaal hetzelfde. Je belde aan en een lieve negervrouw deed open en bracht je
naar een salon die naar opzij uitliep en daar – het was altijd hetzelfde – was de kamer zo rijk en kleurig ingericht dat je het idee kreeg
dat je bij de rijken van Nob Hill was beland, die vanwege een over-
eenkomst in smaak en middelen in dezelfde meubelzaken kochten
als de madammen van Pacific Street. Daar in die salon werd je dan
begroet door de vrouw des huizes. Ze waren altijd mooi zoals de
vrouwen vroeger waren – niet slank en breekbaar, Sammy, zoals jij
mooi schijnt te vinden – en altijd blond.

'Heren, waarmee kan ik u vanavond een genoegen doen?' vroeg
ze. Ze was gekleed in een lange gele japon met daaroverheen een fijne zwarte tule waarop grote silhouetten van bladeren waren genaaid, alsof ze daar tijdens een storm waren blijven plakken. Een
hanger met een distel hing tussen haar trillende borsten. Ze was zo
rond als een ton maar haar bewegingen waren plezierig licht, vooral de manier waarop haar hand telkens langs haar wang veegde alsof ze onder haar oor heimelijk een of andere toverformule uitvoer-
de. Haar blikken kleedden ons helemaal uit en het was net alsof ik
opluchting bij haar bespeurde; dit waren een paar jongens die makkelijk tevreden waren te stellen.

'Misschien een maagd?' bood ze listig aan. 'We hebben een lief
meisje dat bij ons verblijft, ze neemt nu een bad, dus het duurt even.
Ze is natuurlijk wel veel…'

'Nee, dank u,' zei Hughie kortaf. We hadden deze truc eerder gehoord.

Ze knipperde met haar ogen en glimlachte; zijn felle afwijzen scheen haar te amuseren. Nee, dat is niet juist; het ontroerde haar, het vertederde haar. Ze voegde voor ons een andere, zachtere toon toe aan de alcoholische grijns: 'Dan willen jullie misschien iets beters, jongens. Ik heb kijkgaatjes in haar kamer. Een heer van het platteland heeft zich net bij haar gevoegd, hij is heel opgewonden en houdt het misschien niet lang vol, dus ik spreek een heel schappelijke prijs met jullie af.'

Hughies goede vriend Oscar, een boom van een kerel, bedankte haar en sloeg haar aanbod namens ons allemaal af, hoewel Hughie zenuwachtig nieuwsgierig leek. De vrouw probeerde onze belangstelling te wekken voor flesjes bier en grote glazen sterke drank die te duur waren, en wees ons toen de interessante automatische harp op het buffet waar je alleen kleingeld in hoefde te doen. Dat was ook een manier om geld kwijt te raken in een bordeel en wij konden niet meer dan één ding betalen. Hughie zei wat je altijd zegt in dat soort gelegenheden: 'Kunnen we zien waaruit we kunnen kiezen?'

Waarop de vrouw – ze heette Madame Dupont – zich omdraaide en riep wat madammen in San Francisco altijd al hebben geroepen: 'Bezoek, meisjes!'

De andere jongens hielden hun hoofd achterover om de meisjes de regenboog van trappen af te zien dalen, maar ik werd merkwaardig geboeid door Madame Dupont. Terwijl ze omhoog keek naar haar hoeren, tevreden over haar verzameling jeugd, maakte de schaduw die ze op haar wierpen haar gezicht magerder en haar gecoiffeerde haar donkerder, en opeens herkende ik haar. De distelhanger. Ik maakte waarschijnlijk een geluidje; ze draaide zich naar me toe. De tijd had haar gezicht als een lachspiegel verwrongen, en ik lachte bijna hardop toen ik bedacht wie deze trotse en gepoederde vrouw vroeger was.

'Dus je bent verliefd geweest, Max!' zei Mary, want u hebt vast al geraden dat het mijn roddelende dienstmeisje van vroeger was dat nu de naam Madame Dupont droeg, een accent had dat enigszins zuidwaarts naar het Frans was verschoven, en haar haar zoals ze zei 'weer in haar eigen kleur' had gebleekt.

'Wat zeg je?'

De jongens waren al boven, nadat ze op hun gemak een keuze hadden gemaakt uit de meisjes die – in dit huis – allemaal een satijnen nachthemd tot net onder de heupen droegen en een klein nachtmutsje alsof ze net uit hun wellustige bed waren opgestaan. Ik wachtte tot de kassa voor het laatst had gerinkeld en maakte me toen bekend aan mijn vroegere dienstmeisje. Haar make-up verbrokkelde even en het Ierse dienstmeisje van vroeger kwam te voorschijn als een Keltische heks uit een meer, maar al snel was de madame weer terug en ze nam mijn gezicht in haar handen en kuste me overal op mijn voorhoofd. Ik kreeg een gratis fles champagne (een hele eer; dat waren haar meest winstgevende artikelen) en ze deelde me mee dat ik verliefd was geweest.

'Hoe oud ben je nu, Max?'

'Ik ben twintig.'

'Twintig, God, je ziet er nog... nou ja, het is in ieder geval iets. Als ik het niet wist zou ik denken dat je een man van mijn eigen leeftijd was.' Ze bloosde en hield één vinger tegen haar neus. 'En dat is natuurlijk niet veel ouder dan twintig.' Het accent van vroeger kwam weer als een wilde distel terug.

'Nee, ik ben echt twintig.'

Ze strekte haar hals en mijn dienstmeisje van vroeger was verdwenen; ze was weer een vrouw met een onbreekbaar hart. Haar parels vielen in de vetrollen van haar hals, die tekenen van schoonheid die we vroeger Venusringen noemden. 'Moet ik je benijden, Max?'

'Wat?'

'Je had een vrouw moeten zijn,' zei ze, terwijl ze me aandachtig bekeek zoals ze waarschijnlijk ieder meisje dat ze boven had zal hebben bekeken, de meisjes die net zoals zij waren gevlucht voor slechte baantjes in de huishouding of voor mannen of voor familie. 'Ik kan het weten. Een vrouw heeft alleen haar jeugd en als ze slim is, investeert ze daarin en krijgt ze alle juwelen die ze ermee kan winnen. Ik heb een saffier van een prins, Max, en die heb ik gekregen toen ik zesentwintig was. Inderdaad, toen ik voor jouw familie werkte. Wanneer je ouders in het weekend naar hotel Del Monte gingen, liet ik altijd mannen op mijn kamer komen om een beetje bij te verdienen. Je hoeft niet geschokt te zijn. Ieder meisje doet dat, zelfs dienstmeisjes bij goede families.

Ik probeerde het gesprek de kant op te sturen die ik wilde. 'Wanneer ben je opgehouden met werken, Mary?'

'Met werken, wat een vraag? O, je bedoelt met dienstmeisje spelen. Nadat je grootmoeder me op straat had gezet.'

'Maar ik heb je nog op Meigg's Wharf gezien.'

Ze hield haar hoofd scheef. 'Droeg ik de jurk van een dienstmeisje?'

'Weet je het niet meer? Ik was met mijn vader en jij had een iris...'

'Dat is een oude truc, Max. Ik verdiende veel meer met net doen alsof ik een dienstmeisje was dan ik ooit had verdiend toen ik het echt was. Rijke mannen vonden het leuk om me mee te nemen. Ik heb dat soort klusjes een poosje gedaan tot ik in een huis kwam. En toen Madame Dupont doodging heb ik dit huis gekregen. Maar we hadden het over jou.'

'Heb je een zwaar leven gehad, Mary?'

Ze staarde me koeltjes aan. 'Je gaat niet over mijn leven praten. Hoe het ook is, ik kon niet meer maken van wat je familie me overliet.'

'Ik was niet...'

'Is je grootmoeder dood?'

Ik knikte en vertelde haar dat mijn vader ook overleden was en dat moeder en ik nu onder geheel andere omstandigheden in het oude huis in South Park woonden. 'Dat weet je denk ik niet. We leven in een heel andere wereld...'

'Nee hoor. Jij zit in deze salon, ik zit in deze salon. Dat is volgens mij dezelfde wereld.'

'Ik... nou ja...'

En toen veranderde ze weer. 'Nog wat champagne, liefje?' vroeg ze glimlachend. Zo ging het de hele tijd. De vrolijke Mary van vroeger kwam te voorschijn en vervaagde dan weer net als de straatverlichting die we diezelfde avond nog langs de Stille Oceaan hadden gezien en die telkens oplichtte en weer vervaagde in de slierten mist. Misschien was ze wel zo geworden: een misleidend portret dat telkens iets van de vrouw liet zien die ze had kunnen zijn. 'Zoals ik al zei, je had beter een vrouw kunnen zijn. Dan zou je lelijk zijn geweest toen je jong was.'

'Ik was lelijk.'

'Je bent ook nog steeds jong, maar voor een meisje zou dat een geluk zijn geweest. Ik wou dat ik lelijk was geweest. Lelijke meisjes hoeven zich nooit zorgen te maken over trouwen of kinderen krijgen, tenzij ze wanhopig worden. En jij zou niet wanhopig worden, Max, omdat je zou weten dat het hoogtepunt van je schoonheid nog moest komen. Dat je mooi zou zijn wanneer je oud en wijs was, dat je dan tegelijkertijd mooi en gelukkig zou zijn.'

'Ik ben geen van beide.'

'Zo is het leven nou eenmaal, jongen. Moet ik je benijden?'

Haar strakke blik, die des te feller was door het glinsteren van haar diamanten oorhangers, verdween toen een vreemde figuur de salon in kwam. Eerst leek het een voorovergebogen oude werkster, maar ik besefte al snel dat het een man was in een geruite vrouwenjurk, met een shawl om, een schort voor en een mutsje op, die met een plumeau en een asemmertje de kamer binnenkwam. Madame Dupont stond zonder enige verbazing op, kuste de man op beide wangen en begon vervolgens uitvoerig uit te leggen welke kamers het grondigst moesten worden gedaan. Ze behandelde hem als een dierbare bediende en het wezen, dat even saai en besnord was als de gemiddelde man in Market Street, knikte trouw terwijl zij praatte. Toen ze klaar was, overhandigde hij haar een goudstuk en verliet de kamer. De munt ving nauwelijks het licht op; als een goochelaar op het toneel liet ze hem snel in haar zak glijden. Glimlachend maar zakelijk richtte ze haar aandacht daarna weer op mij.

'Ja, Max, nu betalen mensen mij om mijn dienstmeisje te mogen zijn. De tijden veranderen, beste jongen.' Ze ging niet meer bij me zitten. Ze pakte alleen onze lege glazen en zei: 'Kom nooit meer terug!'

Ze ruimde haar salon op zonder me nog een blik waardig te keuren. De afschuwelijke versiersels en prullaria van haar professionele leven werden weer op hun trieste plek gezet; de automatische harp werd verlost van een vingerafdruk op zijn vergulde achterkant. En in Madame Dupont gingen de tralies weer voor de ramen, klaar voor nieuwe bezoekers en het negerdienstmeisje dat weer zou binnenkomen met een stelletje gnuivende mannen. Terwijl ze de kamer opruimde, zei ze: 'Een vrouw zoals ik wil graag geloven dat ze altijd is geweest wat ze is. En als ik erkend word, zal ik geloven dat ik altijd erkend ben. Kom niet meer terug.'

Zonder iets te zeggen pakte ik mijn hoed van de kapstok. Ik zette hem op mijn oude mannenhoofd en – ik kan je niet uitleggen waarom – begon te huilen. Monsters doen dat. Mary was meteen vertederd.

'Ik ben te ruw,' zei ze terwijl ze met gefronste wenkbrauwen mijn arm aanraakte. 'Dat komt door je uiterlijk, doordat je eruitziet als een politieagent die wat wil regelen. O, vat het niet zo zwaar op. Moet je zien hoe ongelukkig je nu bent. Hield ze ook van jou? Natuurlijk niet. Ze hield niet van jou, ze hield van niemand, zo gaat dat altijd. Goed dan, ik haal wel een meisje voor je, niet dat het ooit helpt, Max. En de volgende keer betaal je, net als iedereen.' Ze hield zich natuurlijk aan haar woord. Al die keren dat ik haar huis in de loop der jaren heb bezocht, heb ik betaald.

Binnen een tel stond ik bij de trap en werd ik naar de overloop verwezen waar een jonge vrouw glimlachend en met jaguarogen stond te wachten. Ik herinner me haar niet speciaal; ze hield een lange veer vast en bleef daar lui mee door de lucht wuiven; haar hand verscheen en ze kromde haar vinger naar me. Ik herinner me wel dat ik als door toverkracht naar haar toe werd getrokken, want ik was nog jong en bedroefd, en ik had behoefte aan troost. 'Max,' hoorde ik achter me, en ik keek omlaag naar Mary. Merkwaardig bedroefd, die oude blonde griet, en wie weet waarom? Misschien vanwege mijn gemiste kansen, vanwege de armoede van de naderende oude dag, of misschien alleen vanwege de trieste, goudbestofte lucht om haar heen.

'Weet je, ik ben blij dat je gekomen bent,' zei mijn dienstmeisje van vroeger uiteindelijk, met opgeheven kin in het gaslicht. 'Mijn leven lang heb ik gedacht dat de tijd niemand goed gezind was.'

Mijn schrijven is onderbroken doordat er plotseling iets gebeurd is en ik moet erover schrijven. Sammy, het is geweldig nieuws: ik word misschien binnenkort je broer.

Mevrouw Ramsey, die lieve dame, heeft er nog niets over gezegd, maar tijdens een van mijn slapeloze nachten (de oude dag reageert niet goed op al die knakworstjes die ik eet) besloot ik om in haar bureau te gaan snuffelen. Het was natuurlijk niet de eerste keer dat ik dat bedacht – ik ben al heel lang een jeugddelinquent – maar ik heb pas kortgeleden ontdekt waar ze haar sleutel bewaart. Heb jij die al gevonden, Sammy? Of ben jij zo'n jongen, zo'n gelukkige jongen, die niet nieuwsgierig is naar alle geheimen die om hem heen verborgen zijn? Als dat zo is verklaart het waarom ik dit dagboek zo lang heb kunnen bijhouden. In ieder geval kun je de sleutel in de linnenlade onder de kerstkleden vinden. Daar heb ik hem gisteravond gevonden, samen met Buster die trouw naast me naar beneden naar de studeerkamer sjokte.

Daar, in haar bureau, vond ik iets verbazingwekkends: een stel adoptieformulieren. Ze had alleen nog maar in haar stijve Victoriaanse handschrift met blokletters mijn naam ingevuld. Ik denk dat ze niet uit mijn geboortedatum kwam; er staat alleen een krabbel inkt alsof ze heeft nagedacht en het gewicht van de pen op het papier heeft laten rusten. Ik zal proberen om terloops mijn verjaardag te vermelden – ik word zogenaamd dertien in september. Ik hield de bladzijden bij Busters neus en hij snuffelde er bewonderend aan in het maanlicht. 'Het gaat gebeuren, Buster,' fluisterde ik tegen hem, terwijl ik tussen zijn ogen wreef zodat hij ze verrukt dichtkneep. 'Ik zal bij mijn zoon zijn.' Een zacht gekreun van genoegen van de hond.

Broers! Zou je dat leuk vinden, Sammy? Een broer die je kniebroeken leent? Je slee breekt? Je huiswerk voor je maakt tijdens de stevige wandeling door de natte sneeuw in februari? Het heeft geen zin het je te vragen, zelfs niet in de beslotenheid van onze kamer, zelfs niet wanneer we daar ondergedoken in de zebragestreepte nacht liggen. Jij bent het soort jongen – ja, Sammy, jij – het soort jongen dat ieder hart dat hij in handen krijgt zal breken.

Vanavond heb ik het dus een beetje gevierd, wat een vergissing was. Omdat ik tijdens mijn middernachtelijke escapades het huis grondig had verkend, wist ik waar de gesmokkelde gin verborgen was en mixte ik voor mezelf een kleine Martinez (zoals ze in San Francisco heten, waar ze oorspronkelijk met marasquin werden gemaakt, een ingrediënt dat gelijk met de z verloren lijkt te zijn gegaan). Ik dronk de Martinez uit een limonadeglas terwijl moeder het eten klaarmaakte. Waarom deed ik dat in godsnaam, ik die al een tijd lang geen druppel drank had gedronken. Ik weet het niet, mijn zeurende lezer. Misschien was de oude man moe.

De drank maakte me warm en vriendelijk. Tijdens het eten glimlachte ik de hele tijd stilletjes en merkte ik dat ik te diep in de ogen van mijn toekomstige moeder keek. Ik moest steeds aan die papieren denken, aan de mogelijkheid van een gezin, een huis. Mevrouw Ramsey tuurde bezorgd en glimlachte ook naar mij. Toen jij grapjes begon te vertellen, Sammy, lachte ik er samen met je moeder om, maar om de een of andere reden keken jullie me allebei vreemd aan. Ik merkte opeens dat ik met mijn voeten op tafel zat, met mijn limonadeglas hoog opgeheven, en dat ik even hysterisch giechelde als een hoer in een café. Lezer, ik was ladderzat. Ik kwam tot bedaren, hees mezelf in een wat nuchterder houding, maar ik was geschrokken. Dit nieuwe lichaam van me had kennelijk nog nooit van een Martinez gehoord.

Gelukkig ging mevrouw Ramsey het ijs halen en toen ze terugkwam, begon ze over mijn verblijf bij hen. Ik was dolblij toen ze tegen me zei: 'Hé jochie, je bent nu al een hele poos bij ons. Hè, Sammy?'

'Inderdaad,' gromde hij, terwijl hij zijn ijs met een lepel fijn prakte.

'Jullie kunnen goed met elkaar overweg, hè deugnieten? Jullie fluisteren tot diep in de nacht, hè? Jullie weten best dat ik jullie hoor.'

'Híj fluistert. In zijn slaap. Volledig geschift.'

'Stil een beetje, Sammy,' zei mevrouw Ramsey.

'Wat zeg ik dan?' riep ik. Te hard, denk ik.

Sammy lepelde wat van zijn ijs op, slurpte het naar binnen en veranderde in een verbazingwekkend nagebootst masker van mijn gezicht: *'Blijf alsjeblieft, o, blijf, blijf!'*

Het ijs kronkelde als een koude slang door mijn ingewanden. Ik besloot dat ik maar beter kon lachen, maar ik verloor mijn zelfbeheersing en werd een hinnikende hyena.

Sammy gniffelde. 'Wat heb je, stomkop?'

Mevrouw Ramsy staarde me doordringend aan en lachte toen een beetje verbaasd. 'Och hemel, hij is dronken.'

Mijn glas werd gevonden en daarin rook ze haar oude vrienden, gin en vermout; Sammy kreeg nu zelf ook een hysterische lachbui; ik werd meegenomen naar de aanrecht, werd even toegesproken en kreeg een lepel zwarte peper op mijn arme tong, en nu zit ik hier. Een week lang 'huisarrest'.

Het is niet zo'n erge straf – deze stomkop gaat bijna nooit naar buiten – maar ik was in ongenade gevallen en het ergste nog was de blik in haar ogen: de dikke donderwolk van twijfel. Niet over mijn gedrag, maar over haar eigen gedrag, dat ze zelfs maar had overwogen om dit wilde dier in haar leven op te nemen. O, mevrouw Ramsey, bedenk u. U begrijpt niet hoeveel moeite ik heb gedaan. Ik moet ophouden met schrijven. Ik ben kennelijk nog steeds dronken.

Ochtend. Lichte kater; niet alles wordt tegelijk met mij jong. Sammy lijkt merkwaardig genoeg op zijn hoede voor me, en is er misschien wel van onder de indruk dat ik de gin heb gevonden. Nee, ik laat je niet weten waar die verstopt is. Laat ik een klein verhaaltje neerkrabbelen voordat deze hoofdpijn me de das omdoet.

'We moeten ernaartoe, mijn beste,' zei Hughie op een avond tegen me bij een biertje. 'Nog één keer, bedoel ik.'

Er waren jaren voorbijgegaan en we waren allebei veranderd – respectievelijk ouder en jonger geworden. We zaten in een bar, in de buurt van de vrijgezellenflat van mijn vriend, het schuim van onze tapbiertjes te blazen; we spraken hier vaak af in de jaren voordat we uit elkaar groeiden, maar die avond had Hughie een bepaalde bedoeling. Hij haalde de krant te voorschijn, en hoewel hij toen een volwassen man was, keek hij jongensachtig bezorgd toen hij me een artikeltje op de derde pagina liet zien. 'We moeten ernaartoe,' zei hij, terwijl hij met zijn ogen knipperde en ineenkromp bij de herinnering. Het was een voormalige Hughie, een jonge Hughie met een rode neus, die me vertelde dat ze bezig waren om onze Woodward's Gardens neer te halen.

Het park was al jaren dicht. Professor Martin had al lang geleden zijn laatste ballonvaart gemaakt, waarbij hij tot verbazing van die laatste kinderen in zijn gewichtloze metalen druppel was opgestegen en zijn laatste papieren rozen over de laatste hossende menigte had gestrooid toen een onbekend onheil de gerimpelde stof van zijn schip had doen ploffen zodat hij als een dwarrelend stukje glitter naar beneden was gestort en verfomfaaid was doodgevallen. Zijn plek werd niet ingenomen door een andere ballonvaarder. En er kwamen ook geen andere apen in plaats van de apen in het Gezinshuis, die nadat ze jarenlang de trotse Victorianen hadden lastiggevallen met hun heidense *commedia dell'arte*, op een ochtend in een dode omhelzing op de bodem werden aangetroffen. Woodward zelf stierf aan het eind van de jaren tachtig en het was slechts te danken aan de hevige onderlinge strijd tussen zijn dochters dat het park nog openbleef voor een paar laatste acrobaten en vuurspuwers, en laatste bezoekers aan de dromedaris wiens bult nu kaal als een tonsuur was. Dus dit was het laatste evenement, een veiling van alle gipsen beelden en het 'afvoeren van de dieren' zoals men het noemde.

Ik wist wat dat betekende: het was mijn laatste kans om hem te zien voordat hij werd weggevoerd, oude Jim met de gescheurde neus, die in mijn verbeelding de redder van mijn jeugd was, voorzover ik een jeugd had gehad.

We kwamen net op tijd om de coyote in elkaar gedoken in het driehoekige amfitheater te zien staan. Op de tribunes stonden allemaal mannen die de zacht neervallende regen trotseerden, en Hughie en ik gingen zitten en zagen een jongeman met een hondenmuilkorf op het magere en bemodderde dier aflopen. Het 'afvoeren van de dieren' was voornamelijk een soort rodeo; we waren allemaal gekomen om te zien hoe onze favoriete wilde dieren met een touw werden gevangen en in hokken en kooien werden gestopt voor hun nieuwe bestemming. Tot onze verbazing bewoog de coyote niet; hij stond daar maar terwijl de man langzaam dichterbij kwam. We verwachtten ieder moment dat hij het gehuil van de roedel in zijn bloed zou horen maar dat gebeurde niet. Hij bibberde in de regen en snuffelde aan een steen. Hij boog zijn kop om zich te laten muilkorven en werd tussen de tribune door weggevoerd terwijl hij de hand van zijn nieuwe eigenaar likte. We vonden het niet leuk. Vervolgens kwam de leeuwin, die bij opbod aan een Chinese zwendelaar was verkocht (die jij een 'gangster' zou noemen, Sammy, en als een held zou beschouwen). De leeuwin en de oosterling kwamen allebei de ring in, als bij een merkwaardig Romeins ritueel, en ik was verbaasd toen ik de trage gang van het arme dier zag en het voorwerp dat de zwendelaar uit zijn zak haalde: een pistool. Hij hield het bij de zachte, turende kop van het dier en loste één schot, waarop ze met een akelige dreun in de modder viel. Datzelfde deed hij bij de jaguar en de hyena, die slechts even begon te rennen en een luid gorgelend geluid maakte om vervolgens gedwee tegen de muur in elkaar te zakken. Hughie en ik zaten daar ijskoud van schrik.

'O mijn God, het is een slachtpartij.'

'Hughie...'

'Ze slachten ze gewoon een voor een af.'

'Misschien alleen de wilde beesten,' zei ik, terwijl ik naar de lange Chinees keek die nu opdracht gaf om de hyena, waarvan de gevlekte vacht nu onder het stof zat, aan zijn poten weg te slepen. 'Misschien om te zorgen dat wij niet in gevaar komen.' Maar een minuut later bleek dat ik het mis had; ze hadden Jim met de gescheurde neus gehaald.

Ik wilde niet dat mijn beer zo sloom en oud was. Ik wilde niet zien hoe hij met zijn poten over de houten planken sleepte terwijl hij door het hek naar binnen kwam; ik wilde niet zien hoe hij seniel en blij snuivend heen en weer wiegde voor de maaltijd die hem werd voorgezet – genoeg wortels en soepvlees voor een compleet hol met beren, en ik wilde niet in zijn bek kunnen kijken terwijl hij naar ons staarde en geeuwde, en ons liet zien dat zijn oudemannetjeskiezen bijna tot op het tandvlees waren afgesleten. Ik wilde niet zien hoe hij met zijn ogen knipperde toen de zon begon te schijnen, en hoe hij in de lucht likte en toen besloot om achterover te leunen tegen een namaakrots en van de warmte te genieten. Zijn bewaker had een stuk touw in zijn hok gegooid en Jim keek er telkens naar terwijl hij probeerde te dutten, totdat hij uiteindelijk besloot dat het de moeite van het onderzoeken waard was, maar ik wilde niet zien hoe hij nieuwsgierig met het geknoopte touw ploeterde tot hij toegaf aan een aangeboren neiging om te spelen en op zijn gat ging zitten en het touw heen en weer sloeg alsof het een heel gewone dag in zijn leven was. Ik wist niet wat voor medelijden ik moest voelen voor Jim met de gescheurde neus; hij wist in ieder geval niet of hij jong of oud was. Hij was slechts een poot met een touw. Hij kreeg lever voorgezet in een zilveren schaal maar hij besteedde er geen aandacht aan. De zon kwam weer en scheen op zijn vacht. Een paar tellen later stapte de Duitser naar voren met het geweer.

Het publiek begon te schreeuwen. Hughie en ik brulden het uit, probeerden hem tegen te houden, maar de rest van de mannen gaf luidkeels aanwijzingen: 'Laat hem dichterbij komen!' 'Zet de lever ergens anders!' 'Mik op zijn kop, op zijn kop!' 'Mik op zijn poten!' Het deed Jim niets, die was gewend aan allerlei soorten publiek, maar de Duitser werd zenuwachtig. Het was een slager uit North Beach en hij was van plan om Jims vlees met dikke winst aan specialiteitenrestaurants te verkopen. Met zijn baard en handen vol kloven zou hij met een bebloede dweil in een achterkamertje beter op zijn plaats zijn geweest dan onder vijf rijen halfdronken toeschouwers. Hij stond wijdbeens in de arena en keek ons met zijn geweer naast zich boos aan.

'Stil, jullie allemaal! Ik weet er alles van!' schreeuwde hij met een zwaar accent tegen de menigte. 'Ik heb geen advies nodig! Ik schiet hem recht in zijn kont!'

En dat deed hij, net toen Jim zijn gevoelige tong in de bak met lever liet zakken. De slager bracht zenuwachtig trillend zijn geweer in de aanslag en na een snelle uitademing loste hij een schot dat Jim ergens in zijn heupen trof. Het oude beest gaf een langgerekte schorre loei en bleef hoestend en kreunend rondjes draaien. Het bloed spoot op de planken. De Duitser keek geschrokken toe terwijl het publiek vrolijk naar de beer riep, zoals mensen wel eens schreeuwen tegen arme vrouwen die op de rand van een hoog gebouw staan, om ze aan te sporen om iets te doen, iets vreselijks, maakt niet uit wat. Jim zag nu het publiek en blafte als een zeehond tegen ons; een paar mannen lachten. Vervolgens nam mijn oude vriend het touw in zijn bek, liep naar de ingang van zijn hol en glipte naar binnen. Hij liet een lange streep bloed achter die het toneel rood kleurde.

Nu schreeuwde het publiek van alles door elkaar. De beer was weg, hield een winterslaap tegen de dood; de Duitser stond doodstil afgezien van een zenuwachtig trillen van zijn lip; het uur van de strijd verstreek en het publiek pikte het niet. 'Jaag hem naar buiten!' schreeuwden ze, of: 'Laat hem slapen!' of: 'Hij is dood, ga hem halen!' Een man schreeuwde: 'Zing maar: "Oh, Dem Golden Slippers"!' waar het publiek zich kapot om lachte, want dat riep een publiek meestal tegen saaie liedjeszangers. Maar in de kuil onder ons was geen beweging te bekennen.

Jaren later, toen we in een tent ergens in Nebraska deze herinnering ophaalden, toen Hughie kaal was en grijzende slapen had en ikzelf jongensachtig blond was, waren we het erover eens dat het beeld dat ons was bijgebleven niet was dat Jim een minuut later brullend uit zijn hol kwam, de arme schietgrage Duitser doodsbang maakte en blindelings langs de rand van het toneel wankelde. Niet dat mijn beer op de grond scheet toen een nieuwe kogelregen op hem neerdaalde, of dat hij als een kermende doodsbange hoop neerviel. Niet dat we tien minuten of langer toekeken, terwijl zijn bloed over het hout drupte en in een hoopje bladeren liep totdat die verzadigd waren en het verder naar de muur stroomde, die smerige eeuwigheid die het duurde voordat Jim was doodgebloed. We herinnerden ons het best het toneel voordat hij weer opkwam: leeg, afgezien van de jager en een glinsterende sliert bloed. Een tafereel uit een opera voor kinderen. Dat de zon precies op het zaagsel viel op de plek waar Jim zijn applaus zou komen halen. Dat we allemaal om hem riepen. Het stro, het bier, het hoopvolle wachten op de ster. De opwinding toen zijn schaduw op het toneel viel waar hij zou sterven.

We gingen weg terwijl Jim op de grond lag in een plas van zijn eigen bloed en stront; ik kon het niet aanzien. Ik hoorde alleen de Duitser telkens schreeuwen en het publiek applaudisseren en ik veronderstel dat ze mijn oude Jim uit de berenkuil hebben gesleept waar het dier twintig jaar lang had opgetreden. Ik weet zeker dat hij in verwarring is gestorven; ik weet zeker dat hij zich niets meer herinnerde van zijn jeugd in Yellowstone of waar hij ook geboren was, of van zijn leven op straat met een ring door zijn neus. Ik weet zeker dat hij niet wist dat hij oud was geworden of dat niemand meer van hem hield. Hij stierf volledig in verwarring, dacht misschien dat het allemaal zou verdwijnen als hij zijn oude kunstjes voor het publiek zou doen, een pinda op zijn neus balanceren of naar de lucht brullen, maar hij was ongetwijfeld moe; of misschien dacht hij wel dat hij misschien in een bos zou zijn als hij zijn moede ogen weer zou openen, een bos vol bomen en rivieren met zalm en zoemende bijen en rondzwervende beren. Want ik weet zeker dat hij al dertig jaar of nog langer geen andere beer had gezien.

Hughie trouwde in januari 1898 en ging drie maanden later naar het slagveld. Het was een charmante, informele plechtigheid in het huis van de ouders van de bruid in Fillmore; het was om halfvier. Hughie en ik droegen een geklede lange jas, een gestreepte kasjmieren broek, lakleren laarzen en beige geitenleren handschoenen – en natuurlijk een hoge hoed; ik hoor je al gniffelen, Sammy – en hij droeg in zijn knoopsgat een enorme toef stefanotis, die toevallig de vorm van Pruisen had en net als die oude staat de rest van zijn jas dreigde te overmeesteren. De bruid was een schoonheid met ronde wangen en de overbelaste ogen van een toegewijde lezer; ze was de dochter van een redacteur bij een krant en net als die vreemde dieren die alleen kunnen leven bij het zoutgehalte op de grens tussen zoet water en de oceaan, liep en kleedde ze zich als een meisje uit hogere kringen maar stootte ze je net als een naaister bulderend van het lachen aan. Ze droeg een witte jurk en een hoed, geen sluier, want al snel na de plechtigheid vertrok het paar in een koets op weg naar een bestemming die alleen ik kende. Ik ging vooruit om voor de bagage te zorgen en de kruiers te betalen, en toen Hughie en zijn nieuwe vrouw arriveerden, leken ze sprakeloos over zichzelf alsof ze iets hadden gedaan dat nog nooit was gepresteerd. De koetsier zei dat de bruiloftgasten slippers hadden gegooid en dat er een in de koets was beland: dat bracht geluk. Een linkerschoen was nog beter, vertelde de bruid me. De koetsier haalde het voorwerp te voorschijn, het was inderdaad een linkerschoen. Er werd gekust, er werden plechtige beloften gedaan en met een wolk stoom vertrok mijn jeugd.

Waarom was hij getrouwd? Ik weet het niet; ik neem aan uit liefde of zo. Jongemannen trouwen nu eenmaal. Maar Hughies huwelijk wekte de indruk alsof het met moeite totstandgekomen was, bijna alsof hij zijn ogen sloot en achterwaarts uit zijn leven dook. Het had iets droevigs, begrijpt u? Ik kan het niet omschrijven. Ik kan u alleen vertellen over een kort moment dat ik me herinner, een van de vele uit die woelige dagen, op een avond die toen niet belangrijk leek.

Ik was dronken en boos. Dat was ik al de hele avond, sinds ik na een ellendige dag bij Bancroft was thuisgekomen – eigenlijk naar huis was gelopen, om geld uit te sparen – en in mijn huiskamer midden in een pianorecital terecht was gekomen, met allemaal dames in tafzijde, met hoeden met stijve veren, en een stel meisjes met kanten kragen. Een zelfverzekerd kind zat achter haar instrument Mozart te vermoorden, en ik keek naar haar witgouden krullen die in het elektrische licht kringelden en besefte toen pas dat dit mijn Mina was. Gelukkig, bemind, onwetend van het leven: mijn Mina. Ik merkte dat er iemand naast me stond; het was een lelijke vrouw in zwaar brokaat. Ze keek naar mijn armzalige kantoorkleren en zei: 'Vooruit, man, haal nog wat cake voor de meisjes,' en liep toen weg. Ik kende haar helemaal niet, maar ik herkende wel die toon: de toon van een vrouw die gewend is tegen bedienden zoals ik te praten. Ik was vijfentwintig.

Ik vluchtte naar Hughie. Hij was inmiddels jurist en bezat een woning die zo belachelijk klein en sprookjesachtig was dat ik deze altijd de Pompoen noemde. De straten waren donker en zijn huis ook, dus ik klopte zachtjes op de deur. Geen gehoor. Omdat ik zijn beste vriend was had ik ook een sleutel, dus ik liet mezelf binnen. Ik dacht dat ik wel een glas sherry en een hapje te eten kon pakken. 'Hughie?' riep ik en er kwam geen antwoord.

Toen zag ik wat licht uit de bibliotheek schijnen – het licht van de open haard dat als water de gang in stroomde – en ik vroeg me af of hij soms gewoon sliep. Dus ik rende de gang door en de kamer in. Ik was zo'n zelfzuchtige jongeman dat het geen moment bij me op-kwam dat Hughie misschien niet alleen was.

Hij was niet alleen; hij zat daar met een brief. Hij hield hem met twee handen voor het vuur als het minuscule dode lichaam van een geliefde, en staarde ernaar alsof wat nieuwe adem hem weer tot le-ven zou kunnen brengen. Gewoon een brief; een vel papier. Hughie zat in hemdsmouwen, met alleen de broek van zijn pak aan en een losgetrokken das, en hij leunde tegen de armleuning met sfinx-hoofd van zijn belachelijke Egyptische stoel alsof hij steun zocht om niet in elkaar te zakken. Het vuur liet zijn aarzelende licht de ka-mer in schijnen en maakte de voorwerpen om ons heen afwisselend glanzend en mat. Er kwam een geluid uit de stoel alsof mijn vriend langzaam stikte. Ik geef toe dat ik deze bijzonderheden pas achter-af zie; op het moment zelf dacht ik alleen maar aan de sherry in zijn kast.

'Hé, Hughie, heb je nog wat te drinken voor je vriend?'

Hij schrok op en ik was zo dom dat ik lachte. Maar hij keek niet naar mij; hij keek nu naar het vuur en de brief verdween keurig in de vlammen alsof hij hem in een brievenbus deed. Toen hij dat had ge-daan bewoog hij met een schok naar achteren en bijna meteen schoot zijn hand weer naar voren om de brief te pakken. Maar de brief werd heen en weer geslingerd door de waterval van vuur en op een klein stukje na verbrandde hij tot een teer vlies dat in zijn geheel omhoog zweefde de schoorsteen in.

'Hé, wat was dat? Heb je geen houtblok?'

Nu hoorde ik hem lachen. 'Haal wat te drinken voor ons, mijn beste,' zei hij.

'Wie is hier de gastheer?'

'Dat ben jij voor deze keer. Ik ben doodmoe. Hé, ik zal kijken of ik wat spul voor ons kan vinden en dan vieren we een feestje. Ik heb wel zin in een feestje.'

En we vierden een feestje. Tegen de tijd dat ik terugkwam met de whisky (zoals gebruikelijk was ik van gedachten veranderd) was Hughie overeind gekomen en had zich weer aangekleed, en in zijn hand had hij een buisje met zijn verderfelijke hasjiesj en twee pijpen die als het begin van een belangrijk citaat naast elkaar op hun fluweel lagen. Hij gloeide helemaal van het vuur. Hij haalde wat koude rosbief en aardappelen voor ons en ontving me tot laat op de avond gastvrij met zijn drank en zijn pijp. Aanvankelijk was de rook plezierig genoeg om ons allebei rustig en versuft te maken. Ik keek omhoog in mijn schedel en die was even eenduidig als de binnenkant van een parasol en even vol met onduidelijke schaduwen. We lagen daar eenzaam samen, zoals vrienden dat doen, maar weldra werden we rusteloos. We begonnen te kaarten, maar naarmate we meer whisky dronken, terwijl de kaarten werden uitgedeeld en dom werden neergelegd, begon ik weer aan mijn eigen zorgen te denken.

'Ik voel me zo ongelukkig, Hughie.'

'Ik ook,' zei hij zonder op te kijken.

Ik rommelde wat met de pijp die daar op tafel lag. 'Nee, jij bent niet ongelukkig. Jij hebt een gelukkig leven. Ik wil jouw leven.'

'Je mag het hebben,' zei hij bitter.

Ik lette niet op zijn stem. Ik had Hughie helemaal nooit als een ongelukkig mens beschouwd en het zou me denk ik geïrriteerd hebben als hij na zo lang met me bevriend te zijn geweest zo'n nieuwe rol zou aannemen. Melancholie was mijn geboorterecht, niet dat van hem. Ik hief mijn handen in de duisternis boven de kring lamplicht. 'Ik wil dit domme huis en jouw domme meisjes hebben,' zei ik. Ik zwaaide mijn handen in zijn richting en zei: 'Ik wil jouw jonge uiterlijk hebben. Ik wil leuke kleren hebben die mensen van mijn leeftijd dragen in plaats van… God, moet je me zien, ik draag nog steeds de strakke broeken van mijn vader!'

Hij rookte verder zonder enige uitdrukking op zijn gezicht. 'Ik wil niet over kleren praten.'

'Jij doet het prima. De meesten van ons lopen ons leven lang te treuren over een of andere vrouw, niets kan ons gelukkig maken.' Ik zweeg even terwijl ik nadacht wat ik hiermee bedoelde. Ik keek hem weer aan en zei: 'Maar jij bent gelukkig, ook al houdt niemand van je.'

O, nu keek hij wel op.

'Hou je mond, Max,' zei hij.

Ik lachte. 'Nou ja, wie moet er nu van jou houden? Met je pompoenhuisje. Stel je voor dat een vrouw hier zou lopen schreeuwen dat je moet ophouden met roken. Haal je voeten van die sofa! Waar is je goede jas? Hier niet. Dat heb jij niet nodig,' zei ik. Ik kwam uit mijn donkere nevel te voorschijn en glimlachte. 'Wie kan nu van jou houden? Je bent onmenselijk.'

Hij zei niets maar wendde slechts zijn blik af en keek naar de plek waar het enige snippertje van de brief dat nog niet verbrand was, blank als de jeugd in de open haard lag.

'Ik ben dronken. Kan ik hier vannacht slapen? Ik zal dit keer niet overgeven.'

'Nee,' zei hij, terwijl hij opstond en naar het snippertje papier liep. Als ik had gewild, had ik kunnen lezen wat er op stond, maar het kon me toen niet schelen. Ik was te veel met mezelf bezig. Het snippertje verdween onopgemerkt in de vlammen en Hughie bleef met zijn rug naar me toe naar het vuur staan staren. 'Het dienstmeisje komt 's ochtends en ze roddelt met de buren,' zei hij. 'Ze vindt me al een verachtelijk type. Ik kan geen dronkelappen op mijn bank gebruiken.' Ik hoorde hem lachen. 'En je gaat vast en zeker wel overgeven. Ik zal een taxi voor je bellen.'

'Het komt omdat ik Alice mis.'

'Dat weet ik.'

'Het komt door Alice.'

'Goed, Max.'

'Bedankt Hughie. Ik hou van je.'

Ik zag zijn hele lichaam als een silhouet tegen de oplichtende vlammen van het vuur. Hij bewoog een hele tijd niet en ik ook niet, omdat ik daar in mijn stoel waar ik me prettig voelde wilde slapen. Het vuur sprak, kwebbelde als een krankzinnige en verstomde toen weer met een regen van vonken. Mijn vriend, die zo roerloos en als door koper omlijst daar in de duisternis stond, zei iets zo zachtjes dat ik het zelfs meer dan dertig jaar later niet kan verstaan.

Er is te veel verbeeldingskracht nodig om de zorgen te zien van mensen die we gelukkig wanen. Net als de strijd van de sterren speelt hun ware strijd zich af in een rijk vol licht dat onzichtbaar is voor het menselijk oog. Het vereist een geestelijke inspanning om te raden wat er in een ander omgaat.

De volgende ochtend kon ik me slechts weinig van die nacht herinneren en Hughie had het er nooit meer over; hij had vast al heel veel domme holle frasen van dronken vrienden gehoord en hij vergaf het me natuurlijk.

En op die eerste middag van zijn huwelijk wuifde hij vrolijk naar me vanuit het raampje van de trein. Ik neem aan dat hij uit liefde is getrouwd, of in ieder geval enigszins, maar zoals de meeste mannen is hij toch voornamelijk uit angst getrouwd. Het is echter niet aan mij om Hughies hart te beschrijven. Hij is zijn bruid een paar maanden na ons gesprek tegengekomen, heeft haar mee uit genomen in trams en rijtuigen, de hele stad door, heeft in dat oude geweldige restaurant in San Francisco, de Poodle Dog, kip in kokkelschelpen gegeten en heeft haar binnen het jaar gevraagd om met hem te trouwen. Ik ben over niets van dit alles geraadpleegd, behalve over de kleur van zijn handschoenen (beige, zoals ik u al heb verteld). Maar dat is zo grappig met mannen: in het café smeken ze je luidkeels om hen niet alleen te laten, maar zonder een woord te zeggen gaan ze opeens trouwen, alsof dat jou helemaal niet aangaat.

Hughie ging meteen na de bruiloft vrijwillig in het leger en vertrok naar de Filipijnen, waar zijn kapitein in een middag Guam op de Spanjaarden veroverde. Intussen deed moeder goede zaken, voornamelijk omdat ze het briljante idee (of visioen, zoals zij het noemde) had gekregen om zich te specialiseren in doden uit de Burgeroorlog. Vrouwen met kanten kapjes op kwamen in groten getale en zaten in onze verduisterde salon terwijl moeder de verschrikkingen van Cold Harbor opriep: 'Over vijfduizend meter verspreid liggen hier doden en ik ben daar één van, mama... ik heb geen benen meer.' Ze gaf zo veel details dat de verblufte vrouwen vaak vergaten te betalen en de volgende dag daaraan per post moesten worden herinnerd.

Tegen de tijd dat ik vijfentwintig was, leek ik halverwege de veertig: gezet en elegant met een gepommadeerde snor. Ik zag eruit als de generatie van mijn moeder. In 1895 leken we elkaar tegen te komen wat leeftijd betreft. We knikten naar elkaar in het voorbijgaan en vervolgden ieder onze weg, respectievelijk naar ouderdom en jeugd.

Wat ik niet besefte was dat naarmate moeder en Mina ouder werden – de een met haar grijzende chignon en de ander met haar flirtende lach – ik steeds dichter bij mijn ware leeftijd kwam. Terwijl ik op mijn twintigste nog ver van de jeugd verwijderd was, zag ik er, nu ik bijna dertig was, bijna goed uit. Ik was misschien niet helemaal in de bloei van de jeugd, maar begon op mijn boemanachtige manier toch jong te lijken en er werd nu steeds vaker naar me gekeken door dames die als geboeide kinderen uit rijtuigen, trams en etalages tuurden. Omdat ik de wereld slechts zag als een verveeld publiek dat dolgraag de grap van mijn leven wilde horen, dacht ik dat deze meisjes alleen naar mijn merkwaardige kleren keken en dat hun glimlachjes als roze orchideeën slechts vermaak uitdrukten over mijn lelijkheid. Ik begreep niet dat mijn kleren, als de fijne buisjes die over de rug van een zijderups lopen, uit mijn lelijkheid een gezicht sponnen dat niet alleen jong maar ook mooi was. De eeuw ging over in een volgende, de seizoenen wisselden elkaar af, maar voor mij veranderde er weinig tot er gelukkig een vreselijke ramp gebeurde.

Wat een heimelijke zegen om vast te zitten, mevrouw Ramsey, want nu heb ik tijd om dit op te schrijven zoals het werkelijk is gegaan.

Het gebeurde in maart 1906, op de goedkope planken van Fillmore Street. De ochtend was een verrassing voor me; zo warm voor maart en met zo weinig mist, zo mooi dat mensen bijna verwonderd met hun open rijtuig door het Golden Gate Park zwierven. Op de promenade zag je vrouwen in heel lichte zomerjurken die ze nog nooit hadden gedragen en ook nooit meer zouden dragen, vrouwen die breed glimlachten door de verrukking van de lichte stof maar die toch – als voorzichtige meisjes – een bontstola bij zich hadden voor het geval dat dit wonder zich opeens tegen hen zou keren. Een heldere, warme, zonnige ochtend in San Francisco! Stel je voor! De schok was net zo groot als wanneer je een roman koopt die geschreven is door een saaie en ongeïnspireerde kennis en je daarin passages ontdekt die zo hartverscheurend mooi en meeslepend zijn dat je die nooit verwacht had van zo'n saai persoon.

Een doodgewoon straattafereel, zij het natuurlijk uit een tijd die nu voor altijd verloren lijkt. Sleperspaarden sjouwden goederen voor de rijke mensen de heuvel op; Chinezen zeulden met groenten op hun schouders en liepen in kleine steegjes naar de koks in de keukens te roepen; er waren op die prachtige middag heel veel mannen en vrouwen op straat. Bij mij had zich dat jaar nog een grote verandering voltrokken: ik had eindelijk mijn baard afgeschoren. Ik liep nu rond met een geruite vlinderdas en een platte hoed met een smalle rand zodat ik er echt uitzag als een man van halverwege de dertig en daar was ik blij om, want gedurende deze korte periode van mijn leven was ik zo oud als ik eruit zag.

Er klonk een gil op straat. Ik draaide mijn hoofd zo snel om dat mijn hoed afviel: voor me reed een rijtuig dat propvol zat met een picknickende familie en een op benzine lopende auto kwam zonder te remmen de heuvel afgesneld, recht op het rijtuig af. Ik herinner me dat het kleine meisje in het rijtuig opstond en wees naar het beest dat haar zou doden: een monster uit een droom, uit een boek, uit het flikkerende gemurmel van een voorstelling met de toverlantaarn. Ik herinner me hoe de linten van haar hoed in de wind naar achteren golfden als slangen die op het punt stonden aan te vallen, hoe de familie in een woordeloos tafereel stilstond, hoe het paard zijn ogen wit verdraaide voor de machine des doods, hoe de bestuurder trillend verkrampt door zijn hartaanval voorover zakte, terwijl zijn medepassagier in overhemdblouse met een onverhuld seksueel gebaar over hem heen klom en met de bedieningsknoppen worstelde. Je zag dat de moeder in het rijtuig haar arm om het middel van het meisje sloeg en haar op de stoep wilde gooien. Dat de vader een opstandige hand opstak om het naderende gevaarte te laten stoppen. Ik heb het afschuwelijke moment niet gezien; of misschien wissen onze hersenen dergelijke dingen voor ons uit. Ik herinner me een geluid dat ik niet durf te beschrijven. Maar ik wil niet over het ongeluk vertellen. Ik heb meer dan genoeg ergere verschrikkingen gezien. Wat belangrijk was aan die zonnige middag des doods was dat ik me afwendde, en die keuze om me af te wenden heeft mijn leven gevormd tot wat het is. Ik wendde me af van die afschuwelijke aanblik en keek naar de warme, heldere, onmogelijke lucht, en opeens zag ik als een scherp silhouet een warm, helder, onmogelijk beeld:

Een oog. Een helder bruin oog waarin het tafereel des doods weerspiegeld werd. Het sterachtig omwimperde oog van een vrouw. Van wie? O lezer. O onoplettende, onoplettende lezer.

Het was Alice. De tijd, die ontrouwe vriend, had haar veranderd. Niet meedogenloos, zoals u denkt, maar heel gewoontjes. Zoals ze naast me op straat stond: langer, met donkerder haar. Brede schouders, lange hals met iets zachts onder de kin, een rond en duidelijk gezicht dat niet vertroebeld werd door het babyvet van een veertienjarige. Natuurlijk met vage rimpels rond haar ogen, die iedere uitdrukking die ik in haar jeugd had gekend volgden. Onverwacht bleek en gepoederd, maar op haar neusvleugel zat een druppeltje zweet als het sieraad van een Indiase bruid. Niet het meisje dat ik me herinnerde. Niet dat gezicht zo zacht en rond, dat niet in staat was tot enige hardheid, hoe ze ook siste van woede. De wangen zo zacht en donzig, het heldere oog dat knipperde tussen wimpers als natte varenbladeren, het rusteloze, borstloze lichaam; dat alles was verdwenen: de zachtheid, de roze tint, het meisje.

En toch. Ze was tegelijkertijd vager en scherper; de dromerigheid in de ogen was weg, maar er had zich langzaamaan een helderheid ontwikkeld die nog sluimerde toen ze veertien was, zodat ze een nieuw soort schoonheid had gekregen. Dit was geen meisje van veertien die een sliert rook in mijn mond blies, dit was een vrouw van over de dertig.

'Mijn God!' riepen we allebei tegelijkertijd en heel even dacht ik dat we allebei sprakeloos waren over deze hereniging. Maar natuurlijk besefte ik dat ze het had over het kleine meisje in het rijtuig, dat nu begraven lag onder rubber en versplinterd hout. Ik draaide me om en zag dat er mannen aan kwamen rennen om metaal weg te trekken. De passagier van de auto stond al op straat, nog levend genoeg om de jas van een jonge man aan te nemen, die ze om haar gehavende rok wikkelde. Het paard, nu in de laatste uren van zijn leven, lag wanhopig met zijn hoofd te knikken onder de ravage. Ik zag niet wie er verder kon worden gered. Een band en een wiel rolden nog een paar meter samen verder en vielen toen in eindeloze spiralen neer op de weg. Je hoorde niets anders dan het paniekerige geschreeuw. Nou ja, misschien hoorde je toch wel iets anders: een onmenselijk hart dat zich verheugde.

'Kom,' zei ik, en ik reikte haar mijn hand want ik wist dat ze die bij al dat onheil niet zou weigeren. Ik had gelijk. Alice staarde me met half dichtgeknepen ogen aan, nam toen mijn hand in haar gehandschoende hand en rende met me mee. Ik had nog niet eens tijd gehad om mijn geluk, dat ik haar eindelijk had gevonden, te beseffen; ware gelovigen zijn tenslotte niet verbaasd over wonderen.

Maar dan dit onverwachte geluk: *ze wist niet wie ik was!*

Dit was het spookuur van mijn leven – het enige moment dat ik precies was wat ik leek – en God had me op dit gouden moment de beloning gebracht die ik het liefst wilde hebben. Ik vond een klein theehuis, iets met roodgewolkte wanden en cafégordijntjes die waren dichtgetrokken zodat de schaduwen van voorbijgangers een soort Balinees schaduwspel vormden op de gele stof. Toen we gingen zitten en bestelden, was ik op de een of andere manier zo verward door mijn geluk dat ik niets kon zeggen. Dit was het dan, de beloning. Nog één keer tegenover Alice te zitten. Haar te horen zuchten toen de thee in een opiumwolk van stoom arriveerde. Te zien hoe haar ogen zich wellustig sloten toen ze een hapje cake nam. Een plekje bij haar oor te ontdekken waar ze vergeten had zich te poederen en waar haar huid – die bekende, prachtige, roze huid – te zien was. We praatten en ik was dankbaar. Als het lot me een lichaam had toebedeeld dat altijd een valse voorstelling van me gaf, en als ik alleen daardoor dicht bij mijn geliefde kon zijn, dan zou ik dat accepteren. Ze zou het nooit hoeven weten. Ze zou namelijk niet van mij kunnen houden. Ik had de gouden ring aan haar vinger gezien.

'Ik had niet verwacht dat ik vandaag iemand zou zien sterven,' zei ze me onomwonden toen we klaar waren met ons gebabbel als van vreemden en genoegen namen met een moment van stilte.

'Dat verwacht niemand.'

'Ik verwachtte een heel gewone dag,' zei ze en glimlachte toen even stralend als vroeger. 'Neemt u me niet kwalijk, ik weet dat ik ga zitten kletsen, maar dat komt door de zenuwen. Ik kwam hier om een fototoestel te kopen. Ik heb een uur lang alle mogelijke toestellen bekeken en de man, die heel aardig was, begon zich zorgen te maken toen ik hem vertelde dat het voor mezelf was. 'O juffrouw,' zei hij, 'dames kunnen hier niet mee overweg, hun vingers zijn te klein.' Ik werd zo boos dat ik de winkel uitliep. Ik was woedend over die belachelijke man… die domme opmerking. Daar was ik mee bezig toen we het ongeluk zagen. Ik kookte van woede. Ik stelde in gedachten een heel verhaal op dat ik hem zou vertellen. En toen. Nou ja.'

'Ik at net een augurk.'

'Was die lekker?'

'Jazeker.'

'Is het niet merkwaardig, die kleine dingen? Dat je 's ochtends wakker wordt met het idee dat het een fijne dag wordt.'

'Ja.'

'Ik bedoel maar, je denkt niet als je in de spiegel kijkt: oké, bereid je maar voor, misschien dat je vandaag wel iets vreselijks ziet.'

'Nee.'

We staarden allebei in ons kopje, naar de getijdenpoelen vol stukjes en blaadjes; ik had voldoende van mijn moeder geleerd om in dat kopje het lot van een geliefde te kunnen voorspellen, maar ik vertelde niet wat ik zag. Ik schonk thee in. Tenslotte was ik slechts een vreemde voor mijn geliefde Alice.

Ze haalde diep adem, leunde achterover en keek om zich heen. 'Nou, dit is allemaal heel vreemd en gênant. Weet u, ik ga maar weer. Dank u wel.'

Paniek. Ze mocht niet weggaan, nog niet. Alice was getrouwd; ze kon haar leven nooit aan dat van mij verbinden; ik mocht zelfs niet hopen dat ze mijn vriendin zou worden; maar het was niet genoeg haar alleen maar te zien en te weten dat er zo weinig was veranderd. We verlangen heel weinig van degenen die nooit van ons hebben gehouden, ook al zijn ze daar bang voor. We verlangen geen genegenheid of verdriet of medelijden. We willen alleen maar weten waarom.

'U zou eigenlijk nog even moeten blijven. U ziet bleek. U bent bijna flauwgevallen, moet u weten.'

'Hebt u dat gezien?'

'Nee, nou ja, ik...'

Alice glimlachte en keek me aan – ach, de theebladeren daar! 'Het is vreselijk als je beseft wat je bent geworden. Dus dat ben ik nu. Ik ben een vrouw die flauwvalt.' Gelach, even parelend als water.

'Nee,' zei ik. 'Die indruk wekt u niet.'

'Ik ben iets geworden dat ik vroeger minachtte. Een heldin uit een slechte roman.' Ze spreidde haar handen en lachte weer, alsof haar noodlot nu onontkoombaar was. Ze zag er helemaal niet uit als zo'n heldin: mijn Alice was geheel in het zwart gekleed, met een zwarte blouse en rok, een helder wit sjaaltje en het haar weggestopt onder een heel mannelijke jockeypet. Bij haar hals droeg ze een ouderwetse broche die ik herkende als een broche van haar moeder; ik wist dat er een haarlok van meneer Levy in zat. Maar ze droeg ook een jasje dat ik nog nooit had gezien: een getailleerd jasje met brede revers, geborduurd met oosterse krullen en lijnen. Niet dat het zo modern was; het was gewoon vreemd. Andere vrouwen in het café staarden naar haar en fluisterden verontrust. Alice merkte het blijkbaar niet. Ze sloeg met een vuist op tafel en zei: 'Maar ik mag niet flauwvallen! Zo'n vrouw ben ik niet. Ik heb al vaker mensen zien sterven.'

'Denk daar maar niet aan. Drink uw thee maar op.'

Haar ogen dwaalden af naar een hoek van de zaal en ze was zelf heel ver weg: 'In Turkije – ik ben jaren geleden in Azië geweest – heb ik een man vergiftigd door de straten zien strompelen tot hij dood neerviel op een tapijt slechts een paar meter bij me vandaan. Zijn gezicht was vertrokken van... nou ja, van doodsangst, denk ik. De mohammedaanse vrouwen jammerden zo, u weet wel.' Ze gaf een verbluffende imitatie weg, koerend en klagend. 'Toen ben ik niet flauwgevallen.'

'Bent u in Azië geweest?'

'Met mijn man,' zei ze, eindelijk het droevige onderwerp aanroerend. Ik weet echt niet waarom ze met mij thee bleef zitten drinken, waarom ze dit allemaal tegen een vreemde vertelde, maar ze praatte verder: 'Die man die vergiftigd was, ik vraag me wel eens af of hij dat zelf had gedaan, of hij arsenicum in zijn eigen muntthee had gestopt. Om liefde, denk ik. En dat hij niet had verwacht dat vergiftiging zo pijnlijk, zo afschuwelijk, zo dom en onromantisch zou zijn. De moraal is: het is de moeite waard om eerst onderzoek te doen.' Weer een lach, vol klokjes, en toen – o, wat geweldig – bloosde ze.

Wat ik van Alice wilde, was simpel en gemakkelijk. Niet dat ze van me hield – daar hoopte ik niet op – maar dat ze die ene vraag beantwoordde die me na haar verdwijnen nog jarenlang gek had gemaakt. Net als iemand uit het publiek die kijkt hoe een goochelaar zijn zilveren dollar pakt en in een zakdoek laat verdwijnen, hoefde ik hem niet terug. Ik wilde alleen weten hoe ze het voor elkaar had gekregen. Ik wilde weten waar Alice al die geheime, verborgen jaren was geweest.

Ze praatte maar door: 'Weet u, ik heb eigenlijk geen zin in deze thee. Theedrinken is niet zo'n slechte gewoonte. We moeten nu echt iets slechts doen, vindt u niet? Na zoiets afschuwelijks.'

'Ik heb geen slechte gewoontes.'

'Dat komt omdat u een man bent. Voor een vrouw is alles slecht. Ze hebben hier zeker geen wijn, hè?' Ze stak een arm op, wenkte een ober en vroeg een glas wijn. Ze serveerden geen wijn; het was een theesalon en bovendien (leek zijn gezicht uit te drukken) was zij een dame en was het pas middag. Alice maakte een geïrriteerde indruk.

'We kunnen ergens anders naartoe gaan,' zei ik.

Haar wenkbrauwen bewogen vol onuitgesproken woede. 'Nee, laat maar. Aangezien niemand me hier kent en aangezien u een volslagen onbekende bent, ga ik een sigaret roken. Wees niet geschokt, dat zou ik u kwalijk nemen. En zeg niets tegen mijn moeder.'

'Ik ken uw moeder niet, dus ik zal niets zeggen.'

'U bent lief,' zei ze, en ik gaf haar een vuurtje. Toen zag ze mijn aansteker met het lelieblad erin gegraveerd, die Hughie me langgeleden cadeau had gegeven. 'Komt die uit de plantenkas?'

Ik speelde zenuwachtig met de aansteker en stopte hem in mijn vest. 'Ik... ik geloof het wel. Ik heb hem cadeau gekregen.'

'Hmmm, de plantenkas. Weet u of de Victoria Regina nog leeft? Bloeit hij nog steeds?'

'Ik ben er al een hele poos niet geweest.'

Alice staarde naar haar thee en haar gezicht verstilde volledig. Heel zachtjes zei ze, geheel in zichzelf gekeerd: 'Ik ben al zo lang weg...' Toen trok ze zich terug naar een plek in haar gedachten waar ik haar niet kon volgen. Met die blik op haar gezicht was ze inderdaad een vreemde.

Het maakte me niet bedroefd dat Alice zo was veranderd. Iedere andere minnaar van vroeger zou misschien bij het zien van deze schoonheid, die nu geen veertien meer was maar tweeëndertig en die zo vaak merkwaardig peinzend keek, een huilerige droefheid hebben gevoeld om wat verloren was gegaan. Maar ik voelde geen droefheid. Ik was anders. Ik kende meer dan de oppervlakkige kenmerken – haar ogen, haar stem, haar blijheid – die de tijd uit het lichaam filtert: ik kende het dreigende kuchje dat ze liet horen als ze zich verveelde; ik kende de geur van het anijszaad dat ze gebruikte om haar sigaretten te verhullen; ik kende het trillen van haar drie zichtbare ruggenwervels wanneer ze opgewonden was over een idee; ik kende het knipperen van haar oogleden dat duidde op ergernis over een of andere stommiteit; ik kende de tranen die in haar ogen kwamen vlak voordat ze in lachen uitbarstte; ik kende haar bevende roepen in de nacht, haar operettestem in het bad, haar afgekloven vingers en haar snurken. Alles wat ik kende, de Alice waarvan ik hield, kon niet door de tijd worden aangetast.

'Het is gek. U komt me heel bekend voor,' zei ze. 'Komt u hier uit de buurt?'

'Ik woon hier mijn leven lang al.'

Haar ogen werden groot. 'Zeg niet dat u in South Park hebt gewoond...'

'Niet in South Park,' loog ik. 'In The Mission.'

Zonder dat van tevoren te hebben bedacht, had een deel van mijn brein besloten om South Park, grootmoeder, vader en moeder, Mina en de rest uit te wissen. Ik deed het ogenblikkelijk, zonder enige spijt. Eigenlijk voelde ik een enorme opluchting toen ik Max Tivoli vermoordde. Het was mijn eerste moord. Alice merkte natuurlijk niets, zelfs niet de met bloed besmeurde handen die zo kalm over elkaar geslagen voor haar op tafel lagen. Haar gezicht lichtte zelfs op toen ik dat zei.

'The Mission! Hebt u een jongen gekend die Hughie Dempsey heette?'

'Niet dat ik me kan herinneren.'

Zo, mijn beste vriend was ook verdwenen. De lijken stapelden zich aan onze voeten op.

'O.' Ze snoof en schudde haar hoofd. 'Nou ja, ik ben niet zo vaak in The Mission geweest, dus ik denk niet dat het daar was.'

Alice, jij bent altijd zo slim geweest en zo zorgvuldig met mensen omgegaan. Heb je niet die buurman van vroeger herkend die iedere middag naar je glimlachte wanneer je uit school kwam? Die oude bedrieger die op sabbat thee voor je zette? Die bebaarde oplichter die je op een avond in zijn armen nam en die waarschijnlijk naar tabak en rum smaakte? Je wist denk ik niet beter of die afschuwelijke oude man was dood of lag op sterven in zijn kamer in South Park. Voor je in de theesalon zat helemaal niemand.

'En toch lijkt u zo…' ging ze dromerig verder.

'U hebt gezegd dat u al heel lang weg bent. Hebt u hier vroeger gewoond?'

'Ik ben hier geboren.'

'Maar u bent verhuisd.'

'Ja,' zei ze, terwijl ze haar kopje voorzichtig vasthield alsof ze het wilde beschermen. 'We zijn verhuisd toen ik veertien was.'

'Veertien, dat is jong,' zei ik.

Een lachje. 'Ja inderdaad.'

'Waar bent u toen naartoe gegaan?'

'Wat zegt u?'

Ik voelde het kloppen van mijn hart in mijn hals. *'Waar bent u toen naartoe gegaan?'*

Het viel Alice blijkbaar op dat ik overdreven hard sprak. Al die vragen van deze vreemde die haar zo merkwaardig bekend voorkwam. En toen vertelde ze het me, omdat het natuurlijk niets uitmaakte.

Maar het enige dat ik zei was: 'Aha, Seattle!'

'Misschien ken ik u daarvan. Het is een kleine stad.'

'Nee, ik ben nooit verder geweest dan Oakland. Ik ben altijd wel nieuwsgierig geweest naar Seattle.'

Dat vond ze grappig. 'Nieuwsgierig naar *Seattle*?'

'Waarom bent u daarnaartoe gegaan?'

Ze dacht erover na en hield haar vingers stijf onder haar kin. Haar gezicht straalde een verlangen uit dat ze onmiddellijk onderdrukte. 'Familie,' zei ze. 'Mijn oom had een toeleveringsbedrijf. We leverden alles aan de mensen die naar Klondike gingen, misschien hebt u wel van ons gehoord. Cooper & Levy.'

Cooper & Levy. Besefte ze wel dat er in iedere opera en in ieder slecht café reclame werd gemaakt voor haar schuilplaats zodat haar gemene booswicht het kon zien? En ik had die reclame inderdaad gezien. Ik had overal aan de Barbary Coast die naam die me gek maakte met grote schreeuwerige letters zien staan, maar ik had er geen aandacht aan besteed. Pas in de theesalon begreep ik dat ik die ene belangrijke aanwijzing had gekregen die ik zocht, dat hij recht voor mijn ogen opgeplakt had gezeten. Ik was alleen te bedroefd geweest om het te zien.

'Ik heb de naam gehoord,' zei ik alleen.

Ze glimlachte en schudde haar hoofd. 'Nou, dat waren wij.' De blik op haar thee gericht.

'Vertel verder.'

Alice viste nog een sigaret uit haar reticule en stopte hem hooghartig tussen haar lippen. Ze keek onderzoekend naar mijn gezicht toen ik haar een vuurtje gaf. 'Ik zal het u vertellen zolang als deze sigaret duurt, en dan moet ik gaan.' Ze zette haar lippen aan de sigaret, hield de sigaret bij het vlammetje en toen ze daarmee klaar was, vertelde ze me alles wat er gebeurd was in de jaren die ze zonder mij had doorgebracht.

'Ik ben met mijn moeder naar Seattle gegaan. Toen de boot aanlegde, rookte de stad. Alleen tenten en verschroeide gebouwen, het grootste deel van de stad was een week daarvoor afgebrand – zo'n stad is het. Met de winkel van mijn oom was niets aan de hand en we kochten ons net op tijd in zijn bedrijf in voordat de goudkoorts toesloeg. Laat eens kijken of ik het nog steeds kan.' Ze begon zachter te praten en gaf een opsomming zoals de gemiddelde winkelier dat doet: 'Maïsmeel, gedroogde hele erwten, lantaarns, loog, zomerworst en sleden te koop.'

'Geen honden?'

Ze lachte. 'Nee, ze moesten zelf voor honden zorgen. Duizenden mannen hebben hun leven opgeofferd om daarnaartoe te gaan en wat goud op te graven, al die dromen, het was... nou ja, het was saai. Ik verstopte me altijd achterin op de zakken graan en ging zitten lezen, of ik glipte weg met mijn beste vriendin, met zijn tweeën op zo'n rammelbak van een fiets – we zijn één keer een poema tegengekomen die uit de heuvels was gekomen! Met groene veren in zijn bek alsof hij iemands papegaai had opgegeten. Ik weet nog goed dat ik dacht: Die arme papegaai, maar hij heeft wel meer van de wereld gezien dan ik. Maar meestal was het heel saai, regenachtig en saai. Ik had geluk dat ik mijn man ontmoette, toen ben ik opgehouden met in de winkel te werken. Een paar jaar geleden hebben we het bedrijf aan de Bon Marché verkocht en zijn moeder en ik teruggekomen.'

De sigaret was nu voor een derde op en knisperde zachtjes. Het viel me op dat ze een detail achterwege had gelaten. 'En uw man?' vroeg ik.

'Die is niet meegekomen.'

'Waarom niet?'

'Hij is al vijf jaar dood.'

'U bent weduwe. Het spijt me dat te horen.'

Ze speelde met de broche van haar moeder en nu zag ik wat me domweg niet was opgevallen – de zwarte rok, de zakdoek met de zwarte rand, de oorknoppen met gitten – dat ze een weduwe was die al jaren geen rouwkleding meer droeg. Mijn hart sprong op van vreugde.

'Hij was professor aan de universiteit. Dankzij hem heb ik wat van de wereld gezien. Turkije, China. En ik ben gaan studeren.'

'Hebt u gestudeerd?'

Opeens verstrakte haar hele gezicht en ze werd boos en afstandelijk. 'Denkt u dat er nog nooit een vrouw is gaan studeren?'

'Nee, het is geweldig!'

Koeltjes: 'Mijn sigaret is bijna op.'

Ik glimlachte nederig en spoorde haar aan om verder te praten gedurende die korte tijd dat ik haar had. 'Vertel me over uw man voordat de sigaret op is, toe, alstublieft.'

Ze zei dat hij aan tuberculose was gestorven. Professor Calhoun, haar besnorde echtgenoot, gewaardeerd antropoloog, die voor zijn veertigste was overleden. De manier waarop ze dat zei was zo gewoontjes dat ik geschokt was en een ziekelijke hoop voelde, maar toen besefte ik dat ze het natuurlijk al vijf jaar lang bijna iedere dag zei. Ze droeg zijn haar in die broche op haar revers; ze bad voor hem in de synagoge; ze was nog steeds zijn liefhebbende weduwe, maar de tijd had in ieder geval het trillen uit haar stem verwijderd.

'Hij maakte altijd lange wandelingen, gewoon in hemdsmouwen,' was haar antwoord op de vraag die ik niet had gesteld.

'Hij zal het niet hebben geweten.' Ik stelde me voor hoe de arme professor Calhoun in een rijtuig naar de stallen werd gebracht voor het gebruikelijke geneesmiddel voor zijn tuberculose: warm bloed dat uit een tinnen beker werd gedronken. Ik stelde me de artsen voor met hun tovermiddelen, hun purgeermiddelen en pleisters. Ik weet zeker dat de aan zijn bed gekluisterde Calhoun naar zijn jonge vrouw heeft gekeken en zichzelf heeft vervloekt om zijn dodelijke wandelingen in de kou en om zijn voortijdige dood waardoor hij zo veel dagen miste die door de lantaarn van haar gezicht werden verlicht. We verspillen zo veel tijd doordat we in onszelf verdiept zijn. De hand van Alice heeft waarschijnlijk het haar op zijn voorhoofd gladgestreken terwijl hij door zijn gehavende longen ademde. De tweede man die voor haar ogen stierf.

'Het droevigste is dat ik geen kind heb als herinnering aan hem,' zei ze tegen me. 'Ik wilde wel uit Seattle weg. Moeder wilde ook wel weg.'

'Miste u uw vroegere leven hier?'

Er kwam een vreemde blik in haar ogen. Ze drukte haar sigaret uit. 'Hij is al een poosje uit, en ik ben zo saai. Dank u voor de thee.' Alice stond op en pakte haar boodschappentas en haar parasol. 'Ik moet gaan.'

Een minuut later was ze voorgoed uit mijn leven verdwenen.

Of tenminste, dat dacht ik, terwijl de gedachten in paniek door mijn hoofd maalden, op zoek naar een manier om haar tegen te houden. Alice bleef daar wat vreemd staan kijken naar de schaduwen van de voorbijgangers. Er verscheen een bijzonder profiel op het gordijn; een man met een rare hoed op. Alice leek in vervoering. Ik bleef maar praten, verontschuldigde me dat ik haar dag verstoorde, had het over de dreigende kou buiten of de politie die ze misschien wilde vermijden, alles om haar daar te houden, maar iets hield haar daar al en het had niets met mij te maken. Ze luisterde niet eens naar me. Toen schoof ze voorzichtig het gordijn opzij en haar gezicht loste in het daglicht op.

'Voelt u zich wel goed?' vroeg ik.

Ze glimlachte om het uitzicht voor haar; het was slechts een jongeman met een ouderwetse bolhoed op, die tegen een drietal telefonistes praatte die net van de telefooncentrale naar huis gingen. Ze wendde zich af van dat alledaagse tafereel van jonge mensen. 'De wereld is vol spoken,' zei ze en ze knipoogde ondeugend. 'Vindt u niet?' Gelach, en nog meer gelach; ik hield van haar. Ze haalde een handschoen te voorschijn en spreidde haar vingers om hem aan te trekken. 'U hoeft niet zo te protesteren. U kunt me nog eens ontmoeten als u wilt. Alleen bent u wel onbeleefd geweest.'

'Wat? Echt waar?'

Haar gezicht had een slimme uitdrukking. 'Nou, hoe heet ik?'

'Alice.'

Daar schrok ze van en ik was me meteen van mijn vergissing bewust, maar het was te laat. Ze keek me aandachtig aan en zei: 'Ik wilde net zeggen dat u het helemaal niet hebt gevraagd, maar… hoe wist u dat eigenlijk?'

'U hebt gezegd dat uw man u Alice noemde.'

Ze knipperde met haar ogen. Ik bleef in die gespannen stilte zitten als een man in een wachtkamer die hoopt dat hij zal worden ontvangen. Het antwoord liet slechts heel even op zich wachten: 'O. En hoe heet u?'

Op dat moment werden we overvallen door de 'hallo-meisjes' van wie de schaduwen een ogenblik daarvoor zo geheimzinnig voor de ogen van mijn Alice hadden gedanst; nu ze aan de ladykiller op straat waren ontsnapt babbelden en lachten ze met een levendigheid die ik, voorzover ik me herinner, niet had toen ik zo oud was als zij. Ik ergerde me wel aan hun lawaai, maar ze gaven me wat respijt met hun luidruchtige verhalen. Een mooie moordenaar, zonder alibi of schuilnaam. Alice leek zowel geërgerd als bekoord door hun zenuwachtige gepraat over strikjes en diëten, maar uiteindelijk installeerden ze hun uniforme overhemdblouses en rokken aan een afgescheiden tafeltje en bedaarden ze bij het bekijken van het menu. En die zogenaamde vreemde, mijn grote liefde, keek weer naar mij.

'Ik heet Asgar. Asgar Van Daler.'

Ze lachte onbeleefd, werd toen ernstig en stopte een kaartje in mijn hand: Alice Levy Calhoun. 'Dag Asgar,' zei ze en draaide zich om.

'Dag Alice.'

De deur ving het zonlicht op toen hij openging, zodat ik heel even verblind werd, en weg was ze, waarna de theesalon nog precies hetzelfde was en geurde naar sassafras en haarlotion. Maar in mij was alles veranderd, want ik had niet alleen eindelijk mijn mooie zwervende jodin gevonden, maar ik kon haar nu telkens weer zien, zo vaak als ik maar wilde – mijn onstuimige hart maakte daar een eeuwigheid van – en ze zou nooit weten dat ik hetzelfde monster was dat haar al eerder zozeer had bemind.

Wat die nieuwe identiteit betreft, Asgar Van Daler. Nu ja, ik was niet onbekend met het spelen van een rol die niet bij me paste. Een vader, bijvoorbeeld, mijn jonge vader die opgewekt glimlachend in de mooie tuinen van zijn jeugd naar de meisjes stond te kijken en roggebrood naar de zwanen gooide, mijn Deense vader in die gelukkige jaren voordat hij zijn naam veranderde. Asgar Van Daler. Deze erfenis kon ik altijd opeisen. Tenslotte beweegt mijn leven zich in omgekeerde richting, net als dat van een heilige; net als alle zalig verklaarden beschouw ik het als mijn plicht om de wereld terug te geven wat zij heeft verloren.

Eindelijk was ik de gelukkigste man op aarde. Want wie heeft er nu ooit zo'n kans gekregen: een tweede kans op liefde? Het leek wel een vertelling uit duizend-en-een-nacht; verhuld door mijn lichaam kon ik mijn oude liefde benaderen – die me nooit zou accepteren als ze wist wie ik was – en kon ik het nog eens proberen. Omdat ze me niet herkende, kon ik beter dan ooit alles wat ik wist gebruiken om haar te winnen. Op haar kaartje stond dat ze op woensdag en vrijdag ontving, en wat leken de uren lang tot die woensdag. Dit keer zou het anders gaan. Dit keer zou ik ervoor zorgen dat ze van me hield.

Het adres op het kaartje van de weduwe Alice was makkelijk te vinden maar deed me even schrikken. Ze had me verteld over de rijkdom die haar familie door Klondike had vergaard, maar ik had

geen herenhuis van twee verdiepingen in Van Ness Avenue verwacht
en zeker niet een dat zo rijk versierd was. Het was een soort verzameling van verticale vormen, geheel wit, met op iedere hoek en bij
ieder raam tierlantijnen en versiersels en bovenop iets wat architec-
ten foutief een belvédère noemen. Ik stond een poosje met mijn
hoed in de hand op straat; ik dacht dat ik iedere kant van mijn Alice
van vroeger had gezien en dat niets mij kon verbazen, maar iets aan
haar huis maakte me bedroefd. Was dit echt wat een rijke Alice zou
kopen? Ik ben geen snob, maar ik zou hebben gedacht dat het huis
waar we samen in South Park hadden gewoond een soort verloren
droomwereld voor haar zou zijn, dat huis dat door mijn grootvader
was ontworpen met die elegantie van het oude San Francisco die we
nooit meer hebben teruggezien. Een huis van steen met bescheiden
rondingen. Ik kon me niet voorstellen dat mijn Alice als een Jonas in
de buik van deze walvis woonde. Ik had gedacht dat ze zich net als de
dochter van een verarmde hertogin zou inspannen om terug te kopen wat in haar jeugd was verpand: het zilver, het servies, de kunst.
Dat ze net als iedereen met een verstoord leven zou proberen de doden weer tot leven te wekken.

Ik moest tussen het middeleeuwse beeldhouwwerk van de deur
naar de elektrische bel zoeken – daar zat hij, vermomd als het hoofd
van een heilige. Na enige tijd kwam er een dikke negerin met een gezicht dat even verbaasd was als van iemand die net een klap heeft gekregen.

'Ja?'

'Is de weduwe thuis?'

'Wie?'

'De weduwe.'

Ze zei dat ik even moest wachten en liet me in de gang staan. Ik
ging op de bank zitten en nam snel het kaartenschaaltje door om te
zien wie er voor me waren geweest – een paar namen van joodse
vrouwen, meer niet. De stoel waarop ik zou gaan zitten zou dus in
ieder geval niet pas geleden door andere heren zijn opgewarmd die
knapper, rijker en beminnelijker waren. Dat voordeel had ik in ieder
geval. Daarna keek ik op mijn gemak wat rond; het was binnen rus-

tiger, hoewel vol merkwaardige tegenstrijdigheden; oude, haveloze boeken waren achter glazen kastdeuren gepropt, en hoewel de kroonluchter boven mijn hoofd duidelijk elektrisch was, werd de hal verlicht (merkwaardig, nu ik eraan terugdenk) door roze olielampen. Het dienstmeisje kwam via een andere deur terug, staarde me aan en gebaarde dat ik binnen mocht komen. Ik glimlachte en knikte.

Met de snelle bewegingen die we ons allemaal aanleren om ons zo mooi mogelijk te maken, inspecteerde ik mijn houding, mijn manchetten, mijn jas en mijn schoenen, en liep toen de salon in waar ik de tweede schrik van die dag kreeg. Daar in een stoel, met een stukje kant op haar hoofd, zat mijn eerste minnares, de weduwe Levy.

'Komt u van de club?'

'Pardon?'

'Ik heb gezegd dat ik maar de helft van de contributie zou betalen. Hemel nog aan toe, ik speel geen tennis, ik zwem niet. Kun u zich dat voorstellen? Oude dames die als augurken in een vat ronddobberen. Ik ga alleen naar de maandelijkse diners en eet alleen de soep en vis.'

'Ik ben niet van de club.'

Mevrouw Levy glimlachte sluw en legde een vinger tegen haar wang. 'Jammer. Ze kunnen bij de club wel wat knappe jongemannen zoals u gebruiken.'

Ze was oud. Haar haar was helemaal grijs en hoog opgestoken met een heleboel krullen, waarvan sommige witter waren dan andere en beslist vals, en daaroverheen was het stukje antieke kant gespeld dat dames droegen om aan te geven dat ze zich niet meer bezighielden met schoonheidsproblemen. Ze droeg ook geen korset en het lijfje van haar jurk was ruim gerimpeld om een lichaam te verbergen dat heel anders was dan wat ik vele maanverlichte nachten geleden in de tuin in mijn armen had gehouden. Ze genoot kennelijk van de voorrechten van de oude dag en at nu onbezorgd waar ze trek in had. Een hoge parelketting bedekte haar hals en daaroverheen vielen twee vlezige kwabben; haar oorlellen waren ook uitgezakt door zware juwelen, net als bij een Afrikaanse koningin. Haar gezicht was breder dan ik me herinnerde, en was in een kunstmatige roze tint gekleurd, misschien slechts uit gewoonte. Haar ogen waren hard en donker en haar lippen zo dun dat ik daarin nauwelijks een herinnering kon vinden aan de woorden die ze zo teder in mijn jonge oor had gefluisterd. Ik geef toe dat ik haar afstotelijk vond; ze had geen enkele schoonheid. Mevrouw Levy had zich in South Park perfect gekleed voor haar leeftijd, maar nu leek ze genoeg te hebben van verstandige mode en was ze bijna een parodie – deels verlopen courtisane, deels hertogin. Ik besefte dat dit vreemde huis haar keus en haar smaak was. Misschien bereiken we allemaal op een gegeven moment een leeftijd waarop we geen fantasie meer hebben.

'Bent u de moeder van Alice?'

'Aha,' zei ze, 'U hebt zeker de verkeerde weduwe, hè? We zijn hier in dit huis allemaal weduwe, zelfs Bitsy, die arme ziel, is al vijf jaar weduwe, ze is haar man kwijtgeraakt bij een mijnongeluk in Georgia. Een geweldige vrouw.'

'U hebt een mooi huis.'

'Nee, het is niet mooi, maar het heeft heerlijke kamers. Ik ga bijna nooit naar buiten, dus ik hoef de buitenkant niet te zien. Maak je geen zorgen, jongeman, je hoeft niet lang tegen een oude dame te praten, Alice komt eraan. Ik heb haar naar boven gestuurd om zich te verkleden voor herenbezoek.'

'Ik vind het heel leuk om met u te praten.'

'Die prachtige jongen vindt het leuk! Mijn hart gaat sneller kloppen. Het is heel Shakespeareaans.' Ik kreeg het helemaal benauwd toen ik merkte hoe ze met me flirtte, met wimpers die hoopvol hun verf tegen haar wangen tikten. Maar nee, ik was veilig; ze herkende me helemaal niet. 'Hoe heet u?' vroeg ze.

'Asgar Van Daler,' zei ik tegen haar.

'Vander...'

'Van Daler.'

'Vadollar.'

'Van Daler.'

'Beste man, achternamen interesseren me totaal niet. Ken ik u niet ergens van? In ieder geval zal ik u eerlijk de waarheid zeggen voordat Alice komt.'

'Natuurlijk.'

'Om te beginnen is Alice van beide kanten joods. Ik wil niet dat u ergens in verwikkeld raakt en er dan mee kapt vanwege haar afkomst of iets dergelijks.'

'Dat vind ik niet belangrijk.'

'Verder gaat al mijn geld naar de Jewish Educational Alliance. Dat wil Alice. Zij gelooft heel sterk in de nederzettingen en ik ook, moet ik zeggen. Ik ben heel eerlijk tegen u, meneer Dollar. Alice krijgt alleen de verzameling juwelen die haar moeder draagt.'

'Die is heel mooi.'

'Haar moeder? Nou, dank u wel,' koerde ze. 'Maar als u op zoek bent naar rijkdom, zit u op het verkeerde spoor.'

Toen maakte ik een vreselijke vergissing. Ik voelde me zorgeloos als een winkeldief en ik zei nonchalant: 'Ik moet u zeggen dat ik ook niet rijk ben, mevrouw Levy. Ik ben maar een kantoorbediende bij Bancroft.'

Het was gedaan met haar joviaal flirtende stemming. Nu trok ze het oude gezicht van een weduwe met een gebroken hart die twintig jaar geleden een giftige brief aan haar minnaar had geschreven. 'Bancroft,' herhaalde ze. Verdriet hoopte zich op in iedere rimpel van haar gezicht, maar in haar ogen begon wel iets te glinsteren, ofwel lang verborgen gehouden woede of een soort hoop, hoop die ikzelf maar al te goed kende. Ik schrok ervan toen ik zag hoe weinig in ons verdwijnt. Ze koos haar woorden zorgvuldig: 'Ik heb een man gekend die daar heeft gewerkt. Dat is waarschijnlijk voor uw tijd geweest.'

'En wie was dat?'

'Meneer Tivoli, meneer Max Tivoli.'

'Max Tivoli,' herhaalde ik.

'Hebt u van hem gehoord?'

Ik vertelde het haar bijna, dat zweer ik. Ik maakte mezelf bijna bekend, om maar vergeven te worden, en als ik dat had gedaan, waren misschien alle andere misdaden die nog volgden mij bespaard gebleven. In plaats daarvan was ik op een andere manier edelmoedig. Ik vertelde haar de leugen die ze wilde horen: 'Hij is voor mijn tijd overleden.'

'Ach.'

'Het gerucht doet de ronde dat hij is vermoord.'

Ik zag iets van een glimlach op haar lippen. 'Jammer.'

Daarna kwam opeens weer die vrolijke uitdrukking op haar gezicht, alsof er een elastiek terugsprong. 'Ik moet nu ophouden met praten, mijn dochter komt eraan. Hou dit onder ons.' Ze wendde zich van me af, de vrouw die zo veel genoegen aan mijn dood beleefde, en riep: 'Alice, wat heb je nu aan!'

Ik wou dat ik me alle bijzonderheden van die ochtend kon herinneren. Ik weet dat we met zijn allen een poosje in de salon over politiek zaten te praten, waar Alice erg opgewonden van raakte, en dat haar moeder zich uiteindelijk tot haar wendde en zei: 'Weduwe Calhoun, ga het huis uit, je hebt geen chaperonne nodig.' Alice zei glimlachend: 'Dan bent u helemaal alleen, weduwe Levy.' Ze spraken elkaar op deze merkwaardige wijze toe en maakten bijna ziekelijke grapjes over hun weduwschap, en het deed me denken aan de avonden dat ik het vuur voor hen aan kwam steken en zag dat zij een verkleedpartij hielden of bezig waren met een charade of met het schilderen van elkaars portret. Ik werd even heel erg jaloers omdat ik besefte dat er een deel van Alice was dat ik misschien nooit zou leren kennen, het deel dat aan haar moeder was toegewijd, en dat ze San Francisco wel omwille van de liefde hadden verlaten, maar dat het alleen liefde voor elkaar was en beslist niet voor mij.

'Heb je dat fototoestel nog gekocht?' vroeg ik haar toen we buiten waren.

'Wat?'

'Je zou een fototoestel gaan kopen toen ik je tegenkwam. De oude man had gezegd dat je vingers te klein waren.'

Ze glimlachte plagerig. 'Ze waren denk ik groot genoeg om hem het geld te overhandigen.'

'Heb je het gekocht?'

'Jazeker.'

'Wat ga je fotograferen?'

'Wat ik maar leuk vind.' Laten we deze kant op gaan, er is daar een verborgen trap naar Franklin Street en als de rozen bloeien vind ik die zo geheimzinnig.' Ze gaf me een arm en leidde me naar haar geheime prieel, terwijl ze af en toe praatte over dingen die haar bezighielden.

Het zou leuk zijn als ik u kon vertellen dat ze verliefd op me werd. Dat ze verliefd op me werd terwijl we daar zo wandelden tussen de herenhuizen en koetsen van Van Ness Avenue, en de heggen die waren geplant om ons weg te houden van de bloementuinen, de ordinaire rotspartijen en de gietijzeren fonteinen in de vorm van kinderen – dat ze het zonlicht te verblindend vond om te weerstaan en dat ze me kuste onder de zeldzame, reusachtige bloem van een agave. Maar u weet wel beter, denk ik; we waren vreemden die door een ongeluk bijeen waren gebracht, en toen we waren uitgepraat over auto's en de dood en onze eigen schrik, liepen we nog een tijdlang in gespannen stilte. Ik probeerde te denken aan alles wat ik in het geheim van Alice wist en begon nu en dan over onderwerpen waarvan ik wist dat ze haar aan de praat zouden krijgen, maar ik denk dat ik haar over het algemeen verveelde.

En ik zou u graag vertellen dat ze even volmaakt was als ik me herinnerde, maar dat was niet zo. In de theesalon was ik gek geworden van hoop en ervan overtuigd geweest dat niets aan haar voor mij ooit zou veranderen; ze was uit het graf van de herinnering opgestaan, even volmaakt als de liefde ooit kon wezen. Maar het daglicht en het ontbreken van rampspoed maakten alles anders. Alice was nog steeds mijn mooie meisje, zelfs in het vrolijk gekleurde, getailleerde pakje waarmee ze bezoek ontving, en met het merkwaardige kleine hoedje dat bijna een tulband leek; zo veel aan haar was precies hetzelfde. Maar sommige gewoonten van een meisje zijn in een vrouw niet zo leuk. Haar boze opmerkingen bijvoorbeeld, die altijd een teken van karakter en onafhankelijkheid hadden geleken, kwamen nu een beetje anders over en klonken grappiger uit de mond van een vrouw van tweeëndertig, maar ook zuurder en zelfs zeurderig. Dat de postbode haar brieven kreukte. De mist, de rijke en domme buren, hun honden. Alsof iedere ergernis op aarde tegen haar was gericht.

Op den duur ontdekte ik nog meer veranderingen die ik niet had verwacht.

'Kom ik je nog steeds bekend voor?' vroeg ik haar.

Ze keek even naar mijn gezicht. Ik kon nog steeds niet geloven dat daar niets van de vroegere Max te vinden zou zijn.

'Nee,' zei ze.

'Helemaal niet?'

'Ik heb me vergist. Zaterdag was ik een beetje emotioneel.'

Ze sprak het uit als 'zatudag'. Mijn jonge Alice had nooit een accent gehad, maar ik neem aan dat je dat wel krijgt als je in het Noordwesten woont en daar trouwt. Dat dus, en haar woedeaanvallen; het waren zulke kleine veranderingen dat je ze zou kunnen negeren als je zou willen. Als we naar een symfonie luisteren, willen we tenslotte ook niet per se dat de componist de hele tijd hetzelfde akkoord aanslaat; we genieten van zijn vaardigheid in het variëren. En ik had gedacht dat ik haar zo volledig kende dat ik zou genieten van iedere variatie in mijn Alice, iedere grote en kleine terts, omdat zij net als een symfonie in essentie nooit zou veranderen. Maar die gedachte was niet helemaal juist: de Alice van wie ik hield zou inderdaad nooit ouder worden, maar ze kon wel veranderen. Ze had een stad zien afbranden en een echtgenoot zien sterven en wie weet wat nog meer; we kunnen de tijd niet de schuld geven van al onze littekens. Misschien was er iets in Alice veranderd, iets dat ik niet had gezien in de extase van de theesalon.

We waren weer bij het huis en bleven staan in de ovale boog van de ingang die omzoomd werd door een gelakte wirwar van houtsnijwerk. Ik voelde een vreemd soort paniek, als een bergbeklimmer die zijn houvast kwijtraakt op een afbrokkelende schalie, niet alleen omdat ik haar zo had verveeld en haar niet eens bekend voorkwam, maar omdat het voorwerp dat ik al die jaren zo hartstochtelijk had bemind een heel klein beetje veranderd was en ik niet kon besluiten of die verandering niets of alles voor me betekende. Er was nog

147

nooit iemand doodgegaan aan het niet verliefd zijn, maar ik zou daar desnoods wel aan dood kunnen gaan. Ik was nog steeds mijn hart aan het peilen toen ze me heel ernstig begon toe te spreken.

'Goed, Asgar, zeg het maar.'

'Hoe bedoel je?'

'Je houdt iets geheim. Het straalt van je af, je durft het me niet te vertellen, je kunt aan niets anders denken. Eerlijk gezegd vind ik het heel vervelend om in het gezelschap te zijn van iemand met een geheim. Het spijt me, ik weet me niet altijd juist uit te drukken.'

'Ik...'

'Vertel het me nu maar alsjeblieft.'

'Maar er valt niets te vertellen.'

Ze staarde me aan en noemde mijn ware naam: 'Max Tivoli.' Er was even een zuurstofloos moment en toen ging ze verder: 'Hoorde ik je beneden niet over hem praten? Wat zei mijn moeder? Je kunt hem niet hebben gekend, hij moet inmiddels zo oud zijn. Dat heeft ze je waarschijnlijk niet verteld, maar ze is een beetje verliefd op hem geweest.'

Ik kreeg eindelijk weer adem, een dief die geluk had. 'Het spijt me, nee, ik heb hem niet echt gekend.'

'Hij heeft haar hart gebroken. Ik was toen nog klein, er is iets gebeurd waarbij hij betrokken was en we moesten weg. Hij is zo'n beetje de boosdoener bij ons thuis en we hebben het nooit over hem.'

'Dat spijt me, dat spijt me.'

'Waarom spijt het je? Ik wilde het alleen uitleggen. Je hebt me een keer gevraagd waarom we uit San Francisco zijn weggegaan en dat is de reden. Dus nu weet je het.' Ze bekeek me aandachtig, zoals je doet wanneer je iets moet onthouden; dat wil zeggen, alsof ze me misschien nooit meer zou zien. 'Bedankt voor de leuke wandeling, Asgar.'

'Het was leuk.'

'Ja.'

'Ik ben blij dat je met me mee kon, Alice.'

'Het was gezellig.'

Saaie, doodgewone woorden van mensen die het moment zo snel mogelijk voorbij willen laten gaan. Dat wilde ik misschien ook wel. Het was een afschuwelijke gedachte dat ik mijn hart zo lang had bewaard en dat ik het nu, jaren later, geurend naar formaldehyde in mijn borstkas had gestopt en merkte dat het te armetierig en verschrompeld was om te functioneren. Maar het is een bekend verhaal. Komt er in Shakespeare niet een standbeeld voor van een reeds lang gestorven koningin die voor de ogen van haar treurende koning tot leven komt? De koning is blij en heeft berouw. Maar wat doet hij de volgende dag? Herinnert hij zich hoe vals ze zong terwijl ze haar haar borstelde en hoe ze tegen de bedienden krijste? Misschien had ik daar in de deuropening het gevoel dat het makkelijker was om slaperig mijn oude leven van herinneringen en verdriet weer op te pakken dan mijn echte, levende meisje onder ogen te zien.

We glimlachten stijfjes tegen elkaar en ik merkte dat ik mijn wandelstok naast haar had neergezet. Verward, bijna ademloos, knikte ik haar gedag en stak mijn hand uit naar mijn stok.

Alice' gezicht kreeg een merkwaardige kleur, haar hand zocht steun tegen een pilaar en haar ogen keken recht in de mijne. Die uitdrukking had ik nog nooit op haar gezicht gezien. Heel even – een kort onwaarschijnlijk moment – staarde ze me aan, en toen draaide ze zich om en zag de wandelstok in mijn hand. Haar gezicht betrok. Ik begreep niets van dat staren, van die onhandige blos op haar wangen. En toen besefte ik: de arme vrouw! Ze dacht dat ik haar wilde kussen!

Alice sloot haar ogen, fluisterde gedag en liep onhandig het huis in. Ik stond daar maar. Het netwerk van aderen trilde overal in mijn lichaam, als een harp bespeeld door het onwaarschijnlijke. Was het mogelijk dat ik me had vergist? Dat ik in haar ogen dezelfde vleselijke verlangens had gezien die ik altijd verborgen had gehouden? Alice, vergeef me mijn grofheid, maar op dat moment besefte ik dat mijn geluk in de loop van de jaren twee keer zo groot was geworden. Ik was een man geworden die te knap was om te weerstaan en jij, een weduwe die graag weer vrolijk wilde zijn, was door al die straten met me meegelopen alleen in de hoop dat je zou worden aangeraakt. Geef het maar toe, nu ik dood ben: je wilde dat ik je kuste. En eenmaal binnen wilde je dat nog steeds, terwijl je hijgend tegen de gesloten deur leunde en je hart even snel voelde kloppen als de gifklieren van een slang die zijn gif spuit; je zag nog steeds mijn gezicht aan de binnenkant van je oogleden.

Geen enkelbandje of can-can-been is ooit zo erotisch geweest als de schaamte die jij me daar in de deuropening toonde, lieveling. En tot mijn opluchting was alles precies zoals vroeger, of nog beter, want het kwam opeens allemaal terug – het ijs in het hart, de klokken in het hoofd – de verschrikking van het verlangen naar jou.

De scherpzinnige lezer vraagt zich nu vast af hoe ik gedacht had me hier uit te kunnen redden. Een valse voorstelling van jezelf geven voor een theepartij of een ritje per rijtuig is tot daaraan toe; maar het is heel wat anders om een leugen een hele relatie lang vol te houden of, nog onwaarschijnlijker, gedurende het hele leven dat ik met Alice hoopte door te brengen. Ik kon wel mijn uiterlijk en spreken voor haar aanpassen, maar hoe kon ze echt van me houden als mijn ware ik was begraven? En toch heb ik wel van lange, gelukkige huwelijken gehoord waar de vrouw niets wist van zijn tweede gezin of de man nooit te weten kwam dat haar blonde haar, dat hij zo mooi vond, bij iedere drogist kon worden aangeschaft. Misschien zijn leugens ook wel een beetje nodig voor de liefde; ik zou in ieder geval niet de eerste zijn die een vals personage creëerde alleen om een vrouw te verleiden. Natuurlijk dacht ik daar helemaal niet aan in de weken van hofmakerij die volgden – de bezoeken aan het Huis der Weduwen, de ontvangsten door Alice en haar moeder die onwetend glimlachten – het kwam helemaal niet bij me op dat ik deze valse snor misschien levenslang zou moeten dragen. Het hart maakt toch zeker geen plannen? Nee, het enige obstakel waar ik ooit aan dacht was Hughie.

Hij was niet ongelukkig nu hij getrouwd was; hij was standvastig. Ik mag ervan uitgaan dat het hem in zekere zin gelukkig maakte;

misschien gaf het huwelijk net als een presse-papier een zekere druk die ervoor zorgde dat zijn hart niet bij ieder zuchtje wind door de kamer vloog. Natuurlijk gingen we nooit meer naar Barbary Coast – hij was getrouwd en de wijk liep op zijn eind – maar we gingen zelfs helemaal nooit meer samen uit. In plaats daarvan werd ik uitgenodigd voor dineetjes die door Hughie en zijn vrouw werden gegeven. Ze hadden een nieuw huis in O'Farrell Street gekocht, een wat passender huis dan de Pompoen, en ik zat daar dan aan tafel met knappe, rijke, slimme mensen die me intimideerden door hun kleren en hun geestigheid, totdat ik ontdekte dat ze geen fantasie hadden, dat al hun meningen en modieuze kleren afkomstig waren uit tijdschriften die ze allemaal lazen. Hughie leek zich helemaal thuis te voelen in deze groep, maar ik was altijd zenuwachtig en dronk te veel. Ik kon hun spelletjes niet spelen, maar wat me het meest bedroefde was te zien hoe deze mooi uitgedoste saaie pieten over hun wijnglas heen leunden en iets in Hughies oor fluisterden, te horen hoe ze heimelijk lachten en te weten dat ze mijn plaats als boezemvriend hadden ingenomen. Maar om dat te bereiken moesten ze in ieder geval wel met heel veel zijn.

Het was natuurlijk terecht dat zijn vrouw alle rollen overnam die ik altijd had gespeeld, en ze was een vriendelijke jonge vrouw, die intelligent was en leuk om te zien en die zich nooit slimmer of modieuzer voordeed dan ze in werkelijkheid was. Ze was aardig voor me en toch zagen we elkaar bijna nooit; ze vond altijd wel een excuus om de kamer uit te gaan of zich met iemand anders bezig te houden. Niet omdat Hughie en ik alleen moesten zijn, zoals ze beweerde; ik denk dat ik haar op de een of andere manier bang maakte. Tegen de tijd dat Alice weer in mijn leven terugkwam, zag ik Hughie en zijn vrouw in ieder geval bijna nooit meer; hun leven werd in beslag genomen door hun gezin. Ja, kort na de eeuwwisseling had de kleine Hughie Dempsey een zoon gekregen.

Indertijd kon ik niet begrijpen hoe het mogelijk was dat de zachte uitdrukking op het gezicht van mijn oude vriend, een uitdrukking die vroeger pas na een paar flinke glazen whisky met karnemelk erbij verscheen, zo gemakkelijk te voorschijn kwam zodra hij het gezicht van zijn zoontje streelde. Ik begreep niet hoe deze slimme man vriendelijk glimlachend kon luisteren naar zijn vrouw die het had over haar 'engeltje uit de hemel'; ik begreep niets van Hughies overtuiging dat zijn zoon wonderen zou verrichten op aarde, alsof er niet iedere minuut andere waardevolle kinderen geboren werden die net zoveel beloftes in zich hadden en toch mislukten en ook gewone mensen werden net als wij, die over de volgende generatie dezelfde verwachtingen koesterden, verwachtingen die tot in de eeuwigheid werden doorgeschoven.

Maar toen was ik geen vader. Ik wist niet, Sammy, wat er met ons gebeurt in het bijzijn van onze zonen. Vandaag bijvoorbeeld, toen jij en ik een fort bouwden tussen de kamperfoelie en de bramen, met een oude koelkastdoos waar *Coldspot* op stond. We vertelden elkaar geen geheimen in ons kleine huisje. We lagen alleen naast elkaar, wat nauwelijks paste, en met ons hoofd op het lange koele gras van het bos. Ik voelde het prikken van het gras tegen mijn gezicht en daaronder de vochtige aarde die door het gras heen kwam en geurde naar bloed. Een krachtige wind blies een blad omver zodat het kleine omhulsel van een insect te zien was. Een vaalbruine vlinder, die de verkeerde kant op vloog, werd steeds van zijn doel weggeblazen. 'Jeetje, wat is dit saai,' zei je, en glimlachte toen en zei een halfuur lang niets meer. Het geluid van wanhopige vogels. Waarom zou een vader daarom moeten huilen?

We hebben geen recht om onze vrienden te beletten gelukkig te zijn, en ook al had ik het idee dat Hughie, net als een man die op zoek is naar een geloof, een leven had gevonden dat niet uniek was, ik nam hem toch nooit apart om hem daarover de les te lezen. Ik had hem altijd een bijzonder mens gevonden en hij verdiende een bijzonder leven. Maar misschien hebben gewone mensen wel juist een bijzonder leven nodig; de rest van ons heeft behoefte aan de rust van het alledaagse. Met mij had hij plezier gehad, maar ik zag nu dat hij altijd ongelukkig en heel erg alleen was geweest, zelfs in mijn gezelschap. Daarom verstoorde ik zijn nieuwe wereld niet. Ik denk dat ik hem er op de een of andere manier ook om benijdde.

Het probleem van Hughie was dus niet zijn leven. Dat kon ik niet

veranderen. Het probleem was alleen dat Alice ons misschien opeens samen zou zien, zou beseffen dat we vrienden waren, en mijn
ware identiteit zou ontdekken.

Ik vertelde hem wel over Alice, en mijn oude vriend reageerde blij
en verbaasd. Ik vertelde hem alles over onze ontmoeting en haar
onverminderde schoonheid, en hoe ik er ondanks de angstaanjagende aanwezigheid van mevrouw Levy in was geslaagd een regel-
matige bezoeker te worden in het Huis der Weduwen. Hij lachte om
de dwaasheid van mijn leven en hij keek heel gewoon en blij, misschien omdat hij zich herinnerde dat in onze jeugd de kleinste dingen een intensiteit hadden die hij was vergeten.

'Mijn God, Max, echtwaar? Alice?'

'Ja, Alice.'

'Nou ja, ze is natuurlijk niet meer dezelfde. Ik bedoel, ik denk dat
ik bedoel dat jij niet hetzelfde kunt voelen.'

'Ik voel wel hetzelfde, dat probeer ik je te vertellen. Het is heel
vreemd, maar ik ben haar nooit vergeten. En nu is ze hier, tweeëndertig jaar oud en weduwe, maar het is net alsof ik zeventien ben.'

'Je bent een volwassen man, Max. En je kent haar nauwelijks.'

'Het is net alsof zij iets heeft waar ik sinds mijn jeugd naar heb
verlangd. Je weet gewoon niet hoe het is. Een eerste liefde, bedoel ik.'
We dronken langzaam en zaten daar een ogenblik zwijgend tot ik
hem eindelijk vertelde wat ik van hem verlangde.

Hij keek me even aan met een bedroefde blik op zijn gezicht.
'Nee,' zei hij. 'Dat kan ik niet, Max.'

'Toe nou, ik heb je hulp nodig.'

'Dat kun je niet doen. Zo'n leugen, daar ga je aan kapot.'

'Je moet gewoon vergeten dat je me kent. Vergeet me helemaal.
Dat is makkelijk. Als je Alice en mij samen ziet, zeg haar dan alleen
gedag en vraag of ze je aan me wil voorstellen. Heel eenvoudig.'

'Het is helemaal niet eenvoudig. We zijn geen zeventien meer.
Het is idioot.'

'Alsjeblieft.'

Zijn stemming veranderde. 'Max, je moet het haar vertellen,' zei
hij uiteindelijk.

'Je weet wat er dan gebeurt.'

Hij keek naar zijn bord, want hij wist het.

'Alsjeblieft, Hughie,' zei ik tegen hem. Ik maakte hem aan het schrikken door zijn handen te pakken. 'Ik heb niemand.'

Het duurde nog een maand, maar zoals ik al had voorspeld, kwamen Alice en ik Hughie uiteindelijk tegen. We liepen door het park om naar de pas geïmporteerde kangoeroe te kijken, en ze vertelde me over een fotowedstrijd waarvoor ze zich had ingeschreven onder het voorwendsel dat ze een man was; ze had een anagram gemaakt van de naam van haar man en was met het schaamteloze alter ego 'Alan Liecouch' op de proppen gekomen. Ik liep naar onze schaduwen op het gras te kijken toen ik opeens zag dat haar schaduw was verstijfd naast een steen. Ze lachte niet meer en ik hoorde de bamboe in haar parasol ratelen; haar handen trilden, maar toen ik naar haar gezicht keek, glimlachte ze flauwtjes, alsof ze geamuseerd was door haar eigen reactie. Ik zag Hughie en zijn gezin over het pad op ons af komen. Hij had ons waarschijnlijk net gezien, want hij leidde zijn vrouw af door naar de plantenkas te wijzen en fluisterde iets in haar oor waarna hij haar over het gras naar een of ander ongrijpbaar doel leidde dat hij had verzonnen om me te redden.

'Ik ken die man,' zei Alice.

'O ja?' Ze praatte bijna nooit over haar leven vóór Seattle.

'Ja, ik was nog klein.'

'Aha.'

'Ik zocht hem altijd op in de plantenkas.'

'O, dat is hier niet ver vandaan.'

Maar ze luisterde niet naar me. Ze lachte een beetje. 'Ik was nog zo jong.'

En toen maakte Hughie een vergissing. Hij draaide zich om en keek ons met zijn felblauwe ogen recht aan. Zijn strohoed stond ver naar achteren op zijn hoofd. Wat ik in die ogen las was een intense droefheid, zoals ik alleen nog maar had gezien op die avond dat ik zo dronken naar zijn appartement was gekomen. Ik denk dat het niet de eerste keer was dat hij het verzoek had gekregen om iemand te vergeten van wie hij hield, maar wie zal het zeggen. Indertijd was ik slechts dankbaar dat hij deze eenvoudige, deze uiterst belangrijke handeling had verricht om mij gelukkig te maken.

'Hij heeft ons gezien!' zei Alice.

'O.'

Met een verbitterde trek om zijn mond draaide hij zich om, maar Alice bleef naar hem kijken. Ze hield haar hand bij de ruches van haar blouse alsof ze haar eigen hartslag controleerde bij dit weerzien waar ze waarschijnlijk al even lang van droomde als ik over onze hereniging had gedroomd. Ze begon te glimlachen en ze leek blij, verlegen en verbaasd. 'Hij wil me niet zien,' zei ze, bijna verwonderd.

'Misschien heeft hij je niet herkend.'

'Hij is oud geworden,' zei ze.

Hughie was nu ver weg en praatte tegen zijn dik ingepakte zoon. Ik herinnerde me de keer dat we thee hadden gedronken, hoe ze angstig naar een schaduw met een bolhoed op het gordijn had gestaard. Ze had gedacht dat ze zijn schaduw zag. Ik probeerde te lachen en zei: 'Je grote liefde?'

'Wat is dat nu voor vraag?' zei ze, terwijl ze speels tegen me glimlachte met ogen omgeven door de rimpeltjes waar ik dol op was. Leeftijd vertelt je hoe een vrouw is; als ze nooit gelukkig is geweest, zie je dat aan haar ogen. De ogen van Alice waren vol stille vreugde en het maakte niet uit dat ik niets van die vreugde had veroorzaakt; ik vond het heerlijk te zien wat die vreugde van haar had gemaakt. Nu tilde ze haar parasol weer op en we keken hoe Hughies gezin achter een rij verkopers van sinaasappelijs en bedelende kinderen verdween. Wat dat voor een vraag was, Alice? Gewoon een vraag die me nu, jaren later, nog steeds bezighoudt.

Het was een week na die gebeurtenis, denk ik, dat ik een interessante brief ontving. Toen ik de crèmekleurige envelop openmaakte, rook ik de vage geur van eau de cologne, en ik herkende het handschrift en werd teruggevoerd naar een afschuwelijke ochtend waarop ik het meisje verloor van wie ik hield:

15 april 1906

Mijnheer Asgar Van Daler,

Mijn dochter en ik vertrekken dinsdag naar Del Monte en we zouden het fijn vinden als u ons zou kunnen escorteren gedurende ons verblijf tot en met zondag. Volgens Alice heeft u het heel druk op uw werk en ze vindt me ouderwets en dwaas, maar we hebben geen mannelijke familieleden in de buurt en het is altijd handig om een man erbij te hebben als je reist.

Mevrouw David Levy

Het Del Monte-hotel zag er ongetwijfeld nog precies hetzelfde uit als bijna veertig jaar geleden toen mijn jonge ouders elkaar daar ontmoetten: de lange laan met cipressen waar de zon in strepen werd gesneden die over ons rijtuig vielen (de weduwe Levy wilde niet met een auto gaan), het grote schip van het hotel zelf, waar de groene luiken en balkons als mosselen tegenaan zaten, de torens met wapperende vlaggen, de veranda met rieten stoelen waar een band in blauw-witte militaire kostuums walsen speelde, de onderling verwisselbare parasols en de kleine parasolletjes op de tafels, de dames en de pauwen, de mensen en de standbeelden. Ik weet zeker dat er nog steeds societyjournalisten zaten te schrijven terwijl ze naar de zojuist aangekomen gasten keken, en dat hoerenmadammen zich als barones en winkelmeisjes zich als debutante voordeden, maar het enige dat ik zag was de geroutineerde, van de gasten overgenomen kalmte van een hotel dat wist dat er nooit een einde kwam aan zijn geluk.

'Zijn we er?' vroeg Alice toen ik de koetsier een fooi gaf. Haar hoed was scheef gezakt. Ze probeerde hem recht te zetten en tuurde intussen naar het gebouw.

'Weet je,' zei ik, terwijl ik haar uit het rijtuig hielp, 'mijn ouders hebben elkaar in dit hotel ontmoet.'

'Wat een rare plek om verliefd te worden.'

'In het zwembad hing vroeger een net om de mannen van de vrouwen te scheiden, als een soort sluier, en daar hebben zij elkaar ontmoet. Vreemd hè?'

Ze keek me aandachtig aan terwijl hun dienstmeisje, Bitsy, met de koetsier praatte. 'Vreemd, ja, dat is het juiste woord voor jou, Asgar.'

'Hoe bedoel je?' vroeg ik zachtjes.

In het felle zonlicht keek ze me met half toegeknepen ogen aan en ze glimlachte geheimzinnig en keek toen naar het hotel. 'God, wat is het lelijk.'

'Alice!' fluisterde haar moeder. Ze stapte naar voren en pakte mijn arm. 'Het is echt heel Shakespeareaans, vindt u niet, meneer Van Daler? Een zomerhuis van de Capulets, natuurlijk voordat alle problemen begonnen, allemaal oude families met hun jonge dochters, een gemaskerd bal en zo.' Mijn vroegere minnares gaf me een knipoog. Inderdaad, een gemaskerd bal!

Ze liet mijn arm los en zei: 'Na die vreselijke tocht in het rijtuig moet ik echt rusten; al dat gehobbel, ik begrijp niet waarom we niet met een auto zijn gegaan. Alice, we gaan ons verkleden. Meneer Van Daler, we zien u bij het diner en ik hoop dat u ons een boek uit de bibliotheek kunt aanbevelen want ik ken niemand meer en ik zal me vast dood vervelen. Bitsy, heb je mijn slaapdruppels?'

'Uh-huh.'

Terwijl de beide anderen naar het hotel liepen, bleef Alice daar op de oprijlaan naar haar moeder staan kijken en verplaatste een handschoen van de ene naar de andere hand. Mijn geliefde keek als iemand die een wiskundig probleem oplost of misschien een moord beraamt.

'Je moeder is fascinerend,' zei ik terwijl ik naast haar ging staan.

Ze richtte haar blik op mij. 'Ik woon al bijna mijn hele leven bij haar.'

'Dat is vast heel leuk.'

'Hmmm. Ik kan haar niet eens meer goed beoordelen,' zei ze, terwijl ze naar haar moeder keek.

'Nou, ik ben dol op haar,' zei ik, terwijl ik naast haar kwam staan en ik voelde me blozen van schaamte omdat ik zo nonchalant iets zei dat bijna twintig jaar geleden heel belangrijk zou zijn geweest.

Alice zei heel zachtjes iets.

'Wat zeg je?'

De stem van de weduwe Levy schalde door de voorjaarslucht: 'Alice! Sta niet zo te dromen over die knappe jongeman! Ik heb je hulp nodig!' Alice draaide zich naar me om met ogen die fonkelden in de zon. Wat voor boodschap werd er door die bruin-witte vlaggenspraak gecodeerd? 'Geef de koetsier maar een fooi, knappe jongeman,' zei ze alleen en liep toen weg, terwijl ze haar rok optilde om de trap op te klimmen en een hand stevig op haar weerbarstige strooien hoed met het zuurstokroze lint hield. Een pauw liep verveeld over het trottoir en sleepte zijn prachtige, vuile baljurk van een staart achter zich aan. Hij maakte een ruisend geluid. Ik zag dat Alice zich omdraaide en me aankeek.

Ze ging van me houden.

Terwijl ze het hotel in liep voelde ik hoe het besef me verwarmde als een nieuwe zon; ze ging van me houden. Ik keek omhoog naar de kantelen en balkons van het Del Monte en terwijl de vlaggen wapperden in de stralende zon, besefte ik dat het hier zou gebeuren, in hetzelfde gebouw waar een andere vrouw van een andere Asgar had gehouden. Misschien morgenavond in de balzaal terwijl er walsen van Ballenberg werden gespeeld, op datzelfde balkon, bij hetzelfde luiden van de missieklokken, het geluid van de zee en de geur van Sweet Caporals. Of op de veranda, heel stil, terwijl we limonade dronken en keken hoe de oude vrijsters kirden bij hun croquetspel, misschien in die witte rieten stoel waar ik haar hand zou pakken en haar zou horen zuchten en zou weten dat ze van me hield. Of in haar kamer, terwijl ze voor het raam zat en naar de grasvelden en de dennenbomen staarde die naar de oceaan voerden, en ze het raam opendeed, de zilte lucht de kamer binnenliet en begon te huilen. Na al die jaren zou het hier gebeuren. Wie had dat ooit gedacht? In een van deze kamers zou ik haar gezicht in mijn handen nemen en allebei haar wangen kussen en dan iets tegen haar fluisteren terwijl ik de knoopjes losmaakte van haar jasje, van haar blouse en van al die onnodige, belachelijke kleren die weduwen dragen. Haar blik op de trap vertelde me alles wat ik moest weten, en de zoete hoop – dezelfde hoop die ik als zeventienjarige had, en die ik gebotteld had en zo zorgvuldig op die hoge plank had weggezet – brak nu door en sijpelde door mijn hele lichaam.

Maar hoe moest ik het aanpakken? Ik merkte – aan die blik op de trap – dat Alice eenzaam was bij haar moeder en dat de dood en de tijd haar moe hadden gemaakt, zodat ze bijna van die vreemde knappe Asgar kon houden, die nu de koetsier een te grote fooi gaf. De volgende dagen vereisten een fijngevoeligheid die ik in mijn leven bijna nog nooit nodig had gehad. Je kunt een roos in iedere stand buigen, zoals de Japanners zeggen, hem zelfs door een spiraalvormig slakkenhuis laten groeien, maar het moet wel zachtjes worden gedaan, en zo moest ik in deze periode met Alice ook te werk gaan. Naar haar luisteren, glimlachen, haar het hof maken, haar niet als de godin behandelen die ik als zeventienjarige had ontmoet, maar als een intelligente, bedroefde vrouw van in de dertig die te wijs was om door vleierij om de tuin te worden geleid. Ik moest voorzichtig zijn.

U denkt nu vast: dit klinkt niet als liefde. Wat is er gebeurd met de gerimpelde jongen die met tranen in de ogen naar zijn buurmeisje beneden luisterde? Die jongen die haar vuur aanmaakte? De onschuldige, zuivere liefde uit zijn zogenaamde jeugd? U denkt vast: dit klinkt als een afschuwelijk gebroken hart. Dit klinkt als wraak.

Misschien. Maar lezers, mensen van de toekomst, heb medelijden. Mijn lichaam beweegt zich dan wel achterwaarts, maar mijn hart veroudert net als dat van u, en hoewel mijn eenvoudige en jeugdige verlangen gepast was toen ze nog een meisje was dat zelf eenvoudig en jeugdig was, moet een ingewikkelder vrouw op ingewikkelder wijze worden bemind. Ware liefde houdt altijd iets verborgen – iets van verlies of verveling of een lichte haat waarover we niemand zullen vertellen. Degenen die zijn afgewezen of genegeerd, zullen weten wat ik bedoel. Want wanneer ze eindelijk tot je komt, is er altijd een zekere verbittering omdat het zo lang heeft geduurd, ook al barst de vreugde als vochtige zaden in je los. Waarom heeft ze gewacht? Je kunt het haar nooit helemaal vergeven. En als je haar eindelijk in je armen houdt, als ze je naam mompelt, en je hals kust met een passie die je ooit voor onmogelijk hield, voel je niet slechts één ding. Je voelt opluchting natuurlijk, opluchting dat alles waarvan je gedroomd hebt waarheid is geworden, maar je voelt ook triomf. Je hebt haar hart gewonnen – en niet van rivalen. Je hebt het van haar gewonnen. Wraak, nee, niet helemaal. Maar ook niet echt liefde. Dit zijn bekentenissen, dus ik beken alles in mijn hart. Ik doe dit om boete te doen en vergeving te krijgen. Ik wil niet beweren dat ik trots ben.

Het diner was om acht uur en hopend op meer geluk dan ik verdiende trok ik mijn favoriete vest met pareltjes aan bij mijn smoking. Terwijl ik de komst van de dames Levy afwachtte, zat ik op de vierpersoons ronde ottomane – die groenig en wollig was met in het midden een fontein van varens – en deed net alsof ik de *San Jose Evening News* las. Ik geloof dat er iets in stond over een maskerade voor Mardi Gras, over een schaatswedstrijd en over de aankomst van Caruso in San Francisco voor een majestueuze *Carmen* – het lijkt nu allemaal onbelangrijk. Maar ik deed maar alsof ik las. Want in die omgeving was er even een moment dat ik twijfelde.

Ik keek naar paren die de trap afkwamen, stipt op tijd voor het diner, de mannen helemaal in het zwart, de vrouwen met allemaal ruches als zeeanemonen. Ik bedacht opeens dat dit in griezelromans de entourage was waarin de gebochelde zijn maagd rooft. Met die kroonluchter, het schijnsel van de lamp op de trap, de diamanten en het blote vlees. Dit was het ogenblik waarop het monster toesloeg. Nadat ik haar had achtervolgd en haar had misleid, stond ik nu op het punt om haar te stelen – waarbij ik haar van mijn kant niet meer gaf dan mijn vergiftigde leven en mijn wrattige lippen. Het was even een helder moment. Hughie had gezegd dat ik kapot zou gaan aan zo'n leugen, maar ik begreep dat alles wat ik aanraakte eraan kapot zou gaan. Terwijl de klok begon te slaan kwam er een verrassend onbaatzuchtige gedachte bij me op: ik kon weggaan. Ik kon een auto laten komen, een late trein nemen, mijn bagage laten opsturen. Ik kon haar een briefje schrijven en vanavond een aantal levens redden. Als in een droom kwam ik zelfs van mijn zitplaats overeind terwijl ik overwoog of ik naar de deur zou lopen, en wie weet hoe dit verhaal verder zou gaan als ik daarin was geslaagd?

Toen draaide ik me om en de gedachte was ogenblikkelijk verdwenen. Daar stond ze, halverwege de trap. Ze keek me aan.

Alice, het duurde niet langer dan de tik van de klok, maar laat me een beetje met de tijd spelen; tenslotte heeft die ook met mij gespeeld. Je had een lange witte japon aan met hier en daar borduurwerk en kant, mouwen die slechts sluiers waren voor je armen, een soort zilveren ceintuur die ergens onder je middel viel en een lange sleep die achter je op de trap in een glinsterende streng neerviel; een jurk die om je heen zat zoals de tere broedknop dicht tegen zijn bleke zaadje aan zit. Er zat niets om je hals, helemaal niets, alleen je bleke huid die als een rivier rimpelde wanneer je slikte – ik hoorde later dat je net daarvoor een glas whisky had gedronken – terwijl je op me neerkeek van onder opgestoken haar waarvan ik wist dat het naar lavendel zou ruiken, met de grandeur van een vrouw van boven de dertig, zonder de zorgen van de jeugd, zonder de verwarring van knipperende oogleden, een hartstochtelijke vrouw die daar op de trap stond met een hand op de leuning. Alice, je had sterren in je haar.

'Asgar, moeder voelt zich niet lekker.'

'Nee?'

'Die verkoudheid, weet je.' Je had een klein waaiertje van veren in je hand en tikte ermee op de trapleuning.

'Echt iets voor haar.'

Je lachte. De tule op je schouders zakte een paar centimeter naar beneden; de ceintuur twinkelde zilverig. Nog meer tikken met de waaier. Mooi, nog mooier.

'Kom naar beneden,' zei ik tegen je.

Je keek naar een stel mooi uitgedoste vrouwen die langsliepen. 'Waarom?' vroeg je. 'Ik vind het hier wel leuk.'

'Kom naar beneden en ga met me eten.'

'Ik weet niet zeker of ik wel honger heb.'

'Kom naar beneden!' riep ik blij.

Je hield je hoofd achterover en lachte, waarbij ieder belletje in je rinkelde. De ronde klok sloeg vier, vijf, achtduizend keer. Alice, ik heb medelijden met iedereen die je niet heeft gekend.

Die avond zaten we naast elkaar op een kleine fluwelen bank, en de ober knipoogde toen hij de met linnen gedekte tafel over onze schoot heen schoof en ons insloot zoals je wordt ingesloten in een roetsjbaan in een pretpark. Zonder chaperonne erbij dronken we een fles wijn en kauwden we op de zachte botjes van ortolanen, die ik nog nooit eerder had geproefd, en toen zij op een gegeven moment het verkeerde glas pakte, hield ik gedurende de rest van het diner haar glas, met op de rand de roze halve maan van haar lippen. De hele avond bleef ik het naar mijn mond brengen, mijn lippen naar de hare. En mijn Alice dronk maar door en lachte steeds meer en keek de zaal rond alsof het gouden plafond van haar was, helemaal van haar was, en er kwam een kleurig vlekje op haar linkerwang als het gekleurde hart van een witte roos. Na het diner stond ze op en zei ze dat we naar buiten moesten, naar het kleine stenen balkon, waar ik hortend aan een saai en langdradig verhaal begon tot ze me onderbrak en me over mijn eerste kus vroeg.

'O nee, ik zou liever over jou horen,' zei ik, waarbij ik het enorme risico nam een ander over je leven te laten vertellen.

'Hmmm. Het was niet mijn man,' zei ze. 'Het is misschien wel een droevig verhaal.'

'Ik wil het graag horen.'

'Als je me dan ook maar jouw verhaal vertelt.' Door de halfgesloten orchideeën van haar ogen werd haar glimlach nog erotischer. Toen begon ze te vertellen: 'Eigenlijk ken je dit verhaal. Ik ben door Max Tivoli, je vroegere collega, verleid.'

'Ik heb hem nooit gekend...'

Ze lachte. Het was maar een plagerij; ik was niet betrapt. 'Hij woonde boven ons. Hij was een oude man, maar probeerde zich jonger voor te doen. Hij was eigenlijk wel lief, of was hij dat echt? Ik weet het niet, ik vind het allemaal nogal verwarrend. Ik was veertien. Ik herinner me dat hij rare kleren droeg, zijn haar verfde en een rare stem had. Hij was zo vreemd, hij vertelde me dat hij innerlijk eigenlijk een jongen was. Geen oude man maar een kind net als ik. Ik was helemaal in de war die avond – ik was verliefd. Mijn hart was gebroken en ik ging naar hem toe omdat – nou ja, zo'n beetje als naar een vader en omdat ik wist dat hij me aardig vond. Hij keek de hele tijd naar me. En ik was zo eenzaam die avond en ik had nog nooit een man gekust en ik wilde het maar gehad hebben, ik wilde niet meer aan de liefde denken, of aan wat moeders ons leren. Dus ik koos Max Tivoli.' Alice giechelde toen ze er weer aan dacht. 'Hij rook als een volwassene, naar whisky en leren schoenen. Maar hij smaakte, hij smaakte echt als een jongen, weet je. Naar sinaasappels. Hij trilde. Ik denk – zelfs op je veertiende weet je dat soort dingen wel – dat hij verliefd op me was, op zijn eigen vreemde manier. Een lelijke oude tortel. Zo ging het dus. Mijn eerste kus. Een beetje droevig, vind je niet?'

Ze richtte haar blik weer op mij en zag er kalm uit; de gedachte aan die zielige kus was dus niet zo erg.

'En wie was het bij jou?' vroeg ze.

'Gewoon een meisje.'

'Gewoon een meisje,' herhaalde ze. Haar ogen gleden in een driehoek over mijn gezicht. 'Dat arme meisje, wat zou ze wel denken als ze dat hoorde.'

'Een meisje dat ik kende. Ze hield van iemand anders.'

'Dat wist je?'

'O ja, dat wist ik.'

Even dat scheve glimlachje. 'Slechte man die je bent,' zei ze. 'Je hebt haar verleid, hè?'

Ik rook de jasmijn in de klimplanten, de pijnbomen en haar parfum. Ik wist niet wat ik moest zeggen. Voor het eerst vroeg ik me af of ze misschien dronken was. 'Nou ja, maar… nou ja, ik hield van haar.'

Haar blik werd zacht en meelevend. 'Je hield echt van haar, hè?'

'Ja.'

'Hoe oud was je?'

'Ik was zeventien.'

Ze liep een stukje bij me vandaan, alsof de herinnering aan deze vroegere liefdes van ons, deze antieke beelden, moest worden achtergelaten zodat we verder konden. 'Ze zeggen altijd dat de mooiste liefdesgeschiedenis ter wereld die van Romeo en Julia is. Ik weet het niet. Op je veertiende, op je zeventiende neemt het je hele leven in beslag, herinner ik me.' Alice was nu helemaal opgewonden. Haar gezicht was rood en levendig en haar handen zwaaiden door de geurende nachtlucht. 'Je denkt aan niemand en niets anders, je eet niet en je slaapt niet, je denkt alleen daaraan… Het is overweldigend. Ik weet het, ik herinner het me. Maar is het liefde? Net zoals je goedkope brandewijn drinkt als je jong bent en het geweldig lekker vindt en zo chic, maar dat weet je niet, je weet niets… omdat je nog nooit iets beters hebt geproefd. Je bent veertien.'

Het was niet het moment om te liegen. 'Ik denk dat het liefde is.'

'Echt?'

'Ik denk dat het misschien de enige ware liefde is.'

Ze stond op het punt om iets te zeggen maar hield zich in. Ik had haar waarschijnlijk verrast. 'Wat jammer als je gelijk hebt,' zei ze, terwijl ze even haar ogen sloot. 'Want we komen uiteindelijk nooit bij hen terecht. Wat jammer en wat stom als het zo gaat.'

'Wees niet bedroefd.'

'Wat?'

'Wees niet bedroefd, Alice.'

Toen kuste ik haar. Het ging heel natuurlijk – tenslotte had ik de hele avond al haar glas gekust – en daarna bedacht ik dat het de tweede keer was voor Max, maar de eerste keer voor Asgar, dus het had het opwindende van iets dat onmogelijk kon, en het geruststellende van iets dat ik eindelijk weer terugkreeg. Ik weet niet precies hoe het me lukte – het maakt op dat moment niet uit wat een man doet, het gebeurt gewoon of het gebeurt niet – maar op de een of andere manier lag mijn lieve meisje opeens in mijn armen en proefde ik de wijn weer helemaal opnieuw.

Ze greep de revers van mijn jas en helemaal daas van herinneringen en geluk voelde ik het bijten van haar tanden op mijn lippen –

o, Alice, laat niemand beweren dat je verlegen was in je jeugd. Dat je niet nam wat je wilde hebben. Ik stond daar met mijn ogen wijd open van verbazing over dit wonder, maar jouw ogen waren gesloten en roze gepoederd, en je ervaren weduwevingers waren overal, streelden en zochten, en ik was net zo'n dom apparaat waar je een muntje in moet gooien en dat dan precies twee minuten verrukkelijk trilt. Hemel, ik leek op van alles en nog wat: een espenboom, een roffelende pauk, de boiler van een locomotief die op het punt staat een stoomwolk uit te stoten.

Maar zo kort. Een ogenblik later stond ze aan de andere kant van het balkon, met rode wangen, een hand op haar gloeiende borst en een blik in haar ogen alsof ze een vreselijk geheim had gehoord.

Was het mogelijk? Dat mijn onderhandelen met de tijd mij fataal was geworden en dat Alice me eindelijk had herkend, in onze kus de Max had geproefd die ik vroeger was?

'Alice, ik...'

Ze schudde haar hoofd. Ik zag dat zich achter haar ogen een of andere ingewikkelde vergelijking bewoog. Ze glimlachte even en zei dat ze naar haar moeder moest gaan kijken. Ik vroeg haar te blijven; ik zei dat ik in een opwelling een tweede fles had besteld en dat dat nu voor niets zou zijn. Haar wangen werden weer rood en ik zag nu dat het helemaal niet door de wijn kwam maar door haar hart dat te snel klopte voor haar bloed. Die kleine fabriek die overuren maakte in haar borst. O lieveling, je herkende helemaal niets; je vond mijn mond helemaal niet erg, hè? Al zou je het vreselijk vinden om het te horen, je was net als je moeder vroeger, een vrouw in het wit in de duisternis, een lichaam dat helemaal opbloeide, en je moest besluiten wat je nu met me zou doen.

'Alice, het spijt me. Ik dacht dat je...'

Ze lachte. 'Niets zeggen, Asgar.'

'Ik begrijp het.'

'Nee, je begrijpt het niet.'

Ik wist niet wat ik moest doen; ik kon haar niet uitleggen dat ik het wel begreep, dat ik in feite de enige was die het ooit zou begrijpen, maar ik zei niets. Ik zag haar borst zo roze als de zonsonder-

gang worden. Ik wist dat dit geen liefde was, niet bepaald, en bovendien ben ik geen casanova; ik zou een vrouw er nooit van kunnen
overtuigen dat het leven te kort is om weg te lopen van een maan-
verlicht balkon.

'Morgenochtend,' zei ik.

Ze raakte zachtjes mijn gezicht aan en zei niets. Ze boog zich
voorover, haakte haar vinger in de stoffen lus van haar sleep en liep
van me weg de eetkamer in, waar ze half struikelend tussen de stoelen en tafels door liep, omdat ze natuurlijk wat whisky achterover
had geslagen om haar zenuwen die avond in bedwang te houden.
Mijn lieve Alice, ze had charmant en levendig willen zijn. Voor mij,
begrijpt u.

Ik dronk de wijn op en trakteerde mezelf in de herenbar op een
stuk of vier borrels. Ik herinner me dat ik naar mijn kamer terug
wankelde en de honden op het gazon hoorde blaffen en een paard
van een melkboer op zijn vroege rondes droevig hoorde hinniken.
Ik herinner me dat ik de wereld rusteloos en triest vond en daarna
kan ik me helemaal niet meer herinneren dat ik wakker was.

Sammy, dit zijn saaie feiten, maar ik geef ze omdat ze mijn enige
excuus vormen. Het feit dat ik ver van huis was, de stevige basis van
het Del Monte, de dikke soep van mijn dromen – mijn enige excuus
voor wat er vervolgens gebeurde.

Ik werd wakker door een hagel van splinters – omdat de deur van
mijn hotelkamer uit zijn slot werd geslagen.

'Meneer Dollar?'

Ik kan bijna overal slapen – in een trein, in een auto en misschien
ook wel in een vliegtuig, hoewel ik daar nog nooit in heb gezeten –
maar ik kan niet overal wakker worden. Ik doe mijn ogen open,
weet niet zeker waar ik ben en word heel even bang. Ik ben eraan gewend om in een vreemd lichaam wakker te worden, maar ik word
doodsbang van vreemde kamers. Je herinnert je vast wel, Sammy,
dat ik tijdens de eerste week dat ik hier was iedere ochtend mijn
hoofd tegen jouw bed stootte en dan als een meisje begon te gillen;
je wist natuurlijk niet dat ik mezelf duizend kilometer ver weg

waande, een eeuw terug, in het South Park van vroeger, waar Maggies worstjes op het fornuis stonden te bakken, en dan ontdekte dat ik in een miniatuurbed lag op de vlakke prairie van het Midden-Westen.

Die ochtend in het Del Monte duurde het dus bijna een minuut voordat ik ten eerste besefte dat ik in een hotelkamer lag en op de een of andere manier in een cocon van dekens op de vloer terecht was gekomen, en ten tweede dat Bitsy in het stralende ochtendlicht naast me stond.

'Meneer Dollar?'

Naast haar stond een loopjongen en ik ontdekte later dat hij, en niet het potige dienstmeisje van de familie Levy, de deur had opengebroken. Zoals ik al zei was ik doodsbang. Er kwam even iets teders op het harde gezicht van die vrouw en ik zweer u dat ze bijna een hand uitstak om me te troosten, maar haar hand ging weer terug naar haar omvangrijke middel en ze schreeuwde: 'Hij leeft!'

'Wat is er aan de hand?'

Ze nam me keurend op. 'Alles in orde? Het lijkt wel of u uit bed bent gegooid.'

'Nou ja, ik schijn wel eens te slaapwandelen...'

'Waarom gaf u geen antwoord?'

'Waarop?'

Bitsy hield haar hoofd scheef als een kaketoe. 'Ik roep u al een hele tijd.'

'Wat is er aan de hand?'

Ze grinnikte wat en stootte de loopjongen aan. 'Hij wil weten wat er aan de hand is. Hm.'

'Bitsy, zou je mij mijn kamerjas kunnen aangeven?'

Ze negeerde mijn opdracht en wendde zich tot de loopjongen die mijn kamerjas voor me ophield. 'Heb je die krant? Geef die aan hem. Ik ben beneden aan het pakken, meneer Dollar. Als het lukt gaan we naar vrienden in Pasadena en we komen niet meer terug.'

Terwijl zij wegging, trok ik mijn kamerjas aan. Beneden in de hal klonk een kreet en de loopjongen overhandigde me snel de krant. Het was een vroege editie van de *San Jose Evening News*, met weinig tekst en vol spelfouten.

167

Gebouwen van Stanford University zwaar beschadigd en veel doden.

Santa Cruz zwaar getroffen, veel doden; alle belangrijke gebouwen vernietigd.

Er zijn om 8 uur geen treinen uit het noorden of uit het zuiden aangekomen.

Aangezien de telegraafdraden kapot zijn konden de berichten niet worden gecontroleerd.

Het gerucht gaat dat er vanuit San Fancisco een man per auto is aangekomen die meldt dat de ramp daar erger is dan in San Jose.

Laatste nieuws – Het gerucht gaat dat in San Francisco duizenden mensen zijn omgekomen.

'Wat is er gebeurd?' fluisterde ik. 'Wat is er gebeurd?'

Het antwoord kwam: een nonchalant trillen van de aarde. Het gaf het gevoel alsof een dienstmeisje een bed opmaakt en een ruk aan het laken geeft totdat het recht ligt, een trillen dat vanaf de andere kant van de kamer op me af leek te komen zodat ik plat voorover viel. Ik proefde stof. Het was misschien de vierde naschok die ochtend, maar de eerste die ik had gevoeld. Een aardbeving natuurlijk.

Het komt misschien dapper of harteloos op u over, maar het kwam helemaal niet bij me op dat moeder en Mina misschien wel dood waren. Dat kwam denk ik voort uit het kinderlijke idee dat familie te blijvend is om dood te gaan, of dat God, die wist dat ik een grootmoeder en een vader had verloren, niet zo gemeen zou zijn om alles wat mooi was uit mijn leven te verwijderen. Dat hoopte ik tenminste, terwijl ik daar lag en mijn hart gonsde en druppelde als een door elkaar geschudde bijenkorf, en ik merkte later dat veel mensen zo dachten. In de weken die volgden, toen het vuur helemaal was uitgewoed, zag je nog steeds trieste briefjes met bijvoorbeeld: 'Vermist: mevrouw Bessie O. Steele, 33 jaar oud, donker haar, slank, logeerde in hotel Rex' – en dan begrepen we allemaal dat er een dom maar wel mooi gevoel van hoop uit sprak. We konden de briefjes niet weghalen. Gelukkig kreeg ik twee dagen later bericht van Hughie en vernam ik dat ze allemaal nog leefden. Zijn briefje werd officieel bezorgd door een medewerker van de U.S. Post Office, en u zult het niet geloven als ik u vertel dat het kwam in de vorm van een afneembare overhemdboord! Later hoorde ik dat hij in een park in Chinatown had gezeten zonder dat hij papier bij de hand had en dat hij gewoon een boodschap op zijn kraag had geschreven en die aan een passerende postbode had overhandigd. In de dagen na de brand werden honderden van dergelijke artikelen vanuit San Francisco opgestuurd – kragen, stukjes papier, lege enveloppen, kaarten en stukjes metaal – allemaal om hun dierbaren te laten weten dat ze ongedeerd waren. De post bezorgde al die dingen zonder dat er een postzegel op hoefde. Op de ene kant van de kraag had hij mijn naam en het Del Monte geschreven en op de andere kant las ik in dat bekende, vreselijke handschrift:

Alles in orde, je moeder ook, al is je huis weg. Daar ben je dus mooi vanaf! Kom met me naar het vuur kijken! Dan gaan we eten en drinken en feestvieren, want morgen moeten we misschien wel naar Oakland verhuizen!

Veel liefs, Hughie.

Ik stel me graag voor dat een klein deel van de ramp zich voltrokken heeft terwijl ik daar zo lag te luisteren naar het gemompel van mensen in de hal en het gekletter van gebroken porselein. Dat zou dan in het stadhuis zijn geweest, dat tijdens de aardbeving zijn muren had verloren en door een brand vroeg in de ochtend nu kamer voor kamer begon te smeulen. Ik stel me graag voor dat het archief in brand is gevlogen terwijl ik me van de grond omhoog hees, dat de letter *T* is opgevlamd terwijl ik me versuft aankleedde en dat de geboortecertificaten van Max Tivoli in hun doos zijn gaan smeulen.

Zo voelde ik het tenminste. Het einde van Max; dag oude vriend, het is nu alleen Asgar. Ik stond op en mijn lichaam leek even licht als de ballon van dokter Martin, terwijl het als een traan tussen het puin door wegzweefde.

Beneden zaten mensen in de zachte fauteuils en op de banken in de lobby, verward als opgejaagde dieren te wachten tot iemand, ondanks het gebroken porselein en de gesprongen waterleiding, koffie zou zetten.

Het was bijna amusant om te zien. Mensen die door de beving van 5.13 uur wakker waren geworden hadden zich in het donker aangekleed, en dus droegen de elegante gasten van het Del Monte voornamelijk wat we later 'aardbevingskleren' noemden. Had ik maar foto's genomen om hen te chanteren! Rijke erfgenamen, op zoek naar een man, zaten daar verdwaasd in een avondjurk, met een jasje van een rijkostuum aan en een mannenhoed op, en met hun saaie, onopgemaakte gezicht versierd met hun beste juwelen die rond hun hals en aan hun oren hingen. Senatoren en miljonairs zaten met elkaar te fluisteren met een geklede hoed op, een smokingjasje en een pantalon aan, en op pantoffels. De weduwe van een financier zat in zwarte uitgaanskleding met nog een laag Le Paris-nachtcrème op haar gezicht. Allemaal keken ze verbaasd en bezorgd; misschien beseften ze dat hun fortuin in bankkluizen lag die weliswaar brandvrij waren, maar door het vuur zo oververhit waren geraakt dat ze wekenlang niet zouden kunnen worden geopend uit angst dat het geld in brand zou vliegen. Ik staarde naar mensen die weldra geen huis en geen geld meer zouden hebben. Het lijkt een uitstekende grap dat ze zich niet hadden gekleed voor het Del Monte maar voor een vaudevilleversie van hun leven.

Allerlei geruchten deden de ronde: een dikke heer in een fluwelen pak zei dat er een soort lijkeneter door San Francisco waarde die de vingers van dode vrouwen afbeet om hun ringen te stelen en dat zich bij de Munt een menigte had verzameld die op het punt stond om voordat er brand uitbrak het gebouw te bestormen en voor miljoenen aan ruw goud te stelen. Eén vrouw, die een keffende hond onder haar gewatteerde ochtendjas verborgen hield, vertelde me dat er beroepsmilitairen waren ingezet die tussen de ruïnes van de stad door liepen en iedereen die ze voor een plunderaar aanzagen neerschoten. Kinderen die betrapt werden op stelen zouden een pak rammel krijgen en een bordje om hun nek met 'dief' erop.

'Kunt u zich dat voorstellen?' fluisterde ze en dat kon ik uiteraard niet. Ik bedacht weer dat we nu wel heel verward en zielig en gek waren. Executies, belachelijk gewoon! Later zou natuurlijk blijken dat ze gelijk had.

'Aha, ik zie dat uw vrienden erin geslaagd zijn een auto te bemachtigen,' zei ze glimlachend tegen me.

'Hoezo?'

Ze maakte een gebaar naar het raam. Er stond een eenvoudige auto met stationair draaiende motor op de oprijlaan.

'Ze zullen wel niet naar de stad gaan,' voegde ze eraan toe.

Ik zei niets terwijl ik toekeek. Een bruidstaart aan bagage die in de kofferbak werd gestopt, een geluidloos dichtslaan van de klep, een chauffeur die zijn handen afveegde. De slinger werd in de verzilverde bek van de auto gestopt. Ik kon nauwelijks naar binnen kijken: een beeldschone hoed, een zachte vilten hoed met veren. Ik dacht niet meer aan Hughie of aan de aardbeving of aan wie dan ook, ik dacht alleen nog maar aan mezelf. Meneer Dollar. Want in mijn paniek, in mijn domheid, had ik niet geluisterd naar de laatste woorden van Bitsy. Pasadena. Ik keek hoe de auto zacht kuchend begon te trillen en vervolgens langzaam en wiebelig over de oprijlaan wegreed.

De gedachte dat ik Alice zou kwijtraken was vreselijk kleinzielig, maar het was te veel voor mijn monsterlijke hart. Anderen om me heen babbelden en lachten en maakten plannen om een auto te regelen en naar het zuiden te rijden, nadat ze alle belachelijke spullen van hun belachelijke leven hadden ingeladen, maar ik was wel de allergrootste dwaas, want ik wilde helemaal geen geld of levens redden; ik wilde alleen voorkomen dat Alice weer zou ontsnappen. Ik wilde haar gevangen houden binnen de mossige muren van mijn mossige leven. Begrijpt u? Ze zat niet ergens in het hotel te denken aan Asgar die haar had gekust. Ze was op weg naar Pasadena. Ze ging bij me weg, zoals ze al eerder had gedaan, en ik wist niet beter of onze stad was tot de grond toe afgebrand en we zouden allemaal over het hele werelddeel of nog verder verspreid zijn en het zou jaren duren voordat ik haar weer vond. Een ramp had ons weer bijeengebracht en een ramp zou ons nu weer scheiden. Ik was een gulzige kobold die zijn maagd niet wilde laten gaan.

Ik stond op en rende de hal door. Ik had geen jaren de tijd om haar te zoeken, begrijpt u. Drie jaar of vijf jaar misschien. Maar geen twintig jaar zoals daarvoor, en zelfs geen tien jaar; het zou te laat zijn. Mijn conditie zou me verraden. Want stel je voor dat Alice en haar moeder naar Pasadena zouden vluchten en daarna naar familie in Kentucky of Utah, en het tien jaar – stel u eens voor! – zou duren om haar te vinden, dan zou het allemaal tevergeefs zijn. Dat dacht ik terwijl ik een musicus met een viool in zijn armen opzij duwde. Alice zou over tien jaar misschien wel een kleurloze vrouw van in de veertig zijn, met een uilenbril op en gezet en onnatuurlijk blond, getrouwd en met twee kinderen aan de hand, en dan zou ik nog steeds van haar houden. Natuurlijk zou ik nog van haar houden! Ik zou bij haar aan de deur komen en met een buiging haar naam fluisteren en wachten tot haar blos over haar borst trok, zoals altijd gebeurde. Dat was het probleem niet. Het probleem was dat als ze die deur opendeed, er geen man van halverwege de veertig met een snor in de deuropening zou staan grijnzen. Er zou een jongen staan. Een jongen van begin twintig met een glimlach op de bronzen zon van zijn gezicht, een jongen die onder zijn witte tennisshirt zijn spieren spande. Het zou te laat zijn. We zouden te veel verschillen. Ik zou haar natuurlijk kunnen verleiden – ik zou haar zelfs bij haar man kunnen weglokken voor een weekend in een hotel, dagen van onbeschrijflijke hartstocht – maar het zou te laat zijn voor liefde. Vrouwen verliezen hun hart niet aan jongens. Ze zou zich laven aan mijn jeugd en op een ochtend zou ze haar beduimelde bril van het nachtkastje pakken en me voorgoed alleen laten in die gehuurde kamer. Ze zou denken: hij komt er wel overheen, hij is nog jong. Maar ik zou er nooit overheen komen. Nee, als ik haar nu kwijtraakte, dacht ik terwijl ik worstelde met de kristallen knop van de voordeur, zouden mijn kansen naarmate ik jonger werd ieder jaar wat afnemen. O, Mary, herinner ik me dat ik in mijn dwaasheid dacht, Mary, je had ongelijk. De tijd is nooit in mijn voordeel geweest.

Mevrouw Ramsey, mijn toekomstige moeder, is bij me in de kamer terwijl het eten opstaat. Ook al ben ik nog zo vleugellam, ik heb toch nog steeds het lef om te blijven schrijven terwijl zij op een paar meter afstand de piano oppoetst. Omdat ze snel geïrriteerd raakt door huishoudelijk werk, tilt ze af en toe de klep op en speelt even een bekende melodie, en dan laat ze een vrolijke lach horen en kijkt even naar mij. O, mevrouw Ramsey. Ik heb je zo veel te vertellen, maar nu natuurlijk nog niet. Pas als het bijna met me is gebeurd.

Het is vreselijk om zo te blijven zwijgen. Je weet niet hoe weinig het had gescheeld of je had het allemaal al gehoord, mevrouw Ramsey, want wel meer dan twintig keer per dag kan ik de stilte bijna niet bewaren. Als ik bijvoorbeeld tot diep in de nacht lig te lezen en die stem door de half gesloten deur klinkt, die me zangerig vertelt dat ik meteen moet gaan slapen. Als ik ziek ben en je geeft me van die helderoranje alcoholische dranken uit je geheime kastje terwijl je me bezorgd en doordringend aankijkt. Als we 's avonds laat tegen elkaar op lopen en ik bang ben dat je me eindelijk doorziet, maar jij alleen fluistert dat je ook niet kon slapen en wel blij bent met gezelschap. Als je je vreselijke vleesstoofpotten laat aanbranden en aankondigt dat we nu dus weer 'ontbijten' en wij jongens luid beginnen te klappen. Als je brult van moederlijke woede. Als ik je erop betrap dat je in je eentje danst bij de grammofoon. Als ik kijk naar je verrukte radiogezicht, waarop de rimpels zijn vervaagd en de zorgen zijn verdwenen, net zoals het al die jaren geleden was. Als ik op iedere brief die naam zie, mevrouw Ramsey, die naam die een derde man je gaf om je in te verbergen, mevrouw Ramsey, mevrouw Alice Ramsey.

Je kunt je niet verbergen. Ik zal je altijd herkennen, Alice. Ik zal altijd je schuilplaatsen weten te vinden, lieveling. Weet je niet dat parfum je verraadt?

173

III

Ik word geroepen voor het eten.

Als ik het goed ruik, Alice Ramsey, heb je weer Italiaans gekookt en wacht me de macaronitaart die mijn vroegere vrouw altijd maakte. De geur van boter en room, de schaal als een meisjeshoofd met goudblonde krullen – een droomwereld van herinneringen. Ik hoor Sammy de trap al af rennen; ik weet zeker dat hij zijn handen niet heeft gewassen. Alice, ik hoor je met hem praten. Aha: het geluid van Sammy die weer terugsjokt. Je bent een uitstekende ouder voor onze zoon.

Dus ik heb maar heel even. Nog niet zo lang geleden heb je je hoofd om de hoek van de kamer gestoken om te zien waar ik mee bezig was, en omdat je dacht dat het een of ander werkstuk voor school was, liet je die schorre lach van je horen. Ik ben blij dat ik je amuseer, Alice. Weet je dat je geadopteerde zoon dolgelukkig is, zo hier verscholen bij jou en Sammy? Weet je dat niets mooier is om te zien en geen maan voller is dan jouw gezicht dat zich vanuit de gang naar binnen buigt? De huid is wat zacht en vaal geworden, met fijne roze lijntjes op je ene wang, en het haar is nu geverfd, maar het is hetzelfde vrolijke gezicht dat ik heb gekend, dat lacht om deze idiote schooljongen die aandachtig op zijn tong bijt. Als ik 's nachts droom, is het van dat gezicht. Van jou, Alice, die oud geworden bent in deze eenvoudige bungalow. Maar in mijn dromen word je door het licht van een gaslamp beschenen.

En waarom heb je het nooit over die aardbeving, wat er toen met jou is gebeurd? Ik heb het je laatst onder het eten gevraagd, en Sammy's hoofd schoot nieuwsgierig van het vlees omhoog, maar je pakte je bord en schudde je hoofd. Dat hoorde ik niet te vragen, zei je.

'Maar was u er niet bij? Hebt u het niet gevoeld?' Ik probeerde zo veel mogelijk als een jongen te klinken.

Je stond daar met het bord schuin zodat het opeens een flits van het elektrische licht opving. 'Jawel.'

'Wat hebt u gedaan?'

'We waren niet in de stad. We zaten in een hotel.'

'Bent u weggegaan? Waar bent u naartoe gegaan?'

Alice, je knikte gewoon, glimlachte en tikte me op mijn hoofd. 'Och hemel, laat dat nu maar aan de geschiedenisboeken over,' zei je tegen me. 'Laten we nu maar even afruimen voordat de radio begint.'

Ik denk dat ik je geheim ken, mevrouw Ramsey. Je kunt helemaal niets over de brand en helemaal niets over het Del Monte vertellen, want net als de blauwe draden die in papiergeld zijn verweven om valsemunters tegen te houden, is er iets dat zo integraal is dat het niet kan worden verwijderd zonder dat het verdacht is. Hij is onderdeel van ieder verhaal over de aardbeving dat je kent, maar je moet hem er natuurlijk uit laten. Je moet zeker weten dat niemand je spoor kan volgen naar dit leuke stadje waar je je samen met je zoon schuilhoudt; je moet geen geur afscheiden waardoor hij je kan opsporen. Ik ben het, nietwaar, Alice? Ik ben je geheim; ik ben je blauwe draad. Wat spijt het me dat ik je verhalen zo volledig heb verpest, als een put waar je geen water meer uit kunt halen. Vooral omdat het zo dom en zo zinloos is om je nog te verstoppen.

Zaten er nog sterren in je haar, op die middag zo lang geleden? Toen ik naar de koetspoort rende omdat ik wanhopig probeerde je nog te treffen? Toen ik naar de auto riep die snorrend en klepperend over de oprijlaan reed, al te ver weg was om hem nog te kunnen bereiken en te onverstoorbaar door de uitgesleten karrensporen van het Del Monte reed? Tot mijn eigen verbazing gaf ik een snikje, een klein wanhopig zielig snikje, en ik zakte tegen een pilaar, terwijl ik keek hoe die glanzende groene auto mij achterliet en in een stofwolk snel door de schaduwstrepen van de cipressen naar Pasadena reed.

Alice ontglipte me weer. Mijn hart was eindelijk als een benige schedel helemaal kaalgevreten. Ik draaide me om naar de heldere lichte hemel met al zijn wolken, zijn pelgrimvogels, zijn sprinkhanen die kwamen, en wendde mijn blik af, keek weer naar het hotel, en daar stond jij. O, Alice. Je stond daar de hele tijd al. Grijnzend onder je kap tegen het stof, met je lippenstift die zelfs in het donker van die ochtend volmaakt was opgebracht, stond je te wachten. Niet op koffie of op bagage of op moeder. Op mij.

'Eindelijk alleen,' zei je.

Zo gewoontjes, alsof je niet van me hield. En toen die onsterfelijke lach, deugniet die je bent. Zaten er geen sterren in je haar?

Ik word nu door twee stemmen geroepen voor het eten: de voorzichtige Alice en de roekeloze, ongeduldige Sammy. Macaronitaart, een genoegen voor een oude man die in zijn jeugd herinneringen ophaalt. Ik heb maar heel even om dit op te schrijven: Alice in de schaduw van de poort, met de wilgen achter haar, lachend, stofbril aan haar vingers hangend. Ze stond gewoon te wachten in de droge, stoffige lucht. De schok van het zien van dat lieve, dat onschatbare gezicht, van de enige persoon die me niet dood wenste; ze had haar moeder naar een veilige plek gestuurd. Ze was voor mij gebleven. Op dat moment werd haar huis door soldaten opgeblazen, ging haar kleine fortuin teniet in de kluis waarin het lag. Ze wist het niet toen ze me een flakkerende glimlach schonk en haar hand uitstak. Haar vrienden trokken allemaal uit de stad weg, om nooit meer terug te keren; haar moeder had al een ziekte die haar jarenlang aan haar doodsbed zou kluisteren. Ze wist het niet. Alice, die onzin in mijn oor fluisterde.

Lezer, ze is met me getrouwd. Natuurlijk is ze met me getrouwd; ik was het enige wat ze nog had.

We trouwden in mei 1908 en ik was helemaal in extase. Stel u voor hoe ik eruitzag op die mooie dag twee jaar na de aardbeving: een zwart pak met een lange jas die onderaan wat uitliep, hoge hoed, zakhorloge (niet te zien) dat de minuten aftelde tot het moment waarop ik mijn Alice zou krijgen, een zachte glimlach op mijn ge zicht, wangen die wat rood waren door een verkoudheid die al bijna over was, maar ook, vermoed ik, door het angstige plezier van iemand die op het punt staat om een roofoverval te plegen. Boven mijn hoofd: de zon die als een glanzende diepzeevis door de mist bewoog. Achter me: de ruïnes van ons stadhuis, die nog niet waren weggehaald en waarvan alleen nog de kronkelende trap van de toren overeind stond als de zwarte ruggengraat van een draak. Mijn verloofde stond te fluisteren met de getuige – de weduwe Levy, geheel in lila en veren gehuld – en ik stond me op te vreten en verwrong mijn zakdoek tot een vochtige bal. Stel u voor hoe mijn gelukkige hart op mijn revers zat gespeld: een bloederige boutonnière.

En Alice, o stel u voor hoe zij eruitzag. Een schijnbaar eenvoudige groene tuniek die, wanneer ze een grote stap deed, de schokkende Turkse broek die ze eronder droeg liet zien. Iets wits in haar boeket (wij verliefde mannen zijn geen botanici) en op haar hoofd – mijn gekke, grappige Alice – een driehoekige hoed met allemaal kantjes. Ik kan op de een of andere manier geen beeld van haar gezicht uit mijn geheugen opdiepen; het beeld is vlekkerig geworden doordat het te vaak is opgepakt. Maar ik stel me een slimme glimlach voor die een beetje scheef trekt en teder wordt.

En stel u voor hoe mijn stad eruitzag, waar de feestelijke vlaggen nog steeds van de nieuwe daken en kerktorens van San Francisco wapperden – want pas een maand eerder was de tweede verjaardag van onze zogenaamde vernietiging gevierd. Een opgroeiende, ongeduldige stad, die we zo snel mogelijk hadden herbouwd, precies als daarvoor, en waarbij we precies dezelfde impulsieve, schitterende fouten hadden gemaakt als een jongeman die graag wil bewijzen dat hij nog leeft. We waren niet alleen door puin omgeven. Afgezien van de trap van het stadhuis zag de wereld om ons heen er ongeveer net zo uit als vroeger, maar nu met nieuwe verf, moderne elektriciteit en garages voor auto's. Wij waren niet het oude San Francisco van de gaslampen met gouden randjes en de fluwelen muren. Wij wilden graag modern zijn zoals jongemannen dat altijd willen zijn.

Toen de rechter dichterbij kwam hoorde ik mijn bruid fluisteren: 'Wat een geluk, Asgar, wat een geluk dat ik jou heb gevonden…' De rest werd overstemd door het zwarte suizen van bloed in mijn oren.

Ik denk dat Alice in zekere zin geluk had dat ze haar Asgar had. Ik weet zeker dat haar moeder, die naast ons stond te glimlachen, dat ook vond: hij was betrouwbaar en vriendelijk; hij was knap, met een vreemde Scandinavische schoonheid; hij was een steun en toeverlaat voor hen geweest bij al hun problemen; en – wat nog het belangrijkst was voor mevrouw Levy – meneer Dollar had een inkomen. Dat was geen kleinigheid. Het lot had me namelijk één laatste troef in handen gespeeld: door de aardbeving waren de weduwen hun vermogen kwijtgeraakt.

Slechts zes grote verzekeringsmaatschappijen hielden zich volledig aan hun polissen. De Levy's hadden hun huis verzekerd bij een kleine Duitse firma die bij het nieuws van de aardbeving snel alle handel met Amerika had stopgezet en geen cent uitbetaalde. Dat hoorde je veel. Er was zelfs een Duits bedrijf dat aanplakbiljetten in New York ophing waarop trots vermeld stond dat ze hun cliënten volledig hadden uitbetaald, terwijl de arme inwoners van San Francisco in feite genoegen moesten nemen met vijfentwintig procent korting op hun verlies, alsof een ramp inhield dat er bulkprijzen golden. Ik denk niet dat Alice het huis miste – dat was toch de smaak van de oudere Levy – of het land dat ze moest verkopen, maar voor vrouwen ligt het anders. Ze zijn nooit zo vrij als mijn Alice voor de aardbeving was. Denk u eens in: een rijke weduwe die werkte voor een goed doel dat ze zelf had gekozen. Het was moeilijk voor haar om te accepteren dat ze nu afhankelijk moest zijn van een man. Dat ze net als iedere andere arme en mooie vrouw moest trouwen.

Maar het geweldige hiervan, iets dat mijn ergste nachten verwarmt, is dat Alice, die het voor het kiezen had, *mij* koos om mee te trouwen.

'We gaan beginnen,' zei de rechter terwijl hij met wapperende *Mikado*-mouwen op ons af kwam lopen. Hij klopte op zijn zakken alsof hij zijn bril zocht. Tot mijn afgrijzen liep hij naar de weduwe Levy toe. 'Bent u de bruid?'

'Nee!' riep ik, misschien te hard.

Onze getuige lachte en haar dochter ook. 'Och hemel, nee. Nee, ik ben de moeder van de bruid.'

'Ik ben de bruid,' zei Alice, nu heel serieus, terwijl ze mijn hand pakte.

'Juist. Wilt u voor mij komen staan. Geacht bruidspaar...'

Heimelijk was ik blij dat Alice een eenvoudige bruiloft wilde zonder gasten. Tenslotte kon er ook niemand komen. Zij had geen familie behalve ver weg in Seattle (en van die familie had ze trouwens schoon genoeg) en ik had haar verteld dat ik niemand had. Ze was heel nieuwsgierig naar mij en ik had uiteindelijk een verhaal moeten verzinnen over een vader die in de handel zat en was verdwenen en een moeder die in opera's zong en die tijdens een avontuurlijke reis terug uit het Oosten op zee vermist was geraakt.

Wat anders dan de dood kon mijn moeder van mijn bruiloft weghouden? Het onmogelijke deed zich voor – een bruid voor de gebochelde – en als ze gekund had zou ze alles hebben opgezegd en haar leven verder hebben doorgebracht met het borduren van servetten en tafellakens en lakens voor ons bed, zou ze gekomen zijn om Alice te adviseren over haar jurk en hoed (moeder zou nooit die lentegroene kleur hebben toegestaan) en over alle fijne kneepjes van het huwelijksleven waar mijn lieve weduwe natuurlijk alles al van wist. Maar ze kwam niet. Gewoon omdat ik het haar nooit heb verteld.

De grootste wreedheden voltrekken zich langzaam. Het was eerst makkelijk om moeder en Mina uit mijn nieuwe leven te houden: tenslotte woonden ze nu in Oakland, een oceaan hiervandaan. Moeder beweerde dat ze last van haar rug had gekregen door het verslepen van haar zilver tijdens de brand, en ze besloot om nooit meer naar San Francisco te reizen. Ze zei dat ze haar huis in de heuvels prettig vond en goed kon leven van het geld dat ze van de verzekering voor ons verbrande en begraven South Park had gekregen. Natuurlijk was er meer aan de hand. Ze had van haar vroegere woonplaats gehouden. Ze was er geboren, had de goudzoekers uit de heuvels zien komen, de Italianen op North Beach hun druiven tot chianti zien persen en de dienstmeisjes zingend tapijten zien kloppen; ze had de stad mooi zien worden en ze had hem ten onder zien gaan. Dus kun je het haar kwalijk nemen dat ze na getuige te zijn geweest van het sterven niet het nieuwe prachtige leven wilde zien dat ervoor in de plaats was gekomen?

Tegen de tijd dat ik met Alice trouwde, wilde Mina mij niet meer zien. We hadden haar in 1900 verteld wie oom Bibi eigenlijk was. Ze was toen twaalf en had me niet-begrijpend aangestaard terwijl ze met haar strikken speelde. 'Gaat hij dood?' vroeg ze, waarop moeder antwoordde: 'Nou ja, net zoals wij allemaal,' en toen keek mijn lieve zusje me met een gespannen blik in haar zwarte ogen aan en zei: 'We kunnen dat niemand vertellen, vertel het niet, alsjeblieft Bibi, vertel het niet.' Ik wist wat ze bedoelde. Ze liet me het in de loop der jaren talloze malen zweren. Mina bedoelde dat dit soort mismaaktheid de familie en vooral haar in diskrediet zou brengen. Ze huilde om haar oude Bibi. Maar het monster moest verborgen blijven.

Maar wat er gebeurde was niet haar schuld. Mina, die fluisterde tegen verliefde aanbidders, die de gewaagde polka danste op bals in de stad, viel niets te verwijten. En moeder ook niet, die in haar huis aan de andere kant van de baai bleef en tegen haar geesten sprak. Het was gewoon mijn eigen schuld. Want ik hield niet alleen mijn huwelijk voor hen geheim. Na een paar jaar hield ik op met brieven en bezoeken te beantwoorden. Ik zocht uitvluchten om niet bij hen te hoeven zijn op vakanties of op verjaardagen; ik bracht mijn bezoeken terug tot korte lunches of wandelingen en uiteindelijk tot helemaal niets. Ik hield mijn leven voor hen verborgen omdat ik niet wilde dat ze mijn geheim zouden verraden, dat ze de liefde die ik met zo veel moeite had gewonnen zouden vernietigen. Ik ben de eerste niet. Net als mijn vader voor mij, verdween ik gewoon in de sneeuw.

En dus was ik helemaal alleen op mijn trouwdag. Ik kwam met alleen mijn hoed, mijn pak en mijn hart vol zoetheid. Verweesd en zonder vrienden gaf haar Asgar zich volledig toen hij die ring aan haar vinger schoof en die woordjes fluisterde.

'Nou, ik ook,' zei Alice. Onze getuige huilde.

De rechter verklaarde ons man en vrouw. Vogels die in de spiralen van de verwoeste trap sliepen, vlogen boven ons hoofd de lucht in. Alice' hand was koud als februari.

'Asgar, waarom huil je?'

'Nee, nee.'

'O, je bent zo'n rare. Kus me.'

Ik was een rare. Ik kuste haar. Want er was niemand meer in mijn leven behalve jij, lieve Alice. Ik had hen allemaal weggestuurd.

Wat laten we in de steek om onze hartenwens te vervullen? Wat worden we?

Wat de huwelijksnacht betreft, nu ja, wellustige lezer. Mijn zoon leest dit misschien en hij zal blozen, dus ik moet een scherm van pauwenveren om de bladzijde heen zetten. Daarachter mag u zich voorstellen wat u wilt: mist die op een lichaam parelt, een herinnering met de geur van floxen, het gebed van een tiener dat wordt verhoord wanneer hij twee keer zo oud is, het fluisteren van een geliefde naam, een valse naam, een vlucht zwaluwen, enzovoort.

Veel later, toen we ouder waren en samen per auto reisden, vroeg Hughie me waarom ik hem eigenlijk nooit voor de bruiloft had uitgenodigd.

'Ben je helemaal gek?' zei ik. 'Je zou het volledig hebben verknald.'

'Max, ik zou in vermomming zijn gekomen. Met een valse baard en een cape. Met een parasol. Toe nou zeg, ik zou me achter een boom hebben verstopt.'

'Er stonden geen bomen meer.'

'Achter een dikke vrouw dan. Ik zou als getuige over je hebben gewaakt.'

'Belachelijk.'

'Waarom heb je het me niet verteld?'

'We waren toen toch helemaal niet zulke dikke vrienden? Er was van alles wat we elkaar niet vertelden.'

'Dat is zo.'

En hij reed verder langs een aquamarijnkleurig meer dat overschaduwd werd door één enkele wolk, terwijl de lucht door het open raam zijn fluitende geluid maakte. Ik wees naar drie jongens

die luidruchtig als kraaien van een pier af sprongen; hij glimlachte.
Ah, beste Hughie.

Maar terug naar het huwelijksleven.

De wereld is keihard, maar Alice bracht verlichting. Op de een of andere manier creëerde zij met onze bescheiden middelen een rijk en verrukkelijk leven. In die dure tijd na de aardbeving maakte ze feestmaaltijden van rijst met aromatische kruiden, troggelde ze rijke vrienden kaartjes voor de opera af en maakte ze van oude jurken voor ons nieuwe beddenspreien, en dat alles zo moeiteloos – alsof het heel normaal was om oud kaarsvet om te smelten tot veelkleurige kaarsen. Wist u dat je porselein dat bij een aardbeving is gebroken kunt gebruiken om je keukenmuren mee te betegelen? Mijn vrouw deed dat in elk geval. Ze nam een buurjongen in dienst en liet mijn haveloze keuken opknappen met gebroken kostbaar porselein dat sommige vrienden wegdeden. Ze liet zelfs een gebroken theekopje inmetselen tussen al het mooie Limoges – stel u dat voor, een theekopje dat uit de muur steekt, compleet met oortje – en daarin bewaarde ze altijd de verse bloemen die ik haar gaf.

Wat mijn vrouw en ik als ontbijt aten: Wheetabix zo uit het pak. Wat we samen lachend leerden in de beslotenheid van onze salon maar nooit uitvoerden: de polka. Waar ze 's avonds naar rook wanneer ze glimlachend de salon in stapte waar ik wachtte: Rediviva.

Vertel me eens: Wat is de juiste wijn bij extase? Wat is de juiste vork?

Vervloek me maar als je wilt, Alice, maar zeg niet dat ik een vrek was. Ik gaf je eigenlijk wat ik maar kon – jurken die ik je had zien bewonderen, die veel te duur voor ons waren, en die ik dan kocht en in de kast hing zodat jij ze zou vinden; en natuurlijk de boeken die je nooit zou hebben gekocht, die helemaal uit New York werden verzonden zodat je niet het huis uit hoefde om ernaar te zoeken – dat alles gaf ik je en nog veel meer. Ik stopte zelfs een paar dollar in je schoenen die je kon besteden aan wat je maar wilde. Bovenal wilde ik jou gelukkig maken, die moeizaam verkregen plotselinge vreugde zien als je een leren boek uit een onverwacht pakje haalde. Mijn enige luxe was het kopen van die glimlach, die snelle lach. Misdadi-gers in griezelromans houden hun meisjes gevangen in riolen, of hoog in verre kastelen, terwijl ze hun bloed drinken als een opwek-kend middel. Jaloerse echtgenoten zijn anders, maar we weten wel dat het niet voldoende is als ze van ons houden. We moeten een le-ven scheppen waaruit ze niet weg kunnen gaan. Een leven dat te goed is om weg te gaan. O Alice, ik heb het gedaan om je te laten blij-ven.

En was dat niet wat Sammy me in mijn slaap hoorde roepen? Wanneer de bliksem 's zomers de keel van de hemel openrijt en Bus-ter onder de lakens ligt te bibberen? *O blijf, Alice, blijf alsjeblieft, blijf alsjeblieft, o blijf, blijf.*

U denkt waarschijnlijk dat de oude Max vast wel snel genoeg van haar kreeg, nadat ik als een walvisvaarder haar naam in mijn botten had gekerfd zodat zelfs mijn huid vage sporen van die vijf letters vertoonde, nadat ik in gedachten de hele wereld was overgevaren op zoek naar haar, en haar had gevonden, veroverd en in mijn armen had genomen. We zijn tenslotte allemaal rusteloze beesten en zelfs het paradijs wordt een te gewone gevangenis. Ik ergerde me er af en toe wel aan dat ze in de huishouding niet zo geweldig was. Schoenen kwamen soms onder banken terecht. De badkamer, die nog na-galmde van haar zingen in het bad, was altijd zo nat als een moeras. En haar grillen waren ondoordacht; een onschuldige grap als het dragen van de kroonluchterkristallen als oorbellen was leuk, maar op de een of andere manier kwamen ze nooit meer in het juiste huis terecht en uiteindelijk moest ik de boel altijd weer regelen. Ik herin-ner me ook dat het heel vermoeiend was als Alice gegrepen werd door een idee – bijvoorbeeld dat we moesten gaan picknicken in de bergen – en daar zo hardnekkig aan vasthield dat wanneer deze plannen om de een of andere reden niet doorgingen, door regen of hoge kosten of wat dan ook, het uren duurde voordat ze over haar kinderlijke teleurstelling heen was. Maar dat hinderde allemaal niet. Of ieder geval niet langer dan een minuut, of twee minuten, en dan vergaf ik haar. Met kussen die ze achteloos accepteerde. Met vingers die onder haar geurende haar waren uitgespreid en het landschap van haar schedel aanraakten als iets dat onder de zeespiegel lag. Met woorden in haar oor die haar deden fluisteren: 'Je bent gek.' Steeds weer vergaf ik haar. Natuurlijk kreeg ik nooit genoeg van haar. Ik hield namelijk van haar, begrijpt u.

U vraagt zich af: merkte ze het? Dat merkwaardige van mijn lichaam, voelde ze dat 's ochtends vroeg? Wanneer ze toeliet dat ik haar telkens weer kuste, jaar in jaar uit, met lippen die steeds gladder werden? Het haar dat een klein beetje lichter werd, de rimpels rond mijn ogen die vervaagden? Merkte ze dat mijn broek moest worden ingenomen zodat hij rond mijn smaller wordende taille paste terwijl zij geen brood meer at om de weelderige omvang van haar dijen te beteugelen (zonder te beseffen dat ik ieder kuiltje prachtig vond)? Merkte ze tegen ons zesde jaar, toen zij veertig was, dat de man die om een kus vroeg voordat ze wegging – de man die niet genoeg van haar leek te krijgen – de wanhopigheid van een jongen van zevenentwintig vertoonde?

Ik deed mijn best om het te verbergen. Zoals ik ooit moeizaam mijn leeftijd had verhuld met zorgvuldige verfbeurten bij de kapper, bedacht ik nu andere trucjes om de vloek tegen te gaan. Ik kocht bijvoorbeeld een bril met ouderwetse ovale glazen zonder sterkte, waardoor ik er enigszins middelbaar uit ging zien. Ik had geen belangstelling meer voor mode zoals vroeger, toen niets me paste, en kleedde me bij voorkeur zoals oude mannen zich kleden, in kleren met een saaie of ouderwetse snit, alsof ik wat buiten het leven stond. Ik liet zelfs mijn kapper, die ik vertrouwde, wat grijs bij mijn slapen aanbrengen – maar toen ik in de spiegel keek, was het alleen maar nog blonder geworden en zag ik een prachtige, door de zon gebleekte jongen voor me van wie Alice nooit zou kunnen houden. We maakten de kleur een paar tinten donkerder, tot het net het saaie stoffige bruin van boeken was. De tijd hield me iedere dag van mijn leven voor de gek en verfraaide mijn lichaam met een nieuwe magere, lange spieren, een roos op iedere wang, en iedere dag deed ik mijn best om het bewijs te verbranden. Een hart dat me verraadde klopte onder de vloerplanken van mijn huid, het hart van de man die ik had begraven. Ik probeerde te vergeten – want liefde leert ons te vergeten – dat ik haar op een ochtend naar me zou zien staren, naar mij, een jonge vreemdeling, wanneer de betovering eindelijk zou zijn verbroken.

Maar ik had geluk. Ze zag alleen de veranderingen van haar eigen lichaam en ik hoorde vaak een zacht gezucht uit de slaapkamer komen. Ze maakte grapjes over haar rimpels en haar kin, haar nieuwe grijze haren (die bij de kapper verdwenen), de blauwe plekken die te lang bleven zitten, de pijn in haar rug, in haar voeten. Ze praatte er luchtig over, alsof het haar niets kon schelen, en ik vertelde haar telkens weer dat ze heel mooi was. Ik wilde haar namelijk oud zien, begrijpt u. Misschien kwam dat voort uit mijn mismaaktheid, maar ik vond het een opwindend idee dat haar lichaam veranderde in de loop van de tijd, dat haar borsten zwaar gingen hangen en haar nek allemaal rimpels kreeg. In onze laatste jaren, toen ze de rimpels rond haar mond niet meer kon verbergen, begeerde ik haar meer dan ooit. Niet het meisje dat ik als verbijsterde jongen van veertien had ontmoet, maar iedere variatie van dat meisje. Wat een wellust om mijn Alice breed en daarna weer mager, zwak en grijs te zien worden, terwijl ze haar gezicht rimpelde van het lachen. Daarvoor had ik me opgeofferd: om haar te zien rijpen tot ze in mijn armen stierf.

Op een koele ochtend, net nadat we de dromerige liefdesdaad hadden verricht – iets dat ik me als jongen zo vaak had voorgesteld en dat me in die eerste jaren gretig en dagelijks werd geschonken – keerde mijn nieuwe vrouw zich naar mij toe en zei: 'Ik heb niet genoeg aan je, Asgar. Ik moet nog een man hebben.' Ze trok blij de dekens om zich heen en keek me toen weer met een ondeugende glimlach aan: 'Waarom kijk je zo? Heb je je pijn gedaan? Een zoon, lieve man. Ik vind dat we een zoon moeten hebben.'

Jou, Sammy, ze had jou nodig. Alice praatte die ochtend zo vrolijk over je, zo vol hoopvolle plannen, bijna alsof je een schat was die lang geleden in haar leven was verborgen en kijk, nu was ze teruggekomen om jou te zoeken. Ze kende je van haver tot gort – je slimme lach, je kwajongensstreken op school, je lodderige gezicht 's ochtends vroeg, de sprakeloze vervoering waarmee je een boek van Jules Verne leest, dat je op je hoofd kunt staan en door je neus kunt fluiten en verder de rivier op kunt zwemmen dan al je vrienden – en hoe weten moeders zulke dingen? Worden hun dromen cel voor cel in je gebouwd voordat je wordt geboren? Of hebben ze op de een of andere raadselachtige manier een aanwijzing hoe je bent, een piratenkaart die opgevouwen in hun hoofd zit?

In dat eerste jaar van ons huwelijk praatte ze vrolijk over je, altijd wanneer we net klaar waren met onze echtelijke omarming en ik me versuft en gelukkig achterover op de lakens liet zakken. Het was nog zo pril en zuiver, het onmogelijke dat mijn kleine Alice, van wie ik al hield sinds ze met suiker gesteven krullen had en prinsessenhoedjes droeg, mij zo hartstochtelijk kuste en me krabde alsof ze me wel in stukken kon scheuren. Als een druïde verbrandde ze me iedere ochtend tot as. Ons huis was altijd in mist gehuld, maar in mijn gedachten is het raam een en al zonlicht en valt er een lange diamant van licht over ons lichaam. Terwijl ik daar stilletjes lag te genieten draaide je moeder mijn haar om haar vinger en vertelde ze me dat je nu heel gauw zou komen, dat ze voelde hoe je gevormd werd in het parelmoer van haar schoot.

Het tweede jaar werd het een voortdurende bezigheid: de gedachte aan jou, de suggestie van jou, tussen ons in daar in het bed. 'Wees niet zo verlegen, Asgar,' fluisterde ze steeds, terwijl ze met donkere kattenogen naar me toe kroop. 'Doe precies wat ik je zeg.' Dat deed ik trouw; ik heb nooit een betere lerares gehad. Maar die flonkerende, onmogelijke ochtenden van het eerste jaar waren verdwenen; nu hadden we werk te doen, als een bemanning die op zoek is naar een nog niet in kaart gebracht eiland, en ze wapperde soms mijn kietelende vingers en mijn fluisterende kussen weg omdat ze alleen gericht was op de noodzakelijke onderdelen van de liefde.

Het derde jaar was een spookverhaal. Ze legde soms haar boek neer en staarde dan naar een hoek, alsof ze je daar nauwelijks zichtbaar door de hal kon zien lopen. Ze sliep niet goed, stond 's nachts op en ging dan naar de keuken, en ik zweer dat ik daar dan het vage geluid van zingen hoorde. Alice probeerde zichzelf met haar fotografie op te beuren en ging overdag langdurig op stap. Ze kwam dan terug met beelden van het herbouwen van onze stad, van het nieuwe Chinatown met zijn bredere straten om de ratten weg te houden, zijn pagoden en zijn rijen kinderen die elkaars vlecht vasthielden. Jongens in het park, moeders die er in een wolk witte ruches op een bankje zaten. Ze ontwikkelde de foto's in onze badkamer en verscheurde er een heleboel. Zocht ze naar een beeld van jou? En als ik thuis kwam, trof ik haar soms aan in een satijnen jurk en met imitatiediamanten; mijn Alice die zich verkleedde om zichzelf op te vrolijken, net zoals ze vroeger in South Park had gedaan. Dan zat ze betoverend en lachend bij het raam en zei: 'Ik voel me geweldig, liefste!' Maar de moed zonk me in de schoenen. Wat voor verlangen ging daarachter verborgen? Wat voor geheim? Ik lachte dan en schonk iets te drinken in, in de hoop dat het morgen anders zou zijn. Want we hebben een hekel aan wat je maar half ziet.

Onze verstrengeling in de slaapkamer vond minder vaak plaats maar werd weer intenser: het werd een seance om de enige geest op te roepen die niet wilde komen. 'Ik geloof dat ik nu iets voelde,' fluisterde ze zorgelijk, 'Of nee, misschien toch niet,' en dan lag ze daar weer zwijgend, met de lakens tot haar kin opgetrokken en haar neus rood van de kou. Ik werd stil en wanhopig. Zoals iedere minnaar was ik er namelijk nooit zeker van dat ze helemaal van mij was. Ik wist dat ze zo kon verdwijnen. Maar met een zoon, mijn zoon, zou ze als ze op de een of andere manier (God verhoede het!) ooit niet meer van mij hield, toch altijd van jou blijven houden en dat zou voldoende zijn. Jij had mijn leven kunnen redden. En toch – ik geef toe dat ik ook een beetje bezorgd was. Want wat voor wezen zou er uit mijn duivelse lendenen ontspruiten? Half mens, half Gorgo, met slangachtig haar en reptielenogen? Of onsterfelijk zoals in de mythologie?

Maar je bent mooi, Sammy, echt. Ik zit hier te schrijven aan het bureautje dat we delen en jij ligt uitgestrekt als een dode soldaat op je bed te slapen met je mond wijd open van verwondering over je dromen, en de zon schijnt op je rechteroor zodat het koraalrood opgloeit. Eén wang is rauw van het wrijven over het laken. Je linkerhand hangt in een vreemde hoek, zacht en wanhopig, en je oogleden kloppen van het opgewonden bewegen van je slapende ogen. Mijn zoon, je bent mooi, ook al ben je te laat gekomen.

Een korte onderbreking; excuses voor het stof. Ik heb dit op zolder neergekrabbeld. Eindelijk heb ik het deurtje naar de zolder ontdekt – van sprookjeslandformaat – en het is inderdaad een dromerig koninkrijk van kapotte stoelen en dode insecten en ingepakte herinneringen. Ik moet mijn verhaal even onderbreken om over het uitzicht vanuit dit vlekkerige raam te schrijven; het is geweldig. Ik zie jou, Alice, ver in de diepte.

In het geel gehuld sta je gebukt tussen de rijen, met je rok in twee knopen op je kuiten zoals de Romeinse vrouwen dat vroeger hadden, en je armen enigszins verbrand door de zon en de zomerlucht terwijl je heel gedecideerd plukt en snoeit. Je beweegt je even zeker als iemand die kaarten uitdeelt, je weet ofwel precies wat onkruid is en wat niet, of je voelt op deze ene plek misschien geen enkele spijt. Je zingt niet en praat niet en kijkt niet gespannen of bezorgd. Je behandelt iedere dahlia voorzichtig, alsof het de mooiste, de enige bloem ter wereld is, maar zodra je verder gaat ben je hem vergeten. Aha, er vliegt de hele tijd een bij met je mee.

Het is hier warm, Alice. Het ligt hier vol rommel van een moeder en buit voor een minnaar. Ik ben opgetogen en moe van het bekijken van al Sammy's kunstuitingen vanaf zijn allereerste gekrabbel – voornamelijk rotstekeningen die eruitzien als spinachtige hoofden die op dunne staken zijn gespietst – tot en met een recente weergave van ons gezinnetje waarop zijn handen, jouw kapsel en mijn kin worden benadrukt. Ik denk dat ik de tekeningen van raceauto's die hij voor me heeft gemaakt het mooist vindt, en de neergekrabbelde uitvindingen waarmee hij fortuin hoopt te maken. Dat zijn de dingen die een vader zorgvuldig bewaart – geheimen die zijn zoon met hem alleen heeft gedeeld.

Maar het is niet wat ik zoek. Zoals ieder belangrijk museum heb je je grootste, meest controversiële schatten voorgoed opgeborgen, maar hier staan ze dan, als skeletten uit een catacombe allemaal op een rij: je foto's. Alles wat je gemaakt hebt in de jaren die je zonder mij hebt doorgebracht, de jaren voordat ik je voor deze laatste keer heb teruggevonden. Ja, hier is het: een zelfportret van jou terwijl je in een vijver drijft. Ik vind het prachtig; ik ben enthousiast over de hartstocht die het uitstraalt; het geeft een verborgen wereld aan vol stormachtige wolken, vloedgolven, afgevallen bloemblaadjes en gebroken glas. Wat zien onze minnaars wanneer ze hun ogen sluiten? Wat zien ze in hun dagdromen? Alleen zij die van een kunstenaar houden zullen dat weten, al doet het ons pijn te ontdekken dat ze ons nooit zien.

Ik moet je wel in de gaten houden, Alice Ramsey, als ik je spullen wil doorzoeken. Maar nu ik eenmaal begonnen ben met je te bespieden kan ik bijna niet meer ophouden. Ik kan niet in deze stoffige ruimte naar iets uit het verleden zitten zoeken, want jij bent hier! Wat ik zo lang heb gezocht bevindt zich beneden in de tuin. Je knielt en je kuiten liggen tussen de harige gebalde vuisten van de klaprozen, en je hebt iets van een blauwe plek waar ik je laatst bij een spel heb aangetikt; ik heb mijn merkteken aangebracht. Die benen, die uit de rok te voorschijn komen. En ik zie een klein meisje voor me dat precies zo in het donkere gras naar een speld ligt te zoeken, met haar broek precies zo hoog opgestroopt over haar dijen. De bij vliegt boven je en duikt naar je haar, maar je merkt het niet. Je leunt achterover en veegt het zweet met de zijkant van je elleboog van je gezicht, een boers gebaar. De bij, de zon, de lucht om je heen. Zo mooi in de tuin. Oude mannen en kleine jongens zullen altijd van je houden, Alice Ramsey. Pas maar op.

Het was in december 1912 en ik was al meer dan vier jaar gelukkig getrouwd met Alice toen ons leven een lichte verandering onderging. Haar moeder, de weduwe Levy, die sinds ons huwelijk in Pasadena woonde, werd ziek. De artsen zijn nooit achter de ware oorzaak gekomen, maar ik herinner me dat ze een overvloed aan telegrammen begon te sturen die wekelijks bij ons werden bezorgd, totdat Alice me op een avond terzijde nam en zei dat het echt heel ernstig was.

'Hoe ernstig, lieveling?'

'Nou ja, ik zal moeten gaan helpen.'

Ik dacht daar even over na. Als ik een pijp had gehad zou ik die hebben gerookt. Ik stond daar in een dik vest, als een echtgenoot uit een catalogus van een postorderbedrijf, bedacht dat het leven van een roos kort is en zei: goed dan, haar moeder kon bij ons komen wonen.

'Oef, dat wil je niet,' zei ze en voegde eraan toe: 'Bovendien kan mama niet reizen. Ik moet bij haar gaan logeren.'

Met andere woorden, een operatie was noodzakelijk; Alice moest uit mijn leven worden verwijderd – ik had liever gehad dat er een long was weggesneden! Mijn vrouw liep de kamer uit om haar koffer voor de helft met oude jurken en voor de andere helft met nieuwe boeken en haar fototoestellen te vullen. Ze zou drie weken wegblijven, dan één week terugkomen, dan weer drie weken daarnaartoe gaan, enzovoorts, tot haar moeder beter werd. Alice kwam weer de kamer in en zag mijn gezicht, en er kwam even een verdrietige blik in haar ogen; ze kwam naar me toe, legde haar warme handen op mijn oren en kuste me tussen mijn wenkbrauwen. 'Och, liefje, het is maar voor een paar maanden.' Ik leefde op; was haar moeder zo dicht bij haar einde? 'Nee, Asgar,' zei ze tegen me, terwijl ze aandachtig naar mijn ogen keek. 'Nee, een paar maanden tot ze weer beter is.'

Ze had het mis; die vrouw werd niet beter. En het duurde vijf jaar.

Aan haar afwezigheid ging ik kapot. Net als Demeter veranderde ik mijn wereld in een winter zonder haar. Kleren stapelden zich op, wijnglazen stonden als een roodgevlekt leger op de keukentafel en iedere nacht sliep ik met mijn armen om een kussen van de bank. Soms huilde ik echt, als ik glimlachend en met stijve ledematen wakker werd en goedemorgen fluisterde tegen mijn geliefde, en dan ontdekte dat ik alleen maar vulling en mist in mijn armen hield.

We praatten in brieven, wat romantisch was. Ik vertelde haar over alle dwaze gebeurtenissen in onze huiskamer, waar ik het laatst het geritsel van onze huismuis had gehoord, welk scharnier of wel-

ke lade ik had gerepareerd en of er iets veranderd was aan het uitzicht. Ik las over de pijn en het verdriet van haar moeder, haar
schoonheid die verloren was gegaan, haar egoïsme dat eindelijk alle
ruimte kreeg. Ik las dat Alice lid was geworden van een fotoclub en
in de leer was bij de studio van een plaatselijke kunstenaar. Ze stuurde me zelfs een mooie foto van haarzelf te midden van sinaasappel-
bomen, waarop ze plagerig liefhebbend naar de camera lachte (dat
wil zeggen naar haar echtgenoot, aangezien de foto speciaal voor
mij was gemaakt), en op die foto stond in zilveren letters het em-
bleem van de studio, vr. Ik zette de foto naast mijn bed en als ik aan
mijn vrouw dacht die ver weg was, ging die foto de plaats van mijn
eigen herinnering innemen.

Ik werd zo jaloers als Blauwbaard. Wanneer ik haar op het station
van Oakland kwam afhalen met een bos bloemen of een of ander
versiersel voor haar haar – iets dat een glimlach opleverde en daarna, ongedragen, een plekje in haar Chinese doos kreeg – zag ik haar
altijd met een man praten, vaak een onopvallende man met een
snor, door wie ze zich uit de trein liet helpen, tot ze mijn blik opving
en hem snel gedag zei. Hij verdween van het toneel, achter de cou-
lissen, de stoom en de dozen. Haar glimlach kwam als een flitslicht
te voorschijn.

'Hoe heette hij?' vroeg ik zodra ze mijn geschenk had bewonderd.

'Wie? Wat? O, Asgar.'

'Ik wil niet dat je met andere mannen praat behalve op je fotoclub.'

'Asgar, ik ben doodmoe. Moeder heeft me haar romannetjes laten
voorlezen, het is niet te geloven hoe saai die dingen zijn en hoe uitvoerig alles wordt beschreven. Alle liefdesuitingen die je maar kunt
bedenken vind je erin terug. Je zou het niet verwachten, maar mijn
moeder is nogal verzot op seks…'

'Zijn naam.'

'Hij heet Cyril en hij verkoopt hout en ik ben dol op hem. Och,
gedraag je nou niet zo. Ik zou je nooit in de steek laten voor een Cyril. Neem me nou maar ergens mee naartoe waar je me kunt kussen,'

zei ze dan, en ik zette haar snel in de auto terwijl ik me de hele tijd afvroeg of ik mijn handen warmde aan het vuur dat door een ander was ontstoken. Door Cyril of door Frank of door Bob; o, de beelden die 's avonds in het chemische bad in mijn hoofd te voorschijn kwamen!

Maar dat vervaagde allemaal. Wanneer ze bij mij was, die ene week per maand, kreeg mijn leven de felle kleuren van een ingekleurde foto en zelfs het slordige huishouden van Alice, de sokken en schoenen die onder banken terechtkwamen, de open enveloppen die ze overal liet slingeren, werden me uiteindelijk dierbaar – ze waren het teken van mijn blijvende geluk. Mijn levenslange hoop was in vervulling gegaan en ik gaf het dienstmeisje opdracht om zelfs als de vrouw des huizes weg was, een paar sokken of een haarborstel vol glanzend bruin haar te laten slingeren, gewoon om mezelf te bewijzen dat ik niet droomde.

Ongeveer twee jaar nadat haar moeder ziek was geworden kwam er weer een verandering in ons lot. Toen Alice weer eens een week in San Francisco was, zat ze op een keer te lezen in onze kleine salon toen ik thuis kwam uit mijn werk. Ik maakte een geluid en Alice keek me vrolijk aan.

'Wat is er, lieveling?'

Er gleed even een ondeugende trek over haar gezicht. Ze zei niets en pakte een kaartje uit de porseleinen kom: Gerald Lassiter, Fairmont Hotel. Een hoekje ervan was omgevouwen en daar stond het woord *Affaires*. Een of andere zakenman.

'O, wat is dat?'

'Raad eens.'

'Hoe moet ik in godsnaam…?'

'Goed,' zei ze, 'ik zal je drie aanwijzingen geven. Hoge hoed. Oliejas. Gekwelde blik. Meer zeg ik niet.'

'Mijn onechte zoon.'

Haar ogen werden groot van plezier. 'Zou dat niet leuk zijn? Nee, een oude man. Heel vreemd en kribbig. Liep met twee wandelstokken met een ivoren knop.'

'Ik neem aan dat het geen collega is? Niet zoiets saais?'

'Nee, nee, niet zoiets saais. Kom, raad eens, Asgar!'

'Ik geef het op. William Howard Taft.'

Ze zuchtte. 'Je bent vreselijk. Hij wou me niets vertellen. Hij vroeg alleen naar de heer des huizes. Hij zei dat het jou en nog iemand betrof.'

'Mevrouw Taft.'

Haar blik werd weer levendig en ze leunde voorover op haar stoel. 'Asgar, het is vast je vader!'

De volgende ochtend ging ik meteen naar het Fairmont Hotel en slaagde erin toegang te verkrijgen, hoewel het geen gelegenheid was voor een arme kantoorbediende, zelfs niet in wat voor mijn beste pak doorging. Ik liet de conciërge naar de heer Gerald Lassiter bellen en wachtte een hele tijd op een bank met houtsnijwerk naast een overdaad aan tulpen.

De conciërge kwam terug. Zijn knopen fonkelden in het licht van de lobby. Hij maakte een wuivend gebaar en achter hem kwam een man te voorschijn in een overjas, met een nette grijze baard, een troebel en blind linkeroog en een neus die pokdalig was van de vlekken. Alice had met haar levendige fantasie de wandelstokken verdubbeld; er was er maar één, met een bewerkte ivoren knop. Ik stond op. De wandelstok werd aan de conciërge overhandigd en de man staarde me aan en ademde huiverend in.

'Vader?' waagde ik te zeggen.

'Wat?' vroeg hij.

Doof, doof en kreupel, dacht ik. 'Ik weet niet wat ik moet zeggen.'

'Zeggen?'

Harder: 'U bent, u bent...'

'Meneer Tivoli, ik ben jurist,' zei hij hees. 'Ik ben hier als executeur en ik zou al veel eerder zijn gekomen als u niet zo verdomde moeilijk te vinden was geweest. Ik ben ervan uitgegaan dat u niet wilde dat uw vrouw uw ware identiteit te weten kwam. Asgar Van Daler nota bene. U bent een dwaas en uw vader is dood.'

Het was heel simpel: de voetstappen van mijn vader door de sneeuw waren recht op de haven afgegaan, zoals we altijd al hadden geweten, en niet omdat hij stilletjes naar zee was gesmokkeld. Hij had gewoon zijn leven achter zich gelaten en was nooit meer teruggekeerd.

Een maand nadat hij uit San Francisco was verdwenen was hij in Alaska aangekomen en daar had hij met het geld dat hij had kunnen meenemen een kleine winkel gekocht en was hij zaken gaan doen in de verst mogelijke uithoek van Amerika. Wie weet wat voor genoegens hij had gezocht, daar in de eenzame kou, waar de zon slechts een grijze ster was? Vast een soort huiverende vreugde. Misschien had de plotselinge sneeuw hem een visioen gegeven, een herinnering aan zijn lang verloren thuisland in het noorden. De winkel groeide uit tot twee en daarna drie winkels, en toen begon mijn vader te investeren in onroerend goed en mijnbouw, wat hem nog meer winst opleverde – in koper, niet in goud – en zo ging het maar door met een saaie en steeds grotere toename van welvaart en aanzien.

'Hij is wel weer getrouwd,' deelde de executeur me mee. 'Met een halfindiaanse vrouw die Sarah Howard heette, maar zij schonk hem geen kinderen en ze had geen familie. Ze is fiscaal gezien volslagen onbelangrijk. Ik geloof dat ze tegen het eind van de vorige eeuw tijdens een griepepidemie is overleden.' Meer viel er niet te vermelden over Sarah Howard. Ik stel me haar natuurlijk voor in leren kleding en met een muts op, terwijl ze een houtkachel opstookt en maïsmeelkoekjes bakt voor mijn vader die wat zit te schrijven. Alleen waren ze natuurlijk rijk: een dienstmeisje om de kachel op te stoken, om iets te drinken te serveren. De indiaanse Sarah zat natuurlijk in de salon te naaien. Geen leren kleding, geen muts. Gekleed in een zijden jurk en met een queue de Paris, die al jaren uit de mode was, en met haar zwarte eskimohaar dat glansde in de nooit ondergaande zon. Arme, overleden Sarah. Fiscaal gezien volslagen onbelangrijk, maar hij had wel van haar gehouden.

Tien jaar had hij zonder haar geleefd, terwijl zijn mijnen langzamerhand minder opbrachten en zijn conservenfabriek goed liep. De huizen werden een voor een gerepareerd en verhuurd, het bedrijf ging over in gewilliger handen. Hij werd grijs en levensmoe en ging dood. Er is geen sterfbedscène, er waren geen laatste woorden. Hoe kon het ook anders? Mijn vader was al zonder een woord te zeggen weggegaan.

'Een bevredigend leven, zoals uit uw erfenis blijkt.'

Was dat het leven dat hij had gewild? Een koud en gelukkig leven ver weg? Hij had zijn huis en zijn kleren achtergelaten, hij had ons achtergelaten in onze beroemde stad? Het leek onmogelijk. Het lawaaiige, mooie San Francisco kwam op mij over als de favoriete dochter van een koopman, waar iedere man dol op is, prachtig, welriekend en vrolijk, en toch zal er altijd een man zijn die haar charmes te schril vindt. Een man die de voorkeur geeft aan iemand die fluistert, met een moedervlek, een donker voorhoofd en een kille glimlach. Er is altijd mijn vader die helemaal het verkeerde leven kiest.

Waarom gaan ze bij ons weg? Waarom?

Twaalf kopermijnen op verschillende locaties in Alaska en Montana, drie zaagmolens, twee stoomschepen, een visfabriek, een conservenfabriek, een dozijn schoenen maat 44 (ook mijn maat, pa, tot mijn voeten begonnen te krimpen), twee dozijn zijden dassen en sjaaltjes in een Turkse bazaar van tinten, een toverlantaarn met plaatjes van China, India en diverse schoonheden in het bad, een verzameling belachelijk boerenaardewerk, manchetknopen van gitten en lavasteen, een vrouwenhand uit kienhout gesneden, een verrassende en vernuftige verzameling elektrische voorwerpen om mee te mengen, malen, boren, verlichten, projecteren, betoveren en genezen (die geen van alle werkten), een gouden zakhorloge dat ik me niet kon herinneren, met daarin gegraveerd 'voor mijn geliefde Asgar', een zilveren ring die ik me wel kon herinneren (en die plotsklaps de herinnering bovenbracht aan de afdruk die achterbleef wanneer hij hem afdeed, een dubbele, roze gekleurde moet), diverse verhuurde panden en een cheque voor de boedel, niet voor de spaargelden (want die waren allemaal goed belegd) maar voor de opbrengsten uit de verkoop van vier huizen in Fairbanks en één in Anchorage, meubilair, schilderijen en andere voorwerpen die niet voldoende gevoelswaarde voor vader hadden om ze voor mij te bestemmen, waaronder blijkbaar ook een gietijzeren fontein met de beeltenis van een jongetje onder een paraplu.

En dat is alles wat ik ooit van mijn vader heb gekregen.

Die avond vertelde ik het tegen Alice en haar gezicht begon te stralen.

'Wat bedoel je?'

We waren rijk, zei ik, niet overdreven rijk zoals bankiers of spoorwegmensen die ze had gekend, maar toch aangenaam en plezierig rijk zoals zij vroeger was geweest en zoals ik als kind was geweest; de cirkel was voor ons weer rond. Ik zei dat ik ons leven heerlijk vond, de chaotische keuken met het theekopje vol rozen, de wonderen die ze tot stand kon brengen met haar bescheiden boodschappenlijstje, het kant dat ze per meter kocht om oude jurken mee op te sieren, ons simpele en volmaakte leven in deze simpele en volmaakte kamer. Ik zei dat we moesten uitkijken dat we niet een leven dat we prettig vonden gingen veranderen. En toch. 'En toch zal ik je alles geven, Alice. Alles wat je hartje maar begeert.'

Ik droomde ervan dat we met een van die nieuwe cruiseschepen een wereldreis zouden maken. Geen aardbeving zou ons kunnen verstoren; geen oorlog zou ons kunnen bereiken. Ik zou mijn droom kunnen laten uitkomen; ik zou een gouden eiland kunnen kopen. Is er niet een volk, op een of andere afgelegen plek, aan wie dit in de hemel beloofd is? De golven zelf zouden haar hypnotiseren, haar in slaap sussen, haar slapende houden zodat ik naar haar kon kijken, misschien wel voor altijd naar haar kon staren terwijl ze droomde, mijn door de golven gedragen Alice, onder een patrijspoort vol zon.

Dat vertelde ik haar (of een verkorte versie ervan) en ze luisterde terwijl ze tegen de schoorsteenmantel leunde, en haar goedkope oorbellen tinkelden zachtjes wanneer ze haar hoofd bewoog.

'Nee, nee. Dat wil ik niet.'

'Wat wil je dan? Vertel het me, Alice.'

Ze hield de gedachte als een gevangen vogel in haar mond. Haar ogen zochten het behang af alsof daar iets geschreven stond, een of andere boodschap van haar toekomstige ik. Toen ze eindelijk sprak, kwam er een stroom van woorden: 'Ik wil mijn eigen bedrijf, een fotostudio, en ook ruimte voor mijn eigen werk, ja, ja, o, ik wil...'

Je wilde vrijheid. Daar verlangen we altijd naar en ik had het kunnen weten. Achteraf ben ik verbaasd, mevrouw Ramsey, dat je niet allang bij me weg was, dat ik niet kort na ons huwelijk thuiskwam op onze kamers en ze leeg aantrof, of helemaal vol, maar zonder jou en je lievelingsjurk – die rode. Waarom ben je zo lang gebleven?

'We zullen wel zien, Alice.'

Een lach, een fontein van vreugde. 'O, wat een buitenkans, Asgar! Wat een buitenkans!'

'We zullen wel zien.'

Ze begon te dansen en zag toen mijn beeld in de spiegel en knipoogde naar me. 'Asgar, ik vind dat we het moeten vieren,' zei ze met haar tijdloze glimlach. 'Kus me hier en nu in mijn nek. Ja.' Met de geur van die vrouw die zich zo gewillig aan me gaf begonnen mijn jeugdige delen te gloeien. Ik hoorde haar fluisteren. 'Asgar, trek me die vervloekte jurk uit.'

O, dat deed ik, met warme en dankbare handen. Ik trok de vleugels van de vlinder af. En ze kreeg haar winkel.

'Je moet je haarkleur bijwerken, Max,' mompelde Hughie vanachter zijn nieuwe snor met omgekrulde punten.

'Wat?'

'Je ziet eruit als een krantenjongen. Je zou mijn zoon kunnen zijn.'

'Mijn ergste nachtmerrie, Hughie.'

We zaten in Hughies club, die me had uitgenodigd om lid te worden vanwege mijn nieuw verworven rijkdom. Dus ik zat weer bijna elke avond naast Hughie in een leren stoel met noppen een krant te lezen die nog warm was van het strijkijzer van de butler. Nu Alice zo vaak wegging, was ik blij met die avonden met Hughie.

'Ik vind je rijk leuker, Max.'

'Gek die je bent, je zei vroeger altijd dat je me arm leuker vond.'

'O ja?'

'Ja.'

Hij dacht daarover na. 'Nou ja, dat komt omdat ik arm was. Maar het minste wat je kunt doen is een fatsoenlijk kapsel aanschaffen.'

'Geef me mijn glas eens aan.'

'Geniet je er wel van? Van al die plotselinge rijkdom bedoel ik? En van Alice? Je lijkt me de gelukkigste man ter wereld.'

Dat was ik ook. Na jaren in dat benauwde appartement hadden Alice en ik nu een imposant huis in Green Street met een kil uitzicht op Alcatraz, een moderne garage voor onze Oldsmobile en alle nieuwe onzinnige dingen die mensen hebben wanneer ze weer rijk worden, de snuisterijen en luxe die we zo hadden gemist – de kleren, het eten en de wonderbaarlijke gewoonten – en die dan lang niet meer zo plezierig zijn. Met dit nieuwe huis moest ik natuurlijk ook nieuwe bergplaatsen vinden voor het bewijsmateriaal voor mijn geheim: een paar brieven en de ketting met hanger die mijn grootmoeder voor me had laten maken. Het was altijd vrij gemakkelijk geweest om die onder mijn schoenen te stoppen, maar nu was ik bang dat geen enkele bergplaats goed genoeg zou zijn; personeel kijkt altijd overal. Uiteindelijk deed ik de ketting en de brieven in een afgesloten doos in mijn ladekast en zei tegen het dienstmeisje dat ze die kast niet mocht afstoffen.

Ik maakte me geen zorgen om Alice, ook al was ze nieuwsgierig; mijn vrouw was er bijna nooit. Als ze me kwam bezoeken, overlaadde ik haar zo veel mogelijk met geschenken en dat vond ze heerlijk, geloof ik. Ze lachte bij het zien van de belachelijke juwelen die ik in kleine fluwelen doosjes voor haar meebracht, gilde bij het zien van de nieuwe auto toen ik die voor het eerst voor het huis reed, maar ze droeg de juwelen nooit en reed nooit in de auto. Ook al had ze nog zoveel geld, ze droeg eigenlijk nog steeds dezelfde excentrieke, goedkope kleren – en soms van die broeken eronder, als ze dat kon maken – en ze concentreerde zich alleen op haar zakelijke plannen, op die studio van haar, die ik had beloofd voor haar te zullen kopen. Ik wou dolgraag in de tijd terugreizen en die belofte van mijn lippen weggrissen. Maar hoe had ik het kunnen weten? De enige aanwijzing die ik kreeg kwam te laat: op de ochtend dat ze uit de trein stapte, me vluchtig kuste en als een goochelaar die een zakdoek te voorschijn tovert, een vel papier uit haar jas haalde: het contract dat ze net had getekend. Ze was zo gelukkig; die avond smolt ze bijna weg in mijn armen. De fotozaak waarvan ze had gedroomd. Een kleine studio op een plek die erg in opkomst was. Natuurlijk in Pasadena.

'Ze moet in de buurt van haar moeder zijn,' legde ik Hughie uit toen hij zijn wenkbrauwen optrok. 'Ze hebben een nauwere band dan ik dacht. Net als van die vijgenbomen en cipressen die in oosterse tuinen in elkaar groeien, het is onverwachts. En haar zakelijke partner woont daar ook. Ze heeft bij hem stage gelopen, hij was vroeger een vrij beroemde kunstenaar en volgens haar, nou ja, volgens haar is zij zijn muze. Hij heeft klanten en ervaring.' Een oude vriend van haar moeder, de oude Victor. Ik stelde me hem graag voor met een lange grijze snor en wenkbrauwen die waren weggeschroeid door het branden van flitspoeder.

'Je neemt het nogal rustig op, Max.'

'Dit wil ze,' zei ik. 'Als je van iemand houdt, wil je toch dat haar dromen uitkomen? Als je haar kunt helpen? En ze moet daar toch zijn. Ik zie haar zo vaak mogelijk. Dat is toch voldoende? Als je echt van iemand houdt.'

'Vast wel,' zei hij zachtjes.

'Dus het gaat goed, Hughie.'

'Ja?'

'O ja.'

Hij staarde me aan met die blauwe ogen die met witblonde wimpers waren omrand. Toen schudde hij zijn hoofd en raakte mijn mouw aan. 'Je moet het haar vertellen, Max,' zei hij. 'Je raakt haar kwijt.'

'Ik wil er niet over praten.'

'Het is belachelijk,' siste hij. Andere mannen keken glimlachend omdat we zo lawaaiig praatten. 'Je verft je haar, en ik heb gehoord dat je nu een wandelstok hebt. Je denkt toch zeker niet dat ze gek is? Zo raak je haar kwijt.'

Ik keek naar hem, naar zijn belachelijke snor die even eenvoudig en gek was als een slechte vermomming. 'Hou je mond, Hughie,' snauwde ik. 'Ik weet niet waarom je advies geeft. Iedereen weet dat je helemaal niet goed bent in de liefde.'

Wat ik bedoelde, denk ik (moeten we uitleggen wat we onder invloed van drank zeggen?) was dat hij niet geschikt was voor het huwelijk. Ik was op een middag naar zijn huis gegaan om een uitnodiging af te geven en het dienstmeisje had Abigail voor me gehaald. Ze had een lange brokaten japon aan en zag eruit alsof ze slaapwandelde. Haar blonde haar was zo dof als stof. Vanaf de bovenverdieping klonk geroep van haar zoon. 'Hij is er niet,' zei ze, en glimlachte even sociaal als vroeger. 'Hij is in ons oude huis, hij logeert daar terwijl hij het een en ander repareert.'

'Welk oude huis?'

Ze vertrok haar gezicht. 'De Pompoen.'

Het eerste dat bij me opkwam – en ook bij haar, neem ik aan – was een maîtresse, die als een elfje in een pompoen woonde. Natuurlijk ging ik er zo gauw mogelijk naartoe, en ik zag daar niets anders dan kamers vol oosterse tapijten en lampen, boekenkasten vol glimmende nieuwe boeken, een nieuwe bediende en Hughie in hemdsmouwen. Heel simpel: een plek waar een man zich terug kon trekken. Hughie legde heel onschuldig uit dat hij thuis niet kon lezen met al dat geschreeuw van zijn vrouw en al haar hoofdpijn en het kind en alle katten die ze hadden verzameld. Ik zag dat hij de muren had bedekt met legerportretten, wat Abigail nooit zou hebben toegestaan, mannen die mij onbekend waren en die glimlachten met geretoucheerde gezichten. Toen bracht zijn bediende een pijp en net als vroeger rookten we hasj tot we giechelend op de grond lagen. Ik weet nog goed dat ik in die toestand bedacht dat de bediende, Teddy, even jong was als ik eruitzag, met glad zwart haar en rode wangen, maar een bijna angstige jeugdigheid had die ik nooit zou kunnen tonen. Teddy stopte zonder een woord te zeggen een kussen onder mijn hoofd en legde een deken over me heen. 'Dankjewel, Teddy,' zei ik.

'Geen dank, meneer,'

Hughie zuchtte en zei me na: 'Dankjewel, Teddy,' en viel onmiddellijk snurkend op zijn bank in slaap. Ik had hem meegemaakt met meisjes, met Alice, op de universiteit en getrouwd, en hij was nog steeds precies hetzelfde. Weer alleen in zijn vrijgezellenwoning, met een bediende en een snor, en ergens een vrouw die een kind naar bed bracht en een liedje zong dat hij niet kon horen. Helemaal niet goed in de liefde; hij wist wel wat ik bedoelde.

Ik moet deze bladzijden even neerleggen. Het huis is helemaal ingericht voor een cocktailparty – een tamelijk illegale bezigheid, lieveling, maar ik zal het niet verklappen – en jij bent op je slaapkamer, Alice, en roept of iemand je jurk kan komen dichtritsen. Ik moet rennen. Ik moet Sammy voor zijn.

Ik wil nog even ingaan op een detail dat ik al even heb vermeld: de uitnodiging die ik bij Hughie thuis had bezorgd. Die was niet gewoon voor een bijeenkomst op onze club, zo'n saaie avond waar rijke mannen naartoe moeten; het was iets onverwachts. Zijn uitnodiging was in die van mij gestopt – ik denk dat de gastvrouw alleen mijn adres nog had – en ik gaf hem af omdat ik graag wilde dat hij meeging. Vanwege de herinnering, vanwege het verleden. Naar een bal dat door niemand minder dan mijn oude dienstmeisje Mary werd gegeven.

Het zal zelfs mijn jongste lezer hoop ik niet verbazen dat voor de aardbeving iedere senator en koopman munten in haar mechanische jukebox had gegooid en een fles champagne had zitten drinken met die vrouw, en menigeen had een kijkgaatje gereserveerd in de geparfumeerde muren van de 'Maagdenkamer'. Madame Dupont had zelfs een mannelijk bordeel geopend met een geheime ingang voor vrouwelijke klanten, die satijnen maskers droegen om niet te worden herkend, en een harem van mannen die zogenaamd als vrijwilliger werkten. Rond 1910 was dat natuurlijk allemaal voorbij. De druk vanuit de kerk, de wetgeving, de val van onze met veel geld omgekochte regering, dat alles bracht Madame Dupont ertoe haar huizen te sluiten. Ze had goede zaken gedaan – cliënten die effectenmakelaar waren, hadden haar geholpen om haar geld goed te beleggen, en je ving makkelijk aandelentips op in haar drukke salons. Maar het was niet het laatste dat we van haar hoorden, want na een paar glaasjes te hebben gedronken had ze me vaak genoeg verteld dat succes hebben nooit haar grootste wens was geweest. 'Ik wil een dame zijn,' had ze gezegd, terwijl ze haar blonde pruik rechttrok.

'Dat verdien ik wel, verdomme. Ik heb even hard voor die mannen gewerkt als de gemiddelde echtgenote. Ik wil met een Vanderbilt aan het diner zitten en hem tegen me horen zeggen: "Madame, het is een genoegen geweest."' Dus dat was de reden dat jaren nadat haar bordeel zijn deuren had gesloten, toen de meesten de ondeugden waar zij voor stond allang hadden afgezworen en de meesten van ons haar allang waren vergeten, iedere man die iets in San Francisco betekende een uitnodiging kreeg:

De heer en mevrouw –
Een Septemberbal
20 maart 1913
20.00 uur
ten huize van Marie Dupont

Je kunt niet voorkomen dat een hoer geld verdient en bijna alles in onze stad was voor geld te koop, dus we kwamen terecht in een elegant wit huis dat tussen de huizen van een spoorwegmagnaat en een Spaanse graaf in stond. Nachtbloeiende jasmijn, jeneverbessen, pilaren die met een Teddy Rooseveltgrijns naar elkaar toe bogen. Mary had waarschijnlijk iedere cent in dit huis gestopt, dat niet was gekozen voor een rustige oude dag maar voor deze ene avond. Het flakkerende licht van gaslampen – geen elektrisch licht – dat ons tegemoetkwam en het lawaai van een orkest dat als een verre waterval uit de open deur kwam; ze had het allemaal gepland of in ieder geval gehoopt toen ze haar miljoen had neergeteld. Ik zie helemaal voor me hoe die ouwe Mary door de lege kamers dwaalde terwijl ze haar handen telkens in elkaar sloeg en zich dit feest voorstelde waarop al haar zonen en vaders en minnaars bijeen zouden komen en haar aandacht zouden opeisen, deze gelegenheid waarbij ze haar mooiste juwelen zou dragen en haar beste grappen zou vertellen, deze avond die net als iedere reünie gemaakt was van herinneringen die beter maar konden worden vergeten.

Er was een Engelsman en in plaats van een negerdienstmeisje om ons binnen te laten, maar daar stond Madame, zoals altijd, bij de trap te lachen. Ik zag bijna niets van haar behalve dat ze abnormaal mager was, dat ze een wat kromme rug had, wat alleen ouderdom kon zijn, en dat ze een dure blonde pruik op had. In de jeugd en op de oude dag lijken de seksen op elkaar, en zij stond als een sergeant met haar handen op haar heupen. Ze zal zeventig zijn geweest.

'Meneer Dempsey! Ik dacht wel dat u zou komen,' zei ze, terwijl ze op Hughie afkwam met een uitgestoken hand die enigszins beefde onder het gewicht van haar ringen. 'En wat ziet u er knap en goed uit!'

'Madame,' zei hij, terwijl hij die ringen kuste. Zo mager, sinds wanneer was ze zo mager?

'Geen mevrouw Dempsey?' vroeg ze, terwijl ze haar portrode lippen samenkneep.

'Nee, het spijt me, we gaan tegenwoordig nooit meer samen uit.'

Ze keek hem strak aan – de strakke blik van de bordeelhoudster van vroeger – maar haar ogen begonnen opeens te glinsteren toen ze naar mij keek. 'Maar u hebt een mooie jongeman gevonden, ik ben onder de indruk.' Een lage opgewonden lach vol plezier van vroeger.

Iets van de jeugd keert terug op de oude dag. Hoewel in een oogopslag duidelijk werd dat niets de schoonheid van haar lichaam kon herstellen, stak mijn oude Mary, in haar rechte zwarte japon en met een lange reigerveer dwars over het voorhoofd, haar hand uit en flirtte alsof ze nog allemaal liefdesaffaires in het vooruitzicht had.

Maar meteen werd de hand met een gerammel van goud teruggetrokken. 'Wel verdomme!' gilde ze, en slaakte vervolgens een kreet van vreugde. 'Mijn God, het is Max!'

'En, was er niet een meisje?' fluisterde ze op luide toon terwijl ik haar naar de balzaal begeleidde. 'Een of ander meisje waar je verliefd op was, arme Max. Heb je haar nog ontmoet sinds je zo jong bent geworden?'

'Ze heette Alice,' vertelde ik haar vriendelijk. 'En Madame, ik ben met haar getrouwd.' Als ze gekund had zou ze denk ik hebben gehuild. Maar net als een gekleurde kalebas zuchtte ze alleen ratelend, want door ouderdom en hardheid was alles in haar opgedroogd.

'En hoe gaat het met Hughie?' vroeg ze. Hughie stond bij de bar om een glas champagne te halen en knikte naar een paar mannen die daar stonden. Hij zag er even ongemakkelijk uit als wij allemaal te midden van onze medehoerenlopers.

'Hij is denk ik wel gelukkig,'

'Nee,' zei ze, 'iemand als hij zal waarschijnlijk nooit gelukkig worden,' en ze keerde zich naar me toe en bekeek me aandachtig met de blik van een slavenhouder. 'Ik moet je iets vertellen, Max. Je bent heel anders geworden dan ik dacht. Toen ik je als kleine jongen kende, bedoel ik.'

'Ja?'

'Ja, toen ik je voor het eerst zag, och hemel, je was zo lelijk als de nacht. Is er iets zieligers te bedenken dan een kind in de huid van een oude man? Ik dacht: God, dit is iets waarvan niemand ooit zal houden. Echt waar. Ik had zo'n medelijden met je, God mag weten waarom, met zo'n klein rijk wezentje. Ik was zo blij toen ik zag dat je veranderd was. En je blijft veranderen. Ik kan je niet zeggen hoe het is om een vrouw te zijn van mijn leeftijd en zo lelijk te zijn. Een enorme hagedis in zijde. En nu zijn we van plaats gewisseld, zie je. Vanavond zal er een man naar me kijken terwijl hij mijn wijn drinkt en op de muziek van mijn orkest danst, en hij zal denken: God, dit is iets waarvan niemand ooit zal houden. Mijn verdiende loon, nietwaar? Maar ik word eindelijk erkend. Ik ben een dame, Max. Dus vertel ze niet dat ik ooit je dienstmeisje ben geweest. Vertel ze niet dat ik ooit iets anders ben geweest dan een dame.'

'Je bent een dame.'

'Je bent knap geworden, Max. Verbaast het je? Probeer niet jonger te worden. Blijf zoals je nu bent en je vrouw zal altijd van je blijven houden.'

Ik zag dat het ouwetje een beetje dronken was. Dus ik vertelde haar gewoon de waarheid. 'Dat kan ik niet.'

Als antwoord legde ze alleen de rug van haar hand tegen mijn wang.

Het duurde slechts een halfuur. Er kwamen steeds meer sigaren rokende mannen de balzaal en de bibliotheek in, die veelzeggend hun wenkbrauwen naar elkaar optrokken. Eén oude man herkende ik als degene die Mary ooit had betaald om haar dienstmeisje te mogen zijn. Het orkest was weer met *Die schöne blaue Donau* begonnen, met de hoopvolle verwachting van orkestleiders dat een paar mensen in de stemming raken en de aanzet geven tot een algemene dansorgie die tot de vroege ochtend duurt. Maar er waren geen paren. Terwijl er steeds meer gasten binnenkwamen, hoorde ik Madame Dupont in de andere kamer zeggen: 'Maar waar is uw vrouw?'

'Het spijt me, Madame, maar ze was vanavond verhinderd.'

'Verhinderd?'

'U hebt een prachtig huis.'

Zo ging het de hele tijd.

'Ik verveel me dood, Max,' kreunde Hughie tegen me. 'Sinds wanneer zijn de feestjes van Madame Dupont zo vervelend? *Die schöne blaue Donau*, Jezus, ik lach me bijna dood. En al die vervelende kerels die ik vast beter zou herkennen met hun broek rond de enkels, die nu allemaal netjes aangekleed champagne in haar bordello zitten te drinken. Het is zo vervelend.'

'Het is leuk voor Madame Dupont.'

'Het is chantage. Ik ben haar niets schuldig. Ik heb betaald voor alles wat ik heb gekregen.'

'Nou ja, ik ben haar wel wat schuldig.'

'Ik ben dronken. Hou mijn glas vast. Ik kom zo terug.'

Hij bleef een hele poos weg en bij het idee dat hij me in de steek had gelaten liep ik in paniek naar buiten om te zien of de auto er nog stond.

Ik was opgelucht toen ik zag dat de auto nog op de oprijlaan geparkeerd stond; in de auto zaten Hughie en de chauffeur zachtjes ruzie te maken. Het was koud buiten en ik wilde opeens naar huis. Ik liep over het natte gras en probeerde te horen waar de ruzie over ging, maar een andere chauffeur begon zijn motor aan te zwengelen en ik zag mijn vriend en zijn bediende Teddy alleen nog geluidloos hun grieven mompelen, de een met een glanzende hoge hoed op en de ander met een Schots geruite pet met een stofbril eroverheen.

Het was net een stomme film die voor me werd afgedraaid; de avondmist haalde zelfs alle kleur weg terwijl ik naar hen keek. Ik vroeg me af hoe ik zo nonchalant had kunnen zijn dat ik het nooit had gezien.

Ik trok me terug achter een agave en sneed bijna mijn hand. Uit de balzaal klonk weer een wals. Hughie vertrok zijn gezicht terwijl hij luisterde naar de schreeuwende jongeman. Hij drukte een vinger tegen zijn slaap en gaf zachtjes antwoord terwijl de jonge man koeltjes naar hem keek. Handschoenen die in een vuist werden verfrommeld. Harde woorden die veranderden in damp in de lucht. U, mijn meer ervaren lezer, weet al tijden wat ik nu pas wilde erkennen. Een brief die werd verbrand en in de open haard werd gegooid. Studievrienden die dierbaar waren en dan opeens werden vergeten. Een vrouw die thuis werd gelaten, een huis met Teddy. De pijn in Hughies ogen – wat voor liefdesverdriet had ik nog meer gemist? Ik was woedend terwijl ik naar deze twee mannen keek. Ik had het nooit gedacht. Maar mensen houden iets niet geheim omdat ze zo slim of zo discreet zijn; de liefde is nooit discreet. Ze houden het geheim omdat we niet genoeg belangstelling voor hen hebben om het te kunnen zien.

Het ging allemaal zo snel, ik herinner me niet meer wat ik echt voelde – afkeer, denk ik, geschoktheid en walging – maar nu ik eraan terugdenk, voel ik alleen dankbaarheid. Ik keek naar de minnaars terwijl ze daar zwijgend zaten en zonder te glimlachen elkaars vingertoppen pakten. Teddy's gezicht was vol verdriet en spijt en ik denk dat hij zo goed mogelijk van mijn vriend hield en bijna genoeg van hem hield. Een ogenblik later fluisterde Hughie de jongeman iets in het oor, veegde met zijn lippen langs zijn wang en kuste hem. Wat een onverwacht tafereel, zo pervers en zo droevig. En wat een geluk! Ik schrijf dit nu, nadat ik Hughie vijftig jaar heb gekend, en ik vraag u: wie had ik beter als metgezel kunnen hebben in mijn verwrongen leven, wie zou een betere vriend zijn geweest voor dit monster zonder vrienden dan die beste Hughie – die heimelijk net zo'n monster was als ik?

Toen ik weer terugging naar het feest was de stemming veranderd. De drank was nog niet op en nu stonden de mannen lacherig in groepjes bijeen. Een paar waren er zelfs de dansvloer op gegaan en walsten nu met elkaar, net als vroeger op de goudvelden, toen er geen vrouwen waren om mee te dansen en de wereld alleen uit mannen bestond. Ik zou naderhand niets tegen Hughie zeggen. Wat viel er te zeggen? Dat het hart meer kamers heeft dan we kunnen zien?

Iemand kwam glimlachend en fluisterend naar me toe om me te redden.

'Wat zeg je?' vroeg ik.

Hij knipoogde naar me; hij had me vroeger wel gekend maar hij herkende me niet. 'Ik zei: is het niet vreselijk? Is het niet fantastisch?'

'De drank is niet slecht.'

Hij reageerde meteen geïrriteerd. 'Nee, de vrouwen.'

'Wat bedoel je?'

'Je bent getrouwd, jongeman, je zou het moeten weten. Ze gaan haar uit de weg.'

'Wie?'

'Dupont, die oude hoer. De vrouwen komen niet.'

Vanuit de andere kamer hoorden we weer een man zich verontschuldigen. 'Het spijt me, ze kon vanavond niet.' We draaiden ons allemaal om – misschien draaide de hele zaal zich wel om – terwijl Madame Dupont met een eenzame glimlach haar eigen balzaal in kwam en gracieus nog een glas champagne aanpakte. Ze liep wat voorovergebogen en die eigenzinnige vrouw leek dit keer te verdwijnen onder het glinsteren van haar juwelen en haar jurk. Ze had eindelijk begrepen hoe het er die avond aan toe zou gaan. Het was alsof een geest één wens had toegestaan: ze had de meest vooraanstaande mannen van de stad te voorschijn getoverd, maar het betekende allemaal niets. Ze besefte waarschijnlijk dat het niet om de mannen ging, dat die niet de sleutel waren tot de hogere kringen; een vrouw vindt het tenslotte alleen maar belangrijk om door andere vrouwen te worden geaccepteerd. En de vrouwen zouden die ouwe Mary nooit accepteren.

Ik heb geen woorden voor de wanhopige, dierlijke haat in haar ogen. Ze stond daar naar al die klanten van haar te kijken met de blik van iemand die ten onrechte gevangen is gezet, iemand die jarenlang naar de muren heeft gekeken tot ze eindelijk het slot open heeft gekregen, naar buiten is geglipt en in ons slechts een nieuwe muur heeft gevonden. Zij had zich uiteindelijk niet boven armoede en tegenslag uit gewerkt, zij had zich niet boven haar jeugd uit gewerkt en wij wel. Want kijk ons eens: met onze celluloid boorden en clubringen en dikke buiken. We hadden ons die avond allemaal aangekleed terwijl we wisten wat er zou gebeuren. We hadden allemaal onze das gestrikt en voor de spiegel onze schouders opgehaald, terwijl we lachten om de afschuwelijke streek die we Dupont, die oude hoer die ons in het oranje licht van haar salon had vermaakt, gingen leveren. We hadden onszelf er denk ik van overtuigd dat de jeugd iets is dat vergeten moet worden. En dat je om het te vergeten niet alleen moest weigeren om het je te herinneren maar dat je de vrouw die de herinneringen had gevormd moest vernietigen.

'Alleen maar mannen vanavond, hè?' zei ze met kristalheldere stem.

Er ging een gejuich op. Die ouwe Mary, we schreeuwden om die ouwe Mary, en ons gejuich betekende: *We willen niet dat je verandert.*

'Drink uw glas leeg, heren.'

De dirigent keek even op van zijn orkest omdat hij misschien een gebaar van de gastvrouw verwachtte. Een snel gebaar van een vinger om de muziek te laten ophouden en hen naar huis te sturen, haar jongens, haar zonen, die hun oude moeder hadden verraden.

Toen hief ze haar hoofd op, weer heel even vrolijk, net zoals ze dat vroeger was. 'Krijg de klere, jongens, wie wil er met me dansen?'

Gejuich. Iemand kwam naar voren. Ik zette mijn glas neer en liep door een lachende menigte.

Het was 1917 en Alice was een paar dagen naar San Francisco. Naarmate de zaken in het zuiden beter gingen waren haar bezoeken steeds korter geworden en ik herinner me nog goed hoe ik me voelde toen ik op een ochtend de kast opendeed en besefte dat de meeste van haar jurken weg waren. Ik maakte het er niet beter op door angstig jaloers te reageren. Ik beschuldigde haar er telkens weer van dat ze haar huwelijk verwaarloosde en wanneer haar blik een zachte uitdrukking kreeg alsof ze bijna de waarheid wilde zeggen, werd ik te overmoedig en noemde ik haar medeplichtig. 'Lawrence!' schreeuwde ik dan bijvoorbeeld, waarmee ik een jonge metgezel in de trein bedoelde, en dan keek ze o zo geamuseerd naar me. O, Alice. Je had gelijk dat je me belachelijk vond, want ik begreep helemaal niet dat mijn noodlot zich niet zou voltrekken in de vorm van een jonge blonde filmheld. Dan had je mij wel kunnen nemen, verdomme. Ik begon met de dag meer op zo'n jongen te lijken.

We waren die avond naar een opera van Mozart gegaan en tijdens een prachtige aria van de sopraan begon Alice heen en weer te schuifelen op haar stoel terwijl ze haar handen tegen elkaar wreef om ze te verwarmen als Lady Macbeth die een bloedvlek probeert weg te wassen. Ze leunde voorover met vertrokken gezicht en hoewel ik eerst tegen haar fluisterde dat ze rustig moest zijn, gaf ze me een van haar handen en die was ijskoud. Toen zag ik op haar blote rug een rode vuurvogel van koorts. Een douairière achter ons kuchte. Alice staarde me aan en fluisterde dat ik haar moest redden – dat verstond ik tenminste tussen de coloratuur door. We wachtten tot de aria was afgelopen en toen wikkelde ik mijn vrouw in een shawl en in mijn geklede lange jas, en bracht haar naar buiten naar een taxi en vervolgens naar huis en naar bed. Wat kleedde ik haar liefdevol uit. Mijn rillende schoonheid bij wie de koorts vanaf haar lendenen opgloeide, tussen haar borsten door tot in haar hals, waar hij haar leek te wurgen wanneer ze zuchtte. De hele nacht door maakte ik haar voorhoofd nat en luisterde ik naar haar ademhaling. Keek ik hoe haar oogleden trilden en verstarden, trilden en verstarden. Ik sliep niet en wachtte op haar geheimen. Die gaf ze niet prijs. Tegen de ochtend was ik natuurlijk zieker dan zij.

Onze doodsbedden stonden in dezelfde kamer en ik herinner me alleen verwarde en kleurrijke taferelen en ogenblikken die geen verband met elkaar hadden en aan me werden onthuld zoals een onweer de contouren van een huis onthult.

Op een gegeven moment, na middernacht denk ik, werd ik wakker met een pijnlijke keel en zag Alice aan de andere kant van de kamer naar me liggen kijken met een bedroefde en bewonderende blik. Ik herinner me de kamer als stroken lavendelblauw en zwart, met een streep kleur vanaf de hal boven en Alice was bleek door haar ziekte en lag waarschijnlijk te ijlen. 'Ga weer slapen, moeder,' zei ze zonder met haar ogen te knipperen en heel gehoorzaam deed ik dat.

Uren later: ikzelf verward in warme lakens, de kamer licht ondanks de gesloten gordijnen, ons dienstmeisje dat een glas water gaf aan Alice die op de rand van haar bed zat in een witte katoenen onderjurk met ruches. Een verdwaalde straal zonlicht viel op het water in het glas en het was alsof de wereld explodeerde. Ik maakte waarschijnlijk een geluid want voor ik het wist keken ze allebei naar mij. 'Alice, ik moet je iets zeggen,' zei ik. Ze keek me vol verwachting aan terwijl ze zich aan de bedstijl vasthield. Het dienstmeisje was weg. 'Alice, ik moet je iets vertellen.' Ze zag er verward, bleek en bang uit, en toen ze van haar ziekbed opstond leek ze heel even op mijn grootmoeder. Het dienstmeisje kwam weer terug en ik kreeg een scharlakenrode pil. Pijnlijk slikken. Het water flitste weer op en ik raakte buiten bewustzijn.

's Avonds laat: ik deed mijn ogen open in de hoop dat er dagen waren verstreken en ik weer beter zou zijn, maar ik voelde alleen mijn versufte brein als een zeeleeuw kronkelen in zijn warme omhulsel. Meteen zag ik Alice geheel gekleed in zwart en wit satijn in de deuropening staan met een hand op de deurknop. Ze keek anders, strenger. Ik was zo verstandig om net te doen alsof ik sliep en na een paar minuten hoorde ik haar de deur dichtdoen en weglopen. Waarom stond mijn ladenkast open? De maan kwam de kamer in, die oude beminde, en sliep in haar lege bed.

Het gebeurde geloof ik 's ochtends. Het was een parelmoeren ochtend toen ik me, nog steeds ziek maar op de een of andere manier in staat om te lopen, naar de po begaf en prinsheerlijk neerhurkend dankbaar begon te plassen. De kamer ging als een boot heen en weer. Ik zag dat mijn doos met geheimen op het bed stond en dat het slot kapot was geslagen. Ik hoorde haar achter me.

'Leg eens uit, Asgar.'

Ik strekte mijn nek en zag iets van goud in haar handen glinsteren. Het licht was te pijnlijk voor me en de houding waarin ik zat te verkrampt. 'Wat?'

'Waar heb je dit vandaan?'

Ze liet het op de grond vallen, waar de ketting een s vormde en de getallen oplichtten tegen het hout: *1941*.

Ik dacht aan grootmoeder met haar muts op. Ik dacht aan vader die me vasthield wanneer ik naakt uit het bad kwam. Dood, begraven, weg. Ik dacht aan een diner lang geleden waarbij Alice de getallen een voor een had aangeraakt terwijl ze naar me lachte.

'Ik heb het nog nooit gezien.'

'Het is van jou. Ik heb het in je ladenkast gevonden. Vertel me eens wat dit betekent.'

Ik legde uit dat de kamer om me heen draaide en dat ik niet na kon denken.

Ze liet me een opengescheurde envelop zien met iets in cursieve letters erop geschreven. 'En ik heb dit gevonden.' Ze gooide de envelop op de grond en ik zag dat het een brief van Hughie was, gericht aan een zekere Max Tivoli.

'Ik kan niet nadenken,' herhaalde ik.

'Leg uit, Asgar.'

'Heeft je moeder hem niet gekend? Het is vast van haar.'

'Nee.'

'Misschien van Bancroft, ja, nu herinner ik het me…'

'Asgar, je liegt. Leg uit.'

We zijn niet onszelf wanneer we ziek zijn. We functioneren op het laagste niveau, zijn lelijk, voelen ons ongelukkig en al onze gebruikelijke charme die altijd zo vanzelfsprekend lijkt, verdwijnt. We lijken nog het meest op onszelf toen we kind waren en om water huilden, of op onze ouders zoals ze, een gebed mompelend, op hun sterfbed lagen. We zijn te moe om het broze kunstwerk van onszelf overeind te houden. We schudden het van ons af zoals een sprinkhaan doet en worden in het openbaar de droevige en ontroostbare volwassene die we zo vaak in het geheim zijn, dat wil zeggen: ons ware ik. Ziek zijn maakt me altijd verward en zwak, en dat is de enige reden dat ik het haar vertelde in plaats van dat ik een logischere uitvlucht bedacht, want ook al vermoedde Alice iets, ze vermoedde toch vast niet de ware reden. Voor de derde keer hield ik me niet aan de Regel. Zachtjes en voorzichtig, alsof ze een cobra was die kon toeslaan, met een hese stem die niet bij me paste, maar met opluchting en spijt die zeer zeker wel bij me pasten, en slechts af en toe onderbroken door vlagen misselijkheid en zwarte vlekken voor de ogen, vertelde ik haar wat ik had gezworen nooit te zullen vertellen: de waarheid.

Je zat op de rand van het bed, Alice, en je keek me aan op een manier waarop je me nog nooit had aangekeken in al die jaren dat ik als semi-kind, als semi-vreemde, als man je kende. Je keek me aan alsof ik belangrijk was. Alsof ik een kostbare vaas was waar je per ongeluk tegenaan had gestoten, en de tijd zo was vertraagd dat je zijn hopeloze val in de richting van de stenen vloer kon zien. Alsof je eindelijk iets om me gaf, te laat om me te redden. 'O nee,' zei je. Ik denk dat ik begon te huilen – ik was wanhopig en ziek en zo kapot van alles – maar ik herinner me alleen jou, gekleed in het wit, en de kus van je lippen op die woorden – 'O nee' – en je ogen die elk een kleine gekwelde Max weerkaatsten. En toen je weer sprak werd ik levend gevild.

'O nee. Je bent gewoon krankzinnig.'

Mijn denken werd vertroebeld door misselijkheid en toen je de kamer uit liep, kon ik je niet tegenhouden omdat ik net op dat moment het beetje dat ik in mijn maag had kwijtraakte en als een hond vruchteloos op Hughies brief begon te braken. Ik zag mijn eigen naam door gal bevlekt. Een verpleegster kwam binnen en bracht me naar bed, en ik kon niets zeggen omdat er een pil tussen mijn lippen werd geduwd. Ik zag jouw bleke rug de gang door gaan. Je hield je handen voor je gezicht; ze deden de deur dicht.

Ik werd doodsbang wakker en viel midden in een gesprek. Het was vroeg in de avond, nog licht, en de gordijnen waren open. Alice lag op het andere bed, geheel gekleed in violette geplisseerde crêpezijde, met een gehaakt kantje rond haar hals en handschoenen op haar buik alsof ze de hele dag weg was geweest. Haar jas en hoed lagen op het voeteneinde van het bed. Whisky op tafel, twee glazen, allebei bijna leeg; blijkbaar had ik gedronken. Ik kwam bij terwijl zij praatte.

'Ik wil niets van wat er hier is.'

'Nee,' zei ik automatisch.

'Dingen zijn niet belangrijk voor me, de tapijten en het porselein zijn niet belangrijk. Ik wil ze niet hebben. Weldra zal dat alles een vroeger leven voor me zijn, mijn leven speelt zich nu al heel lang in Pasadena af, Asgar. Dat weet je. Alles is nu daar. Ik neem alleen een paar boeken mee en een paar kleine dingen die je me hebt gegeven.'

'Ja.'

'Het meisje kan verder alles naar Victor sturen. Ik zal haar het adres geven.'

'Natuurlijk. Wie is Victor?'

Ze keek me zonder veel medelijden aan. Ik herkende haar helemaal niet. Ik voelde dat iets donkers en hards zich achter mijn ogen ophoopte. Ze zei: 'Asgar. Asgar, je moet luisteren. Ik weet dat dit moeilijk is.'

'Max, ik ben Max.'

'Hou op. Hou daarmee op.'

'Alice, ik ben Max!'

Haar blik richtte zich op de deur, waar een draak van een verpleegster klaarstond met een pil. Ik knikte en viel achterover op het kussen, en de deur ging achter haar dicht. Mijn gezichtsveld had een soort vaagheid aan de randen, een waterig kolken alsof we op de bodem van iets leefden. 'Wie is Victor?' vroeg ik nog eens, zachtjes.

'Ach hemel… dat hebben we allemaal al besproken. Victor Ramsey. Ik heb het je gezegd. Ik ga zo meteen naar beneden, ik wil niet dat je mee naar beneden gaat. Je bent ziek, je zult een scène schoppen. Beloof het me.'

'Goed. Is hij arts?'

'Asgar, luister je eigenlijk wel? Ik ga naar de trein. Ik ga nu voorgoed naar Pasadena. Voorgoed.' Victor Ramsey, ja, de wolken rond mijn brein trokken weg en ik herkende die oude vriend van haar moeder, de fotograaf, haar zakelijk partner. Hij? Onmogelijk. Maar ze praatte verder: 'Asgar, luister alsjeblieft. Luister alsjeblieft. Jij en ik nemen afscheid.' En wat vriendelijker voegde ze eraan toe: 'Nee, niet huilen.'

Ik kon het niet tegenhouden. U zult wel denken dat ik zo onnozel ben dat ik huilde omdat ik niet kreeg wat ik wilde hebben en vooral dit niet, mijn levensdoel. Een kind, een jammerende gek. Maar dat is niet waar. Ik huilde omdat ik van haar hield en omdat ik nog steeds van haar hield, ook al was ze vervaagd tot een bezoeker in ons huwelijk, een karakterspeler die in maar weinig scènes voorkwam. Je in je kleedkamer te horen zuchten, Alice, terwijl je keek of een oude jurk je nog paste. Weer een van je lievelingsboeken te vinden, dat vernield was doordat je het per ongeluk in het bad had laten vallen en dat nu onder het woordenboek lag om te voorkomen dat het zou uitzetten. Een van je als een slangenvel afgeworpen kousen te vinden, opgerold achter je stoel, ten teken dat je nog steeds tot mijn wereld behoorde. Je zingende stem in de keuken. Je lach. Dat dwaze geluid. O Alice, ik moest dat redden.

'Alice,' zei ik. 'Ik ben vandaag niet mezelf. Er is iets wat ik nu zou kunnen zeggen waardoor alles heel anders zou worden, hè? Je zou blijven als ik het zei, Alice. Maar ik kan niet goed denken, ik ben een beetje beneveld, dus jij moet het bedenken. Help me, Alice, wat zou ik kunnen zeggen? Laten we even nadenken. Ik weet dat het uit ongeveer tien woorden bestaat en het zijn geen lange woorden. Welke woorden zijn het?'

Je hand raakte je hoed aan. 'We zijn vreemden, Asgar. Er valt niets te zeggen.'

'Jawel, jawel, Alice. Ik moet het proberen. Het leven is heel kort.' Ik kwam mijn bed uit, bijna meegaand doordat ik zo ziek was, en ging naast je zitten. Deinsde je terug? Ik geloof dat je voor het eerst luisterde. 'Alice, als ik weer beter ben, neem ik je mee uit dit huis, en uit deze stad en bij die oude Max vandaan. Je hebt gelijk, ik ben Max niet, ik had koorts, vergeef me, Alice. Of anders vergeef je me niet, hou je niet van me, vergeet je dat alles. We gaan de hele wereld rond reizen. Jij bent de zin van mijn leven. Hoor je dat? Niet precies de woorden die ik wil gebruiken, maar het komt in de buurt. Alice, je zult nooit meer iemand zoals ik tegenkomen, dat weet je wel, hè?'

'Ja, Asgar, dat weet ik,' zei ze bedroefd.

'Zie je wel? Alice, je moet blijven.'

'Nee. Ik... ik weet niet meer wie je bent. Dat is echt zo.'

'Natuurlijk weet je dat wel! Ik ben het, Alice.'

Ze schudde haar hoofd en ik zag kleine tranen opwellen.

De duisternis drukte op mijn ogen. Ik leunde naar voren en praatte nu zachtjes. 'Je moet blijven, ik ga dood, je hebt er geen idee van, hè?'

'Asgar, ga opzij...'

Er gebeurde iets afschuwelijks, maar ik had te veel koorts om er iets tegen te doen. Ik hoor mezelf nog fluisteren: 'Blijf, Alice, blijf alsjeblieft, o blijf, blijf.' Duisternis klopte, teer bubbelde op – nog meer seconden gingen verloren – en toen kuste ik haar. Ik herinner me nog dat ik meende bij haar nog steeds iets van liefde voor mij te bespeuren, een soort laatste verlangen naar haar jonge man, en mijn koortsige brein besefte dat het heelal geen definitieve vorm heeft, dat we het zouden kunnen veranderen als we dat echt zouden willen, en ik verkrachtte haar, in ons bed, met mijn gezicht slechts enkele centimeters bij haar gezicht vandaan, terwijl ik *blijf, blijf, blijf* hijgde totdat mijn hete tranen in haar open ogen spatten.

Ik heb u gewaarschuwd. Ik ben een monster.

Naderhand, toen ze op het bed zat en haar jurk dichtknoopte, zei ze niets en ook niet toen ze haar jas aantrok en in de spiegel keek. Eén pink veegde over haar lippen. Eén hand stak een dodelijke speld door haar hoed.

'Alice,' zei ik.

'Heb het hart niet om me te gaan zoeken. Heb het hart niet om te proberen me nog eens te zien.'

'Alice.'

Ze stond daar maar met haar gezicht naar de deur. In mijn nachtmerries werk ik eindeloos aan een standbeeld van mijn vrouw in precies die houding, met haar rug naar me toe. Ik zal nooit haar gezicht kunnen beitelen. Zonder zich nog om te draaien liep ze toen de deur uit op weg naar haar nieuwe leven en ik was haar dit keer voorgoed kwijt.

Natuurlijk niet helemaal voorgoed. Ik heb het noodlot verdraaid, want daar ligt ze in de zon naast me in haar witte zwempak met rokje, te zuchten bij een radio. Ze heeft zich net in de ligstoel omgedraaid en overal op de niet-gebruinde delen van haar vrouwelijke dijen en op de hartvormige uitsnede van haar rug moeten zitten, en ik wil ze allemaal aanraken met mijn hand en de roodheid wegnemen, ze van mijn mooie Alice afvegen. Ze zweet een beetje in de warmte. Ze is in de vijftig en magerder dan ze ooit op haar veertigste is geweest.

'Sammy, geef me mijn glas eens aan,' zegt ze, maar Sammy zit te hoog in een boom om haar te helpen. 'Mam,' gilt hij, 'kijk!' Zijn kleine vader kijkt toe en glimlacht; zijn moeder knijpt haar ogen samen en zet haar zonnehoed recht. De radio zingt: *Knoop je overjas dicht! Met de wind zo frank en vrij!'*

Alice, jij zingt: '*Pas goed op jezelf!'*

Ik val in met een jongenssopraan: '*Want jij bent van mij.'*

Weet je wat ik heb gedaan nadat je bij me bent weggegaan, Alice? Weet je waarom het zo'n wonder is dat ik hier met mijn stripboeken en mijn kauwgum naast je zit? Omdat ik wilde sterven en op zoek naar de dood net heb gedaan alsof ik een jongen van tweeëntwintig was en dienst heb genomen in het leger. Echtwaar, Alice, ik, een man van in de veertig, die niet wist dat zijn zoon in het geheim in zijn verdwenen vrouw groeide. Ik heb geëxerceerd tot ik nergens meer aan dacht. Toen, een maand later, is mijn wens in vervulling gegaan en heb ik de dood geproefd. Ik ben naar de oorlog gegaan.

Alice, je glas staat hier naast me, een glas gin dat wit is berijpt. 'Ik pak het wel,' zeg ik, en ik geef je het koude glas dat klingelt van het ijs.

'Dank je wel, schatje.'

Je pakt het aan en mijn vingers zijn nat. Een slokje en je zucht, knipoogt naar me en keert weer terug naar je zonneslaap. Later, als de zon onder is, zo stel ik me voor, zul je je badpak voor de spiegel uittrekken en de nieuwe afscheiding van je zonnebruin bewonderen – die vloedlijn van je kusbare huid.

'Koud,' zeg je, en geeft het glas weer aan mij. Ik doe mijn borst open en stop het op de plek waar mijn hart hoort te zitten.

IV

Sammy, ik schrijf dit bij het licht van de maan en de vuurvliegjes, ver van ons huis met zijn excentrieke moderne geluiden, ver van Buster (die nu waarschijnlijk zit te janken), ver van de aan huis gebonden zomerse verveling. Ik schrijf dit aan de oever van een murmelende rivier. Een maan als een witte heks. Mijn familie is dichtbij en slaapt; mijn vrouw en zoon, moeder en broer, en nog iemand. O, mijn jongensgezicht huilt en ik moet wachten tot dat ophoudt. Zo. We zijn aan het kamperen.

Toen Alice een paar weken geleden het idee opperde, was ik dolblij. Het leek weer een kans – misschien mijn laatste – om bij elkaar te kruipen in het genoeglijke hol van mijn gezin. Ik stelde me voor dat we samen een vuur zouden aanleggen, liedjes zouden zingen en worstjes zouden roosteren aan lange afgesneden stokken, waarbij we lachend onze ogen zouden dichtknijpen als de rook onze kant op waaide en zouden fluisteren als we – wij dandy's uit de stad – het geritsel van een beer meenden te horen (terwijl beren in deze veilige staat uitgestorven zijn). Ik dacht aan een donkere nacht in een tent waar we giechelend in slaap probeerden te komen, wij met zijn drieën. En ik dacht dat ik in het donker bijna zou kunnen doen alsof ik weer een man was, een vader, terwijl ik daar naast mijn vrouw en zoon lag en de uilen boven ons hoofd stil op jacht waren en de padden jodelden en de maan als een vlek op het tentdak lag. In het donker kunnen we bijna het leven hebben waarnaar we verlangen.

Zo ging het niet.

'Rodney gaat mee,' zei Sammy de vorige avond tegen me, terwijl we aan het pakken waren voor het uitstapje. Ons jongensondergoed was voorzien van onze naam, met pen geschreven, in Alice' handschrift. Ik streelde die drie zwarte, bloedende letters met mijn duim.

'Wie?'

Hij keek me geërgerd aan zoals hij zo vaak doet. 'Rodney. Je dokter, stomkop.'

'Die gaat niet mee!'

'Wel waar. Hij rijdt. Dit is zijn stomme idee en volgens mij is het gewoon een hartstikke slecht idee.'

Ik had moeten zien dat er een zekere genegenheid opbloeide, Alice, tussen jou en mijn dokter Harper – u herinnert zich vast wel de onschuldige kwakzalver die mijn botten heeft bekeken – maar ik ben zo afgeleid door deze bladzijden en doordat ik zo veel mogelijk tijd met mijn rusteloze zoon moest doorbrengen dat ik het niet heb gezien. Je bent natuurlijk wel vaak uren van huis geweest en wij werden dan onder de hoede van een buurvrouw achtergelaten. Wanneer ik nu terugkijk besef ik dat je die avondjes uit met dokter Harper hebt doorgebracht. Voor hem maakte je je zorgen over je kleding, verfde je je haar dat grijs was als de lucht en oefende je een innemende glimlach.

De belangrijkste aanwijzing was natuurlijk die cocktailparty die je hebt gegeven. Ik had het geluk dat ik je mocht helpen met die rits van je (met gewetensvol trillende handen), en daarna heb ik gekeken hoe je die te donkere oogschaduw en lippenstift opdeed en naar mijn smaak een te moderne vrouw werd. Sammy en ik moesten naar bed, dus verder heb ik het alleen door de spijlen van de trap heen gezien: er arriveerden buren in een mengeling van vrolijke geluiden, vervolgens een paar mompelende gepensioneerde leraren, en toen dokter Harper, die eruitzag als de indiaan uit de sigarenwinkels. Hij had een bos rozen en een klein speelgoedbeertje meegenomen en hij kuste je op mijn favoriete wang. Je was vergeten om de Victrola aan te zetten en een buurman werd aan het werk gezet. Dansmuziek, niet mijn smaak. Maar ik heb hem tegen je zien fluisteren onder aan die trap, mijn dokter Harper. Ik heb gezien hoe je lachte, met je ogen knipperde en zijn das aanraakte. Ooit, heel lang geleden, verlangde je zo naar mij.

Dus dokter Harper kwam vroeg in de ochtend in een Oldsmobile die was volgeladen met buitensportmateriaal – ik begrijp dat hij dol is op dit soort dingen – en een ouderwetse toeter die toeoeoet, toeoeoet liet horen. Ik werd met mijn zoon achterin gezet en de volwassenen zaten voorin te praten over boeken en kunst, zo zachtjes dat ik het niet kon horen, en ik heb al die zonnige kilometers zitten pruilen, totdat we in het kamp aankwamen. Toen kondigde ik aan dat ik wilde dat moeder bij Sammy en mij kwam slapen.

'O jezus!' zei Sammy.

Harper: 'Ik denk dat ze misschien wel haar eigen tent wil, hè Alice?'

Alice, jij glimlachte en trok aan je tennisarmband – herinnerde je je onbewust van wie je die op een hoopvolle trouwdag had gekregen? 'Dat zou ik wel prettig vinden,' zei je.

Harper: 'Jullie zullen samen best lol hebben, hè jongens?'

Sammy: 'Niet als die stomkop in bed plast.'

O, wees vriendelijk tegen oude mannen.

Harper: 'Jongens, laten we jullie tent op gaan zetten. Zie je die haringen? Ik wil graag dat jij die voor me gaat tellen, kerel, juist. En Sammy, haal jij die stenen weg.'

Het werd een vreselijke dag. Eerst hadden we tussen de middag een picknick – die werd uitgesteld tot de twee 'jongens' voldoende droog brandhout hadden verzameld om een boer de winter door te helpen – en toen gingen we ongeveer vier uur lang vissen. Het was vast goed bedoeld, en rustig en zomers, maar het is nogal wrang om aan de oever van de rivier te zitten en te luisteren hoe mijn kinderarts visadviezen aan mijn eigen zoon geeft. Wat het natuurlijk nog erger maakte was dat Harper een uitstekende visser was en dat ik, een stadsjongen en een wangedrocht, even hulpeloos was alsof ik echt een jongen van twaalf was. Na een halfuur kwam Harper me helpen.

'Hoe gaat het daar?'

'De vissen en ik hebben vrede gesloten.'

'Wat bedoel je?'

'Niets.'

'Kijk, probeer het eens zo. Jij houdt hem op een plek waar het heel ondiep is – als je hem nou eens daar houdt? Goed zo. Het gaat geweldig. Het is helemaal niet moeilijk. Het draait allemaal om geduld, geduld.'

Ik keek naar zijn nobele, vriendelijke, verweerde gezicht en dacht: *Ik weet meer van geduld dan jij ooit zult weten.*

Hij legde zijn grote hand op mijn hoofd en ik voelde het gewicht en de warmte ervan. Het gaf troost die ik probeerde te negeren.

'Goh, je bent een natuurtalent,' zei hij zachtjes. 'Is je vader wel eens met je gaan vissen?'

'Nee, dokter.'

'Volgens Alice was hij een goede man.'

'Zeker.'

'Ik wilde je zeggen dat het me zo spijt wat er gebeurd is.'

Ik knikte en staarde naar de zilverige rivier die als een rol in zijn muziekdoos voortrolde.

'Ik wilde je zeggen dat Alice, dat ze heel erg op je gesteld is,' zei hij. Iets in zijn stem deed me aan die beste Hughie denken; ik vroeg me af of dat Alice ooit was opgevallen. 'Ze beschouwt je als een zoon, weet je. Een zoon net als Sammy.'

'Echt?' Ik kon het sprankje hoop in mijn stem niet verbergen, wat heel goed paste bij de rol van jongen die ik speelde.

'Alice houdt heel veel van je.'

Mijn lijn in het water vormde allemaal lussen van licht. Alice houdt van je. Iets waar ik mijn halve leven op gewacht heb, en het werd me gegeven door haar volgende minnaar.

Later, na de verkoolde gehaktballen die in folie waren opgewarmd en aardappelen die aan de binnenkant nog hard waren, vertelde Harper ons oude spookverhalen waar het donzige haar op Sammy's arm van overeind ging staan, en Alice liet ons een paar van haar lievelingsliedjes zingen – dat goeie ouwe 'Goober Peas!', dat ik met mijn kleine stemmetje zo hard mogelijk meezong om je te laten zien dat ik de tekst helemaal kende – en daarna staarden we in de vlammenpaleizen van het vuur en werd het tijd om te gaan slapen.

'Welterusten, lieve jongens,' zei Alice glimlachend tegen ons, terwijl ze in onze tent keek. Het vuur gloeide nog achter haar en in de spleetjes van haar ogen. Ze kuste ons voorhoofd met haar lippen zo zacht als veertjes – mijn ogen trilden koortsig – en ging toen weg en ritste de deur dicht tot een gloeiende driehoek. Het was even stil terwijl we luisterden hoe Alice en de dokter bij het vuur zaten te lachen, iets ontkurkten en fluisterden. Het vuur blafte en gromde en werd toen stil.

'Wat vind je van Harper?' fluisterde ik wanhopig.

Sammy, je lag daar een poosje in het donker, terwijl het licht van de maan en van het vuur als lange slierten vaag door de bomen heen scheen. Ik hoorde het grappige jongensachtige geluid van je adem en het zzzt, zzzt toen je met een vinger over het canvas van de tent kraste.

'Ik weet niet,' zei je.

'Vind je hem een stomkop?'

'Nee, ik weet niet. Ik hou niet zo van dokters.'

Een fel gevoel van hoop. 'Poe,' zei ik, 'ik hou helemaal niet van dokters.'

Je lachte. 'Poe! Poe!' bauwde je me op hoge toon na. 'Je lijkt wel een ouwe kerel. Je bent een stomkop.'

'Nee, jij bent een stomkop,' zei ik, en sloeg je met de EHBO-doos.

Jouw blije gil van ik-word-vermoord.

Buiten de tent klonk de stem van mijn ex: 'Wat is er aan de hand, jongens?'

Later, na een gesmoorde, giechelige stilte, hoorde ik je adem stokkend in slaap zakken en hoewel de vader in me jou wilde horen slapen, het geluid wilde horen van je adem die de schaduw van je dromen is, moest ik deze kans benutten. De tijd speelde me parten; misschien zou ik nooit meer zo kunnen fluisteren, met mijn lippen bij een sproetig oor.

'Sammy?'

'Wat?'

'Hoe was je vader?'

'Ik weet niet. Ik heb hem nooit ontmoet.'

'Ik bedoel, wat zegt je moeder?'

'Nou, ze praat over Ramsey alsof hij mijn echte vader is, je hebt hem nooit ontmoet, hij is een jaar of vier bij ons geweest. Ik herinner me wel iets van hem, volgens mama heeft hij me leren zwemmen. Ik weet niet. Maar we zijn daar weggegaan toen ik klein was. Hij is toch niet mijn echte vader. Hij was gewoon een man waar ze mee getrouwd was.'

Ik was zo blij dat te horen; het maakte haar verraad aan mij tot zoiets kleins, als Victor Ramsey gewoon 'een man' was in plaats van degene die een einde had gemaakt aan mijn huwelijk. 'En wie is dan je echte vader?'

'Ik weet niet hoe hij heet. Ik mag niet over hem praten.'

'Waarom niet?'

'Ik weet niet. Misschien is ze wel bang voor hem,' zei je met je lieve stem in het donker. Toen klonk je stem opeens helder en opgewekt: 'Of misschien… misschien heet hij nu wel anders, snap je. Misschien is hij een beroemd iemand, misschien een filmster of zo. Ik heb vorig jaar *The Iron Mask* gezien met Douglas Fairbanks en die scène met zwaarden in een kasteel, heb jij die gezien? Ik heb hem gezien en ik denk, misschien is hij wel mijn vader. Alleen is hij zo beroemd dat niemand het mag weten. Dus probeert mama het geheim te houden, of misschien omdat hij me op een dag wel komt opzoeken, weet je, om me mee te nemen naar Hollywood en me een hoop geld te geven. Alleen proberen ze het geheim te houden. Omdat hij zo beroemd is.'

We zaten in de bespikkelde schaduw van het bos. 'Denk je?' vroeg ik uiteindelijk.

'O ja, ik weet gewoon zeker dat mijn vader geweldig is,' zei je haastig tegen me. 'Niet zo iemand als Ramsey,' voegde je eraan toe.

Er klonk gelach buiten de tent, het knetteren van vuur.

'Of Harper,' zei ik.

'Nee, ik denk het niet,'

'En als je vader je nou eens kwam halen?'

Het duurde een poosje voordat er antwoord kwam. 'Ik weet niet.'

'Als hij nou eens zoiets deed, met je ging kamperen?'

'Jezus.'

Ik kon je niet zien, maar we lagen die nacht zo dicht bij elkaar dat ik je door de rook en de lucht van verkoolde aardappel heen kon ruiken: zweterig, een en al melk en groene appelen. Je schuifelde ongemakkelijk heen en weer en ik wilde in die kleine donkere ruimte mijn arm uitsteken en je schouder beetpakken en zeggen: *Ik ben hier, ik ben gekomen, het is goed.* 'Sammy, als hij nu eens opeens hier kwam opdagen?'

'Hou je mond,' zei je luid. 'Hou je mond, stomkop.' Er klonk het geluid van moeizaam hijgen en ik besefte dat ik te ver was gegaan. Ik zei niets meer, maar net als ieder dier dat om zijn jongen geeft, snoof ik de benauwde lucht op. Sammy, ik kon je tranen ruiken.

Toen ik wist dat je sliep – toen ik het gemompel en gezucht had gehoord dat je altijd maakt in je hondendromen – ben ik een poosje hier aan de oever van de rivier gaan zitten. Het vuur was allang uit en gloeide nog een beetje na onder zijn lijkwade van as. De volwassenen waren weg en hadden als enige sporen de slippers van Alice, een illegale fles drank en een verkeerde bril achtergelaten. Ik zag een hert met een door de maan berijpt gewei aan komen lopen om water te drinken. Ik hoorde het spetteren van een vis die niet kon slapen. En terwijl ik naar de lucht zat te staren en me afvroeg hoe ik een vader voor mijn zoon kon zijn, hoe ik het gif uit zijn door een slang gebeten leven kon zuigen, zag ik iets bewegen in de nacht, waar mijn adem van stokte. Het was een man, die uit de rechthoek van zijn tent glipte. Dokter Harper in nachtkledij.

Gestruikel, een verwensing en toen een schuifelende beweging in de richting van de verste tent, die van mijn Alice. Sammy, jij sliep nog toen de dokter die dunne deur openritste en iets fluisterde, toen dat vertrouwde meisjesachtige gelach weerklonk, toen hij vol zelfvertrouwen zijn rug rechtte terwijl hij naar binnen stapte en de tent dichtdeed. Jij sliep door al je moeders indiscreties heen. Maar ik, de oude liefhebbende echtgenoot, moest onder die beheksende maan iedere lach en ieder gefluisterd woord horen. En ik heb gehuild.

Dit is een liefdesgeschiedenis, dus ik zal u de bommen en de gebroken schedels besparen. Over de oorlog valt er niets te vertellen. Op het kantoor waar je je kon aanmelden voor militaire dienst kwam ik overtuigend over als jonge man en omdat ik niet bang was om te sterven werd ik zelfs voor dapper aangezien. Ik werd met de eerste troepen naar Frankrijk gestuurd, en het is het bewijs van een goddeloze wereld dat iedere jonge man die ik daar tegenkwam, iedere arme gewone jongen, op dat slagveld verminkt raakte of zijn leven verloor terwijl ik – als duivel in de loopgraven – terugkwam met slechts de littekens waarvan ik tegenwoordig net doe alsof ze van de waterpokken zijn. Mist en brandende ogen en jongens die gillen uit gezichten zonder kaak. Er valt niets te vertellen over de oorlog. Toen hij voorbij was en ik nog leefde, nog schokkend ongeschonden was, met bloed zo stroperig als olie, lag ik op een ziekenzaal in Londen en kreeg een kaartje van Hughie, die droevig nieuws had. In Californië waren er als gevolg van een epidemie duizenden doden gevallen en daaronder bevonden zich zijn zoon, Bobby, en mijn eigen moeder.

Hoe kunnen we onszelf vergeven? Als we klein zijn letten onze ouders zo goed op, om maar niet een eerste kreetje, een eerste stapje, een eerste woordje van ons te missen. Ze verliezen ons nooit uit het oog. Maar wij letten niet op hen. Ze naderen het einde in eenzaamheid – zelfs degenen die ons leven delen sterven in eenzaamheid – en we maken bijna nooit hun eigen mijlpalen mee: de laatste kreet voordat de morfine begint te werken, de laatste stap voordat ze niet meer kunnen lopen, het laatste woord voordat de keel wordt dichtgesnoerd.

Ik voel het nog steeds, dat plotselinge stilstaan van het hart – dat ik zo mogelijk de aarde zou willen doen splijten, dat ik mijn botten zou willen verkopen om haar terug te krijgen – want mijn moeder heeft me nooit meer als jongen gezien, ook al heeft ze me als kind in haar armen gehouden.

De dood van mijn moeder beroofde me van mijn zinnen. Ik onderging een storm van gevoelens en het leger bracht me slechts naar mijn land terug om me daar twee jaar lang op te sluiten in een krankzinnigengesticht voor veteranen dat Goldforest House heette.

Voor mij was het misschien wel de plezierigste plek ter wereld. De bewoners noemden me 'de Oude Man' en geloofden zonder enige aarzeling mijn levensverhaal, maar de artsen geloofden het niet en zetten me het huis uit en stuurden me de wereld weer in. Dankzij het geld van mijn vader kon ik eindelijk over de aardbol reizen, maar uiteindelijk keerde ik verveeld weer terug naar mijn land. Ik probeerde mezelf voor te doen als negentien en ging naar een universiteit op Rhode Island, maar die vond ik barbaars en ongeletterd – twee keer kreeg ik een pak voor mijn broek omdat ik me als eerstejaars niet netjes had aangekleed – en ik heb geen examen gedaan. Ik ging weer terug naar San Francisco en huurde een kamer in een goedkoop logement waar niemand me zou vinden of lastigvallen. Ik werd jong en blond, maar hield een gebroken hart. Een dier met vinnen dat op de bodem van een zwart meer lag te wachten tot het zou sterven; de laatste van zijn soort. Zo trof Hughie me aan in 1929.

Die arme Hughie, die zich een weg baande door de straten vol rotzooi en weggewaaid papier waar ik uiteindelijk strandde – Woodward's Gardens – uiteraard gelegen in de Ierse wijk waar mijn oude speelterrein was geweest. Er was nu niets meer chic en groen; het was gewoon een woestenij van flats met was aan de lijn, een paar eethuizen waar ze geen sterkedrank serveerden, beneden een tent waar ze dat wel deden en trams vol mensen op weg naar het Old Rec Park om naar een wedstrijd te gaan kijken. Ik had het gekozen omdat ik het liefst weer in die oude houten berenkuil wilde zitten waar Jim met de gescheurde neus vroeger voor een pinda langs een paal omhoog klom en zijn stoffige vacht voor me krabde. Soms leek het me, in mijn naoorlogse dromen, dat ik het was in plaats van Jim die op een ochtend zijn hol uitkwam en een Duitser met een geweer zag staan.

Ik hoorde een paar keer 'Max!' roepen en vervolgens een onverstaanbaar gesprek achter de deur, waarna het kristallen geluid van sleutels aangaf dat mijn hospita, mevrouw Connor, die zo'n magere borst had dat ze geen hart kon hebben, me had verraden.

Een vaag gescharrel, de deur op een kier. Gemompel (het betalen van de steekpenningen, neem ik aan) en het geluid van flessen die werden omgeschopt – nee nee, het was niet zo erg als u denkt. Ik hield mijn iglo schoon en de enige gin in huis lag warm als een troeteldier bij me in bed waar ik een kruiswoordpuzzel lag te maken. Die ochtend had ik de gin gedronken uit een koffiekopje dat op tafel stond; ik ben een nette dronkelap. Gestamp van laarzen; daar was mijn beste vriend.

'Nou, in ieder geval ben je niet dood,' zei hij, terwijl hij daar mager en kaal in een lange tweedjas stond.

'Ga weg, Hughie.'

Hij kwam naar me toe. 'Ik dacht dat je door al dat reizen en nou ja, door Turkije, vast wel dood zou gaan. Ik dacht dat je wel zou worden neergeschoten, maar nou ja. Blijkbaar wil je hier sterven.'

'Ja.'

'Max, dit is dom.'

'Ga weg. Ik verwacht een dame.'

'Echt?'

Ik verwachtte inderdaad een dame. Niet jaloers zijn, Alice, maar er was in die tijd een aardig meisje dat een beetje met me optrok. Ze was verbazingwekkend slim en goed gekleed, met filmsterrenbenen en een lach als een poema. Ik zou haar hier wel een valse naam willen geven, maar ik weet bijna zeker dat ze niet meer leeft; ondanks haar vele charmes was ze een deeltijdjunkie en de huid tussen haar tenen was getatoeëerd met naaldenprikken. Sabina kwam graag zo rond het middaguur langs om me te helpen met de kruiswoordpuzzel en me soms uit bed te tillen om wat te dansen, maar meestal werd ze tegen tweeën huilerig over haar ouders – ik heb begrepen dat ze een rijke vader had wiens hart ze had gebroken – en moest ze eruit om een shot te halen. Meestal zag ik haar dan een paar dagen en soms wel een week niet. Ik gaf haar wat geld. Ze was jong en geloofde nooit hoe oud ik in werkelijkheid was. 'Ha! Nou, je bent zowat een kind!' riep ze schor en leende een sigaret. 'Ze zouden me moeten arresteren, liefje!' Maar ze hield niet van me. Ze was te gebroken.

'Je zou haar eigenlijk wel aardig vinden,' zei ik.

Hij lachte en liet zich toen naast me op bed vallen. Door het raam hoorden we publiek juichen. Een wedstrijd van de Seals in het Old Rec Park. 'Geef me wat van die gin,' zei hij.

'Het is koffie.'

'De fles.' Ik gaf hem de fles; hij schopte zijn schoenen uit en nam een slok.

Het haar dat hij nog had was rossig grijs en leek niet meer bij zijn bleke gezicht te horen, maar dat was nou het geluk bij Hughie: aangezien hij van jongs af aan geen bijzondere charme had gehad en er niet geweldig had uitgezien kon de tijd hem bijna niets doen. Van mooie mensen onthouden we hun huid, hun ogen – en waarom onze adem stokt als ze op hun zestigste helemaal tot zand verdroogd zijn – maar bij Hughie vielen me deze kenmerken niet speciaal op, slechts de manier waarop hij ermee omging. De manier waarop hij zijn voorhoofd fronste was nog ongeveer dezelfde, al waren de rimpels nu misschien blijvend, en het bedachtzame smakken van zijn lippen klonk net zo irritant als toen we jong waren, al werden zijn lippen met de dag smaller. De ouderdom is in ieder geval genadig voor hen die niet mooi zijn.

'Waar heb je dit spul vandaan?' vroeg hij terwijl hij me de fles gaf.

'Ik heb het zelf gemaakt. Aardappelalcohol van de illegale drankhandelaar, zit in een blik. Zes liter gedistilleerd water, jeneverbessen en nog een geheim ingrediënt. Oké, gember. Dat laten trekken. Mijn eigen bescheiden recept.'

'Bah, het smaakt afschuwelijk.'

'Je hebt gelijk, het deugt niet. O, ik moet je iets vertellen, Hughie.' Maar hij hoorde me niet. 'Weet je dat ik met pensioen ben, Max?'

'Dat is belachelijk. Je bent te jong.'

'Ik ben niet te jong. Ik heb het gehad, zo is het. Abigail is terug naar haar moeder, dat was een opluchting na de dood van Bobby. Ik heb niets dat me nog bindt. Ik denk dat ik een boerderij ga kopen, misschien een eindje naar het noorden. Met kippen. Dat lijkt me leuk.'

'Kippen? Dat heb je me nog nooit verteld.'

'Ik heb je in geen jaren gezien, Max.'

'Nou ja.'

233

'Mary is dood,' vertelde Hughie me.

'Die ouwe Mary?'

'Madame Dupont.'

'Het is nooit bij me opgekomen. Natuurlijk moet ze nu wel dood zijn.'

'Nou ja, ze is tachtig geworden, zegt men.'

'Ze beweerde altijd dat ze vierenzestig was.'

'Die beste Mary.'

'Weet je wat ze tegen me heeft gezegd?' Ik vertelde het hem en probeerde haar padachtige stem te imiteren. "Ik dacht dat de tijd bij niemand ooit in het voordeel werkte." Dat heeft ze gezegd.'

'Bij haar in ieder geval niet. We moeten je hier vandaan zien te krijgen,' zei hij tegen me.

In de kamer naast ons hoorden we mensen mompelen en opeens werd er een stoel verschoven en ontaardde het gemompel in een ruzie vol ronde, onbegrijpelijke klanken, om vervolgens weer overstemd te worden door het stromen van water. Hughie en ik bleven nog een poosje praten over nog meer dingen van vroeger, nog meer veranderingen in de wereld. Toen zei ik: 'Ik moet je iets vertellen, Hughie. Over een meisje dat ik in Spanje ben tegengekomen. Je zult het niet geloven.'

'Wat niet? Vertel eens.'

'Ik heb haar gezien, in zo'n klein dorpje. Het was een heel klein dorpje en ik logeerde in een herberg. Er was een soort Amerikaanse bar, geloof ik, en daar zat niemand, alleen dat meisje. Bruinverbrand, met vlechten en een roze mond. Echt een klein meisje, van misschien een jaar of twaalf.'

'Is dat pas gebeurd?'

Ik praatte zachtjes, fluisterde bijna. 'Het is een poosje geleden. Een meisje van twaalf en ze zat iets van sterkedrank te drinken aan de bar en weet je wat ik dacht?'

'Wat dan?'

'Toen ze naar me keek. Me zo'n beetje onderzoekend aankeek, niet als een hoer, maar als een oude vrouw. En ik dacht: Ze is net als ik.'

'Max…'

'Nee echt, ik dacht: het is net zo iemand als ik. Hier in dit dorp. Door de manier waarop ze keek, ik kan het niet beschrijven, met iets van haat in haar ogen. En volgens mij wist ze wat ik was. Ik weet het zeker. Ze was waarschijnlijk een jaar of zestig.'

'Heb je met haar gepraat?'

'Ik heb het geprobeerd. Wil je wel geloven dat ze me iets te drinken aanbood? Maar ik sprak niet wat zij sprak, geen Spaans, en zij kende geen Engels. De barman deed raar tegen haar, vol ontzag, maar net alsof hij bang voor haar was. Ik denk dat ze in die plaats wisten wat ze was. Ik stelde me voor dat ze haar hadden zien opgroeien van oude vrouw tot klein meisje. Dat ze de plaatselijke heks was. Net als ik, weet je, maar wel een heks. En ze bleef me maar zo droevig aanstaren alsof ze wilde zeggen: Word niet oud zoals ik, word niet oud zoals ik.'

'Ik weet niet, Max.'

'Daarna dronken we wat maar we konden natuurlijk niet met elkaar praten en ze zei iets. Ik denk dat ze met me mee wilde naar mijn kamer. En ik had zo'n medelijden met haar, want ik zag eruit als een jonge man en zij was in de zestig en wie weet wanneer er voor het laatst een man van haar had gehouden en of er ooit nog een man van haar zou houden. Wie houdt nou van de heks in zo'n bijgelovig katholiek dorp? Zal het met mij ook zo gaan? Ik voelde me vreselijk. Ik had het gevoel alsof ik haar moest redden.'

'Je hebt toch niet, beste kerel, kom nou…'

'Seks, nee. Stel je voor dat ze echt een hoertje van twaalf was? Ik ben opgestaan en weggegaan, het was zo triest. Behalve die blik, die kan ik niet vergeten, weet je. Word niet oud zoals ik.'

'Ik haal je hier weg, Max.'

'Echt?'

'Echt.'

Er klonk het hommelgeronk van een vliegtuig. Vanuit open ramen bonden twee radio's de strijd met elkaar aan – een vrouw met een droevig timbre en een optimistisch fanfarekorps – en sloten zich toen op wonderbaarlijke wijze aaneen met precies dezelfde, el-

kaar iets overlappende reclame voor zeep: *Zog krast niet, krast niet.*
De zon scheen op twee mannen van achter in de vijftig die gin zaten
te drinken. Het voelde heel erg aan als het eind van ons leven. En dat
had het ook kunnen zijn, of in ieder geval het einde van het verhaal,
als Hughie er niet was geweest.

'Max,' zei hij, 'ik heb iets voor je meegebracht.'

Uit zijn zak kwam een kleine envelop te voorschijn; hij gooide
hem op mijn borst. Het was een vierkante witte envelop die was
opengemaakt en die aan de randen een beetje smoezelig was. Ik zag
een onbekend adres in Massachusetts en een datum van bijna een
jaar geleden.

Beste Hughie,

Hallo, oude vriend. Je hebt heel lang niets van me gehoord. Misschien
weet je niet eens meer wie ik ben. Ik denk de laatste tijd veel aan mensen van vroeger (dat doen oude mensen) en dat het zo vreselijk is dat
ik met zo veel mensen geen contact meer heb. Zo gaat het wanneer je
zo vaak verhuist als ik. Ik heb gehoord dat je getrouwd bent en een
zoon hebt; een paar jaar geleden heb ik je zelfs met je vrouw in het
park zien lopen toen ik daar met mijn aanstaande wandelde. Je zag er
gelukkig uit. Mooi. Ik ben ook gelukkig. Ik heb drie echtgenoten gehad en ik kan niet veel ten gunste van hen zeggen maar iedere liefde
levert je toch iets op, nietwaar? Mijn huwelijk met Asgar heeft me bijvoorbeeld een geweldige zoon opgeleverd. Wat een wonder, op mijn
leeftijd. Is het geen grappig idee, Hughie, dat we allebei een zoon hebben?

Ik weet dat het vreemd klinkt, maar ik had hem bijna naar jou ver-
noemd. Ik heb altijd al een Hughie willen hebben. Maar er was er nog
een in de familie en ik wilde verwarring voorkomen, dus hij heet
Sammy. En ik ben gelukkig, en helemaal alleen na de dood van mijn
moeder en nadat ik mijn derde echtgenoot heb verlaten en naar Massachusetts ben gegaan. Schrijf me alsjeblieft. Ik heb zulke geweldige
herinneringen aan de tijd die we in South Park en in de plantenkas
hebben doorgebracht. Het lijkt allemaal overdreven veel rozengeur,

hè? Misschien ben ik oud en sentimenteel. Nou ja, we zijn allebei oud, hè? Ik hoop dat je nog steeds rood haar hebt en nog steeds glimlacht. Het leven is kort en vrienden zijn schaars, dus schrijf me.

Je toegenegen,
Mevrouw Victor Ramsey (Alice Levy)

Ik hoefde maar een uur lang zorgvuldig gin in te schenken en rustig argumenten aan te voeren om Hughie over te halen. Tenslotte was hij toch met dat idee in zijn hoofd naar het pension van mevrouw Connor gekomen? Hij had toch gezegd dat hij me daarvandaan zou halen? Hij lag op het bed terwijl ik door de kamer ijsbeerde, gordijnen opentrok en gebaarde naar een zon die ook in het wonderbaarlijke Massachusetts scheen. Het Massachusetts van de brief. Ik sprak over menselijke zwakte. Ik had het over het verstrijken van de tijd. Een zoon, een verborgen zoon die Sammy heette, en omdat mijn lichaam jong en snel en licht was, sprong ik als een faun in het rond terwijl ik uitlegde dat het leven weinig vreugde kende. Het platteland kon wachten. De kippen konden wachten. Vanuit dit raam zag je een Chrysler met de kleur van blauwe samengebalde sterren rustig geparkeerd staan, een Chrysler die goed onderhouden was en waarvan de banden goed waren. Die kon een poosje als huis dienen. De zon van Nevada zou erop branden, zou als een cactusvrucht steken. Ik herinnerde hem eraan dat de leeftijd waarop je mocht rijden in de staten tussen hier en Massachusetts belachelijk laag was. Hou rekening met de liefde, Hughie. Hou rekening met eenzame oude mannen als wij.

De Chrysler kreeg een liefdevolle beurt, zijn interieur en compartimenten werden schoongemaakt tot ze glommen, de pijpleidingen en slangen werden legaal voorzien van zijn favoriete vloeistoffen, het onderstel werd geolied tot het een schaduw van zichzelf op het beton druppelde, en hij werd behandeld als een voornaam hotel dat voor het seizoen geopend werd. Hughie en ik lieten onze hoeden volgens de laatste mode opknappen. We haalden mijn oude rieten koffers uit de opslag te voorschijn. Er werd reiskleding en kampeermateriaal gekocht. Het handschoenenvak werd voorzien van een wapen voor het geval we struikrovers tegenkwamen (een pistool: het wapen dat Teddy in het leger had gekregen en dat hij vergeten was mee te nemen toen hij uiteindelijk bij Hughie was weggegaan). Een onopvallende doos met drank werd als het lijk van een gangster in de achterbak gestopt. We schoren en parfumeerden ons – autorijden was toen een kunst die door heren werd beoefend – en gingen op het ingevette leer van de stoelen zitten. De mist daalde als dauw neer en verdampte op de motor.

'Ha, Max, dat is het dan!' We reden weg.

We waren heel slechte reizigers, Hughie en ik. We kwamen vaak zonder eten of zonder benzine te zitten of we werden zo bekoord door de bossen van Montana met hun lichte lariksen dat we het zoeken van onderdak tot gevaarlijk laat in de schemering uitstelden, wanneer er niets meer leek te bewegen in de duisternis behalve de schrikbeelden van onze verbeelding. We hadden nooit genoeg water. We hadden altijd te veel sigaretten (hoewel de winkeliers halverwege weigerden ze aan me te verkopen omdat ze volgens hen 'mijn groei zouden belemmeren'). We hadden altijd te veel nieuwsgierige weduwen die in kersrode jurken bij drinkfonteintjes verschenen en afschuwelijk met Hughie flirtten en hem vroegen naar zijn lieve zoon die dan glimlachte en zo'n schokkende sigaret te voorschijn haalde. Te veel koffie, niet genoeg sterkedrank. Te veel slaap, niet genoeg foto's (eigenlijk helemaal geen foto's). Geen spoor van Alice of van Sammy.

In het begin kampeerden we vol mannelijk optimisme op braakliggende akkers. Het was heerlijk en rustiek, terwijl het kampvuur knetterde en knapte, waarvan ik zei dat het me deed denken aan de manier waarop Hughie om het uur (werkelijk precies op het hele uur!) met zijn vingers knakte terwijl hij reed, en waarvan hij zei dat het hem deed denken aan mijn luidruchtige ademhaling terwijl ik sliep. Maar de modder was hard om op te slapen en we werden steeds vroeg in de ochtend wakker in een dichte, sterrenloze duisternis die ons allebei doodsbang maakte. Ik moest nog bij de padvinders en wist niets van de geluiden van het bos, en ieder vallend

238

blad leek op een beer of een jager. En Hughie werd altijd stijf en zielig wakker; hij zei dat hij te oud was. Dus we gingen gebruikmaken van de trekkershutjes die recentelijk langs de weg waren neergezet. Ze waren over het algemeen heel kaal en roken naar insecticide, en het gemeenschappelijke bed was erg zacht, maar we sliepen er droomloos in alsof we op zee waren.

Hij vertelde me dat ik nachtmerries had. Dat hoorde ik toen we een week onderweg waren, aan de noordkant van Skull Valley in Utah, nadat we de hele dag door warm, roodbruin struikgewas hadden gereden onder een strakblauwe hemel. Hij zei dat ik schreeuwde en huilde in mijn slaap; hij zei dat het altijd hetzelfde klonk en dat het vast door de oorlog kwam. Ik weet het niet. Mijn geest heeft me ontzien. Ik herinner me deze gruwel blijkbaar alleen wanneer ik slaap. Hij vertelde me dat ik altijd huilde tot hij me in zijn armen nam en mijn haar streelde en dat ik dan slap werd als een dode.

We vonden het huis in Massachusetts, maar daar woonde geen Alice. Een knappe Duitse vrouw opende de deur van het huisje (een nieuw wit huisje dat zo uit de catalogus van een postorderbedrijf leek te komen) en zei dat ze al een poosje weg waren. 'Die gekke mevrouw Ramsey,' zei de vrouw glimlachend terwijl ze naar het belachelijk donkere interieur wees. 'Ik denk dat zij al deze boekenplanken heeft aangebracht.' Ze zei dat ze haar maar één keer had gezien, toen mevrouw Ramsey aan het verhuizen was. Een jongen die Sammy heette, dozen met boeken en ingelijste foto's van naakte vrouwen. 'Nogal een raar mens,' zei de vrouw tegen me, terwijl ze een haal van haar sigaret nam.

'Weet u waar ze naartoe is gegaan?'

Ze zette haar voet in de deuropening zodat de kat niet naar buiten kon. Het arme beest golfde weer terug het huis in. 'Mmmm-mmm.' Dat betekende nee. Vlakbij vloog een troepiaal van boom naar boom.

Toen ik weer in de auto stapte zei ik tegen Hughie dat ik het nog niet opgaf. Je leek zo dichtbij, Sammy, zo vreselijk dichtbij. 'We gaan niet naar huis,' hield ik vol, en mijn vriend legde lachend zijn hand op mijn schouder en vroeg waar ons huis eigenlijk was.

Niemand in de naburige steden had ooit van jou of van je moeder gehoord; ze was bij Ramsey weggegaan, was vervolgens uit Massachusetts weggegaan en er was nog slechts de rest van de wijde wereld waar ze zich kon verstoppen. En toch – toch was ik ervan overtuigd dat ik je kon horen roepen! Of soms, als ik op een miezerige avond uit het raam leunde, dat ik je moeders Rediviva kon ruiken in de wind. Net als mijn moeder vroeger zou ik zweren dat er meer zintuigen waren dan die we kennen, en net als zij viel ik voor de charme van zelfbedrog.

Ik vond je bijna iedere week. In Hopkinsville, Kentucky, op de namenlijst van de lagere school, waarop ik een Ramsey, S. ontdekte, en ik rende naar de klas, met de secretaresse strompelend achter me aan, maar vond slechts een meisje met vlashaar dat in een klas die bezig was met spelling, met het zelfvertrouwen van de waarlijk dommen 'obsessie' als 'o-p-s-e-s-s-i-e' spelde. Of op de oevers van Lake Erie, waar ik in de boeken van een synagoge een Alice Levy tegenkwam en een hele verbijsterende en exotische Hebreeuwse dienst lang wachtte om uiteindelijk slechts een grijze dame in een bontjas en met een pruik op te vinden; ze glimlachte tegen me en gaf me een kwartje, het lieve mens. Een A. Van Daler in Minesota was geen Alice maar bleek wel een nicht van me te zijn. Enzovoort. Documenten van de burgerlijke stand, kerkarchieven, notulen van de vrouwelijke vrijwilligers, namenlijsten van de padvinders, vrouwenverenigingen en allerlei plaatselijke verenigingen. Ik dacht natuurlijk heel vaak dat ik je had gevonden, net zoals iedere ware gelovige in de bijbel zoekt en daar aanwijzingen ziet die op zijn eigen leven slaan. Maar net als bij het elfenfeest duurden deze genoegens slechts de paar uren dat ik erin geloofde. Hun namen stonden nergens. Ik zou ze niet vinden. Amerika zou zijn geheimen niet prijsgeven.

Ik denk dat ik veel eerder zou hebben opgegeven als Hughie zelf niet ook een doel had gehad. Namelijk om van Maryland tot Missouri alle limonade die langs de weg verkocht werd te proeven en op een speciale blocnote op te schrijven welke staat gewonnen had (Georgia, uiteraard). Soortgelijke wedstrijden werden aangekondigd voor koffie na het eten, gehaktballen, spaghetti en, een van Hughies favorieten, appelpudding uit de oven (slechts drie vermeldingen, die allemaal klef waren), en ook meer informele wedstrijden voor de beste Schotse ritustempel, de Kapper met de meeste humor, de Snelste Politieagent, de Meest Lawaaiige Schommel, en de Bioscoopreclame met de Beste Spelfout (die werd gewonnen door de Aztec in Greenville, South Carolina voor THE JAZZ SIGNER, wat denk ik toch een zwijgende film was). Ik herinner me een jaar vol cijfers en aantekeningen en gelach, en ik voel me getroost. Ik vermoed echter dat het geheugen is samengetrokken door de kilte van de tijd en dat de rit voornamelijk bestond uit saaie stukken boerenland, die allang niet meer bijzonder of nieuw waren en waar we de raampjes dicht hielden tegen de stank van mest en stinkdieren, en de radio dagenlang ruis gaf tot we weer bij een station kwamen. En uiteindelijk heeft de radio je verraden, Alice.

Tegen de tijd dat we in Georgia waren, vond Hughie het autorijden niet meer zo opwindend – politieagenten haalden me inmiddels van de weg af als ik achter het stuur zat en zeiden dan lijzig: 'Jongen, je vader kan je beter ergens anders leren rijden,' zodat het helemaal op Hughie neerkwam – en terwijl we de Chrysler lieten nakijken vanwege een alarmerend gillend geluid, riep Hughie: 'Kunt u er ook een radio aan koppelen?'

'Wat?'

'Een radio. Ik kan er een in de stad krijgen.'

'Bedoelt u een radiotoestel?'

De mecanicien was jong, mager en vriendelijk en had lang, krullend blond haar. Achteraf bezien denk ik dat we onze geliefde radio hebben gekregen omdat Hughie het leuk vond om in de zon van Alabama naar de gebruinde spieren van de mecanicien te kijken. Niet meer dan dat – niets obsceens of wanhopigs – gewoon bewondering voor de jeugd. Hughie en ik gingen inderdaad de stad in en hij koos een glimmende Philco uit die de vorm had van een kleine biechtstoel, met van die klassieke panelen met een metalen rooster. Onze jonge man hees hem op de achterbank en begon glimlachend de bedrading aan te leggen. Dat was niet eenvoudig. Er werden reepjes antenne over het dak gelegd. Er werd uitvoerig overlegd over buizen en batterijen en omschakelingen, en er moest in het arme dashboard worden geboord, maar Hughie keek geduldig naar de glanzende beweging van de armen van de jongen en uiteindelijk draaide hij een houten knop om en toen weerklonk het geluid van het *Happy-Go-Lucky Hour*. Mijn vriend gaf hem een ritselend biljet van tien dollar als fooi en zuchtte toen we wegreden.

'Een radio, Hughie?'

'Hou je mond. Zet hem harder.'

Nou, dat was altijd een probleem; het lawaai van de auto en de wind was altijd harder dan de radio en we moesten bijna stoppen als we iets van het nieuws wilden horen. Muziek ging beter, dus we probeerden overal muziek te vinden en aangezien je midden in het land vrij weinig ontving – weinig zenders en de paar luisteraars die er waren gebruikten radio's die door wind werden aangedreven – leerden we het lelijke, moderne gejengel waarderen dat jonge mensen blijkbaar prachtig vonden. Ik weet dat ze het prachtig vonden, want als we in kleine stadjes stopten, verdrongen de meisjes met schortjes en jongens in stoere kniebroeken zich rond de auto om geboeid te luisteren als eilandbewoners in de Stille Zuidzee. Af en toe kenden er een paar een obscene dans die bij de muziek paste. Daar werd vaak door ouderen een einde aan gemaakt en dan werden we aangemoedigd om door te rijden. Maar toch was het leuk om populair te zijn en het zou een geweldige methode zijn geweest om vrouwen te ontmoeten als ik er niet uit had gezien als een puistige jongen van dertien.

Hele einden met ruis joegen ons bijna terug naar huis, maar telkens als we genoeg kregen van dat lege zeegeluid zei Hughie tegen me dat ik het nog maar eens moest proberen en dan kwam er gelukkig weer een zender te voorschijn, eerst als een spookachtig geluid en daarna in volle glorie. Het hele, ongelooflijk saaie stuk door Texas raakten we steeds meer gehecht aan een bepaalde detectiveserie die op een oceaanstomer speelde ('Knal! Boem! Wat was dat? De telegraaf, o God, de telegraaf!'), en we keerden bijna om toen in Deaf Smith County de hele uitzending in een golf van knetterende geluiden verdween. Fanny Brice volgde ons overal met haar irritante 'Baby Snooks', en op berghellingen konden we het begin van 'De Dikke Man' horen: '*Hij stapt nu op de weegschaal. Gewicht*' – een pauze om te wachten tot de naald van de weegschaal stilstond – '*honderddrieënzestig kilo. Wie? De Dikke Man!*' 'Ja, ja, ja,' fluisterde maestro Ben Bernie altijd tegen ons, en: 'Au revoir, slaap lekker.' En natuurlijk de reclame die een interessante kijk gaf op de obsessies van de middenstand. 'Als u parelwitte tanden wilt, koop dan tandpasta van Dr. Straaska.' Ik geef het toe, ik heb het gekocht. In het Zuidwesten raakten we verzot op een amusant kookprogramma waarin een vrouw (vast een man met een hoge stem) de luisteraars vertelde: 'Pak pen en papier, ik wacht, ga het pakken, dit is een heel goed recept,' vervolgens een stilte, geneurie, en dan las ze het meest belachelijke recept voor dat je maar kon bedenken. Sommige 'specialiteiten' in plaatselijke restaurants waren vast bereid door goedgelovige sufferds die naar het programma luisterden.

Die onwaarschijnlijke liefde voor de radio is me bijgebleven. Jij, Sammy, hebt me geleerd wat je favoriete programma's zijn en op speciale radioavonden zitten we samen met Alice gespannen te luisteren naar de avonturen van wezen en piraten, compleet met luide voetstappen en dichtslaande deuren, volslagen onechte donder en angstaanjagende stiltes die even schokkend zijn alsof de elektriciteit is uitgevallen. Ik herinner me nog dat de radio kapot was toen ik er net was. Alice stond op om aan de knoppen te draaien maar er kwam geen geluid. Jij keek dapper, Sammy – 'Wat moeten we nu!' – maar je was even verslagen als een Azteek die gehoord heeft dat zijn god dood is. Na mijn lange reizen met Hughie begrijp ik dat maar al te goed.

Maar het mooiste geschenk van de radio was wel het nieuws. Omdat we al zo lang reisden, waren we eraan gewend geraakt dat we buiten de tijd, buiten de wereld leefden, en onbelangrijke kleinigheden zoals een wespennest in onze badkamer of mijn (blijkbaar irritante) gewoonte om hardop voor te lezen wat er op reclameborden stond, kregen het belang van wereldschokkende gebeurtenissen. Wanneer we het nieuws hoorden, gingen we ons nederig voelen.

Massamoorden door gangsters. Effectenhandelaren die in paniek waren. Een of andere piloot die over de zuidpool vloog. We hoorden het nieuws meestal 's avonds, wanneer we pauzeerden aan de voet van een zwarte strook dennen en we luisterden naar berichten van ver over opstanden, aardbevingen, branden en sterfgevallen. De zachte, verfrommelde stem van een of andere man. Een vader die ons vertelde dat het land zou floreren en de aandelenprijzen zouden stijgen, en de wereld desondanks nog steeds slecht was. In de donkere nacht met een flauw tikken van regen boven ons hoofd. Een vader die ons vertelde dat we te ver van huis waren.

Toen we, niet lang nadat we de radio hadden gekocht, door Austin kwamen, leidde Hughie me heel geniepig zigzag door de voorsteden, onder het mom dat hij me een botanische tuin wilde laten zien waar een orchidee stond die naar zijn moeder was genoemd (waarom zou dat me interesseren?) en vervolgens dat doel liet varen en de auto opeens parkeerde, waarna we halsoverkop een restaurant in moesten. Het was zo'n gezellige tent met een naam die niets betekende – zoiets als The Swedish House – omdat ze toch overal hetzelfde eten hadden. Hughie was erg afgeleid, zat de hele tijd dromerig uit het raam te kijken en bestelde iets waarvan ik me niet kan voorstellen dat hij het wilde hebben – kip die als biefstuk was gebakken – wat zelfs de serveerster bijna niet kon geloven. Ik nam een kom chili die uitstekend was. Toen ik die op had, zat Hughie nog steeds uit het raam te staren en pas toen zag ik waar hij naar staarde. Daar, aan de overkant van de straat achter het raam van een kantoor zat een man met pikzwart haar en een mooie gebroken neus te telefoneren. Het duurde even voordat ik besefte dat het zijn oude geliefde Teddy was.

We bleven even zwijgend zitten zoals mensen naar een zonsondergang kijken. De persoon naar wie we keken, praatte geluidloos terwijl hij lachend achteroverleunde op zijn stoel. Hij was dikker geworden maar zag er verder hetzelfde uit. Mijn vriend keek even naar mij en glimlachte.

'Vind je dat niet grappig?' zei hij, 'daar zit mijn oude bediende.'

'Wat toevallig.' Ik bedacht dat ik het handschoenenvakje maar op slot moest doen wanneer we weer in de auto stapten, voor het geval dat Hughie het pistool aan Teddy wilde teruggeven (om het maar zo uit te drukken).

'Ik heb hem een brief gestuurd. Dus ik wist dat hij hier woonde. Ik dacht dat we misschien even langs konden gaan, hem even gedag konden zeggen.'

'Je hebt geen hap gegeten.'

'Het is vreselijk vies. Het is kip die als biefstuk is gebakken,' zei hij. 'Bij nader inzien moeten we hem maar niet gedag zeggen.'

'Hughie, ik weet alles van Teddy.'

Mijn vriend liet zijn hoofd op zijn hand rusten. Hij keek me aan en hij leek zou oud en zo afgeleefd en moe. 'Dat weet ik, beste kerel,' zei hij.

Arme oude vriend. Hij staarde naar verloren liefde alsof je die louter door een vergroting van de hoop kunt doen ontvlammen. Mijn god, die ouwe flikker; hij was nu net als ik.

Ergens in de bergen van Amerika, waar we wekenlang rondlummelden in eindeloze poedersneeuw, liet mijn lichaam me eindelijk in de steek. De laatste paar jaar had ik gemerkt dat er van alles aan het veranderen was; mijn spieren waren slapper geworden, mijn schoenen werden te groot en het meest wonderlijke van alles was dat de wereld boven me uit begon te rijzen. Spiegels, vensterbanken, laden – in de loop van de maanden gingen ze zonder dat ik het merkte omhoog tot ik op een dag mijn arm uitstak om een deur te openen en merkte dat ik mijn knokkels een centimeter of vijf onder de knop tot bloedens toe verwondde. Ik werd kleiner. Ik begon waterglazen om te stoten (een ingekorte arm) en over de stoeprand te struikelen (een korter geworden been). Hughie vond het grappig, vooral mijn nieuwe stem, die klonk alsof er een orkest aan het stemmen was, maar ik maakte me zorgen, ook al lachte ik met hem mee en waren de goedkope bioscoopkaartjes wel leuk. Het zou nooit meer veilig zijn in mijn lichaam; ik zou blijven struikelen tot ik doodging. Ik werd een kind.

Het was moeilijk te accepteren dat de jonge vrouwen die tijdens onze reizen altijd glimlachend hadden getoeterd naar de tiener met zijn vader, de meisjes die op straat naar me staarden terwijl Hughie een ijsje voor me kocht, me nu niet langer zagen. Ik was onder de waterspiegel van een meer gegleden en onzichtbaar geworden. Ik werd zwakker en kleiner, als iets wat langzaam uit het zicht verdween. Maar het ergste was het natuurlijk toen mijn lichaam even pauzeerde in zijn aftakeling, diep ademhaalde en me stilletjes ontsekste.

Het gebeurde niet op een bepaalde dag. Ergens tijdens de stofstorm van sneeuw in die zachte winter hield ik gewoon op man te zijn, te midden van de tientallen cafés met vermoeide serveersters en cowboys en wanhopig arme jonge mensen die naar Hughies horloge staarden, terwijl de radio en de lucht allebei even statisch waren. Haarloos als een puppy, van onderen verschrompeld tot een glad slakje. Ik probeerde het tot leven te wekken en het werkte nog heel even, maar werd uiteindelijk voorgoed slap, rubberachtig en alleen geschikt om langs de kant van de weg een heel eind weg te plassen. Ik schaamde me vreselijk. Ik hield het voor Hughie geheim, maar aangezien we voortdurend samen waren, duurde het natuurlijk niet lang of hij zag me op een ochtend uit het bad komen en besefte wat een eunuch ik was geworden.

Later in de auto werd hij stil. Ik wist dat hij geschokt was door mijn veranderde lichaam. Uiteindelijk vroeg hij of we niet een aardige stad moesten zoeken, misschien de stad waar we nu naartoe reden, om daar stilletjes onze laatste dagen te slijten. Reclame riep ons toe – de Howdy Hut, Reinhardt Bakery, A and V Photography – en takken met uitgelopen appelbloesem veegden langs de ramen. Gewoon een leuke stad.

'We vinden ze nooit, Max. Al leven we eeuwig.'

'Hier blijven?'

Telefoonpalen schoten een voor een langs, telkens met een zoevend geluid. We reden door het centrum, meer winkels dan we hadden gedacht, een heleboel mensen in de kerk, een stad waar altijd wel twee monsters konden wonen en gelukkig konden zijn, en toen waren we erdoorheen. De weg strekte zich vlak en eindeloos uit en verdween voor ons in een blauw waas dat een berg had kunnen zijn maar alleen een verre donderwolk was waaruit regen neerviel op een verre stad.

'We vinden ze nooit. Het is niet leuk meer om het te proberen. We zouden kunnen omkeren,' zei hij zachtjes. Hij wilde het verschrompelde kind dat hij in de badkamer had gezien redden. 'Jij hebt geld, we zouden vandaag nog een huis kunnen kopen. Kom, het is geen slecht idee. We zouden terug kunnen gaan naar die stad, hoe heet hij? Daar een huis kopen. Waarschijnlijk een herenhuis in deze contreien. Met een veranda en een tuin en een hond achter. Wil je geen hond? Heb je niet genoeg van deze auto? Ik meen het serieus. We kunnen gewoon omkeren.'

Ik ging erop in; het was wel een plezierige gedachte. Tenslotte waren we nog niets dichter bij mijn zoon. 'Je zou een advocatenkantoor kunnen beginnen.'

'Inderdaad. Ik zou wel eerst als advocaat moeten worden toegelaten, of ik zou net kunnen doen alsof ik al advocaat was.'

'Ik zou naar school kunnen gaan.'

'Een soort gezin. We zouden hier kunnen wonen. Ik meen het serieus. We zouden kunnen omkeren.'

Ik zag de ernst in zijn blik. Ik denk nu dat hij zich misschien wel zorgen had gemaakt en me had uitgelachen over de belachelijke staat waarin mijn lichaam verkeerde, maar dat hij toch zo dicht bij mijn leven had gestaan dat hij zich er gewoon nooit een voorstelling van had gemaakt. Net zoals we onze grootmoeder niet als oud zien; ze is gewoon oma, en blijft dat altijd, tot we haar op een dag bezoeken en beseffen dat ze ondanks haar glimlachjes en kussen blind wordt en dood zal gaan. Ik was altijd gewoon Max geweest. Ik zag hem denken en telkens weer kijken, en wat hij daar zag was niet meer Max – niet meer die oude, onhandige beer, het jong van Jim met de gespleten neus – maar een heen en weer wriemelend joch van twaalf dat aan een korstje pulkte en zijn verbrande neus vol afschuw optrok. Hughie begon te treuren over mijn dood.

'Nou ja, Hughie, beste vriend, misschien…'

En toen geschiedde een wonder.

'Kom met Pasen foto's maken,' klonk een diepe stem uit de radio. 'Helder en scherp, altijd op tijd. Alice and Victor Photography, op de hoek van Eighth Street en Main Street.'

'Nou ja,' zei Hughie, 'laten we...'

'Stil!'

'Eeuwige herinneringen. Ik ben Victor Ramsey en ik garandeer het u.'

De vogels vlogen alle kanten op toen de Chrysler stopte, en ze keken achterdochtig uit de bomen toen hij, te snel, met piepende banden omdraaide in een ruwe, halve cirkel naar de stad.

De winkel van Ramsey was niet moeilijk te vinden. Een vreemd bakstenen gebouw van twee verdiepingen met zwarte ijzeren cijfers aan de bovenkant: 1871. Er zaten lege bloembakken onder de ramen en een trompetklimmer had een pot in beslag genomen die oorspronkelijk voor rozen was bedoeld waarvan nog één witte bloem over was. Een koperen kwispedoor die was omgevormd tot een paraplubak verwees naar een verdwenen tijdperk. Op een bord stond dat ze op zondag gesloten waren; het vloeiende koorgezang uit de nabijgelegen kerk herinnerde me eraan welke dag het was.

Hughie was er niet bij; na een heftige discussie had hij erin toegestemd om in de auto te blijven, maar hij hield me nauwlettend in de gaten terwijl ik in dat pasgeverfde portiek stond; hij wist niet precies wat ik zou gaan doen. Ik wist het zelf ook niet precies. Ik zag diep in het huis de gestalte van Ramsey bewegen, als een beest in donker water, bezig met het verplaatsen van lijsten of het dragen van dozen. Hem kon ik echter niet zien.

Nog een wonder: de deur was open.

Binnen hing een geur van azijn en rook. Eén muur hing helemaal vol met grote, opvallende foto's van oceaangolven, en de andere muur was een en al golvend graan, maar verder waren de foto's die op kleine standaarden stonden van huwelijken, families en baby's. Een bezem leunde uitgeput tegen een muur, een toonbank en kasregister vulden de verste hoek en twee deuren in de verte stonden open: de ene naar duisternis en de andere naar aarzelend licht. De aarzeling kwam door de beweging van een schim.

Opeens stond hij daar naast me in de kamer. Een lange oude man, met een dot wit haar, uitpuilende ogen en de spits toelopende neus van een intellectueel. Hoe had ze van hem kunnen houden? Lang, met opgerolde hemdsmouwen en grote benige handen. Gewoon, heel gewoon, maar herkent u een schurk wanneer u die tegenkomt? Hij staarde me aan. Het begon weer te regenen tegen de ramen die gestreept waren van de tranen. Hij leek verbaasder dan ik had verwacht.

'Sammy?' stamelde hij.

Het duurde even voordat ik besefte dat ik precies op mijn zoon leek.

'Nee, nee, ik ben Tim.'

'Nou, Tim, ik geef nooit wat aan de padvinders,' zei hij. Een onverwacht Engels accent. Hij glimlachte en salueerde komisch. 'Militaire training, vreselijk.'

'Bent u Victor Ramsey?'

'Ja.'

'Van Alice and Victor Photography. Is zij uw vrouw?'

'Vroeger wel. Ze heeft nog steeds een aandeel in de winkel.'

'Maar ze woont hier niet meer. Waar is ze naartoe gegaan?'

Hij staarde me nieuwsgierig aan. 'Tim, laat me eens raden. Ik heb veel detectives gelezen. Eens kijken, je komt uit Californië.'

'Ze had een zoon.'

'Ik zal het je zeggen, ik wist het door de nummerplaat. Niet zo heel subtiel, besef ik.'

'Alice en Sammy.'

Hij wuifde dat weg. 'Ja, ja. Alice en Sammy, maar dat is niet zo heel nieuw, Tim. Moet je een werkstuk voor school maken? Het spijt me je te moeten vertellen dat ik niet zo beroemd ben. Niet in deze stad, niet sinds jij geboren bent, die foto's aan de muur zijn de enige waardoor iemand zich mij zal herinneren, maar alleen in New York, niet hier. Kijk er maar eens naar, doe rustig aan. Je hebt wel veel onderzoek gedaan, hoor. Goed gedaan, mieters om je te leren kennen, is dat niet wat tieners zeggen? Ik probeer modern te zijn. Echt mieters. Kom nog maar eens terug, Tim. Tot ziens.' En voordat ik het besefte was hij naar de andere kamer gelopen. Ik liep hem achterna.

'Ik heb een vraag.'

'Zou je mijn borsteltje kunnen aangeven?' vroeg hij. Ik was in een door de zon bespikkeld hol terechtgekomen – een van zijn fotostudio's – een prachtig decor van vallende bladeren, met een zomerse nevel in de verre lucht en een kapot hek. Mijn vijand stond op een ladder een blad aan een boom te schilderen. Wat wilde ik van Victor Ramsey? Hem vermoorden? Teddy's pistool lag in de auto, niemand zou het schot horen – het koor brulde vlakbij 'Rock of Ages', met veel sopraangeluid. En als ik de oude ladder een duw had gegeven zodat Victor Ramsey in zijn geschilderde vallei was gevallen, zouden zijn gekreukelde botten in geen dagen zijn gevonden. Ik had Victor Ramsey op talloze afschuwelijke manieren kunnen vermoorden, maar de gedachte kwam gewoon niet bij me op, ziet u. In die kamer waren we een oude man en een kleine jongen tussen de herfstbladeren, geen rivalen. We waren allebei eenzame echtgenoten, aan de kant gezette minnaars; op die zondag waren we allebei lid van dezelfde kerk. Nee, ik merkte dat ik meer wilde dan een adres: ik wilde iemand horen praten die ook zijn muze was kwijtgeraakt.

'Victor Ramsey, hebt u van haar gehouden?'

'Van wie?'

'Van Alice. Hebt u van haar gehouden?'

'Nee.' Hij werkte aan het blad, fabriceerde het moeiteloos en ging verder met het volgende. Hij vond het blijkbaar helemaal niet vreemd dat een jongen over liefde vroeg; ik begon te ontdekken dat hij anders was dan andere oude mannen die ik had gekend. Hij was een kunstenaar, denk ik, en het was ook net alsof hij nog steeds kind was. 'Niet zoals mannen in deze stad van hun vrouw schijnen te houden, ik ken je vader en moeder niet, maar niet op die manier.' Nu ik dichterbij stond kon ik zijn lelijke neusvleugels zien. 'Ik aanbad haar, Tim. Zo iemand zul je nooit ontmoeten. Sterk, onafhankelijk. Ik beschouwde haar nooit als vanzelfsprekend en deed ook nooit alsof ik haar begreep, en toen ze weg wilde liet ik haar gaan, want ze was kunst en ze was muziek.' Hij maakte nog een blad en nog een, en ieder blad bewoog heel precies in de wind die hij bedacht. 'Dat zul je niet begrijpen. Ik kan me niet goed uitdrukken. Kijk maar achter de deur, daar staat een foto.'

Er stond inderdaad een foto. Alice, toen ze een jaar of vijftig was, liggend in een poel vol drijvend kroos, als een badend meisje; ze was naakt. Haar armen waren zacht en gerimpeld, haar borsten zakten scheef weg onder water, met grote bleke tepels, en ze keek grijnzend omhoog naar een lucht die door een belichtingstruc die ik nooit zal begrijpen was veranderd in een wateroppervlak waar de regen in spetterde. Ze was niet mooi. Niet zoals ik haar in mijn herinnering had bewaard, diep in slaap en een en al symmetrie en vochtige lippen. Om haar heen steeg het zout in kleine deeltjes op, en die glimlach steeg boven het water uit. Wat verwarrend: mijn Alice die oud, maar op de een of andere manier opnieuw mooi was en daar vrij en gelukkig dreef.

Studenten kunstgeschiedenis, jullie herkennen dit portret misschien vanwege zijn korte bescheiden roem, of dat heb ik me in ieder geval laten vertellen. Als je het herkent, zeg dan niets. Laat mijn lief rustig verder leven.

'Die foto heeft zij gemaakt,' zei Ramsey. Het kwam niet in zijn hoofd op dat oude mannen geen naaktfoto's aan kleine jongetjes horen te laten zien. 'Ik heb haar de basis geleerd, maar zij was echt goed, ze werd achter de camera een ander mens. De meeste van deze foto's zijn van haar.'

Ik keek rond en besefte dat er overal portretten van haar tegen de muren stonden. Alice die vijgen at met een geamuseerde uitdrukking op haar gezicht, Alice zoals ze er altijd uitzag als ze sliep, Alice die op iedere foto steeds ouder werd. Al die foto's waar je mee bent opgegroeid, Sammy. Een catalogus van de jaren zonder mij. Ik bleef staren naar deze vrouw die ik waarschijnlijk nooit echt had gekend.

Achter me klonk de rustige stem van mijn collega-man: 'Ze heeft me jaar in jaar uit jonger gemaakt.'

'Waar is ze naartoe gegaan?' vroeg ik uiteindelijk.

Hij noemde de naam van een dorp, twee dagen rijden hiervandaan. Ik durfde geen adres te vragen.

'Hebt u haar in Californië ontmoet?'

Hij knikte en sloot zijn ogen terwijl hij nadacht welke kleur hij nu zou kiezen. 'In Pasadena. Ik kende haar moeder en ik heb haar uitgenodigd om bij me te komen werken. Het was zo'n geschenk dat ze kwam.'

'Hoezo?'

'Hmmm?'

Mijn stem klonk te ruw. *'Waarom is ze weggegaan?'*

Ik bedoelde bij mij, waarom is ze bij mij weggegaan? Maar Victor verstond het anders. Hij keek me aan zonder medelijden voor zichzelf of voor wie dan ook. 'Nou, jongen, ze hield niet van me.'

'O.'

'Zou jij de ladder vast kunnen houden?'

'Natuurlijk.'

Hij grijnsde weer, belachelijk onschuldig. Ik zag hem meteen voor me met zijn bruid. Alice die onhandig met baby Sammy frommelde, de oude Victor die glimlachend mompelde terwijl haar gelach door de kamer schalde. Een tulpenboom voor het raam, macaronitaart in de oven, de geur van Rediviva. Wat een heerlijk leven was hij kwijtgeraakt. 'Ik heb een theorie over mijn vrouw,' zei hij. 'Aangezien je belangstelling toont, ook al begrijp ik niet waarom. Net als alle vrouwen die haar zijn voorgegaan kon ze alleen veranderen door te trouwen. Ze wilde de hele tijd veranderen, een nieuwe vrouw worden, dus ze bleef maar trouwen: eerst Calhoun, hij liet haar briljant zijn, en daarna Van Daler, en hij liet haar mooi zijn en schonk haar een kind. Ik... nou ja, ik heb haar de vaardigheden geleerd waardoor ze me kon verlaten. Het zou me niet verbazen als ze weer is getrouwd, wie weet wat ze nu wordt? Ze hield niet van me, maar ik begrijp het. Echt. Sentimenteel meisje. Ze heeft volgens mij maar van één persoon ooit echt gehouden.' En ik zag aan de uitdrukking op zijn gezicht dat hij en ik die persoon niet waren.

Vergeef me deze laatste onderbreking, Sammy, maar ik heb slecht nieuws te horen gekregen. Gisteren ben ik met mijn vrouw en zoon op bezoek geweest bij een vriend van dokter Harper die bij het meer woont. Een dikke, vrolijke en edelmoedige man; ook een psychoanalist, wat me doodsbenauwd maakte. Maar hij wierp slechts één onderzoekende blik op me – de blik van een botanicus die een leuke, veel voorkomende bloem determineert – en liet ons toen allemaal een onbegrijpelijk nieuw gezelschapsspel spelen. Alice en ik verloren onmiddellijk en zij kondigde aan dat we een wandeling gingen maken. Buiten zongen de nachtvogels in de vochtige lucht en toen we een poosje hadden gewandeld en geluisterd, vertelde ze het me.

We pauzeerden bij het meer (er was geen maan, maar wel een helder fosforescerend licht in de wolken) en gingen in de glinsterende duisternis zitten, de lamploze duisternis waarvan ze als meisje had gezegd dat ze er zo van hield, de duisternis van vroeger. Er klonk gespetter in de verte; ze zei dat er misschien wel een monster in het water leefde. Ik zei dat ik het koud had, maar gelukkig had ze een trui bij zich (die goede moeder), dus ze liet me mijn armen vol overgave optillen terwijl zij de trui over mijn lichaam trok. Hij rook naar mijn zoon. We gooiden een paar stenen – ik kon heel slecht gooien met die handen die steeds kleiner werden – en zij lachte, en ik probeerde te lachen, maar ik was een nerveus kind dat verliefd was op een oudere vrouw die hij niet kon krijgen. Uiteindelijk vertelde ze me dat Harper haar had gevraagd om met hem te trouwen en dat ze ja had gezegd en dat jij, Sammy, het al wist.

Ik staarde haar aan als een konijn in een tuin.

'Wat vind je ervan?'

'Met Harper trouwen?' zei ik.

'Ja, dokter Harper. Hij maakt me gelukkig. Hij zegt dat hij ons allemaal mee zal nemen op een wereldreis, stel je eens voor! Is er een plaats waar je altijd al van hebt gedroomd? Ik heb van zoveel plaatsen gedroomd.'

Alice, je droeg je haar los als een meisje en ik voelde dat het een karikatuur was van het meisje dat je vroeger was, iemand die geen zonverbrande dokter nodig had om haar mee op reis te nemen. Heb ik dat meisje verzonnen? Of had ze zich tientallen jaren geleden verstopt en leefde ze nu nog slechts in mijn herinneringen?

Ik vroeg of haar andere echtgenoten haar gelukkig hadden gemaakt.

'Natuurlijk.'

Ik ben gek; mijn gedachten waren koortsachtig en ik kon ze niet beheersen. Ik heb je dagboek nog niet gevonden, Alice, als je er tenminste een hebt, dus ik moet je zulke dingen wel hardop vragen. 'Waarom bent u dan bij ze weggegaan? Waarom bent u bij Sammy's vader weggegaan? Hield u niet van hem?'

Heel even kwam de intelligentie van vroeger wreed en opwindend als een magisch teken in haar boven en ik dacht dat ze iets ging zeggen dat je nooit tegen een kind mocht zeggen. Mijn hart beefde omdat ik doodsbang was dat ze me had doorzien en mijn vel trok strak over mijn botten. Toen veegde ze de herinnering weg als een zwaan die in het water zijn veren uitschudt, en ze keek naar mijn onschuldige kinderlijke gezicht.

'Dat was heel lang geleden,' zei ze.

'Ik weet zeker dat u samen gelukkig zult zijn.'

Een lachje. 'Dank je.'

Met een liefdevol gefluister dat haar verbaasde viel ik op haar schoot neer.

Als Harper ooit deze bladzijden vindt, zal hij ze vast aan zijn vriend de psychoanalyticus laten zien en o, wat opwindend voor die brave man! Ik hoor zijn potlood al krassen. Eens kijken, wat zou hij opschrijven: 'Patiënt probeert geslachtsgemeenschap te hebben met moeder'– o, niet met mijn minuscuul geworden apparaat, dokter, maar u zult er vast wel iets symbolisch mee bedoelen. Maar is het eigenlijk wel een oedipuscomplex als ik met de moeder ben getrouwd voordat ik de zoon ben geworden? Nee, ik ben te verknipt. Er valt aan mij niets meer recht te trekken, dokter. Om me te bevrijden moet u me doormidden knippen.

We hadden het adres gekregen door middel van een trucje bij de bibliotheek en met behulp van een plattegrond die bij het stadhuis stond reed de oude Chrysler binnen een uur ronkend naar huis.

'Waar denk je aan, beste kerel?' vroeg Hughie me.

We hadden de radio afgezet en de enige hoorbare geluiden waren vogels die nog floten en het gesnor van een motor in een nabijgelegen onzichtbare straat. 'Dat ik alleen nog maar mijn zoon wil zien.'

'Alleen hem?'

'Haar ook.'

'En dan?'

'Ik weet het niet.'

Naast ons verscheen een groene strook land: Lincoln Park, waar jij honkbal speelt, Sammy. Hughie reed langzaam verder – te langzaam voor de auto achter ons, die ons met luid schetterende radio inhaalde. 'Ik ken je,' zei hij op die toon waar ik een hekel aan had, 'we zijn van te ver gekomen. Je bent niet van plan om alleen even door het raam te kijken en dan weer in de auto te stappen, hè?'

'Ik dacht dat we misschien aan konden bellen.'

'Dat is dom,' zei hij. 'Misschien herkent ze me wel.'

'Dat weet ik. Het maakt niet uit. Zeg maar dat je toevallig in de stad bent. En ik ben je zoon.'

Zijn hand streek met een vertrouwd gebaar over zijn schedel, op zoek naar het haar dat nu al jaren was verdwenen, en rustte toen weer op de versnellingspook. Met de geur van metaal dat over elkaar wreef schakelde hij naar de juiste versnelling. Toen vertelde ik het hem.

Ik vertelde hem wat ik in Ramseys naar chemicaliën ruikende studio had beraamd. Nee, we gingen niet alleen aanbellen. Of kijken hoe het er was. Ik vertelde hem over de droom die ik nog had; een gedicht, in feite, een kunstwerk. Wat ik van deze stad en van Alice en van Sammy verlangde. En van hem. Het was heel wat om van iemand te verlangen, te veel denk ik. Maar zijn zwijgen vatte ik op als toestemming, want hij had het zelf gezegd: we waren van te ver gekomen.

'Ga je het vertellen?' vroeg hij uiteindelijk.

'Nee, ik denk dat ik het haar nu nooit meer zal vertellen.'

'Sammy, bedoel ik.'

'Hij zou me niet geloven.'

'Zal hij wel geloven dat je gewoon een klein jongetje bent?'

'Dat gelooft verder iedereen.'

'Nou ja, hoe moet ik je noemen?'

Ik keek naar de weg en zag een baby die me vanuit zijn wagen aanstaarde, even wantrouwend als een vrouw in een operaloge.

'Hughie natuurlijk. De kleine Hughie. Naar mijn vader.'

Hij lachte.

En daar waren we dan, Stonewood 11.402. Hughie parkeerde met veel lawaai en zette toen de motor af zodat een zacht blaffen van achter het huis hoorbaar werd. Een gewoon huis, geel met zwart, met een sierraam in de deur en het enigszins scheve houtwerk van een later toegevoegde, goedkoop uitgevoerde verdieping. Boven de bomen uit een kerktoren. Een hek aan de zijkant ging open en de behoedzame hond glipte naar buiten; daar stond die oude Buster, goudgeel als een cake, vanaf een hoek van het gazon te blaffen. Even was hij stil en hij draaide zijn kop naar de deur. Daar stond zijn eigenaar als een gek kauwgum te kauwen. Een jongetje dat op mij leek.

'Heeft je moeder deze taart gebakken?'

Hughie zat glimlachend in het licht van de keukenlamp met een vork vol appeltaart in zijn hand. Ik kreeg mijn taart niet op; ik was al een keer naar de wc geweest om mijn maag te legen en voor de spiegel te zuchten. Nu kon ik alleen maar naar de jongen staren die met half toegeknepen ogen naar ons keek en een honkbal van de ene in de andere hand overgooide. Hij haalde zijn schouders op.

'Nou, hij is heel lekker,' zei Hughie.

'Vast wel.'

'En het is heel aardig van je dat we hier op je moeder mogen wachten.'

Weer een schouderophalen en Sammy staarde naar de achtertuin waar Buster dom rondjes liep om de oude Canadese den en een eekhoorn schrik aanjoeg. Een mot zat achter de hordeur gevangen en er was helemaal niemand die hem bevrijdde.

'Zit jij op school, Sammy?'

Stilte, alsof de vraag een valstrik was. 'Ik zit op Benjamin Harri-

son. Ik zit in groep zeven. Ik heb mevrouw McFall en ze is ziek geweest, dus vorige week hebben we een week lang geen huiswerk gehad.'

'Vind je haar aardig?'

'Gaat wel. Volgend jaar krijg ik mevrouw Stevens en ik heb gehoord dat die...' Je zweeg voordat je iets grofs zou gaan zeggen, toen
keek je mij aan en glimlachte. Mijn brein vulde zich met zwarte sterren.

Victor Ramsey had me voorbereid op hoe je eruit zou zien – niet
het evenbeeld van je nietige vader, maar je leek best op hem, met je
enorme oren en je blonde haar dat in een gladde kuif was gekamd –
maar je verwrong het gezicht van je vader zo dat het niet te herkennen was. Je hield je gezicht nooit stil: verveeld maakte je het lang of
je rimpelde het nadenkend; je rusteloze ogen rolden heen en weer
en vernauwden zich en gingen opeens dicht alsof je bijna in slaap
viel bij wat Hughie had gezegd; en je lippen, God, die smakten
smak, smak, smak van het kauwgum dat je kauwde alsof het een be-
telnoot was. Eén elleboog had je onlangs geschaafd en er druppelde
een beetje geel vruchtensap uit; de andere elleboog was bont en
blauw. Zelfs nu we erbij zaten, beet je op je nagels. Je sprong af en toe
uit je stoel op om uit het raam naar Buster te schreeuwen, die niets
bijzonders deed, maar die waarschijnlijk je beste vriend was (wiens
plaats ik nooit echt heb ingenomen). Je was redelijk beleefd (je no-
digde ons uit om binnen te komen toen je hoorde dat we oude
vrienden waren) maar je commandeerde ons in de rondte, zei dat
we in bepaalde stoelen moesten gaan zitten en zei tegen ons: 'Eet
niet alle taart op want ik wil nog wat bewaren.' Uit dit alles viel niet
op te maken dat je van een meisje hield dat Rachel heette. Of dat je
alleen op je kamer zat en voor je moeder bad. Dat je je daarna de afschuwelijke dood van leraren en klasgenoten voorstelde of dat je
door die dromen bang was voor de duivel. Kortom, dat je een beetje op me leek. Dat zag ik toen helemaal niet, ik zag alleen een honk-
balkampioen, een cowboyfan, een onderdeurtje dat alles wat hij zei
zo nieuw en briljant vond dat hij er zelf om moest glimlachen. Een
uiterst irritant jongetje.

'We zijn bezig met Azië,' zei je.

'Klinkt goed.'

Je gezicht vertrok van afkeer van het gehele continent. 'In dat geweldige gebied wonen ongeveer een miljoen geweldige mensjes en er zijn ongeveer honderd geweldige landjes die allemaal precies hetzelfde zijn en ik weet niet eens hoe ze heten, behalve dat je China hebt, weet je, dat voornamelijk thee exporteert. Nee, zijde. Nee, rijst. Een van die dingen. En Japan. Willen jullie mijn haiku horen?'

'Ja.'

Hij hield zijn hoofd ernstig rechtop onder het licht en droeg het volgende meesterwerk voor:

> Een kleine sandwich
> Die zachtjes in zichzelf zingt:
> 'Tonijnsalade.'

'Dat komt omdat ik ontzettende honger had toen ik dat schreef,' voegde hij eraan toe. 'Maar ik heb er wel een goed cijfer voor gehaald. Ik haal alleen maar goede cijfers.'

'Je bent nu twaalf, hè?' zei Hughie.

'Mm-mm.'

'Nou, dat is even oud als de kleine Hughie hier. Hè, jongen?' Mijn oude vriend keek me zo vreemd aan – bijna boos, alsof hij wilde gaan huilen – en ik herkende gek genoeg het gezicht van mijn overleden moeder: *Wees wat ze denken dat je bent.*

'Ja, pa,' zei ik met mijn zielige, hortende stemmetje. 'Ik ben twaalf.'

'Heb je een geweer?' vroeg Sammy me, en ik vroeg me af wat voor kind mijn vrouw had grootgebracht.

Maar Sammy wachtte niet op antwoord. 'Ik mag van mijn moeder geen geweer hebben. Ze weet er niets van, ze heeft er nog nooit een gehad, van mijn vader zou ik het wel mogen, dat weet ik zeker. Danny Shane van verderop in de straat heeft een bb met een dubbele loop, maar die klapt af en toe omhoog en dan schreeuwt zijn vader als een gek naar hem, en Billy Easton heeft een Daisy.' Opeens riep hij heel blij de reclame: 'Het is een Daisy.' Buster rende blaffend naar de gazen deur en Sammy plaagde hem tot hij weg draafde.

'Ik heb je moeder gekend toen ze klein was,' zei Hughie, terwijl hij nog wat taart at. Te veel kaneel die zich door de lucht verspreidde.

'Het is een Daisy,' gilde mijn zoon weer.

'Je lijkt precies op haar. Zeggen mensen dat wel eens tegen je?' Hij haalde zijn schouders op. 'Je hebt haar mond. Ze was knap en direct en maakte haar moeder helemaal gek. Je hebt je grootmoeder nooit gekend, hè? Ze was een geweldige vrouw. Altijd grappig en vriendelijk, fantasierijk. Een... een vriend van me heeft me verteld dat zij en je moeder zich vroeger altijd verkleedden met oude kleren en daarna voor de open haard gingen zitten schaken. Stel je je moeder eens voor, in hoepelrokken en met een hoed uit de Burgeroorlog. Een geestig meisje. En slim. Ze was anders dan andere kinderen. Ik bewonderde haar.'

Mijn zoon lachte. 'Ze heeft me verteld dat ze, toen ze klein was, een keer een poema op straat heeft gezien. Die had iemands papegaai opgegeten.'

'Dat verhaal ken ik niet.'

'Heb je mijn vader gekend?'

Hughie sloeg zijn blik neer en keek naar de tafel. 'Ik weet het niet zeker. Hoe heet hij?'

Ik was weer misselijk.

'Van Daler,' zei Sammy. 'Dat is Deens.'

'O ja? Van Daler.' Hughie keek me stiekem aan. Het leek onmogelijk, maar ze had het hem verteld. Alice, liever, je had me voor onze zoon in leven gehouden. 'Van Daler,' zei Hughie weer. 'Nee. Nee, ik geloof niet dat ik hem ken.'

'Nou ja.'

'Wat heeft je moeder je over hem verteld?'

'Niets.'

'Ik heb een pistool,' zei ik uiteindelijk.

'Echt?' vroeg mijn zoon opgewonden.

'Ja, echt.'

'Mag ik het zien?'

Toen mengde iemand anders zich in het gesprek. Iemand in de andere kamer die vanaf de open voordeur riep, en we draaiden ons alledrie om naar de lege gang. Een hese lach, een wonder, een verstikte imitatie van een oude herinnering, de derde keer dat ik haar stem voor het eerst hoorde: 'Hé Sammy, ik ben thuis, je zult niet geloven wat ik heb gezien...'

Ze stapte naar binnen. Zwarte sterren, zwarte sterren. Zoveel jaren, zoveel kilometers. Ik begon vreemd adem te halen en kon me alleen concentreren op het doorweven bruin van haar irissen, hoe ze een beetje overliepen in het wit. Was je het echt? Halverwege de vijftig, met je wenkbrauwen tot komma's geplukt en je haar in een onwaarschijnlijke knot. Een breed, o nog steeds mooi gezicht, en ja, natuurlijk was je het. Mijn kleine meisje van papier, dat een halve eeuw lang verfrommeld in mijn zak had gezeten en dat nu uitgevouwen voor me in de keuken stond. Die ogen, die wijd open waren van hoop en schrik. Ze keken niet naar mij.

'Hallo Alice,' zei Hughie, met een glimlach op zijn weinig attractieve oude gezicht.

Haar hand ging naar haar hart. We zijn allemaal iemands grote liefde.

We bleven eten en daarna werd op de zachte toon van oude mensen besloten dat we die nacht zouden blijven logeren.

'Een hotel? Geen sprake van,' zei Alice. Ze schudde haar hoofd en fronste haar wenkbrauwen.

'Nou ja, maar het is belachelijk, Alice. We kunnen hier niet blijven.'

'Je bent een oude vriend.'

'De buren...'

Alice lachte. 'Het kan me helemaal niets schelen wat de buren denken!' En toen draaide ze zich wonder boven wonder naar mij toe en zei: 'Luister niet naar je vader. Mijn huis staat tot je beschikking, kleine Hughie.' Een hand op mijn hoofd, een vriendelijke blik; ze herinnerde zich niets, helemaal niets.

Ik werd bij Sammy op de kamer gelegd en we kregen te horen dat we naar tekenfilms mochten kijken terwijl de volwassenen op de veranda zaten om de zon onder de bomen te zien zakken. We keken natuurlijk niet naar tekenfilms, we keken naar Sammy's bescheiden verzameling vieze plaatjes. Hij was zo trots en ik was op gepaste wijze verbijsterd, en daarna legde hij, als het tederste tableau dat je je kunt voorstellen, alle geliefde zaken uit zijn leven voor me neer: een stuk of twintig heel gewone postzegels in een boek, een volmaakt ronde steen, een tinnen sarcofaag van koning Tut, een bewegende bank waarin een clown met een katapult een munt in de bek van een leeuw schoot (wat met mijn eigen penny werd gedemonstreerd), drie roze schelpen, een honkbal, een handschoen en een foto van Clara Bow die uit een tijdschrift was geknipt. We gingen zitten en legden deze wonderen weer anders neer en staarden er ongeveer tien minuten naar. Toen vroeg mijn zoon of ik met zijn Erector wilde spelen en de kostbaarheden werden in de steek gelaten terwijl hij allemaal tingelend metaal op het bed legde.

Ik beweerde dat ik nog nooit Erector had gezien, en zijn ogen puilden uit van verbazing. Ik herkende zijn gezicht en mijn adem stokte: het was het gezicht van Alice als meisje. Wat een vreemde herinnering in dit vreemde kamertje. Ik vroeg me af of ik misschien nog een vluchtig gebaar van mezelf zou zien als ik maar lang genoeg wachtte.

Maar door het open raam hoorde ik vage stemmen. Ik liep naar het raam en luisterde door een sluier van klimop. Twee zachte stemmen die omhoog dreven vanuit de tuin beneden.

'Een vierspan,' zei de man.

'Oude muntjes,' zei de vrouw.

'Gaslicht.'

'Natuurlijk.' Ze lachte. 'En queues de Paris.'

'Woodward's Gardens.'

Het waren mijn vriend en mijn vroegere geliefde, die daar in de schemering zaten. Ze speelden een droevig spel. Ze noemden op wat voorgoed verdwenen was. Ik kon mijn geluk niet op dat ik stiekem het leven van mijn zoon kon binnendringen en zijn schatten kon zien, dat ik het gezicht kon zien dat zo graag mijn goedkeuring wilde; het geluk om samen met hem jong te zijn! Maar ik betreurde ook het feit dat ik niet daar beneden kon zijn, bij de oude mensen, om de zolder van het verleden door te spitten. Hughie in een fluwelen pak, Alice met een prinsessenhoedje op, de oude Max in een spiegel. En wij allemaal zoals we vroeger waren.

'Mis je het, Alice?'

De rest hoorde ik niet. Ik leunde uit het raam.

Sammy trok aan mijn mouw. 'Oké, ik ga een boot maken, kijk, en jij moet ook een boot maken, en dan laten we ze om het hardst rond het bed varen, want dat is de rivier, snap je.'

Ik begreep het. Beneden me, omvat door de gele bloesem van een forsythia die zich vergiste door dit warme weer, zaten twee oude mensen op een ijzeren bank en ze zagen er precies zo uit als ik eruit zou hebben gezien als de tijd op de normale manier voor me was verlopen.

Toen Hughie op zijn kamer kwam, zat ik te wachten.

'Hoe gaat het met haar?'

Sammy was allang naar bed en ik, die te oud was om vroeg naar bed te gaan, had gewacht tot ik het zuchten van zijn dromen hoorde en was toen de kamer uit geglipt. Ik had eerst naar het gemompel van de volwassenen geluisterd, maar omdat ik niets kon verstaan was ik naar deze naaikamer gekomen waar Hughie zou slapen. Op de tafel lag stof voor nieuwe gordijnen en een schort dat al af was.

Mijn vriend glimlachte en trok zijn jas uit. De lamp deden we niet aan; de maan scheen door het raam. Hij zei: 'Hallo, Max. Ik dacht dat je bij Sammy zou slapen.'

'Hij is al uren geleden in slaap gevallen.'

'Hoe was het om hem te zien?' We fluisterden.

Ik vouwde mijn handen samen op de schoot van mijn pyjama terwijl Hughie zich begon uit te kleden. 'Vreemd,' zei ik. 'Verbazingwekkend. Ik weet het niet. Ik zal eraan moeten wennen. Hij heeft het idee dat hij de beste ter wereld in iets gaat worden, hij weet nog niet in wat, maar hij wordt de beste. Hij is anders dan ik van een klein jongetje verwacht had. Anders dan ik vroeger was.'

'Jij bent nooit een klein jongetje geweest, Max.'

'Ik doe mijn best. Vertel me over Alice. Is ze nog hetzelfde?'

'Ik weet niet. Ik heb haar gekend toen ze, nou, wat was ze? Zestien?'

'Veertien.'

'God, wat is dat lang geleden.'

'Is ze nog hetzelfde als toen?'

'Ik herinner me dat ze, ik weet niet, dat ze de hele tijd praatte over wat ze van plan was, dat ze me vragen stelde en daarna, nou ja, ze wachtte het antwoord eigenlijk niet af. Dan praatte ze alweer over iets anders. Zo is ze nog een beetje. Maar een beetje dromerig, ze staart naar de lucht en haar gedachten zijn ver weg, wie weet waar.'

'Ja. Ze is nog hetzelfde.' Dus ik had haar toch niet kapotgemaakt.

'Hebben jullie het nog over mij gehad?'

'Ik heb haar niet verteld…'

'Ik bedoel over mij als haar echtgenoot. Of over mij als haar vroegere huisbaas. Wat heeft ze gezegd?'

'Ik heb over jou gepraat als over mijn zoon. Ik heb gezegd dat je een deugniet bent. Egoïstisch en intelligent ben je, weet je, slimmer dan alle andere kinderen. Ik heb gezegd dat je nooit ergens echt op je plaats bent, dat je graag bij mij bent. We doen domme woordraadseltjes in de keuken en drinken slappe koffie. Ik heb haar over onze reis verteld en dat jij altijd graag het bed koos dat het dichtst bij de badkamer was, voor het geval dat er dieven kwamen en je moest ontsnappen. En dat je een hekel hebt aan gedroogd vlees. Ik heb gezegd dat ik heb geprobeerd om je te leren rijden en dat je de zijspiegel eraf hebt gereden.

'Dat heb ik Sammy verteld. Ik heb gezegd dat je me flink op mijn donder hebt gegeven.'

'Dat had ik moeten doen. Ik heb gezegd dat er meisjes op school verliefd op je waren. Dat je dol bent op lezen. Ik heb gezegd dat ze dol op je zou zijn.'

'Dank je.'

Een grijns. 'Nou ja.'

Hughie draaide zich om terwijl hij zijn broek uittrok. Naakt, het bibberende lichaam van een oude man. Hoeveel jaar was het geleden dat hij het soort passie had gekend waar hij van hield? Hij stapte struikelend in zijn katoenen pyjamabroek. Het was stil in huis, heel stil, en door het raam heen was de hemel licht rond de maan en zonder sterren. Ik bedacht dat het tijd werd.

Ik vertelde hem wat hij al wist. Dat hij me weldra achter zou moeten laten.

Zonder zich om te draaien zei hij: 'Ik heb haar verteld dat je niet van bietjes houdt en volgens haar houdt Sammy daar ook niet van.'

'Hughie.'

'Ik wil er nu niet over praten. Ik ben zo moe.'

Ik zei dat ik erover had nagedacht en dat hij 's ochtends weg moest gaan.

'Laten we dat nou niet doen.'

'Voordat ze wakker worden. Ik heb al wat geld in je tas gestopt. Het zit in een oude sok, raak het niet kwijt.'

'Niet morgen al, Max. Dat kan ik niet.'

'We hebben dit allemaal al eens besproken.'

'Ik kan het echt niet.'

'Je hebt het me beloofd.'

Hij legde uit dat er een betere manier was. Dat we allebei weg konden gaan. Nu meteen; we konden onze spullen pakken, in de Chrysler stappen – die stond gewoon aan de overkant van de straat, te slapen – en stilletjes starten en stilletjes uit deze vreselijke plaats wegrijden. 'We zouden kunnen doen waar we het over hebben gehad, we zouden een klein stadje kunnen zoeken en daar gaan wonen. Dat is het beste. Lijkt dat je ook niet het beste?'

Ik zei dat hij één ding was vergeten. Dat ik stervende was.

Hij staarde naar me, met zijn handen op de heupen, zijn pyjama niet dichtgeknoopt zodat je de plukjes grijs midden op zijn borstkas zag. 'Doe niet zo dramatisch. Je hebt nog bijna twaalf jaar.'

Maar dat was niet zo en dat wist hij ook wel. Die twaalf jaar zouden niet bestaan uit wegkwijnen en grijs worden en op een nacht in slaap vallen in die stad die hij in gedachten had, en mijn hart laten stilstaan in het eerste uur van mijn zeventigste verjaardag in 1941. Misschien zou hij zo kunnen sterven. Maar op mij rustte een ander soort vloek: mijn laatste jaren zouden een nachtmerrie voor het lichaam zijn. Ik zou krimpen, babyvet krijgen, mijn verstand en geheugen verliezen, mijn spraakvermogen verliezen totdat ik alleen nog maar over de grond zou kunnen kruipen en naar deze vader staren met ogen die hem smeekten om me te doden. We wisten allebei dat ik er lang voor dat alles een einde aan zou moeten maken.

'O, God, Max,' zei hij hoofdschuddend. 'Luister, luister, wat gebeurt er over een jaar? Als je vijf centimeter korter bent. En met mij?'

'Ze zullen het niet merken.'

'Dat je kleren kleiner worden?'

'Zover komt het niet.'

'Het is belachelijk. Het is zelfzuchtig, dat is het. Dat ben je altijd al geweest, Max, zelfzuchtig. Denk eens na, denk gewoon even na. Heb je haar niet genoeg aangedaan? Moet je haar weer beetnemen? En je zoon? En mij dit aandoen?'

'Dit heeft niets met jou te maken, Hughie.'

'O, ik…'

'Laat me hier blijven. Mijn vrouw en zoon zijn hier.'

'Je kunt geen echtgenoot zijn! Je kunt geen vader zijn!'

'Stil. Ik zal een zoon zijn. Heel even.'

Of zoiets. Ik herinner me niet meer de precieze bewoordingen van dat gesprek, maar ik herinner me wel hoe het klonk, hoe hij uiteindelijk keek en dat het licht was, dat de kamer naar stof en olie rook, dus ik heb het op basis daarvan ingekleurd, zoals je een beschadigd kunstwerk restaureert.

Ik zei: 'Je kunt dat kleine stadje zoeken en daar gaan wonen. Ik heb je genoeg geld gegeven voor een hele tijd.'

'Ik wil je geld niet.'

'Het is heel veel. Je zou een huis en een groot stuk land kunnen kopen. Met een hond en een vrouw die iedere avond om vijf uur komt om eten voor je te koken.' Ik schetste een beeld dat hij goed kende, van een boerderij met een lange oprijlaan omzoomd door cipressen, een schuur, zijn verdomde kippen, alles. Ik zei dat hij als hij wilde een andere Teddy kon nemen. Het kan niemand wat schelen wat rijke mannen doen. Hij zou van iemand kunnen houden.

Hij zweeg even en keerde zich toen naar me toe.

'Iemand,' zei hij, en de manier waarop hij me aankeek maakte me bang.

Er zijn dingen die we maar één keer zeggen, en de woorden die ik op zijn lippen vorm zag krijgen had hij al eens gezegd. Jaren geleden, tientallen jaren geleden in de salon van zijn huis, waar ik versuft door hasjiesj op de sofa lag terwijl er in de open haard een vuur brandde. Hij had me aangekeken en zich naar het vuur gedraaid en iets gemompeld dat door het knetteren van de vlammen was overstemd. Ik kon net doen alsof ik het niet had gehoord; net doen alsof we precies zo waren als ik wilde, en het vuur te veel lawaai maakte of het kloppen van het bloed in mijn oren te luid was; ik kon me verbeelden dat hij dronken was en ik kon het vergeten. Maar er was meer dan dertig jaar voorbijgegaan en ik zag zijn blauwe ogen en hij was het niet vergeten. Ik zag de woorden zich ordenen, maar er zijn dingen die we maar één keer kunnen zeggen. Hij begon zijn pyjamajasje dicht te knopen. Door het beven van zijn handen besefte ik dat het leven voor ons allebei vreselijk verkeerd was verlopen.

'Hughie, geef me de whisky eens aan.'

'Je bent te jong.'

'Ik krijg waarschijnlijk nooit meer een borrel. Geef op.'

'Ik ga niet weg, Max,' zei hij, hoewel hij er uitzag alsof hij het discussiëren zo moe was.

'Jawel, ik weet dat je heus wel gaat.'

'Ik ben koppig. Dat weet je toch nog wel? Van toen we klein waren? Jij was, God, jij was dertig centimeter langer dan ik en toch wist ik je op de grond te krijgen. Het kon me niets schelen. Ik was half zo groot als jij en ik versloeg je.'

'Dit is anders.'

'Was er ooit iets leuker dan dat? 's Ochtends samen die lessen? En mijn vader die dan een kaart zo vouwde dat hij op zijn kop stond en dan begon te wijzen alsof het een nieuw werelddeel was? En daarna tilde je mij op en gooide je me in het gras. Weet je nog, Max?'

'Er was nooit iets leukers.'

We praatten nog een uur of wat over dingen van vroeger. De geur van krijt wanneer we het van de lei veegden. En kikkers die we in de keuken verborgen om Maggie en John Chinaman aan het schrikken te maken, en de angst wanneer we stiekem naar mijn vaders kamer gingen en al die mooie verboden voorwerpen op zijn etagère vastpakten (en hoe er een scherfje van de apenkop in glas af raakte en we de schoorsteenveger de schuld gaven). Grappen die niemand anders dan wij zou begrijpen. Geheimen van vroeger uit onze jeugd. Sleeën in de sneeuw tussen de grafstenen. Inmiddels was de maan onder en hoorde ik aan zijn zachte stem hoe slaperig hij was geworden. Ik zei dat het misschien bedtijd was.

'Nee, nee...' fluisterde hij.

'Het wordt tijd om te gaan.'

'Blijf vannacht hier slapen.'

'Goed, maar ik ga voor de ochtend weg.'

'Nog één ding.'

'Het is tijd om te gaan, Hughie.'

Zijn stem werd nog één keer krachtiger, de laatste energie die hij in zich had. 'Vertel me. Je wilt echt niet met me mee? Nu meteen? Of over een paar dagen, dat we dan weggaan. Of ik ga weg en jij komt met de bus. Blijf even bij je gezin en ga dan met de bus of laat ze je naar je vader brengen. Zeg me dat je dat zult doen. Kom bij me wonen op de boerderij. Het zou me zo gelukkig maken. Je komt vast wel, je zult daar oud worden. Je zult... je zult een klein jongetje worden, een baby, daar ben je bang voor, maar ik ben niet bang. Ik zal er zijn. Ik zal voor je zorgen tot je doodgaat. Echt. O Max, ga met me mee.'

Op zijn pyjama stonden schaapjes afgebeeld. 'Nee, Hughie.'

'Nee,' herhaalde hij, en wat hij hoorde was: *Nooit*.

'Dag,' zei ik.

Zachtjes: 'Ik zeg niet gedag. Ik ga niet weg.'

'Je weet wat je moet doen. Als je wakker wordt beslis je.'

'Blijf vannacht hier slapen,' zei hij, zonder me aan te kijken.

'O, Hughie.'

'Blijf hier slapen.' Dat deed ik. Ik hield hem een poosje in mijn jongetjesarmen totdat zijn been een schokje gaf en ik zijn adem hoorde vertragen tot een dood getij. Zijn gezicht was gerimpeld alsof hij zich op zijn dromen concentreerde en die mooier maakte dan zijn leven, en zijn mond hing open. Hij begon zachtjes te snurken. Zo denk ik aan hem – en ik denk de hele tijd aan hem – met zijn mond open, niet als een kind maar als een oude man, terwijl hij droomt over het verleden. Ik kuste hem en kroop tussen de lakens uit, ging terug naar de kamer van mijn zoon en viel in slaap in dat kleine bed. Ik was zo moe.

Ik zou moeten schrijven dat ik vandaag jarig ben en dat we gepicknickt hebben. Terwijl ik dit schrijf, zit ik met blote voeten in het gras. Het gras strekt zich mijlenver uit, tientallen kleuren groen tussen de graftomben. Het is niet zo netjes gemaaid, zodat er hier en daar kleine weitjes zijn met vogeltjes die kwetteren en ruziën, en zoemende bijen en toeven groene zaden die wuiven in de wind. Het is heel mooi. Ondanks de zon is de septemberlucht koel en heel veel bomen bij de rivier lopen op de tijd vooruit en worden al geel. Er zijn hier vandaag maar weinig mensen; alleen een paar oude weduwen die dode bloemen weghalen, en twee jonge vrouwen die een wrijfsel maken van de vlakken van een obelisk. En Alice, natuurlijk, helemaal aan de andere kant. Ik zie haar rode shawl in de wind wapperen. Ergens achter haar zit Sammy.

Op het gras ligt een deken uitgespreid en restjes van de sandwiches met eiersalade die we hebben gegeten, tomatensoep, een paar perzikpitten en een sinaasappelcake met dertien gesmolten kaarsjes. De mieren zijn al aan het werk. Het inpakpapier van mijn cadeautjes ligt er ook, verfrommelde bollen hemelsblauw. Sammy was heel blij met mijn Erectorset, die volgens Alice 'wel op de andere paste', maar de verzameling boeken die uit een ander tijdperk stammen en helemaal uit de mode zijn – Irving en Blackmore en Joel Chandler Harris – vond hij maar saai. 'Ik was dol op die boeken toen ik klein was,' zei Alice tegen me. Dat weet ik nog wel, lieveling. Je stuurde Sammy weg om een graf uit de Burgeroorlog te zoeken en we waren even alleen.

'Ik heb nog een cadeautje voor je,' zei je tegen me. Je had een lange jurk aan met rood borduursel erop en je droeg een kleine witte hoed, en je fototoestel lag als een huisdier naast je.

'O ja?'

Je gaf het me. Een gewone envelop. Daarin een kaartje van de overheid over mijn naamsverandering. Niet meer gewoon kleine Hughie. Niet meer gewoon de zoon van je oude vriend die mij in jouw hoede achterliet. Ik was nu Hughie Harper. Jij en de dokter hebben me geadopteerd, in afwachting van jullie huwelijk, in afwachting van een definitieve vorm van het leven.

'Je hoort bij de familie, Hughie,' zei je, lachend om het grapje dat je had uitgehaald.

'Inderdaad,' zei ik.

Het is niet precies waar ik op gehoopt had, maar het is voldoende. Nu, Sammy, krijg je zonder enige wettelijke problemen je erfenis, het fortuin van je grootvader. En wat mijn nieuwe moeder betreft: het is de dichtste benadering van in je buik kruipen om te sterven, lieve Alice.

'Kin omhoog,' zei je, en je hief het fototoestel op. Ik glimlachte; extatische lichtflits. Dus er zal een foto van het wezen zijn waarvan de artsen kunnen genieten; misschien als titelprent voor een verhandeling. Ze legde haar fototoestel weer neer.

'Ben je gelukkig?' vroeg Alice me.

Hoe kun je daar nu ooit antwoord op geven?

Ze is nu naar Sammy toe die tussen de graven loopt. En hier zit ik dan, en ik vermijd zo lang mogelijk het volgende deel. De mieren kruipen over de bladzijde. Je weet hoe het gaat, hè? Als je om middernacht nog op bent en iets vreselijks van iemand vraagt? Je weet wat er dan in de ochtend gebeurt.

Toen ik die eerste ochtend wakker werd, de ochtend nadat ik Hughies kamer had verlaten, was de wereld zonnig en koud. Ik hoorde een radio beneden en iemand die meezong, en ik zag dat het andere bed leeg was en dat ik mijn eigen dekens op de grond had gegooid. Ik was helemaal alleen. De goudvissen zwommen in hun precambrische tank. Door een of andere buitenzintuiglijke waarneming was Buster erachter gekomen dat ik wakker was en hij kwam met wapperende oren mijn kamer in springen om mijn gezicht te likken voordat ik hem tegen kon houden. Hij sprong op het bed, greep een speelgoedbeest bij de nek – een tijger – en vocht er een robbertje mee, waarna hij het liet vallen, me weer likte en terug rende naar beneden. Meer stemmen. Ik zou ernaar toe moeten gaan. Maar ik wachtte nog even. Dit zou nooit meer terugkomen. De zon door de gordijnen in een blauwe ochtendlucht; het zou nooit meer terugkomen. Wat er ook was gebeurd, wat Hughie ook had besloten, het was gedaan – en na deze ochtend zou niets meer hetzelfde zijn. En die zon. Ik had hem jaren geleden gezien, op een andere ochtend, toen ik wakker was geworden en ontdekt had dat mijn hele wereld was veranderd, en weer bedekt was met een laagje sneeuw. Dezelfde stilte in mijn hart. Hetzelfde licht, fel als het geluk.

Op de gang was ik langs de naaikamer gekomen, maar de deur was dicht.

Op de trap rook ik wafels, en ik bleef weer staan. Wafels en nog iets wat gebakken werd. Het rook overweldigend. Op de radio klonk 'The Best Things in Life Are Free' en ik hoorde Sammy spottend neuriën, terwijl hij op zijn pantoffeltjes over de gladde vloer liep en waarschijnlijk met een garde als microfoon meezong. De nagels van Buster maakten tapdansgeluiden. Ik dacht dat hij wel achter Sammy aan zou lopen en om restjes zou bedelen. En Alice in haar ochtendjas, de ochtendjas die ze een maand voordat ze bij me wegging had gekocht. Het haar in een hoofddoek. De dromerige ogen van iemand die pas één slokje koffie heeft gedronken.

'Hé, luilak!' zei ze toen ik binnenkwam. De glimlach van vroeger, de Alice van vroeger. Ze waren met zijn tweeën.

'Wat hebben we voor ontbijt?' vroeg ik.

'Stomkoppen,' zei mijn zoon tegen me, en hij fluisterde iets in Busters oor.

Ze waren met zijn tweeën.

Mijn vroegere vrouw tikte Sammy met een lepel. Gele ochtendjas, paardenstaart; maakt niet uit. 'Eieren en wafels en toast. Stomkoppen zijn extra.' Ze wendde zich tot mij. 'Waar is je papa, kleine Hughie?'

'Ik weet het niet. Hij slaapt denk ik nog.'

'Niet in zijn kamer,' zei ze. 'Hij is met de auto weg.'

'Misschien is hij meer stomkoppen gaan halen,' opperde Sammy.

Ze hurkte neer en tuurde naar onze zoon. 'Misschien wel! Stomkop!'

'Ha!' zei Sammy.

Terwijl ik ging zitten en Alice wat sinaasappelsap voor me inschonk, probeerde ik me ieder detail te herinneren. Het lintje dat op de gordijnen was genaaid en de theevlek van licht aan de onderkant. De geur van wafels en verbrande toast; het geluid van Alice die de zwarte stukjes afschraapte in de vuilnisbak. Haar weinig aantrekkelijke gezicht en hoe er op de scheiding in haar haar, waar ik haar in een ander tijdperk voor het eerst had gekust, onder de verf grijs te zien was. Hoe de radio niet helemaal goed was afgesteld en er vaag nieuwsberichten doorklonken onder het nieuwe liedje dat werd uitgezonden.

De bruine ogen van Alice lichtten op. '*Toot, Toot, Tootsie, goodbye!*' zong ze. Ze tikte met haar voeten, zette de radio harder, gaf Sammy een klap met de spatel en hij viel in: '*Toot, Toot, Tootsie, don't cry!*'

Zo zou het gaan, zolang ik het wilde. Hughie had dat mogelijk gemaakt. Ik zou hier misschien wel een halfjaar lang bij mijn vrouw en zoon zijn en met de radio meezingen, voordat ik te ver heen was. Had ooit iemand zo veel geluk gehad als ik? En als nu eens het allermooiste zou gebeuren, als mijn vloek nu eens op de een of andere manier werd opgeheven, zichzelf omkeerde, en ik in plaats van langzaam te sterven, weg te smelten in het lichaam van een kind, nu – vandaag, op deze ochtend, in deze keuken – gewoon zou gaan groeien? Er zijn vreemdere wonderen gebeurd. Om de paar weken zouden Sammy en ik voor die keukendeur staan om ons te laten meten, en dan zou het gebeuren: twee centimeter, vijf centimeter. Ouder en langer, zoals alle andere jongens, weer de handen en vingers krijgen die ik vroeger had – en ook het handschrift, beste lezer

– en de ogen, de lach, alles. Een nieuwe kans, een nieuw leven. Dan zou er een dag komen dat ik mijn oude moeder zou bezoeken – Sammy en ik, wanneer we over waren voor de kerst – een dag over vijftien jaar, wanneer ik in de twintig en weer knap zou zijn, en zij zou me aankijken, zelf heel oud en zwak, en zich afvragen of het de leeftijd was of gewoon een pijnlijke herinnering dat ze aan een vroegere echtgenoot moest denken, aan die oude Asgar, die even jong was als hij eruit had gezien op de avond dat ze hem had verlaten.

'Toot, Toot, Tootsie, goodbye!'

Waar zou Hughie nu zijn? O, ergens voorbij Eppers, waar hij aan de knoppen van de radio zou rommelen om *Amos 'n' Andy* goed te laten doorkomen. Ik dacht dat hij wel bij een benzinestation zou stoppen en alle vloeistoffen zou laten verversen, de bekleding zou laten schoonmaken en ieder spoor zou laten verwijderen van de tijd die hij onderweg was geweest met een afschuwelijke verrader die nog rotzooi maakte bovendien. Een nieuwe kans, een nieuw leven. Leun tegen een watertank en pak de kaart – waarheen, makker? Kon een man zijn laatste jaren slijten in Missoula, Montana, in een huisje dicht bij het centrum, en zijn boodschappen doen op de zaterdagmarkt waar hij kon kijken hoe mannen vracht op treinen laadden? Of een leven in de stad, in New York, met een appartement hoog boven een park en een portier die het leuk vond als je naar zijn kinderen informeerde? Of zelfs in de laatste tientallen jaren van zijn leven weer terug naar San Francisco? Weer met een veerboot de mist in. Een huis op de rand van een rotswand, met uitzicht op de Golden Gate, de geluiden van misthoorns die een oude man 's nachts in slaap wiegen. Een heel land om uit te kiezen. Een nieuwe liefde, ergens, verborgen. En jaren om hem te vinden.

'Ik ben zo blij dat jij en je vader zijn gekomen,' zei Alice, 'Zo gelukkig heb ik me niet meer gevoeld sinds...'

'Maar laten we niet op hem wachten,' zei ik. 'Hij maakt waarschijnlijk weer eens zo'n ochtendwandeling.'

'Ik rammel van de honger!' bekende Sammy.

'Weet je het zeker?' vroeg ze.

'Laten we maar gaan eten.'

Ik was thuis. Eindelijk thuis. En het droevige, het hopeloos heerlijke en droevige daarvan was dat ik altijd alleen zou zijn met die wetenschap.

Het duurde drie uur voordat de politieagent aan de deur kwam.
Tegen die tijd hadden Sammy en ik de afwas gedaan en had Alice ons
al betrokken bij haar project om alle boeken weg te halen en de boekenplanken te stoffen. De boeken lagen op de grond om ons heen
uitgestald, een oceaan van bladzijden waar mijn vroegere vrouw van
had genoten tijdens alle saaie, gelukkige en afschuwelijke momenten
van haar privé-leven – want boeken zijn egoïstische dingen die niet
kunnen worden gedeeld, en ieder boekdeel dat ik afstofte herinnerde me aan de tijd die ze niet met mij had doorgebracht. Ik herkende
er zoveel van. Toen ging de bel en Alice moest voorzichtig over haar
Dickens heen stappen om open te doen. Sammy's vermoeide zuchten. De stem van een politieagent, gehuil van mijn vroegere vrouw.
Ja, ja, eindelijk. Ik had alle geluk van de wereld verbruikt.

Een visser had de auto in Indian Lake gevonden, acht kilometer buiten de stad, en het was puur toeval dat hij daar die ochtend was en de
bumper had zien glimmen in het modderige water. Alle deuren zaten op slot en het geld zat nog in de sok, doorweekt maar onaange-
roerd, en ik heb alle lof voor de politie van deze provincie en hun
dregploeg, vanwege hun kleinsteedse eerlijkheid. De auto was blijkbaar niet meteen gezonken, want al leek de Chrysler nog zo zwaar, hij
was maar tot aan de ramen onder water gezakt en daarna gaan drij-
ven. Volgens het rapport van de lijkschouwer had de bestuurder toen
een oud legerpistool uit het handschoenenkastje (dat nog steeds
openstond) gepakt en zich één keer door de mond geschoten. Het
had waarschijnlijk tien minuten geduurd voordat de auto verder was
gaan zinken, en door al dat metaal en het gewicht van de ongebrui-
kelijke radio was hij daarna waarschijnlijk snel naar de diepte gezakt.
Misschien had het drie minuten geduurd, misschien korter. De bestuurder was natuurlijk al dood. Niemand had een schot gehoord,
maar ja, het was vroeg in de ochtend en de hanen kraaiden, en bovendien woont er geen mens in de buurt van Indian Lake sinds de fabriek in '24 werd gesloten.

Alice, je weet wat er toen is gebeurd, en Sammy, je herinnert het je vast nog wel. De politieman die dit allemaal in de zitkamer heeft uitgelegd en hoe ik in de zee van boeken ben gevallen en ben verdronken en hoe je moeder ineengedoken tegen de muur hard heeft staan huilen. Er is iets met je vader gebeurd, jongetje. Met wie? Met je vader, Hughie Dempsey. Je herinnert je vast wel hoe ik de hele nacht op het bed onder je heb liggen huilen en hoe Buster jankte wanneer hij me hoorde; hoe het jou waarschijnlijk heeft verward. Dat je een jongen dat soort vloeken hoorde fluisteren en dat hij jouw geliefde God vervloekte en dat hij daar in het kille maanlicht stond als een man die uit een inrichting was ontsnapt.

Bij dergelijke gelegenheden verschijnt er in een kleine stad een stukje in de krant, wordt er een preek in de kerk gehouden en is er een begrafenis. Dat kregen we allemaal. In het krantenartikel stond alleen wat ik net heb opgeschreven, alsmede een vraaggesprek met de visser, een politiecommentaar ('we zijn verbijsterd') en een berichtje over mij, de zoon die was achtergelaten in het moeras van dit overlijden. Uit het artikel klonk angst en woede. Hoe durfde hij de jongen dit aan te doen, en dan hier, in deze gouden stad! We begrijpen het niet. Zo zijn wij niet. De preek was net zo. De begrafenis werd door veel mensen bijgewoond en was vol muziek en nieuwsgierige mensen, al had alleen Alice de man ooit ontmoet.

Ik kan me het allemaal niet goed herinneren. Ik weet dat ik een zenuwtrek in één oog kreeg die pas na een week weer wegtrok. Ik geloof dat ik de hele tijd at, 's nachts huilde en geen andere kleren aan wilde trekken. Ook al was ik nog zo verbijsterd, ook al verdrong mijn koboldbloed alles in me dat menselijk was, ik probeerde toch nog goed te doen; ik vond Hughies vrouw in Nevada en belde haar op. Dat deed ik in de rouwkamer, toen ze me even alleen hadden gelaten met de kist (eiken en brons, en ze waren zo vriendelijk geweest om de deksel te sluiten, oude vriend). Ik vond een telefoon ergens in het kantoor tussen een paar muf ruikende zijden orchideeën. 'Abigail?' fluisterde ik toen een vrouw opnam.

'Ja?'

'Met Max Tivoli. Je weet wel wie ik ben, een vriend van Hughie. Ik heb slecht nieuws. Hughie is dood.'

'Wie ben je, jongeman?'

'Abigail, met Max. Hughie is dood.'

De telefoniste kwam aan de lijn om me te zeggen dat het gesprek was beëindigd. Ik probeerde het nog eens, maar dit keer werd er niet opgenomen. Ik keek naar de telefoon en vroeg me af waarom ik de moeite had genomen. Ik veronderstel dat zij het recht had hem mee te nemen, maar dat had ik niet gewild. En ik had ook niet gewild dat Teddy hem meenam. Ik was blij dat ik hem nu voorgoed bij me kon houden. Ik ging weer de rouwkamer in waar ze allemaal op me zaten te wachten, een boeket van ogen die naar me staarden omdat ze er natuurlijk van uitgingen dat ik een diepbedroefd jongetje was.

We moesten van Alice binnen blijven. Dat was het enige van de Levy's dat ze nog had: *sjiwwe* zitten voor de doden. Ze ging nooit naar de synagoge (er was natuurlijk geen synagoge), hield feestdagen niet in ere, at spek en garnalen als ze daar zin in had, zette op zaterdag de radio aan om naar *The Goldbergs* te luisteren, en voorzover ik weet geloofde ze niet in God, maar als het om de dood ging, was ze een jodin. Een klein Levy-meisje. Ze moest wel. De dood maakt ons allemaal kind; dat heb ik in de oorlog geleerd.

En wanneer je erover nadacht was het eigenlijk raar: wat was zij van Hughie? Natuurlijk geen familie. Helemaal niets. Ze hadden elkaar veertig jaar lang niet echt gezien; ze hadden slechts één brief geschreven, een blik op elkaar geworpen in het park. Maar de stad behandelde haar als weduwe en men kwam langs met ovenschotels en stoofpotten en geroosterd vlees. Ik moest opeens weer denken aan hoe moeder en ik ons in Nob Hill moesten verweren tegen dames met voiles. Ze vroegen me naar mijn vader en ik zei steeds: 'Hij was een goede man en hij hield van me,' en ze verwijderden zich snel van het schouwspel van joden in de rouw. We droegen zwart; we bedekten de ramen; we scheurden de stof die voor ons hart hing. We aten kosjer. We scheidden het zilver zoals haar moeder vroeger had gedaan, bijna een halve eeuw geleden. Het was krankzinnig, maar het was het enige wat Alice had.

Ik had haar nog nooit zien huilen. Mijn hele leven niet. Als je in haar tere hart kneep, kwam er meestal woede uit, maar Alice huilde om haar Hughie, echt waar. Ze zat daar in haar zwarte zijde naar de muur te staren en liet de tranen lopen terwijl haar ogen gloeiden van een geheim vuur. 's Avonds laat hoorde ik haar jammeren. En ik kon niet slapen. Tenslotte had ik in haar leven, na al het andere verdriet, dit laatste verdriet veroorzaakt.

Het duurde een hele tijd voordat ze het me vroeg. Inmiddels was er niemand van mijn familie gevonden en was ik deel van het huis, ondergedompeld in een leven dat ik u op deze bladzijden heb beschreven. Ik had geweigerd in de naaikamer te slapen – 'die oude kamer van mijn vader,' noemde ik die – en was al semi-permanent bij Sammy ondergebracht; ik was al ingeschreven in de klas van mevrouw Stevens, was al Sammy's 'stomkop'. Het was de avond die ik u heb beschreven: twee slapelozen die naar de hemel staren. Mijn Alice in haar nachthemd, zacht en vormeloos en oud in de nacht, die me uitnodigde om beneden melk te komen drinken. We zaten aan tafel, met Buster aan onze voeten. Ze schonk kleine maanwitte glazen in. Toen vroeg ze me eindelijk met een stem die gebroken was van verdriet: 'Waarom heeft hij ons dit aangedaan?'

De Alice van vroeger, de Alice van vroeger die niet meer terugkwam. Maar ergens in dat lichaam: een echtgenote, een vrouw, een meisje, allemaal, als een Russische pop in haar nestelend.

'Het spijt me,' zei ze. 'Het spijt me dat ik dat heb gevraagd.'

'Nee, het hindert niet.'

'Maar mijn God, ik kan niet slapen. Ik weet dat jij ook niet kunt slapen. Ik hoor je 's nachts rondwandelen. Vannacht ook. Dat komt omdat we het nooit zullen weten, hè?'

'Misschien niet.'

'Hij heeft jou bij mij gebracht. Daar ben ik blij om. Ik denk dat hij wilde dat je ergens zou zijn waar er van je wordt gehouden.'

'Dat denk ik ook.'

'Maar het is een te grote last voor je. Ik word soms zo boos op hem!'

'Nee, word alstublieft niet boos op hem.'

'Het spijt me. Ik ben niet echt boos. Ik heb zo veel van hem gehouden, begrijp je.'

'Ik weet waarom hij het heeft gedaan.'

Je ogen, die oude Darjeelingogen. Ik heb ze ooit vol pijn van een wespensteek en ooit in een straat in San Francisco vol afschuw en vervuld met de dood gezien. Ik weet niet of ik ze ooit verliefd heb gezien. Ik zou het je kunnen vertellen, lieveling. Ik zou hier kunnen zitten terwijl de melk witte schaduwen in zijn glas vormt, terwijl de duisternis achter het raam mompelt, en wachten tot er een traan verschijnt in je gerimpelde ooghoek. Je zou huilen, mijn lief. Waarom heeft hij het gedaan? Heel eenvoudig: omdat ik het tegen hem heb gezegd. Omdat hij zijn leven lang van iemand heeft gehouden – hij heeft zijn leven lang van mij gehouden – en hij alleen maar bij mij wilde zijn en ik hem weg heb gestuurd. Waarom heeft hij het gedaan? Omdat hij dacht dat niemand van hem hield.

En hier zit jij, de reden daarvoor. De prijs die ik krijg voor moord. Ik krijg jou, Alice, en Sammy, in ieder geval heel even. Maar Hughie nooit meer. Ik kan er niet mee leven, maar ik moet wel. We komen allemaal tot een afschuwelijk akkoord in ons leven.

'Ja?' vroeg je.

Ik kon je de waarheid niet vertellen. Het was te laat. Dus ik heb je iets verteld wat op de waarheid leek, iets vriendelijks, en iets wat je tenslotte graag wilde horen: 'Ik denk dat het vanwege een vroegere liefde was.'

Je snufte en keek naar je melk. Je hoorde waar je op gehoopt had. Je kon nu wel slapen, denk ik.

'Mag ik u kussen?' vroeg ik.

Ik had niets gedaan om mijn stem te verbergen. Je gezicht werd scherp; je mond verstrakte. Wist je het? Het maakte niet meer uit.

'Mam? Alice?'

'Ja, Hughie?'

'Mag ik u kussen?'

Een korte stilte, ogen die me onderzoekend aankeken in het kleurloze licht. 'Nou ja, vooruit.'

Vergeef me als ik je langer vasthield dan een goede zoon betaamt.

Denk aan levenslange liefde en een jongensachtige angst voor het donker. Denk aan droevig afscheid nemen.

De volgende dag stal ik een pen van mijn lerares. Ik stal een stapel schriften. En op die dag in april, terwijl ik in een zandbak zat te snotteren, begon ik alles op te schrijven dat u hebt gelezen.

Soms denk ik aan de wesp. De wesp die mijn Alice heeft gestoken. Blond en gestreept als het oog van een tijger bracht hij zijn leven door in een hangend nest in South Park. Hij is nu natuurlijk dood; hij is veertig jaar geleden vermorzeld. Maar ik denk graag dat hij tijdens zijn leven door het raam van de zitkamer naar die lieve Alice keek. Dag in dag uit zoemde en murmelde hij in zijn cel en keek hij naar mijn meisje terwijl ze haar slechte romans las of haar haar kamde of hardop zong voor de penantspiegel. Hij maakte geen honing; hij bouwde geen raat; hij had geen doel op aarde behalve ergernis geven, en hij had al maanden eerder gedood horen te zijn, als de huiseigenaar goed had opgelet. Een waardeloos insect, maar het hield van haar. Het leefde om naar haar te kijken. En in zijn laatste dagen – want het leven van een wesp is kort – sloot hij zijn huis af, stapte zijn portiek uit, cirkelde twee keer door de lucht en viel uiteindelijk in haar leven. Hij ging natuurlijk dood. Een veeg bruinachtig bloed. Het is dapper en dom, het is mooi, om je leven uit liefde te verspillen.

Dus ik heb alles bekend. Er is niets verkeerd uitgelegd, maar nu ik probeer het allemaal nog eens door te lezen, besef ik dat het ook niet helemaal klopt. Ik heb een moedervlek in Alice' hals niet vermeld. En een tafereel met mij en mijn vrouw in onze nieuwe Oldsmobile, toen we lachend door de mist langs de zee reden. En Hughie in Kentucky, toen hij bij een boerderij aanbelde om boerenham te kopen, hoe de bel rinkelde en hij daar verrukt stond, te midden van de echo van de eindeloze heuvels. Maar laat maar. Ik heb zoveel leven opgeschreven als ik kan verdragen.

En zo komen we uiteindelijk bij het eind. Hier op zijn graf, terwijl ik nog een paar laatste woorden neerkrabbel. Alice en Sammy lopen tussen de grafstenen en ik ben nu alleen met het gras en de mieren en de man die ik heb vermoord. Hij zou eigenlijk in Colma begraven moeten liggen, naast zijn familie, zijn zoon, maar ik wilde dat hij hier werd begraven, en hier ligt hij, te midden van de zelfmoordenaars en de heidenen en de klaver. Ik weet zeker dat hij het niet erg zou vinden.

Ik weet wat ik heb gedaan. Iedere nacht denk ik aan hem – de eerste gewone jongen die ik heb gezien, een zoon voor me, een vader, een oude vriend, de enige die mijn leven lang van me heeft gehouden – iedere nacht denk ik aan hem. En als ik aan hem denk, worden de zenuwen uit mijn lichaam getrokken: een onkruid dat met wortel en al wordt verwijderd.

Als u wilt kunt u zijn graf bezoeken. Helemaal naar links, langs alle plaatselijke Doones en langs een beeld van een engel in zwart graniet. Hubert Alfred Dempsey. Luitenant bij de marine. De Spaans-Amerikaanse oorlog, daarna zijn geboortedatum en zijn sterfdatum, en de zin: 'Hier ligt een goede vriend.' Er staat niet bij dat hij als kind altijd papier at.

Het is tijd om te gaan. Dokter Harpers receptenblok heeft me een bemoedigende voorraad pillen opgeleverd, in allemaal blauwe en lila tinten, en nu ik nog jarig ben en voordat ik te zeer verzak in het moeras van de vloek die op mij rust, vind ik dat ik er in indigo een einde aan moet maken. Waarschijnlijk vannacht, als ik dit af heb. Ik ben van plan om deze bladzijden op zolder te verstoppen in een doos met 'Max' erop. Ik ben van plan om stilletjes naar de plaatselijke rivier te gaan en daar in een oude kano te kruipen. Daar zal ik mijn dosis gin en viooltjes nemen. Dat wil ik doen voor mijn verjaardag.

Ik zie mijn vrouw en mijn zoon tussen de graven van de doden uit de Burgeroorlog lopen. Wat zou mijn moeder het leuk hebben gevonden om je hier rond te leiden! Sprinkhanen springen tussen het onkruid op de graven, esdoornzaden zweven trillend in de richting van de rivier en het meest verbazingwekkende is wel dat ik de vage paardebloem van de maan in de zonnige lucht zie. Ergens hoor ik een vogelachtig geluid dat waarschijnlijk van kinderen komt die ergens in de buurt blindemannetje spelen. Hun uitgelaten stemmen komen slechts in flarden zachtjes in de wind naar me toe. Zo zullen ze blijven schreeuwen en gillen in de wind tot ze er te oud voor zijn, maar dan zullen er weer andere kinderen zijn, kinderen die blij en onwetend en druk zijn, maar er zal nooit meer een kind bij zijn zoals ik.

Sammy staat naar me te zwaaien. Hij schreeuwt iets wat ik niet kan verstaan. Ik denk dat hij een oude soldaat heeft gevonden. Dag Sammy. En Alice, daar sta je naar me te kijken met je hand boven je ogen tegen de zon. Onthoud altijd dit: er was in mijn leven geen enkel moment dat ik niet van je heb gehouden.

Morgen zul je waarschijnlijk wakker worden van een telefoontje. Het zal te vroeg in de ochtend zijn om het te begrijpen en je zult naar je bril zoeken alsof die je kan helpen om het te verstaan, maar wat de man zal zeggen is dat ze een lichaam hebben gevonden. Je nieuwste zoon, die dood in een boot tussen het riet ligt. Het zal net licht zijn en je zult een poosje verstijfd zijn terwijl je lukraak wat kleren pakt, een trui aantrekt en naar je auto wankelt. De politie zal je op het bureau koffie geven, en ze zullen zachtjes praten. Het zal niet beter te begrijpen zijn dan in het wazige ochtendlicht. Je zult een tas krijgen met mijn spullen. Dan zul je een lichaam onder een laken te zien krijgen. Ze zullen het laken weghalen. Daar zal ik liggen, even naakt als in onze huwelijksnacht, opgezet door het water, met een huid die gekneusd is met blauwe bloemen. Wees niet bedroefd. Het leven is kort en vol verdriet en ik heb ervan genoten. Wie zal zeggen waarom? Kijk niet te lang naar me; ik zal je aan Hughie doen denken en dan begint het weer van voren af aan, de oude smart samen met deze nieuwe. Keer je van me af, Alice. Kijk in het tasje dat ze je hebben gegeven; daar hoort een ketting in te zitten. 1941. Dan zul je het begrijpen. Wees niet bedroefd.

Op een dag zul je deze bladzijden vinden. Ik vermoed dat je dan niet bezig zult zijn met het opruimen van de zolder. Ik denk dat je gewoon naar iets uit je vroegere leven zult zoeken om aan je nieuwe man te laten zien. Je zult de fotoalbums opzij schuiven en daar staat hij dan, de doos met 'Max' erop, in mijn jongensachtige handschrift. Je zult de gele bladzijden eruit halen, waar zand en gras tussen zit, en je zult overweldigd worden door gevoelens – plotselinge haat, of tederheid of zo voelen voor de oude man. Ik verwacht dat je deze bladzijden op een dag aan Sammy zult laten zien en dan zal een klein mysterie uit zijn jeugd worden opgelost: die vreemde jongen, zijn kortstondige broer, die je zo snel hebt begraven en over wie je nooit meer hebt gesproken. Net zoals je nooit over zijn vader hebt gesproken. Als ze in handen van dokter Harper vallen, wat ik wel vermoed, zal hij me vast afdoen als een gek en beweren dat het niet de geschriften van een jongetje zijn maar dat het oplichterij is en dat ze vast en zeker door je ex, maar niet door een magisch wezen zijn geschreven. Onmogelijk. Misschien zal hij ze in samenwerking met Goldforest House, de inrichting waar ik heb gezeten, publiceren als een verhandeling over die misvatting: eeuwigdurende liefde.

Het is tijd om te gaan.

Word oud en wijs, mijn lief. Voed onze zoon op zodat hij een goede padvinder en een trouwe minnaar wordt; leer hem verstandig om te gaan met zijn nieuwe rijkdom, richt een stichting op en laat hem niet naar de oorlog gaan. Laat je haar grijs worden en laat je heupen breed worden op de stoel en laat je borsten omlaag zakken op je borstkas en laat deze nieuwe echtgenoot, die van je houdt, je laatste zijn. Blijf niet alleen. Het is niet goed om alleen te blijven.

Maar misschien vinden ze mijn lichaam niet. Water is daarin onvoorspelbaar. Misschien drink ik mijn vergif op, trap ik af van de kade en kom ik nooit meer terug naar de oever. Ik zal achterover liggen op een kussen zodat ik de sterren kan zien. Ik reken erop dat er sterren zijn; de hemel moet deze ene keer meewerken. Ik verwacht dat het ruim een halfuur zal duren voordat de medicijnen gaan werken en als ik mijn dood juist heb uitgemeten en niet gewoon overgeef in het zwarte water, zullen de sterrenbeelden helderder worden en over me heen glijden en ik zal niet huilen, niet om alle doden of omdat ik de wereld mis. Als ik geluk heb zal ik net zo worden als de Lady van Shalott in dat gedicht. Ik zal langzaam, wekenlang, met de stroom meedrijven tot hij bij de rivier komt, want ik zal slechts slapen, nog steeds levend, en met het uur jonger worden, terwijl de rivier me meevoert, midden op zijn deinende vloed, en ik word een jongen, een kind, en steeds jonger tot ik uiteindelijk een kleine baby ben die onder de sterren drijft, een huiverende baby die droomt van niets bijzonders – die wordt meegevoerd tot in de donkere schoot van de zee.

Dankwoord

Mijn dank gaat uit naar de Bancroft Libary van de University of California, Berkeley en het San Francisco History Center in de San Francisco Public Library voor de memoires, dagboeken en brieven die ik mocht bestuderen. Dit boek zou niet tot stand zijn gekomen zonder de vrijgevigheid van de MacDowell- en Yaddo-kolonies en hun begunstigers. Mijn dank gaat ook uit naar Jonathan Galassi, Carla Cohen, Susan Mitchell, Spenser Lee en Jessica Craig en verder naar mijn vrienden en familieleden en iedereen bij FSG, Picador en Burnes & Clegg. Natuurlijk ook naar Bill Clegg zelf, aan wie dit boek is opgedragen. In het bijzonder wil ik Frances Coady bedanken die Max heeft verzorgd en hem een transfusie van haar eigen bloed heeft gegeven. En David Ross, die nooit enige twijfel heeft gehad.

Een opmerking over de tekst

Dit werk is bijna een exacte herdruk van het manuscript dat in 1947 op een zolder is gevonden. Sommige fouten, zoals spelling en leestekens, zijn gecorrigeerd, sommige onleesbare woorden zijn uit de context opgemaakt (zoals in de passage over het onweer), maar fouten wat betreft de geschiedenis, geografie en geneeskunde zijn niet verbeterd. Het werk is met goedvinden van de Samuel Harper Foundation gepubliceerd.

Titel:		
Minder goed	Goed	Aangeraden
		X
		X
		X
		K